想象，比知识更重要

幻象文库

战斗妖精

雪风

GOOD LUCK

[日] 神林长平
—— 著
杨萌　冷玉茹
—— 译

"为什么，深井中尉，
你们为何而战？"

"为了不被你们杀死，
继续活下去。"

新星出版社　NEW STAR PRESS

我，就是我。

目 录

1		来自FAF特殊战的书信
13	I	冲击波
79	II	战士的假期
109	III	回归战斗
148	IV	战斗意识
197	V	战略侦察·第一阶段
239	VI	战略侦察·第二阶段
294	VII	重燃斗志
358	VIII	GOOD LUCK
458		解说"我,就是我"/大野万纪

登场人物

深井零中尉——雪风驾驶员，后升任上尉

詹姆斯·布克少校——FAF特殊战出击管理担当

莉迪亚·库里准将——FAF特殊战副司令

巴格迪什少尉——旧版雪风副驾驶员

矢头少尉——特殊战13号机驾驶员

加文·梅尔中尉——TAB-15·505攻击部队队长

伊迪斯·福斯上尉——深井零的康复治疗医师

文森特·布鲁伊中尉——特殊战7号机驾驶员

吉布里·莱图姆中将——菲雅利基地战术战斗航空军团司令

安塞尔·伦巴德上校——FAF情报军团的掌权者

桂城彰少尉——雪风新任副驾驶员

琳·杰克逊——地球上的记者

来自FAF特殊战的书信

此时此刻，地球正在被迦姆这一外星智体侵略。而对此有切身之感的人到底还剩多少？在我看来，现在地球上的人们似乎认为迦姆的威胁和自己的生活毫不相关，甚至可以说，迦姆的威胁已经在普通大众的记忆中逐渐远去。

这或许是因为大部分的人不仅对迦姆的威胁一无所知，甚至对迦姆的存在也毫无概念，但就算如此，他们仍旧能平安无事地生活下去。

这也证明我们所在的团体组织——城市、州、国家——想方设法巧妙地发挥了他们的作用。然而，相信现状会一直持续是非常愚蠢的行为，因为国家也会有消亡的一天。而迦姆的侵略很有可能会加速这一天的到来。

这就是我想向大家发出的警告。

假若这是地球上各个团体的争端，姑且能通过互相妥协、签订停战协议而得以平息。但我希望大家思考一下这一套对迦姆是否适用。迦姆是外星智体，秉承和人类不同的价值观。恐怕无论做何交涉，都是徒劳无功。我们只能不眠不休地继续战斗。牺牲必然很大，但一旦松懈，将全盘皆输。

* * *

我曾在上一部作品《侵略者》中写到，三十年前迦姆在南极罗斯冰棚打通一条巨大的纺锤形雾状超空间"通道"并由此飞向地球发动进攻时，正是人们团结一致成为超越国籍的"地球人"的好时机。即使现在，也为时不晚。然而现实却难以如愿。

现在的地球上没有一个以"地球人"之名凝聚起来的超国家组织。存在的仍旧只是国家、经济团体、s宗教、民族等对立的团体，没有任何一个阶层能实际超越它们。

这表明身为地球人的我们认为迦姆这一外星侵略者不过是异国、异宗教、异民族等"异团体"之一罢了——我在上述的书中曾这样写过。即使现在，我也不认为这是错误的观点。但究其缘由，我现在这样认为：

我们始终未能找出强有力的领袖，能超越我们自身所属的组织团体、政治、宗教或民族，并能宣告"我就是地球人，代表着其他地球人"。

原本这样的存在应该主动出现，而不是我们去寻找。但毫无疑问，现代的环境使这样的"圣人"难以出现。地球辽阔，环境丰富，生活习惯、价值观、历史进程也各不相同。充分理解所有文化，将其融入自身，并广泛地向人类传授不与他人为伍、高明地生存下去的智慧——这样的工作已经超出了一个人的能力范围。因为要领导的团体规模太过庞大，每个人的欲求又涉及多个方面，并且每个人对这复杂的现状都心知肚明。

现如今的人们构建出了前所未有的高度信息社会，生活被大量的信息所包围。真假混杂的庞杂的信息使事物变得模糊可疑，而这最终导致不信任的产生。没错，现代人判断事物的标准并非"信任"，而是"怀疑"。随着信息量的增加，其传达内容的可信度降低。在这一物理定律下，人与人之间的信赖关系岌岌可危。用于做出判断的材料越多，怀疑的种子也会随之增加。可以说，这是隐藏在高度信息社会中的陷阱。就算现在的人们看到以"圣人"自居的人在水上行走，也早已失去了曾经那份对此怀有敬畏之心的淳朴。

我们未曾想过既然"圣人"不出现就采取行动自行寻找。我现在认为，不管我们没有为对抗迦姆而努力组建真正的全球性组织是出于何种理由，但就结果而言，这是一项正确的选择。

人类如果在这方面投入精力，致力于选出地球人领袖——那很可能会为了守护自己的团体利益，而挑起国家级的世界大战或毁灭性的宗教战争。这种为争夺地球人代表之位的战争一旦爆发，迦姆不可能不伺机利用，假使如此，它们的侵略很可能已经成功。可以说，我们人类很好地回避了这一危机——以不明确谁是真正的地球人代表的方式。

这也意味着，尽管现在地球上存在着人类，但却不存在"地球人"。那么，现在同迦姆战斗着的又是谁呢？

答案是在反迦姆战争中全权代表我们所有人进行战斗的地球防卫机构。这是一个民主的且发挥着巨大作用的机构。这不是讽刺，而是事实。也正因如此，我们能够忘记迦姆的存在而过着平静的生活。

然而不可否认的是，参加机构的代表们主要代表着国家，他们之间各自的盘算变幻莫测，而在此基础上勉强成立的地球防卫机构就像浮萍一样飘忽不定。各个成员理所应当地考虑着能从这场战争中获得多少利益。可以说，正是因为有了这些各种各样的盘算，我们才能够对抗迦姆而不被其击溃。这总比让一个不成熟的、愚蠢的人来做领袖要强得多。

这个事实还能表述成以下这样，当然这也是另一个事实：参加这个机构的组织并不是为了全人类，即为地球人而战，而是为了自己而战。

我担忧的正是这一点。以这种方式对抗迦姆到底还能坚持多久？

我们现在确实进展得不错，也正因为如此，大部分的人能够忘记迦姆的存在。但是，如果将来这个机构无法再发挥作用，或许我们将被迫在个人层面认识到自己是地球人——当然，被迦姆所迫。

当我们所属的组织失去保护我们的能力，当迦姆来到我们眼前之时，我们不得不作为一个人、一个地球人与迦姆相对。因为以我们为目标的迦姆不是地球上的生物，也不属于地球上的任何组织。就算我们是某国的总统，对迦姆来说也毫无意义。有意义的，仅仅是"我是地球人"这一点而已。并且，现在的我们除了地球这颗行星外别无去处，没有任何一个地方能成为我们的避难场所。假如现在的人类不能作为地球人团结起来，那么我们只能各自作为地球人的代表与迦姆为战。

这就是在这场战斗中存在的现实。如果想要活下去，就只能靠自己的力量战斗。我不知自己有没有做好这样的觉悟，而你做好了吗？

从道理上来说，这场战争无法推给他人，因为这是所有地球人的、每个人的问题。只要现在没有真正的地球人领袖，只要我们因先前提到的理由无法期待救世主的出现，这个问题就只能由我们各自——我自己和你自己去思考。

＊　＊　＊

　　迫使我重新思考这些问题的，是前几日我收到的一封信。

　　那并不是一封电子邮件，而是和字面意思一样，用信封装着的信。现如今几乎没有人不使用网络，但寄出这封信的人只能采取这种方式，因为他所处的地方不能使用地球上的电脑网络。

　　没错，那里是超空间"通道"的另一端，反迦姆战争的战场菲雅利行星。在那里，地球防卫机构的战斗组织菲雅利空军——FAF为了阻止迦姆进攻地球而夜以继日地进行着战斗。如果FAF被迦姆击败，那迦姆将会通过"通道"蜂拥而至。

　　寄信人在信中明确表明就算公开自己的姓名和在FAF中所属的部队或级别也没有关系。不，应该是如有机会，让我务必公开。他希望地球上的人们知道他是以何种心情在与迦姆战斗。也就是说，他正以我为窗口，向全地球人传达着信息。

　　这个人是詹姆斯·布克少校，FAF菲雅利基地战术战斗航空军团—特殊战第五飞行战队（通称特殊战）的出击管理负责人，也是特殊战事实上的副司令官。

　　少校曾阅读过我关于迦姆战争现状的著作《侵略者》，并给我写了信。我对此写了回信，从那之后，我和少校就保持着并不频繁的书信往来。我也曾和他有过面对面的交谈，尽管仅有一次。

　　你对迦姆的现实威胁并不了解——这是少校第一封信里的内容。从战场传来的这些内容充满了紧迫感，这自然是再正常不过。况且由于任务的特殊性，特殊战所开展的战斗是和其他部队完全不同性质的更加严峻的战斗。

简而言之，所属特殊战的十三架战斗机的主要任务为以下内容：

"在FAF和迦姆的作战空域内收集所有情报。无论采取何种手段，收集的情报必须带回基地。即使我方战机遭遇威胁即将坠毁，也无须积极支援。换言之，对我方战机见死不救也没有关系。"

这是一项冷酷无情的任务，但特殊战的飞行员并不这样认为。因为特殊战聚集的正是一群这样冷酷的人。如果询问他们如何看待见死不救的行为，他们一定会这样回答：

"这怎么了，和我又没关系。为什么我要关心其他部队的人或地球人？"

我能充分理解布克少校不得不招收抱有这种心态的队员所花费的苦心。这种冷酷无情的人对这场战争来说也是必不可少的。若是我们能够和迦姆签订某种君子协议，那么我们也能自由挑选参加这场游戏的人。但现实问题是，目前的人类并没有任何选择的余地。FAF也承认了这一点。

总而言之，这样的人能够胜任特殊战的任务。特殊战配备的战机也是与此相应的高性能机种——比FAF主力战斗机希露芙[①]动能更强、机动性能更高，被称作超级希露芙的战术战斗电子侦察机。这是由FAF的精英工程师集团——系统军团开发的真正意义上的超级战斗机。我想地球上没有任何战机能够与之匹敌，至少在菲雅利行星的环境中，不会出现比它更优秀的地球战斗机。这也理所当然，毕竟它是依照菲雅利的空中环境设

[①]希露芙（SYLPHID或SYLPH）是由FAF自主研发的双发大型战术战斗机，名字来源于西方神话中的风之妖精。——译者注

计开发的。而FAF拥有系统军团这一开发部队的必要性也体现在这里。

FAF系统军团虽然开发了许多战斗机，但目前普遍认为载人机已经战胜不了迦姆，因此必须尽快将优秀的无人主力战斗机投入到实际战斗当中。而在这背后存在这样一种开发理念：为了在反迦姆战中获得胜利，机体必须做到完美的系统化。如果将人类这一脆弱的因素加入其中，系统的整体性能就会随之降低，因此必须排除这种不稳定因素。战斗机上的人类确实就像鸡蛋一样脆弱，在剧烈的战斗状态或对战斗的恐惧下，思考能力也会显著降低。这成为枷锁，使战斗系统原本的性能得不到发挥，因此才说人类是多余的。

从这一理念出发，工程师们计划开发特殊战的下一代战术战斗侦察机——代号FRX99的无人侦察机。就算是超级希露芙，如果机上载有人类，恐怕也无法一直对迦姆有效。但是特殊战的布克少校没有轻易接受这一结论。他认为特殊战之所以优秀，是因为飞行员拥有电脑所没有的战斗直觉，而他们所驾驶的战斗机上的中枢电脑也一直在学习这种直觉。

现如今，逐渐变得老旧的超级希露芙仍然能让迦姆感到难以应付，无非是因为驾驶着特殊战战机的人类对战斗战术的判断让迦姆无法捉摸。因此缺乏这种学习能力的无人机恐怕难以胜任特殊战的任务。布克少校认为，现在特殊战的战机已经积累了大量的学习经验，直接将其作为无人机投入使用也未尝不可，但新投入使用的战机还是应该由人类来驾驶。

于是，布克少校向系统军团提出制造以FRX99为原型的载人机，代号FRX00的试验机便由此而生。FRX99是系统军团正在研发的下一代主力战斗机中的侦察用机，而FRX00则是在此基础上改造而成的载人机。虽然具体情况未对地球公开，但可以肯定有数架FRX99和至少一架FRX00已经制造完成。两种机型都是原型机，今后投入量产时会如何改动还未确定。

布克少校对载人机如此执着，是因为他不希望将这场人类和迦姆的战争变成迦姆和战斗机器的战争。少校的心思复杂，难以用几句话去说明。但如果将常年在前线战斗的少校的担忧简要概括，大概是以下内容：

"有分析认为，现在的迦姆并没有在意人类的存在。它们的直接敌人是FAF的战斗机，它们的战术行动也没有针对菲雅利行星基地上的人类。或许一直以来迦姆宣战的对象不是人类，而是地球的战斗机器。迦姆的敌人很可能并不是人类。

"如果真是这样，那这场战斗就成了迦姆和人类开发的战斗机器或电脑之间的战斗。人类成为多余的存在。

"然而，人类不能对这种情况的出现坐视不理。因为尽管人类的生活已经离不开电脑，但假若电脑方面宣告不再需要人类，那想必会发生人类和电脑之间的斗争。我们将不得不在面对迦姆的同时，还要接受来自电脑的挑战。实际上，系统军团之所以判断已经不需要再开发载人机，也是因为军团里的电脑群向他们这样提议。人类无条件接受电脑的提议，等于在FAF乃至整个地球的支配权落入迦姆之手前，先将其交到了电脑手中。

"我希望人类的敌人是迦姆。如果不是这样，那我们一直以来做的一切又是什么？这场战役的主角是人类，我们必须向迦姆传达这一点，也必须向电脑传达这一点。我们不能将这场战争交给电脑。"

布克少校一边与迦姆为战，一边利用电脑分析情报，而远离战场的我很难正确表述他的心情，因此上述内容可能夹杂着我的误解。

但是，至少以下两点我敢肯定：一是迦姆的真面目至今仍是个谜；二是迦姆的存在和威胁就算是间接的，我们也不能忽视。这是面向全人类发出的警告，而布克少校正切身感受着这种危险性。

前几日收到的布克少校的来信，记录着比以往更加现实的内容。布克少校第一次失去了一架特殊战的战机。

由于FAF的战况会定期公布，任何人都能知晓，因此在收到少校的来信之前，我就已经知道了特殊战所遭受的损失。

被迦姆击落的是特殊战3号机，又名"雪风"。驾驶员重伤，后座的副驾驶员行踪不明。

目前为止拥有100%返航率并因此被称作回旋镖战队的特殊战的战机，竟然被击落了。

不是别的战机，而是那架雪风。驾驶员是深井零中尉，布克少校的友人。对我来说，伤亡名单上的那个名字并不陌生。

我曾近距离见过那架叫作雪风的特殊战战机。当时它为了补给燃料而停在日本海军的航空母舰上。那巨大的优雅的机体就如轻盈降落在鸭群中间的白天鹅一般。当时布克少校就坐在后座上，而我与少校的面对面交谈也正是在那个时候发生的。驾驶员是深井零中尉，他没有从雪风上下来，因此没能和他进行交流。但我想就算当时我主动向他搭话，他也不会回应我吧。在我看来，这就像和雪风搭话，它也不会回答一样。那个驾驶员已经和他心爱的战机融为一体，成为系统的一部分，与战斗无关的存在都被他当作噪声通通无视了。

"雪风是他唯一能够信任的了。"——那时候，布克少校看着雪风上自己的部下，同时也是自己友人的深井零中尉说道。这个人比其他人更相信机器，因此自己也逐渐变成机器般的存在。少校似乎对此感到可怕，却又感到可悲。

当我从公告中得知深井中尉生命垂危时，我向布克少校写了一封信询问他的伤势。这不是作为新闻记者的采访，而是私人的关心。少校体察到我的心情，非常详细地给了我回复。而这就是前几日收到的那封信。

信上叙述的内容超过了我的预想。

开头部分，少校对没有及时回信而表示歉意，原来他自己的颈部也受了伤。之后，他又告诉我雪风已经安全返航。

这个开头让我有些困惑，但继续读下去后，我才明白原来布克少校自己也没弄清在这次事件中到底发生了什么。

雪风在执行某项作战任务时，遭到迦姆袭击，机体受损被迫降落。驾驶员深井零中尉从机上弹出，雪风自爆。当时有一架FRX00正好在现场附近的空域飞行，恰巧布克少校就坐在这架FRX00的后座上。FRX00是作为下一代特殊战载人机试验开发的机种，这原本是它的实战评价试验飞行。

FRX00也遭到了迦姆的攻击，但这一新型战机将这些迦姆悉数击毁。由于它的空战机动太过剧烈，FRX00的驾驶员因重力过载当场死亡，后座的布克少校也因颈部受伤陷入昏迷。FRX00自主带着驾驶员的尸体和失去意识的布克少校返回基地，接下来，它竟自称是雪风。

想要理解这一点，我们只能认为被迦姆击毁的雪风将自己转移到了靠近的新型战机FRX00上。这之后，FRX00的操作变得不受控制。FRX00并非依照驾驶员的意志，而是根据中枢电脑的判断展开了战斗机动。也就是说，雪风抛弃了被迦姆击毁的旧机体，进入了新机体，并根据自己的意识击毁了附近的迦姆战机——布克少校在信中这样写道。

雪风的驾驶员深井零中尉虽然获救，但右腹却遭受枪击。而副驾驶员巴格迪什少尉也不在机上，因为在雪风紧急降落时通过弹射座椅逃生的只有深井中尉一人。这说明雪风在任务途中降落在了某处，而巴格迪什少尉在此处离开了雪风。

没人知道他为什么那样做，也没人知道在那里到底发生了什么。雪风的行动记录完整地复制到了FRX00上，根据记录显示，雪风在被击毁前确实降落在了某处。然而对于更详细的内容，我们完全一无所知。深井中尉虽然保住了性命，但现在近乎植物人状态，无法开口说话。中尉身上的子弹是由FAF工厂制造的，但到底是谁想要射杀中尉还无法确定。虽然我们也怀疑深井中尉和巴格迪什少尉之间发生了争执，导致两人互相射杀，但具体情况尚不明确。巴格迪什少尉的下落也是不得而知。

所有谜团或许都能在深井中尉的脑海中获得答案，但是我们却无法获得那段记忆，因为他至今仍在昏迷。

或许——接下来布克少校叙述的内容令人震惊——射伤深井中尉的正是我们至今仍未直接接触过的迦姆这一外星智体的本体。有可能雪风和驾驶员被迦姆俘虏，而只有深井中尉成功逃脱。这是基于雪风收集的战斗情报的分析，如果真是这样，那雪风的驾驶员和迦姆应该进行过某种交涉。

布克少校在结尾写道：迦姆并未松懈，它们可能一直在改变战略。而深井中尉应该知道它们的企图。无论是作为友人，还是作为特殊战战友，我都希望深井中尉能早日醒来。为了地球人能战胜迦姆，希望你也能为他的康复祈祷。

被击毁的雪风的两位驾驶员——深井中尉和巴格迪什少尉可能和迦姆有过直接接触——我被布克少校在信中叙述的内容震惊了。一直以来迦姆的真面目都是个谜,而雪风和它的驾驶员可能已经掌握了与此有关的线索。除此以外,迦姆正在改变战斗方式,这一点也让我震惊。

我的记者之魂燃起来了。如果迦姆的战略开始发生变化,那很可能目前为止的攻击都只是小试牛刀,真正的战斗现在才开始。

这封来自布克少校的信,正是对地球人的新的警告。我必须对此进行报道,也必须续写《侵略者》。因为,我无法在迦姆的威胁下安然地生活。

摘自琳·杰克逊《侵略者续》执笔笔记

Ⅰ 冲击波

说生非生、说死非死、似睡而非的状态一直持续，他偶尔抬起眼睑，转动眼球。

那样子就似在用眼神追逐不为旁人所见的飞舞着的妖精一般，又似拼命挣扎着想要打开眼睛这扇窗户，让光芒照进黑暗的脑海深处，拯救被黑暗深渊包围着的自己。

他并非有意识地做着眼球的动作。全身上下都毫无知觉。当眼球转动之时，他脑海中出现的是被心爱的战机抛弃后留在原地的自己，以及战机那逐渐远去的身影。心爱的战机——雪风。雪风的身影消失之时，只剩下空虚在不断蔓延。当他自身的存在也逐渐变小、消失之后，眼球的运动停止了。接下来，意识再次陷入生与死的夹缝中。

漠然生死，唯有时间流逝，但对他而言，就连逝去的时间也毫无意义。

"醒来吧。"——直到呼唤的声音响起。

1

菲雅利空军—菲雅利基地战术战斗航空军团—特殊战第五

飞行战队的出击管理兼作战负责人詹姆斯·布克少校，最近正被一堆问题弄得头痛不已。

首先是他的脖子还在隐隐作痛；导致他脖子受伤的那次事件至今仍未全面查清；特殊战3号机–雪风的驾驶员深井零中尉一直没有苏醒，近乎植物人状态。除此之外，他还能感到自从那场战斗以来迦姆的战略发生了微妙的变化，但却无法准确把握。并且，前线基地配备的和雪风同一型号的希露芙——准确来说雪风经过改造后拥有更高的性能，其损毁数量急剧增加。

他回想起特殊战的军医巴鲁姆曾对他说过，如果脖子仍旧疼痛可以试试做神经阻滞，但他拒绝了。"那就免了。被你这酒鬼的手艺一弄，怕是直接见上帝了。""那就用心理疗法吧。"军医说道，"心里的不安消除之后，疼痛或许也会跟着消失。"

"你在担心什么，少校？不是活着回来了嘛。虽说确实差点死在FRX00上，但之后也没必要再乘坐那玩意儿了。"

这可行不通。少校暗自想到，看来自己的不安是指望不上这个军医了，只能靠自己解决。

要说这份不安，其实涉及刚才提到的让他头痛的第二点。也就是在那次事件中FRX00到底发生了什么？这个疑问至今仍未全面查清。

当时，雪风被迦姆击中，无法继续飞行。它抛弃了熊熊燃烧的旧机体，将自己转移到了正好靠近的FRX00上。得到新机体的雪风确认附近有三架迦姆战机，并自主展开了战斗机动。与此同时，FRX00机上的驾驶员和坐在后座舱担任副驾驶员的少校当即休克。当时驾驶战机的是特殊战13号机的萨米亚上尉，他因颈骨骨折当场死亡。

真是可怕的机动。少校回想起当时的情况，不由得摸了摸自己的脖子。FRX00的空战机动性能远在预想之上，他似乎能听到系统军团的电脑发出的嘲笑。

"你真的打算把设计成无人机的FRX99改为可供人类操作的机体？FRX99改为FRX00？"

为了实际体验根据自己要求所开发出来的试验机的性能，布克少校坐进了试验机的后座舱，但他完全没有料到会发生这样的事。他乘坐试验机，其实也是因为出航的雪风没有在预定的时间内返回基地，他感到不安，因此以FRX00的实战运用为由，想要亲自寻找雪风。虽然在某种意义上这确实起到了支援雪风的作用，但在机上的他无法确认当时发生了什么。就算到了现在，他也不是很清楚。

当时驾驶FRX00的萨米亚上尉为了看清向本机传送来的不明信息的内容，身体前倾，靠近显示屏。而这显然是一个致命的错误。少校曾后悔没能提醒萨米亚上尉，但他也宽慰自己，当时的情势确实太过紧急。他完全没想到，那时的信息正是从被击落的燃烧着的雪风那里传来的雪风自己的意识。尽管如此，曾经也是飞行员的少校在感到异常的瞬间就绷紧了全身，因此对战斗机动有了准备。正因如此，尽管颈椎脱臼，他的颈部还是受到了一定保护。

这或许就是曾经受过培训的驾驶战斗机的直觉。在危险来临之际，立马预感到可能会遭受超乎想象的重力过载。不，不对。少校又想，自己已经很久没有驾驶过战斗机了，与其说那时候预感到的是战斗本身的危险，不如说是感到了FRX00这一新机体中隐藏的危险性。他意识到不该让人类乘坐这样的机体，但可怕的是，他自己就正在这架机体之中。

FRX00是由设计成无人机的FRX99改造而成的载人机。改造的结果便是由于搭载了飞行员保护装置，机体重量大幅增加。但就算如此，由于拥有和FRX99同样的潜在性能，其出色的空战机动能力仍然是其他载人机无法比拟的。

　　载人机的设计必须考虑到重力过载对人体的影响，因此无法避免地会降低战机的空战追击能力。另外，由于人类是陆地生物，对三维空间的把握能力较差，甚至还会出现在云层中倒着飞行也全然不知的情况。

　　但若是设计成无人机，这些缺点都将不复存在。不用考虑人体极限，可以最大限度地在技术上发挥机体的机动性能，甚至能使机体轻易地进入可控的水平尾旋[①]状态。曾经，这样的机动动作被认为在实战中没有任何优点，但若是可以完美操作，则敏捷度高的战机在缠斗中自然更有优势。

　　FRX99正是为此而生的一种机体。配备有垂直鸭翼[②]和二元矢量引擎喷口[③]，通过直接侧力控制[④]甚至可以做出像回旋镖一样的旋转动作。除侧力外，直接升力也可操控。在保持机体水平的状态下，可以快速地上下移动。为了使引擎在剧烈机动时也能保持吸气能力，主翼的两边分别配备有吸气口，这使双引擎的机体乍一眼看上去就像有四个引擎。

　　布克少校至今记得当深井零中尉初次见到交付给特殊战的FRX00原型机时的情形。

　　"看得出高性能，但是太丑了。"零说道。

[①]一种非正常的飞行状态，进入此状态时飞机沿着一条小半径的螺旋线航迹一面旋转，一面急剧下降，因而十分危险。——译者注
[②]又名"前尾翼"，位于座舱两侧。——译者注
[③]矢量喷口可通过改变动力喷射方向从而产生不同方向的加速度。二元喷口通常设计成四方形，可上下摆动。——译者注
[④]飞机主动控制技术之一，指直接通过控制面造成侧力来使飞机平移，也称为"非常规机动"。——译者注

自从颈部受伤以来，少校数次回想起零所说过的话。或许零感到了以FRX99为原型设计出来的那架机体浑身散发着"无须人类、请勿靠近"的气息。这是无视人类存在设计出来的战斗机器，它压根没打算和人类好好相处，并且在外观上就体现了这一点。而零在见到它的第一眼就感受到了。

即便如此，这架FRX00在FAF中仍然是最高性能的载人机种。它那"致命的"空战机动性能反倒成为它高性能的证明。安全的战斗机自然是不存在的，重要的是人类是否能够驾驭。

毫无疑问，当时操控FRX00的是雪风。问题是，雪风完全无视了FRX00机上的人员，罔顾人类生死地做出了机动动作。

布克少校调查了返航的FRX00上中枢电脑的数据文件，发现没有任何与飞行员相关的内容，这让他感到不寒而栗。

这到底是怎么回事？战机的中枢电脑不可能感知不到机上还有飞行员。那么，就是说中枢电脑自行无视了人类的存在，并消除了相关数据。

为什么？

或许是因为那时的FRX00已经不是试验机了，而是雪风。雪风将零从燃烧的旧机体中弹射出去后，对雪风而言，机上已经没有人类了，也不可能有人类。因此，它判断FRX00上有关驾驶员的数据都是错误信息……也不是没有这种可能，只是从雪风的数据记录中无法得到确认。雪风不理解暧昧的人类语言，因此不可能回答"你当时到底有何打算"这样的提问。它只会用数据"说话"，因此只要数据里没有我们想知道的内容，那我们只能去揣测它发生了什么以及它的意图。

那时，转移到FRX00的雪风一定想尽快击落周围的敌人迦姆。从返航后对它的调查来看，FRX00上所有的机动限制装置都被解除了——比起"解除",或许说"没有启动"更为准确。FRX00上的飞行员保护装置本应正常工作,但可以想象这在雪风看来只能是系统故障。为了解除所有限制,雪风必定向所有感应系统发送了"无人乘坐"的虚假信息,并关闭了飞行员保护装置。但其实对雪风来说,这并非虚假信息。既然已经将零弹出机体,那保护装置判断机上还有人类就只可能是系统错误,而雪风只是修正了这个错误而已。不过,通常这种事是不可能发生的,所以只能认为当时的雪风产生了漏洞。而这正是令人无法理解的地方。

将自己传送至新机体,对雪风来说是从未有过的行为,因此就算产生了某种漏洞也不足为奇。否则,它明明有更简单的方法解除限制,正常情况下也应该那样做了——它只要启动FRX00的弹射座椅就可以了。无论是雪风的旧机体还是FRX00,当中枢电脑设想飞行员已经陷入昏迷无法自行弹出时,根据中枢电脑的判断,弹射座椅是可以自行启动的。飞行员保护功能控制着所有的机动限制装置、抗荷服控制装置[①]、保护颈部的主动式头枕等保护装置,这项功能被设定为在无人状态下无法启动。因此只要将座椅弹射出去,那之后无论多么致命的战斗机动也能完成,并且也不会发生任何问题。

但是雪风并没有那样做。这到底是传送导致的漏洞,还是说雪风判断不必浪费时间去保护除零以外的人类?雪风的真实想法难以捉摸。又或者,这和雪风的行为没有关系,只是FRX00的飞行员保护装置本身存在问题也不无可能。

真正的原因至今仍是个谜。

[①]在正过载作用时,该装置可通过给服装充气的方式,对人体腹部和下肢加压,以减少内脏变形和移位,阻止血液向下半身转移,从而保证头部的血液循环。——译者注

由于发生了这个问题，量产FRX00组建新特殊战的计划也被迫搁置。巴鲁姆军医说这就是导致少校脖子一直疼痛的原因，这让少校感到非常郁闷。要是这个问题不解决，那岂不是要一直痛下去了？

见鬼，只要零醒来，就不用这么担心了，少校心想。如果雪风的伙伴——驾驶员深井零中尉说"雪风是判断了不用顾及除我以外的飞行员的生命安全"，那么不管这句话内容如何，总觉得都可以接受。

明明问题可以这么轻易地解决，然而零却一点醒来的迹象也没有。

"既然特殊战无法查明关于FRX00，也就是雪风的危险机动的原因，那就由我们来调查吧。"系统军团前来提议，但布克少校拒绝了。而系统军团又强行要求交出机体。

布克少校再次拒绝了。他绝不可能将机体交出去，因为那架FRX00已经变成了参加过实战的特殊战战机雪风，况且，如果想越过特殊战，直接调查雪风的中枢电脑，雪风就会自行爆炸。说到这里，系统军团也只好作罢。他们清楚特殊战战机的中枢电脑的危险性，毕竟是他们自己设计成这样的。

要让系统军团接受现在的FRX00是雪风，就不得不出示记录了FRX00返航报告的通信记录。

当时，那架战机主动宣称自己是雪风。

＜这里是雪风，预计返回基地时间21时46分，完毕。＞

雪风的作战出击代号本是B-3，但它在讯息中没有使用该代号，而是使用了自己的名字"YUKIKAZE"[①]。这是第一次，

---

① "雪风"在日文中读作"YUKIKAZE"。——译者注

也是唯一一次。

雪风可能意识到了自己的机体已经变了，所以它并不是B-3。既然如此，那就只能用"YUKIKAZE"来自称了。应该就是这样吧，少校心里想到。但他又想，那时的雪风可能正在寻找为自己取名的零，它也感到了不安。

"如果这是事实的话，那岂不正好表明战斗机像人类一样行动是很危险的吗？战斗机不需要个性。"系统军团说道。总之，布克少校断定，系统军团想以此次事件为由，让特殊战、让他承认FAF已经不再需要载人机，他们想要夺走雪风。布克少校愤怒地回道："我怎么可能让现役的战斗机毁在自己人手里？！"双方的争论变得非常激烈，但最后系统军团还是妥协了。不过他们留下了这样一句话：

"如果雪风将自己的数据传送至FRX00上是事实，那它必然使用了无线电波，因此数据内容很可能已经被迦姆读取了。现在与旧版雪风几乎同一型号的希露芙的损毁数量急剧增加很有可能就是这个原因导致的。既然你们不肯交出雪风，那这件事就必须由你们特殊战调查清楚，我们对此概不负责。"

少校心想，随便他们怎么说都行，只是如果他们真的认为FAF已经不再需要载人机的话，那就大错特错了。在特殊战的任务中，人类和机器是不可分开的。

少校再次觉得，无论今后无人机变得多么可靠，特殊战里还是需要载人机，并且，将现役特殊战战机的超级希露芙用作无人机的做法也是行不通的。因为在战斗的时候，确实会有一些被机器无视的信息只有人类才能把握。雪风的这次事件，正好在实战中证明了这一点。

根据雪风的战斗记录显示，在任务途中，雪风曾两次将飞行员弹射出舱。第一次是在和迦姆接触的时候；第二次是被迦姆击落经过那段谜一样的空白时间。

弹射座椅两次被使用，说明驾驶员深井零中尉在使用一次弹射座椅逃生之后，又乘坐了雪风。而如果不重新安装弹射座椅组件，这是不可能的。那么，第二次的弹射座椅是谁准备的呢？距离最近的前线基地 TAB-15 并没有收到来自雪风的关于备用弹射座椅的请求。那么，能想到的只有一种可能——这是迦姆准备的，在雪风有过行动、但目前完全无法搞清的空白时间段内。雪风的数据文件中不存在的信息，身为驾驶员的深井零中尉应该知道。这正是只有人类参与作战才能获得的信息。同时，这也可以认为是迦姆首次想要和人类进行直接交涉。

所有的答案或许都在零的脑海中。

快醒来吧，布克少校迫切地祈祷着。只要零能够醒来，那么导致他脖子疼痛的烦恼几乎都会由此消散。这样一来也能满怀自信地将 FRX00 投入量产。虽说这一机型对人类而言非常危险，但它同样也能对迦姆构成威胁。

FRX00 的机体和其他超级希露芙战机并排停放在特殊战的机库中，占有着自己固定的位置。FAF 中唯一一架可供人类乘坐的 FRX99 改造版，FRX00，又名，雪风。这就是获得新机体后的雪风。

雪风虽然以转移到 FRX00 的形式回归，但深井零中尉却还没有醒来。就算布克少校已经取下颈托，零的意识也仍未恢复。明明身体就躺在那里，但他却不在那具躯壳里面。

让布克少校头疼的问题堆积如山——零、雪风、反迦姆战略战术。

而且，这些烦恼马上又要生出新的问题。

2

布克少校合上特殊战战机的维修记录文件夹，歇了口气。他给自己冲了一杯热可可，喃喃自语道："我忙得不可开交，零，你却连眼睛也不肯睁一下。"他倚靠在书桌边缘，拿起装有热可可的马克杯对深井零中尉说道："来一口吗？"

零被安放在轮椅上，紧挨着少校的书桌。他双眼微张，一动不动。

最近，少校每天都会命人把零带来自己的办公室待上一个小时。在医院里，零只是一个病人，但只要进入特殊战的区域，他就是一名战士。少校这样想着，也这样做着。哪怕是微小的刺激，他也希望能提高零醒来的概率。

"不想喝吗？"少校轻轻叹了口气，喝了一口热可可，又道，"杯子还得自己洗，要是有个聪明又漂亮的女秘书就好了。你觉得呢？"

跟我无关，这是你自己的问题吧——如果能开口，零应该会这么说吧。少校心里还是有数的。

"不上战场的战士，太没出息了。算了，我也好不到哪儿去。我完全养成自言自语的习惯了。不对，和你在一起的时候，就不是自言自语，我这是在和你说话。"

零的表情没有任何变化。尽管如此，有时他也会对雪风的名字有所反应——就算闭着眼睛，他也会抽动脸颊。少校相信这是一个好的征兆。

目前为止，零曾两次睁开过眼睛。令少校好奇的是，他到底是对什么产生了反应？或许在他的脑海中，他正和迦姆进行着战斗。但也可能是外界的什么对他产生了刺激。而这正是少校想知道的。

布克少校虽然不具备医学专业知识，但他比任何医疗人员都了解零。他相信零一定非常想和自己说话。于是，为了把自己和零的所有交流实时输入特殊战司令部的战术电脑中，他让特殊战区域内的任何地方都能接收到戴在零头上的脑电波监测仪的遥测信号。他想，如果自己所说的内容和零的脑电波变化有联系，那么这就不是他的自言自语，而是对话。

"我的努力够让人感动吧，零。我相信你也会认同。特殊战的战术电脑正在监测你，你可真是个了不起的家伙。"

目前，没有任何分析显示零对外界有所反应。"如果能把你所想的直接翻译成话语就好了。虽然现在看来还不太现实，但在不久的将来就能行了吧。"少校对零说道。

"你觉得很荒唐吗？不会的，不久之后人们就可以通过思考直接和机器交流，仅靠意念就可以控制战斗机。当然了，高难度的机动暂时还不行。当你感到危险想要逃离战机时，身体完全不用动就可以启动弹射程序。零，你可没有死，只是不能和外界连接罢了，对吧？一定会通过某处连接的，我决不会放弃。我还有许多事情想问你。"

零没有回应少校，只是将头靠在轮椅的头枕上。头上戴着脑电波监测仪的他虽然戴上了帽子，但服装是飞行服。

只要一想到自己是在自言自语，少校就会觉得疲惫不堪。他重新说服自己零想听他说话，继续说道：

"之前我应该说过吧，队里来了新人，13号机的。萨米亚上尉的继任者终于找到了。矢头少尉，弓矢的矢，箭头的头。他之前问我你是怎样的队员。你要是再这么优哉游哉休息下去，再过不久就没人认识你了。飞行员的职业生涯是很短的，就算没被迦姆干掉，体能也会逐渐跟不上。我是被FRX00搞怕了，你呢？"

我还能飞——零会这么说吧。

"没错，你还能飞，只要醒过来，立马就能。"

少校知道，如果放任不管的话，零的身体真的就会像植物一样动弹不得。他不希望零就这样下去。好朋友变成这样自然令人悲伤，同时作为特殊战的队员管理人，他也不希望失去优秀的飞行员。

能够胜任特殊战任务的人并不多。特殊战的飞行员要有极其冷酷的性格，而这使教育和训练都难以进行。

第五飞行战队新到任的矢头少尉，在这方面可能有点欠缺。之所以这么说，是因为他带了那么点儿人情味，少校冷淡地想。矢头少尉对零的事情感到好奇，而特殊战里的其他队员都对零没有兴趣。矢头少尉作为飞行员拥有一流的技术，但或许并不适合特殊战的任务。而零就不是那样，他就像是专门为特殊战而生的一样。等他醒来后，少校想让他立马回归实战。

因此，为了维持身体机能，一天之中相当多的时间零都会被强制活动身体。在康复中心，他会被装进类似动力装甲的装置内进行运动，肌肉也会接受电流的刺激。那样子就像一具舞动的尸体，让前去探望的少校不忍直视。但他还是忍住了没有挪开视线，因为让医生们那样做的正是他自己。

"你得好好感谢我，零，为你操了那么多心。不过话说回来，就算不是我，也有人会这么做吧，你现在可是最重要的人物。到底那个时候发生了什么？你见到迦姆和迦姆的本体了吗？它长什么样？你倒是回答我啊，拜托了。我们不是好朋友吗？我不告诉其他人也行，你快醒来吧。那些庸医说你的脑袋没有损伤，这次我暂且相信他们。零，说点什么吧——"

敲门声响起，少校说了句"进来"，接着将热可可一饮而尽。

一位意想不到的人物走了进来。

"……库里准将。"

来者是特殊战的一把手，库里准将。布克少校起身敬礼，接着将自己的椅子推了过去。这间办公室里可没有为客人准备的得体的沙发。

准将用手扶住眼镜，看了看零。

"零在这儿不方便谈话吗？"少校问道，"也差不多该叫护士来了。"

"没事，不用了。就让深井中尉在这里吧。"

"还是说，就是来找零的？"

"是吧……是的。情报军找到我，问我们打算这样到什么时候。"

"呵。"少校冷笑道，"又来。"

这个长官总是带来麻烦的问题。对吧，零？

"我不会交出零的，长官。特殊战需要他。"

"是需要身为飞行员的他。"

"他还会再起飞的。"

"何时？"

"我还在努力。"

"这我知道，少校。"准将的语气软了下来，她在少校的椅子上坐下，继续道，"你在努力，而我，也不想眼睁睁地失去优秀的飞行员。"

那么在您这里直接拒绝FAF情报军的要求不就好了吗？少校很想这么说，但还是忍住了。

"那还有什么问题呢？如果把零交给情报军，他只会成为植物人。不让他运动，只为获得他脑中的信息，那根本称不上治疗。"

"你的做法我是认同的，但是情报军却不这么认为，他们很焦躁。中尉变成这样有多久了？"

"……大约三个月，到今天九十二天了，准将。"

"深井中尉作为FAF军人的日子很快就要结束了。"

"什么意思？——明白了，退役是吗？零的服役期快到了。但是他肯定会申请延长兵役的。"

"他如果不能自行表达自己的意愿，那么兵役就会结束，他会成为平民。这样一来，我们就不能把他留在特殊战里。"

"情报军就可以吗？"

"以协助FAF名义的话。总会有借口的，少校。他们那群家伙，总是想做什么就做什么。而我们没有任何名义可以阻止那些家伙带走深井中尉。我也没有那个能耐。实际上，特殊战的司令虽然是我，但正式来说特殊战的直属长官是菲雅利基地战术战斗航空军团的司令，也就是莱图姆中将，而我只是个副司令。"

"呵，我们明明有独立的司令部。"

"是的，就算从级别来看，我担负着中将级的责任，而你所做的也不是少校级的工作，特殊战并没有被小看。随着战况的变化，我们任务的重要性会逐渐增加，但FAF内部的组织编制却不会随之而变。不过，现在我们说这些也没用。总之如果再这样下去，一个月后我们将不得不放弃深井中尉。"

库里准将瞥了一眼零，继续说道：

"因此——"

"因此，这是命令我想办法让零在延长服役期限的申请上签字吗？"

"没错。可能性有多大？"

"一个月吗？不太好说。不过把现在的零交给情报军的话，他多半会被折磨成废人吧。"

"我们特殊战的军力抵得上一个军团，但在这件事上却也没有办法。"

少校心想，这是说特殊战仅有十三架战术战斗电子侦察机，却和拥有数百架战斗机的军团军力相当吗？不过倒也并不夸张。因为特殊战收集的情报可以左右FAF的整体动向。特别是这次可能见过迦姆的零，他脑海中的信息或许会左右FAF甚至是地球的命运。而那个信息，库里准将还是想由自己挖掘出来。说情报是属于特殊战的，但其实就是想把功劳据为己有。

少校内心焦躁，不由得将想法说了出来。

"或许吧。"准将冷静地点了点头，继续说道，"但是深井中尉本身就是我们特殊战的人，如果没有我们战队，也无法获得这宝贵的情报。只要坚持这么说，那功劳就是我们的了，少校。当然，得是零真的有这种情报的情况下。我不想让少校你的努力白费。为了治疗深井中尉，甚至连特殊战司令部的战术电脑都用上了。而同意你使用的人正是我。如果就此让情报军带走他，那我立场何在？"

"我明白，准将。"

"深井中尉的情况如何？"

"身体的话没什么大碍。他很幸运，弹射的地方离TAB-15很近。前线的军医虽然粗暴，但手法熟练，几乎能让人起死回生。实际上，据说发现零的时候，他差不多已经是具尸体了。"

"不过我听说他的脑部并没有怎么受伤。"

"这应该多亏前线军医进行了妥当的应急处理。菲雅利基地的医生们大道理会讲，实战经验却很缺乏。我们医疗队的首席军医巴鲁姆虽然技术不错，但只有喝酒之后的最初那五分钟是靠谱的。"

"期待你的好消息。"准将说完之后，又道，"深井中尉身上的枪伤，是副驾驶员巴格迪什少尉干的吗？他到底去哪儿了？深井中尉如果不恢复正常，这件事也无法弄明白，我想在一个月之内知道到底发生了什么。只要是我们特殊战能够办到的事情，你尽管说。还有其他问题吗？"

"没有，准将。"

"好。"

库里准将点了点头，但完全没有要离开的样子。

"要来杯咖啡吗？"少校说道，"你看上去很累。"

"你也是，少校。咖啡就不必了，战况分析怎么样了？TAB-15那边的战斗的确越来越激烈了，在所有战机中，尤其是希露芙被打得最惨，这和旧版雪风被击落有关吗？"

"马上就要开战术作战战前会议了，那时再——"

"我想听你私人的意见，布克少校。"

"私人闲聊吗？"

"是的。"

战略会议、战术研讨会议、作战计划会议、作战行动战前会议等，FAF的会议很多。会议不同，出席的人员也不同。在战略会议中讨论下一代战机的必要条件时，系统军团的人会出席；在战术研讨会议时，大部分队员也会出席。除了出击前的有关起飞注意事项的简会以外，库里准将一定会出席所有的这些会议。在这些会议中或者准将的办公室里，准将有征求过少校的个人意见。但是准将亲自来到少校办公室，在开会之前征求少校的私人意见还是第一次。

"对话不会外传的，少校。"

"你怎么想的呢，准将？"

"我想听你的意见。"

"呵。"

看来准将很是烦恼。这个总是自信满满、像女王一样的特殊战司令，她的自信也开始动摇了。

少校心想这是整个特殊战的危机。雪风事件就像冲击波一样，冲击了整个FAF，特别是特殊战。雪风成为特殊战里第一架被迦姆击落的战机。它将自己从旧机体中传送到了FRX00中，而传送的数据里包含了希露芙和超级希露芙的相关资料、极限机动性能等情报。如果迦姆获得了这些情报，那么就如系统军团所说的那样，确实会对希露芙不利。但是雪风是不可能把情报泄露给迦姆的。

"这和雪风没有关系。"少校坚定地说，"雪风不可能疏忽到被迦姆盗走情报。"

"但这种可能性是有的。"

"迦姆如果通过雪风以外的机体获取希露芙的弱点，那还有可能。那种可能性大得多。"

"我也想这样想，少校。"

"只要你相信，那这就是事实。真是不像你的作风啊。稍有迟疑的话，晋升的机会可就白白浪费了，准将。"

准将没有回话，轻轻叹了口气。

"准将，雪风采取传送数据这样一种方式，对我们来说也是头一遭。这对迦姆来说自然也是无法预料的事，它们不可能知道这是什么。当时，雪风通过 U/VHF 频段[①] 通信系统诱导 FRX00 前来，并向外界发送虚假情报。而真正重要的信息则通过攻击管制雷达传送给了 FRX00。"

　　雪风为提高定向性，将火控（Fire Control）雷达设定为单一目标追踪模式，并瞄准了 FRX00。它将自己的信息拆分成拼图一样的数据包，并将其加载到雷达的载波信号上[②] 传送给了 FRX00。由于 FRX00 是专为特殊战研发的电子侦察机，它不仅能探知到攻击锁定，还能够实时收集和分析其内容。而雪风正是利用了这一点。

　　"FRX00 的中枢电脑带有紧急暗号解码系统，就算迦姆获得了该系统解码部分的硬盘，光靠硬盘也是无法解析的。解码器只有在中枢电脑的控制下启动时，才可以将情报从无线电波中分离出来。若要理解雪风发出的情报，就必须和雪风拥有相同的机能构造，并且实时进行解析。而 FRX00 正是这样一架机体。"

　　"可是周围还有三架迦姆的战机。"

　　"那些战机也可能和雪风拥有相同的机能构造，因此雪风在得到 FRX 型号的新机体后，就算牺牲我和萨米亚上尉，也要立即击毁那些战机。迦姆没有任何时间向同伴传达讯息，完全是立马就被击毁。雪风能证实这一点。"

　　"的确。"

[①] UHF 和 VHF 分别指甚高频（Very High Frequency）和特高频（Ultra High Frequency）无线电波。——译者注
[②] 雷达波有固定频率，将传送的信息通过调制后加载到雷达波上，接收方去除固定频率后即可获得雷达波上搭载的信息。——译者注

"我们不断损失前线的希露芙应该另有原因。FAF正量产希露芙以填补下一代新型战机投入使用之前的空白。你也知道，为提高产量，量产型的希露芙做了许多合理化设计变更，几乎可以说是全新的设计。所谓合理化设计，换言之，就是简化版。和本来的希露芙相比，不少地方都进行了偷工减料，这可能导致战机出现某些缺陷。"

"我们损失的希露芙可不仅仅是量产的新版本希露芙。这一点你应该知道吧。"

"嗯……如果不是机体的原因，那就是因为新来的生手太多了。况且，"少校若无其事地说，"就算是因为雪风导致情报泄露，那么现在看来那些情报也已经过时了。那些是希露芙机体的情报，不是FRX00的。特殊战还是应该引进FRX00。重新再计划量产吧。"

"量产载人机，而不是无人机？"

"人类是必不可少的。获得情报的方式越多越好。"

布克少校看着轮椅上一言不发的零说道。他和准将之所以这么没底气，就是因为零一直是这种状态。少校不由得在内心嘀咕。

"说起新来的驾驶员，我们战队新来的人如何？"

"矢头少尉吗？目前只出过一次任务，还不好说什么。"

"实战经验应该比较丰富吧。战绩很是漂亮。"

"毕竟曾是TAB-15的头牌飞行员。不过被击落后，就到这来了。"

"他很优秀，所以我才把他争取过来了。"

"你对他很满意吗？"

准将抬眼看了看站在身旁的少校，没有作答。

"抱歉，不过对特殊战来说，需要的是像零那样的飞行员。"

"对自己以外的事情漠不关心，像机器一样的驾驶员？是吧，现在深井中尉就像坏掉的机器一样。"

"是啊。"少校回道，"确实如此。人类的医生治不好他，必须靠他自身的自我修复功能发挥作用。不过，零好歹回来了，雪风也是。尽管这可能并不合你的心意。"

"这是两回事。没错，矢头少尉可能太有人情味了。如果你判断特殊战用不上他，那就告诉我，少校。"

"遵命，准将。"

"开会的时间到了。"库里准将看了看手表，站了起来，"很高兴能和你聊这些。"

"我也是。——准将。"

少校叫住准备离开的库里准将，说道："让雪风再去执行实战任务吧，用FRX00。"

"驾驶员谁来担任？"

"以无人机的形式。"

"这很矛盾呀，少校。"

"雪风和其他的无人机不同。和从一开始就被设计成无人机的FRX99不同。它可是雪风，准将。它包含有零的一部分。"

现在雪风由其他的队员驾驶，用于熟悉FRX00机型的训练飞行。它没有被投入实战，因为没有人能预料到它会有何种举动。尽管如此，少校还是期待，只要它还能够用于训练飞行，那么总有一天人们会渐渐了解它。因此不管以什么名义也好，都要让雪风继续飞行，不然它就会被系统军团夺走。

"其实还是想让零来驾驶雪风。他应该也非常想和迦姆战斗吧。希露芙的损失被怪在自己头上，他肯定忍受不了。"

"你把它看作人类了，少校。"

"雪风确实不是人类，我知道把它拟人化是很危险的。但不可否认的是，雪风是由零培养出来的，而我和零关系不错……所以就是这么回事。让雪风负责TAB-15那边的战斗侦察吧，我相信它会带来有用的情报。我已经有了具体计划。"

"明白了，少校。"库里准将说道，"我们不能输给迦姆，任何手段都必须尝试。特殊战不允许失败。那么少校，会议上见。"

库里准将不再留给少校回话的机会，离开了房间。少校不由得心想，这才像平日里的准将。

打开内部通信装置，少校叫来了护士。

"零，该做体操了。要是再这么悠闲地睡下去，那只能和雪风永别了。"

留给零的时间只剩下一个月了，在这段时间里真的能有起色吗？不管怎样，只能坚持下去。

少校叮嘱前来的护士，要给零换上运动时的服装，并且运动完后要给零洗澡。他总是会费心地叮嘱这些。"放心吧，我们会认真完成。"护士说完，推着轮椅离开了。

零需要活着的实感和刺激，要是他有恋人就好了。少校一边整理会议资料一边想。对零来说，要说恋人的话，那就是雪风了。所以目前这一阶段有必要认真讨论下是否必须采用让零乘坐雪风这一刺激疗法了。虽然少校一直在对零说"你随时都能飞"，但从体能上来说是不可能的，医生们也会说无法保证零会活下去吧。尽管这样，也值得试一试。虽然对少校来说这确实是一个难以做出的决定。

布克少校带着将雪风用于无人机实战的计划书，离开了自己的房间。

就在明天，一定会让你再次飞上蓝天。就目前来看，等于库里准将已经同意了。零，我一定会让你看到雪风回归实战。

3

新的雪风按照计划开始执行实战任务。

停放在机库中时，雪风的垂直尾翼没有展开，而是和水平尾翼折叠在一起呈水平状态。当升降机将雪风从地下机库运送到地面上，雪风的引擎启动后，第一尾翼会作为垂直尾翼竖立起来。

那逐渐竖立起来的尾翼就好像预示着雪风的生命正不断复苏。

布克少校坐进雪风的驾驶舱，观察后方尾翼的启动状态。

尾翼的内侧不像特殊战第五飞行战队的其他战斗机一样，画有风之妖精希露芙的图案，因为它并不是超级希露芙。这架战术战斗电子侦察机还没有属于自己的爱称。不管怎么说，这是FAF中仅有的一架机体，别说爱称了，就连正式的型号名称都还没有确定。到现在人们都还是称呼它为FRX00。但是少校觉得，它的非正式名称已经在那个时候就定好了，毕竟它已经"自称"过了。

雪风。这两个小小的汉字写在座舱前方，和原来的雪风一样，是布克少校亲手写的。就在昨晚，当着零的面。

尾翼的外侧画有深灰色的回旋镖标志，标志下写有小小的SAF-Ⅴ字样。这表示这架战机属于特殊战第五飞行战队。

战斗机编号为05013，机身上的序列号为96065。除此以外，没有任何标志或数字。

在特殊战的地面区域，坐在座舱里的少校能看到载人电梯的出口处，零正由两名护士看护着。布克少校踩下脚镫，推动节流阀拉杆。

两台改良过的5000系高性能大马力引擎SUPER PHOENIX MARK XI发出轰鸣，巨大的吸气声和咆哮般的排气声随之响起。在这铺天盖地的音浪中，零仍旧没有反应。不，从这里看过去虽然看不出什么，但他一定正侧耳倾听。少校希望自己想的是对的。然而，太过在意零的话，雪风是无法起飞的。为做好起飞前检查，少校放空了油门。

由于此次是无人战斗任务，因此不必检查弹射座椅和座舱。但少校还是大致确认了一下，就像训练飞行中驾驶雪风的飞行员一样。

就算在没有飞行的日子里，雪风还是会和其他战机一样接受例行检查。少校安排了所有飞行员每天轮流对雪风进行检查，但今天由少校亲自来做。

少校伸手打开电脑控制面板，启动自我检查程序，并使主测试选择器配合机上检查。

自动节流阀、ALS（自动着陆系统）、ADC（大气数据电脑）进行自我检查。

超级希露芙上装载有五台ADC，而FRX00上只装载了三台。准确来说，应该是两台。这两台只用于辅助，担任主要工作的是直接编入中枢电脑内的MADC（主大气数据电脑）。在希露芙机体上，中枢电脑和CADC（中央大气数据电脑）是分别独立的系统，只是间接连在一起。而FRX00上两者直接合为一体，中枢电脑自身就可以控制机体。这一点沿用了无人机

FRX99 的设计构造。

大气数据电脑用于控制机上各个活动的机翼，如果缺少这一系统，具有负静稳定性[①]的战斗机便完全无法保持平衡状态。这一点无论在载人机上还是无人机上都是一样的，因此机上均配备了预备用 ADC 系统。

无人机的 FRX99 上只有一台该系统。虽然若是中枢电脑被损坏，整个战机就废了，但考虑到若是损坏的地方仅仅是 ADC 部分，那至少预备用的系统还能派上用场。

而 FRX00 是载人机，就算中枢电脑失灵，两台独立的 ADC 系统也能供驾驶员操作。两台系统分别具有自我监控功能，即使损失中枢电脑或任何一台系统，战斗机仍能继续飞行。

但无论如何，操作 FRX00 的主角毕竟还是中枢电脑。ADC 这一系统不过是支援中枢电脑内的 MADC 的副系统罢了。

布克少校将模拟信号手动输入感应器，感应器将信号发送至 ADC 和节流阀拉杆，接着少校观察有无异常情况发生。

一切正常。

雪风的中枢电脑，可以说这就是雪风的本体。如果它所做的自我检查和少校的检查结果一致，那么显示屏上的检查项目，如 MADC、ADC1、ADC2、ALS、AFCS 等，就会逐条消失。

"请检查 AICS（引擎进气控制系统）"的提示没有消失，因为这个检查项目只能靠手动完成。

AICS 用于调节引擎的吸气量。在超音速飞行时，引擎的吸气口会产生好几种冲击波。为了使这些冲击波稳定，吸气口内部装有可调节的活动板。在战斗机不断从低速加速至亚音速、

[①] 飞机的全机焦点位于重心之前时，飞机具有负静稳定性。具有负静稳定性的飞机不具有飞行稳定性。——译者注

跨音速、超音速的过程中，活动板也逐渐合拢，以控制空气的吸入量和冲击波。活动板移动的位置和战机的速度固定成函数关系。比如，假设位置移动和战机的速度成简单的正比关系，那么其比例值只会设定为固定值，而不像 MADC 的控制那样精密而复杂。因此，中枢电脑没有直接控制这一部分，这样一来中枢电脑的负担也能相对减轻。

即使 AICS 出现问题，也不会对飞行产生影响。因为 AICS 的程序只是速度的函数，形式单一、内容简单，因此相当可靠。倘若 AICS 真的出现问题，也不过是调节活动板的液压缸失灵而已。由于结构简单，也不需要中枢电脑对此进行监控。正是这样的构造，才必须在起飞前进行认真的检查。少校一边想着，一边对 AICS 的程序进行确认。

迎角传感器，确认完毕。全静压系统，调整完毕。之后再输入模拟压力，检查飞行时程序的运行状况。模拟压力值从 0 开始上升至超出机体的极限速度、极限高度的状态，从而模拟检查电控-液压系统。确认无异常。

没有花太多工夫，机体的所有项目都检查完毕。

剩下的就只是将主武器开关打开。机体所搭载的武器为航空机炮、八枚中程导弹以及八枚短程导弹。这些空对空导弹已经由地勤人员激活。

在从雪风上下来之前，为了再次确认交给雪风的任务，少校调出了中枢电脑。

将通信系统调至"自动"，用耳麦呼叫特殊战司令部，并将司令部的战术电脑和雪风的中枢电脑相连。

少校对着耳麦，要求雪风再次确认战斗任务。特殊战司令部的战术电脑将少校的问话翻译后传达给雪风。

作战代号、起飞时间、返航要点、友军识别、侦察要点、导航支援、武器限制、天气和作战空域等。

在少校事先将这些内容输入系统时，雪风并没有显得很高兴。这也理所当然，毕竟雪风没有表情。但是现在，确认的项目不断从屏幕上一闪而过，几乎难以看清。这让少校不由得觉得雪风正在催促他，让它早些出击。

"OK，雪风，我下去后你就起飞。"

打开武器主开关，屏幕上立即显示＜使用限制：无＞

少校拔下耳麦插头，离开雪风的座舱。

来到地面后，少校再次将耳麦的插头插入雪风机体下方的外部插孔，告知司令部战术电脑雪风的起飞前准备已全部完毕。

菲雅利基地的跑道管制电脑向雪风发出了"允许起飞"的指令。

这一点从猛然增大的引擎声中就能得知。少校拔下耳麦插头，小小的嵌板门立马关闭。座舱盖自动降下关闭，并上锁。

布克少校立马从雪风旁跑向零的身边。等他气喘吁吁地回头看时，雪风已经离开了引导跑道。

"零，快看啊，本来你应该乘坐在里面的。雪风即将抛下你起飞，没有觉得不甘心吗？"

引擎的声音越来越远，跑道另一头，雪风的身影也逐渐模糊。然而引擎的声音突然变得高亢，雪风猛地向前加速，那样子就似奋力挣脱地面的生物一般，颤抖着将满腔的愤怒砸向地面。不一会儿，雪风离开地面，在收起起落架的瞬间立马开始急速上升。

雪风的起飞让少校看得入神。此刻菲雅利基地正值夏天，天空中厚厚的云层低垂密布。

雪风随着大马力引擎的声音消失在了云层之中。

"少校，布克少校。"一位护士叫道。

布克少校回过头去，只见零睁开了双眼。尽管他的视线并没有朝着雪风消失的方向。

他果然知道。少校深受感动，零知道这是雪风。当雪风的引擎声再也听不见之后，零再次闭上了双眼。不过少校有些期待地想到，这是一个好兆头。

"去下面的指挥中心。零，我们去看看雪风战斗的样子。"

布克少校催促着护士，和零一起来到了地下能够看到雪风飞行状态的特殊战指挥中心。

4

前线战术航空基地 TAB-15 位于 FAF 制空领域的最外围，数个战斗部队从这里出发前往战区。

主力攻击部队是 TAB-15 战术航空师 – 505 攻击部队的十二架战斗机。战机型号是希露芙，所搭载的空对空武器是最低限度的四枚短程导弹和航空机炮，剩余空间用于搭载强大的重型空对地导弹。

以空中追击为主要任务的 515 战斗部队负责支援 505 攻击部队。515 战斗部队由十七架战斗机编制而成，战机型号为法恩[①] Ⅱ。

505 攻击部队的队长加文·梅尔中尉在确认完路线之后，率领部队笔直地冲向迦姆基地。十二架战斗机被分为四组，每组

[①] "法恩"（FAND）是凯尔特神话中海神的妻子。——译者注

编入三架战斗机。

其实本来还能再编出一个小组，但近来部队接连失去了三架战斗机。曾经部队里最优秀的驾驶员就是矢头少尉，这一点梅尔中尉承认，但矢头少尉从部队里离开，同时又让人觉得爽快。

确认两侧的战斗机编队后，梅尔中尉发现自己意识到战斗机上没有矢头少尉时，松了口气。

那个矢头少尉总是想着独自一人同迦姆作战。部队里的战友为他操了不少心。那家伙适合特殊战的工作，多亏特殊战把他给要走了。梅尔中尉心想，真该好好感谢一下特殊战。矢头少尉是个不懂得团队行动的男人，或许他根本就不想懂。从好的方面去想，可以说，在争分夺秒的战斗状态下必须竭尽全力地保护自己，而矢头少尉正是以这样的心态去驾驶战斗机的。但是，矢头少尉似乎本身就很享受这种争分夺秒的战斗。托他的福，小组编队或整个攻击部队都常常陷入危险之中。部队里的飞行员们都不想同他一组，尽管作为希露芙的驾驶员，他拥有一流的技术。

按理说，与这样的驾驶员一组应该让人感到安心才对。当自己驾驶的战机陷入危险时，对方会快速支援自己。矢头少尉在这种时候确实也会这样做。但是，陷入危险的情况有好几次都是矢头少尉自己造成的。对矢头少尉来说，他只是在攻击有把握能干掉的迦姆战机。要是他能一击击落还好，若是敌机躲过他的攻击后进行反击，那就会出现问题——遭到反击的，通常都是友军的战机。

虽然矢头少尉与其他飞行员相比，驾驶技术确实出类拔萃。但作为一个团队，重要的是确保所有队员都不被击败，因此面对明显能战胜己方的敌人也要贸然出手，是非常愚蠢的行为。

要说有没有队友的战机因矢头少尉的擅自行动而被击毁，答案是没有，这也是不可否认的事实。但队里的人都认为矢头少尉是一个危险的家伙。

所有人都不想和他编入一组。要说理由的话，其实非常简单。

——所有人都讨厌他。

我也不例外，梅尔中尉想。矢头少尉不是一个值得信任的人。他在人与人最基本的交往中欠缺了重要的东西。这甚至让人想知道他到底是在什么样的环境中长大的。明明是个缺乏人情味的家伙，却毫不自知。

梅尔中尉用讽刺的口吻小声说道："他能和大家讨论宠物真是太好了。"

有一次，几位队员在谈论喜欢狗的话题，矢头少尉突然加入了进来。当他知道大家在讨论狗时，他说"我不喜欢狗，聊聊猫吧"，然后一个人开始说了起来。所有人都觉得扫兴，但他却没有发现，就好像忘了聊天对象是人类一样。如果对方是电脑，那也没什么，一定会跟着换话题继续聊下去。要是那个男人只用和电脑打交道就好了。实际上，驾驶战机的他总能出色地完成任务，但只要从战机上下来，最好还是能够闭嘴，不要做些令人不爽的举动。那个男人欠缺与人沟通的能力。换句话说，那家伙就不是人类。尽管如此，他完全没有自觉，还认为自己也是正常的人类。也正因如此，才让人难以应付。

梅尔中尉觉得，这个男人应该知道自己不受欢迎，但至于为什么不受欢迎，他应该不知道，并且可能到死都不会知道。要是特殊战的话，应该会让他发挥最大作用吧。据说特殊战的队员几乎不做交流。真是非人的团队，准确来说压根就不是人类。在那里，矢头少尉不会受到欢迎也不会遭到讨厌。他就像披了一层人皮，而特殊战的那群家伙连人皮都懒得披了。如果矢头少尉注意到了这一点，那他应该能够理解为什么自己这么遭人讨厌了吧。当然，前提是他真的想知道为什么。

梅尔中尉心想，那个男人无论到了哪里应该都不会改变吧。特殊战的那群家伙，可能从一开始就不会把他当回事。没有人理的话，默默加入战队就好。但由于矢头少尉觉得自己是个正常人，因此不可能一直保持沉默。这样一来，特殊战的战士们只会觉得烦躁。那情景就好似已经浮现在眼前一样。同伴的烦躁应该会让矢头少尉明白自己被人讨厌了吧。

特殊战的那群家伙，恐怕在讨厌矢头少尉之前就会说"不想和你扯上关系"。而矢头少尉可能无法理解，总之还是会像模像样地与人相处。但如果他真的明事理的话，假若对方希望独处，就应该尊重对方的意愿，不去打扰。而那个男人并不是这样的人。

总有一天，特殊战也会了解他是怎样一个人。当然，也可能是在知道的前提下挑走了他。或许特殊战有自信能够把他当作完美的战争机器来使用。在反迦姆战争中，他确实是一个有用的武器。

梅尔中尉又想，现如今这样的人越来越多了。尽管这样的家伙已经和他的战队没有任何关系。那个男人应该完全不在意原先的部队了，但自己却还在考虑他的事，这实在是有些划不来。干脆，梅尔中尉心想，那种人直接被迦姆干掉就好了。

——尽管大家嘴上不说，但心里都这么想着。

在矢头少尉被击落的时候，负责支援的正是梅尔中尉驾驶的战机。当时矢头少尉的身后紧跟着两架迦姆战机，他打算采用高过载转弯来摆脱困境。他肯定想着自己可以想办法解决一架敌机。至于另一架，他立即判断可以交给梅尔中尉，并且为了让梅尔中尉方便攻击，他让出了路线。梅尔中尉看出了矢头少尉的意图，并且觉得这判断既迅速又准确，实在是天才的判断。这简直就像在给两架迦姆战机设置陷阱一样。虽然现在回想起来会这么想，但当时可不是这样。梅尔中尉不由得回想起了当时的情景。

梅尔中尉的支援晚了一步。他以为矢头少尉的战机会被击落，因此紧张了。当然不是因为他心里想着"这家伙死了最好"，才导致他一瞬间迟疑了。如果是那样，那就太蠢了。他可没有那种闲心。但事实是，如果对方不是矢头少尉的话，他可能也不会有任何迟疑。总之，他没能支援上矢头少尉。那或许并不是他脑子里的决定，而是他的身体自动做出了"就算这样做也无妨"的反应。

身体自然是不会思考的，只会做出反应而已。梅尔中尉认为，那并不是他的想法，因此就算现在回过头去想，也只会想不明白。不过，这也确实有些可怕——在 FAF 的内部竟然会发生这样的事情，这里竟然有人希望别人被杀。绝对不能告诉别人。如果告诉了别人，假若有人指控他间接故意杀人，那也没有任何辩解的余地。这样一来，这场战争就不再是人类和迦姆的战斗，而成为人类的自相残杀。505 攻击部队会从内部开始分崩离析。因此无论如何，他都不能告诉别人他希望矢头少尉从这个世界上消失，即便是以开玩笑的口吻。

从坠毁的战机里逃出来的驾驶员矢头少尉和副驾驶员在两天之后才获救。由于激烈的战斗不断持续，加之基地无法接收两人的求救信号，因此搜救并不及时，但好歹两人都平安无事。获救后的矢头少尉就像变了个人似的，整日发呆。身为队里的头牌竟然被击落了，想必对他是个巨大的打击。从战机里逃出来后直到被搜救的战机发现，中间的事完全不记得了。

那之后，失去战机的少尉主动担任起维修、检查他人战机的工作任务。他没有要求别的飞行员把战机让给自己驾驶，这让梅尔中尉颇为意外。或许他已经不敢再驾驶战斗机了。其他的飞行员倒是希望矢头少尉能驾驶自己的战机，这样就不用上战场了。不过，FAF不可能让优秀的飞行员闲着，一想到又要和那个少尉一起飞行，不仅梅尔中尉，其他队员也都觉得郁闷。就在所有人都希望矢头少尉能够消失时，特殊战前来询问队里有没有优秀的飞行员。

真是太幸运了。队里所有队员一起庆祝矢头少尉的调任。这确实是升迁，也令人羡慕，庆祝倒是不假。因为就算自己不能出人头地，只要麻烦的家伙消失了就可喜可贺。

梅尔中尉觉得，如果那是矢头少尉的葬礼的话，可能会更加热闹吧。那家伙毕竟作为精英去了FAF的中枢——菲雅利基地。从喜悦的心情中清醒过来，又会觉得为什么那种家伙都能去。尽管以后应该不会再见到他了，但若是特殊战的话，驾驶战机的飞行员时不时会从空中俯瞰他们。菲雅利基地的那群家伙总是这样以高高在上的姿态俯视着他们，这一点也不有趣。

警报的声音响起，拉回了梅尔中尉的思绪。他们已经闯进了迦姆的制空领域。尽管目前没有感应到迦姆的探察，但早晚都会被迦姆发现。

梅尔中尉使用无线电通信，命令所有队友做好战斗的准备。

"在迦姆迎击之前，我们赶紧送完礼物离开。"

梅尔中尉拉升了战机的高度，这样更容易捕捉目标。虽然这会让迦姆更容易发现他，但这也是任务的一部分。

我们只是诱饵。梅尔中尉暗自想到。这只是为了发动第一波对地攻击，而第二波才是主力。那是从菲雅利基地出击，接着在 TAB-15 基地中转后前来的由十六架战斗机组成的第九战术战斗部队。他们的航线和梅尔部队完全不同，两者错开时间对迦姆基地进行攻击。

那些家伙们都是精英，而梅尔部队只负责陪衬。虽说不到千钧一发之际谁也不能判断哪一方更危险，但从常识上来说，梅尔部队这方更危险。因为他们负责引起迦姆的注意。

警报的声音再次响起。和上次不同，这次的警报是提醒飞行员战机已经被迦姆的雷达探测到。梅尔中尉驾驶的战机立马超高空大角度爬升。眼底的菲雅利森林在不断延伸，那夏日的色彩甚是鲜艳。以紫色为主的森林又带有蓝绿色的金属光泽，在双太阳的照耀下熠熠生辉。继续往前飞行，森林的前方是一片纯白的沙漠。

迦姆的基地就在这附近。虽然肉眼看不见，但攻击目标的数据已经存在中枢电脑中。FAF 判断这里就是迦姆恒久不变的大型基地。迦姆的基地似乎使用一次后就会被废弃，而迦姆的战机更是不知从哪里飞来，通常会在前线基地短暂停留后又重新起飞。但是这次的攻击目标，迦姆并没有舍弃，似乎打算坚守到底。看样子，这里可能是迦姆战机的生产基地。绝不可能置之不理。到目前为止，TAB-15 总共进行过六次进攻，但仅凭 TAB-15 的战斗力，完全无法造成有效的打击。

这次进攻，菲雅利基地也贡献了战斗力，TAB-15 这方只是配角。既然这样，就完全没必要那么拼命。

梅尔中尉让战机爬升到接近极限高度的位置，法恩Ⅱ部队在他的下前方飞行。这个阵型是为了迎击敌机，但梅尔中尉很想在那之前就掉头回去。

在等待目标进入空对地导弹的射程距离的时候，红外线探测仪捕捉到了异常情况。是从敌方基地起飞的迦姆截击机。尽管在红外探测仪中无法准确获取对方的位置信息，但目前并不需要精确的信息。不过，倒是能知道有无数架敌机正迎面而来。

梅尔中尉希望所有敌机都朝这边飞来，并且希望敌机把他们即将投放的导弹作为目标。这样一来，第九战术战斗部队的家伙们就能乘虚而入，攻击目标基地的中枢部分。而这就是此次作战的内容。

HUD（平视显示器）[①]上出现了攻击目标和转向指示。提示射程距离的数字逐渐趋于零。

梅尔中尉命令队员开启自动攻击模式。开启后只要根据显示器上的转向指示调整战机前进方向就可以了。

战机上搭载的所有空对地导弹会自动进行发射。梅尔中尉的HUD上出现拉升战机的提示。他将引擎推力调至最大，掉头返航。所有队员紧随其后。

接下来只要笔直地飞回基地就可以了。至于发射的导弹命中与否、给敌人又造成了多大损失，这些没必要知道。这些是菲雅利基地派来的那些家伙的任务。

迎击敌机的法恩Ⅱ部队分成三个小队，一队负责掩护梅尔中尉的部队，另外两队分别在左右两侧支援第九战术战斗部队。

---

①将飞行参数投影到驾驶员的头盔前或挡风玻璃上的一种显示设备。——译者注

在以最大速度离开战斗空域的梅尔部队的后方，追上来的迦姆截击机和法恩Ⅱ部队缠斗在一起。与此同时，第九战术战斗部队应该已经找准时机发动了进攻。然而，梅尔中尉没有精力惦记那边的战况，他所驾驶的战机的引擎突然变得不对劲。不知是引擎还是操纵杆发生了异常，战机的速度急剧下降。

"怎么回事？！"后座的副驾驶员大声喊道。战机剧烈震动起来。

"这样下去会被击落的，迦姆正迅速接近我们！"

这种事不用副驾驶员说，梅尔中尉自己也知道。

到底怎么回事，维修不到位吗？

然而梅尔中尉并没有听到引擎响起警报声，警报相关的指示灯也没有亮起。他完全不知道发生了什么、哪里出了问题。节流阀拉杆处于最高速的位置，但速度还是在下降。燃料消耗正常，而燃烧效率无疑正在降低。这激烈的震动又是什么？就像被卷入了乱流一样。

躲过法恩Ⅱ攻击的迦姆战机正在不断接近。不光是梅尔中尉，其他友军战机的状态也有些奇怪。速度提不上去，注定无法逃脱。

既然如此，大不了就是与敌机交战罢了。

"进攻！"梅尔中尉命令副驾驶员用肉眼确认敌机的位置，自己也看向了座舱外。他看到在更高的位置有一架单独飞行的战机。不是迦姆，是FAF的战机。

准确来说是特殊战的战机。B-3，雪风，目前正处于无人驾驶状态。这一点连梅尔中尉也已经提前知道。不管是无人还是载人，都望不上它能支援自己。特殊战是不会参加战斗的。

迦姆紧跟在后方，就好像在嘲笑速度下降的梅尔中尉一般。

梅尔中尉试着急速转弯以甩掉后方的敌机。

"不对，方向反了！右舷！"副驾驶员大声喊道。

梅尔中尉意识到自己弄错了回避方向。完了。他做好了觉悟，但手上却并没有松开拉杆。来不及弹射了。这时，梅尔中尉的眼前闪过一道亮光。剧烈的冲击迎面而来，好似要把战机掀翻一般。然而战机并没有坠落，仍在飞行。

"怎么了？发生了什么？"梅尔中尉向后座问道，同时重新调整好战机，并确认了前进方向。

"简直不敢相信，中尉。"副驾驶员说道，"迦姆被击落了，支援来了。"

"法恩Ⅱ真是靠得住。"梅尔中尉道。

"不，是B-3，特殊战的战机。"

"……什么？"

是雪风。无人驾驶的雪风击落迦姆后，来到了梅尔战机的下方。这个位置已经可以肉眼看到TAB-15的位置。

"那家伙不是只负责观察战斗吗？"

雪风开始下降，朝着TAB-15基地而去。接下来，梅尔中尉看到了令人难以置信的一幕。

"它到底想干什么？！"

雪风开始朝着地面开火。

地面上是TAB-15基地，工作人员不断从基地里逃出。而雪风瞄准的，正是那些人类。梅尔中尉所看到的事实就是这样。这就是雪风的行动，让他难以相信刚才自己竟是被雪风所救。

"住手！"梅尔中尉大声吼道。这家伙绝对疯了。

5

　　特殊战司令部位于菲雅利基地的地下深处，此刻的指挥中心可谓是鸦雀无声。

　　中心正面硕大的主屏幕上突然显示出了正在返航的505攻击部队的位置。B-3号机雪风在作战中发来了异常信息。

　　作战中的特殊战战机会获取作战空域内所有战机的位置，但并不会实时传送回基地。就算有，也只会传送与敌机相关的信息。只有当敌机采取了意想不到的行动等明显对FAF不利的紧急情况时，特殊战战机才会进行实时传送。平常主屏幕上只会显示代表作战阶段的阶段信号。

　　如果作战顺利，战机发送的"任务完成，即刻返航"就会作为总结显示在主屏幕上。

　　所有的情报，包括敌方的行动或电子战情报、敌方的战果情报等，都会由作战的战机带回基地。特殊战的任务是不参与战斗，仅在上方观察。如果没有特殊战收集情报，那么基本上没有人知道击毁了多少架迦姆战机。因为卷入缠斗的战机没有空余时间去确认是否已经把对手击落。

　　因此，在作战行动中，面前的主屏幕只会显示"情报收集中"的信号和作战空域中各个时间段的攻击行动计划图。布克少校能做的，也只有祈祷屏幕上不要有太大的变化，以及作战机能平安无事地返航。少校抑制住想知道实时战况的念头，安静等待。因为不这样做的话，很可能会被迦姆窃取情报。

　　如果基地的人知道作战战机具体做了何种机动，那就代表着发生了异常情况。比如机体自身发生了异常，又或者直接被迦姆盯上。

然而现在，以上任何一种情况都不是。完全就是从未出现过的状况。雪风传送来了正在返航的505攻击部队的准确位置、速度及加速度信息，这些信息被标记为紧急信息。而且，雪风传送回来的内容显示，它将505攻击部队定性为"敌我不明"。

主屏幕上不明战机会被标记为黄色。如果无法判断敌我，那就应该当作敌人来对待，因为这必定会造成威胁。但现在雪风所标记的机群显然是505攻击部队。在部队后面紧跟着五架迦姆战机，而迦姆战机被标记为代表敌机的红色。根据雪风传送回来的信息，迦姆的战机是高速短程截击战斗机，又或是其改良型号。

坐在管控台后的特殊战队员们无法判断到底发生了什么。这个事件带来的冲击就像是迦姆直接攻进了指挥中心一样。而因为这个冲击，所有人员好像思考能力急剧降低，整个指挥中心陷入了一片寂静。另一边，505攻击部队尾部的三架战机几乎是同一时间被迦姆击落，机型是希露芙。在完成空对地袭击后，减轻了机身重量的希露芙没能摆脱迦姆的追击，在一瞬间被击毁了数架。

希露芙注重速度，适合游击式攻击。而这样的希露芙竟然被迦姆的截击机追上，这是从来没有过的事。

中心的主指挥台位于一个更高的平台上。库里准将坐在指挥台后可以看到所有中心人员的后背。布克少校坐在旁边的副指挥台后，身旁带着坐在轮椅上的零。目睹了主屏幕上那令人难以置信的情况，布克少校感到非常震惊。

"为什么不加速？希露芙完全可以摆脱迦姆的截击机，他们在磨蹭什么？"

"先确认515战斗部队的位置。"库里准将用沉着的声音说道,"让雪风支援505攻击部队,航线让515战斗部队发送给雪风。"

"雪风的位置也放上来。"

布克少校通过耳麦向司令部战术电脑传达准将的命令。不一会儿,屏幕上显示"命令已执行"。雪风离开原先的侦察空域,迅速靠近505攻击部队。

"雪风在干什么?"库里准将道。

不一会儿,505攻击部队又有三架战机被击落。尽管驾驶法恩Ⅱ的515战斗部队击落了一架迦姆战机,但仍有四架迦姆战机甩掉515战斗部队朝着505攻击部队而去。

"雪风想查出希露芙被击毁的原因。"布克少校说道,"它似乎已经预料到了会发生这样的事。"

以505攻击部队为目标的迦姆战机高速地避开法恩Ⅱ,尽量不与之缠斗。它们的战术似乎是就算被法恩Ⅱ击落两三架也没有关系。甚至可以说,只要甩掉了法恩Ⅱ,那飞在前方的所有希露芙都手到擒来。实际上,情况也确实在往这个方向发展。

515战斗部队所采取的战术是,在离505攻击部队有一段距离的地方迎击迦姆,这样就算迦姆突破了防线,那前方的505攻击部队也完全可以甩掉迦姆。迦姆不可能穷追不舍,因为只要接近TAB-15基地,就会进入基地的对空防御范围之内。

然而在进入防御范围之前,迦姆就追上了505攻击部队。因为505攻击部队没有加速。而且这不是一架或两架战机的情况,是所有战机。不仅没有加速,反而还像等着被击落一般放慢了速度。这实在是太过异常的情况。

雪风将这一战况实时传送给了司令部。

迦姆的四架战机轻松接近505攻击部队,并一架接一架地将其击落。发射空对空导弹，用航空机炮进行反击，在505攻击部队无法逃脱开始与迦姆缠斗时，仅剩下三架战机。那是飞在前方的梅尔中尉所属的编队。接下来又有两架战机已无胜算，转瞬间被迦姆击落。

位于超高空的雪风以超音速俯冲而下，用中程导弹击落了一架迦姆战机，接着又追上两架迦姆战机用短程导弹攻击。解决了这两架迦姆战机后，雪风又在空中急速回旋，用航空机炮击落了仅存的一架敌机。

在515战斗部队发现迦姆追来之后的不到三分钟的时间里，505攻击部队几近全灭，只剩下梅尔中尉的一架战机。

雪风仍然在与迦姆战斗。就算击落了附近所有迦姆，就算威胁已经消失，它传送回的信号仍然是"与迦姆交战中"，并没有解除攻击模式。梅尔中尉战机仍然显示为"不明战机"。

对于被迦姆轻松击落的希露芙，雪风就好似发脾气一般，紧紧追着在空中盘旋的梅尔中尉战机。突然，它又像恢复了理智一样，调整方向朝着TAB-15飞去。低空飞行的雪风高速接近TAB-15后，突然以对地机炮攻击模式对地面展开了袭击。

屏幕上显示"交战中"。

"停止攻击。"库里准将说道，"命令雪风返航，任务取消。"

真够冷静的。布克少校一边想着，一边也用公式化的口吻回道："无法中止命令。这样的命令无法传达给雪风。"

如果迦姆破解了攻击中止的指令暗号，那么雪风就会陷入被动。由于不能冒这样的风险，因此从一开始就没有加入这样接受指令的功能。到底还是只能靠雪风自行判断了。这也就是说，如果雪风判断人类是敌人，那么没有任何人能够阻止它。布克少校曾经也考虑过这种可能性，但一想到这正在现实中上演,就不由得浑身颤抖。

"雪风,你在做什么?"布克少校问道,"目标是什么?告诉我们你的攻击目标。听到了吗,雪风?"

布克少校话语里的命令由战术电脑翻译后传达给雪风。而雪风发来的消息也是同样的模式。

雪风上升后在TAB-15上空低速盘旋着。这是对地探察模式。

"无法进行精准探察。"

画面上标示TAB-15位置的记号由绿色变为黄色,并且出现了一个以此为中心的红色圆圈。这是代表敌人的标记。

"到底是怎么回事?"库里准将说道。

代表敌人的红色圆圈在屏幕上不断闪烁,这代表目标就在这里,但已经跟丢,无法知道准确位置。

"让雪风返航,少校。雪风有可能受到TAB-15基地的攻击。"

"是,准将。"

准将说得没错,雪风是发现了用无线电波无法传达的重大异常情况。尽管这也可能仅仅是雪风的判断功能发生了异常,但无论如何得让雪风平安返航。因为不这样做的话,就没办法理解它的行动。从常识来看,雪风的行动是背叛FAF、TAB-15的行为。尤其在前线基地,"攻打过来的都是敌人"这一观念会更加强烈。雪风应该会受到基地的反击。

布克少校为了向雪风下达紧急返航的命令,伸手准备在管控台上进行操作。就在这时,他听到了一个声音。

"是迦姆。"

声音极其微弱,就像是幽灵在呼唤一般。布克少校吃惊地停下手上的动作,猛地朝声音的方向转过头去。眼前是坐在轮椅上的深井零中尉,头上戴着脑电波监测仪和信号发射器的零。

"有迦姆……那里。"

"少校，快……"准将说到一半，被布克少校用手打断。这时准将也注意到了零的异常。

"看好了……那里有迦姆。快看。"

零的声音很小，但却很清晰，就像他什么都知道一样。三个月了，这还是人们第一次听到零的声音。

"零，你能听到雪风的声音吗？在脑海中？"

这应该不可能。但是零的样子就像是在跟雪风说话一样。

指挥中心突然变得嘈杂起来。

布克少校看向主屏幕，只见刚才的红色圆圈变为常亮状态，不再闪烁。

屏幕上的画面被分为两半，雪风的视界传送了过来。TAB-15的影像出现在画面中，和雪风的攻击控制系统圈定的目标重合在一起。

＜无法进行精准探察＞的提示出现，接着是＜敌我识别-不能＞、＜新型迦姆概率-大＞

"新型迦姆？"

零似乎恢复了意识，这让少校很是感动，但这也比不上雪风的情报所带来的冲击。

"什么？在哪儿？"少校大声问道。尽管迦姆的真面目尚不明确，但很可能是像机器一样的生物。难道雪风发现在TAB-15基地里有这样未知的机械生物吗？

"对所有移动物体……进行攻击。"零小声说道。

布克少校回过头去，只见零已经睁开了双眼。或许从雪风传送回情报来的那一刻开始，他就一直盯着主屏幕。

到目前为止从未自主动过的零的右手，竟然抬起来了。手停住的位置，刚好和握操纵杆的位置一致。他的食指动了动，少校立马反应过来，那是选择武器的动作。接着，零的拇指开始用力。

另一边的雪风也配合地行动起来。准备、发射。它以航炮攻击模式再次对地面展开攻击。

少校简直不敢相信自己的眼睛。他只能认为零的意志传达给了雪风。不知是脑电波还是电流，总之雪风感知到了。虽然零的身体上确实装有监测这些信号的感应装置，但是应该缺少将思想翻译成语言的系统才对。

不对，少校又想，有战术电脑。就算人类没有进行输入，特殊战的电脑群或许已经在翻译了。

"快让他住手！"库里准将的声音失去了冷静。

雪风瞄准了TAB-15的地面人员。少校立马拿下戴在零头上的信号发射器，迅速拔掉了电源。

指挥中心响起了雪风传来的警报声。这代表"失去目标"。

库里准将绕过布克少校，亲自向雪风下达恢复日常侦察任务的指令。

"零，你看到了什么？能听见我说话吗？"

布克少校晃了晃零的身体，然而零并没有回答。雪风再次上升，但这次却闲散缓慢，就好像不知道自己刚才做了什么一样。

少校看到零的右手仍在用力。他到底还是希望驾驶雪风。少校碰了碰零的胳膊，就像钢铁一般硬。管控台又响起警报声，这次是来自战术电脑。

<深井中尉的通信系统异常。请恢复到正常状态，重新指示攻击目标>

通信系统？

看到这里布克少校明白过来，在他不知不觉中，零和战术电脑以及雪风果然建立起了相互交流的通信系统。

同他盼着零能苏醒一样，特殊战的智能机器也迫切希望得到零脑海中的情报。由于它们不具备人类情感，因此这或许是更加直接的欲求。"醒来吧。"机器们和雪风对零说道，而零回应了。明明连医生和身为朋友的自己都没能办到。

然而布克少校有些怀疑，这真的是醒来的状态吗？这会不会是零做了噩梦，在梦中和迦姆战斗呢？总之，这也有可能仅仅是零犯了迷糊，而战术电脑被他带偏了而已。

"目标是什么？你想攻击哪里？"

少校呼唤着零，但零却完全没有反应。他保持着看主屏幕的姿势，浑身僵硬。不行，零还没有完全苏醒。

<是未知的迦姆>

特殊战司令部战术电脑代替零回答道。

<据推测，形态、性能、功能均不明的迦姆正对TAB-15基地产生威胁>

"意思是零，深井中尉知道这一点吗？详细说明一下。"

<从深井中尉对B-3下达攻击指令来看，中尉很可能感到了来自未知迦姆的威胁。B-3判断505攻击部队战机的异常源于迦姆，因此紧急连线了基地。深井中尉觉察到这一点，并判断导致这一切的原因是存在于TAB-15基地内的迦姆。然而我们无法直接感应到敌人的存在，因此深井中尉的指示必不可少。连接中尉的通信装置发生了异常，请告知异常发生的原因>

雪风先进的侦察功能所收集到的情报，人类无法感应到电子信息自不必说，就连比肉眼分辨能力更高的光学监视设备都

无法获取的信息，坐在这里的零根本不可能实时知道。而且，就算零知道未知迦姆的存在，也不可能直接感知到迦姆存在于 TAB-15 基地中。零置身于这场实战中，确实对战场的刺激有所反应。但这并不是正常的清醒状态，而是一种类似迷糊的梦游状态。少校只能认为零想进行无差别攻击。

尽管如此，布克少校还是认为或许将电源放回信号发射器，让零和战术电脑连接上为好。战术电脑询问的通信系统异常，正是因为自己取出了发射器的电源。如果将发射器复原，或许就能清晰地知道零到底有何目的。

然而布克少校想起零所说的"对所有移动物体进行攻击"，不由得打消了主意。因为这意味着可以杀光 TAB-15 基地里的所有人类。

"告诉雪风深井中尉暂时失去知觉，无法做出指示。"

＜收到。B-3 将继续调查 505 攻击部队异常减速的原因＞

在回复"收到"二字之前，战术电脑短暂停顿了一下。如果时间充裕，或许战术电脑还是会执着于唤醒零，而这一点对少校来说也是一样。他想和战术电脑进行仔细的交谈，确认以战术电脑为代表的特殊战智能机器们如何看待零和雪风的行为。

雪风会对 TAB-15 基地展开攻击，似乎是遵循了零的意志。但是认为 505 攻击部队"敌我不明"应该是雪风自己的判断。零是在看到这个判断后才做出了反应，加入了雪风的行动。如果不能为零的行为做出合理的解释，那就只能认为零丧失了理智。只要是人类，应该都会这么想。但是战术电脑和雪风却并不认为零失去了理智。

少校不得不意识到，人类和智能战斗机器的判断产生了分歧。在这短短的与战术电脑交谈的时间内，前线的战况不断发生变化，以至于少校完全无暇顾及零，而战术电脑方面也是同样的情况。

TAB-15基地发来了紧急信息，要求解释雪风针对TAB-15进行的两次对地航炮攻击。

身为负责人的库里准将不得不回答TAB-15的质问。她瞬间抿紧了嘴唇，接着立马对布克少校说道："告诉他们是误射。"

布克少校正与战术电脑进行对话，没有听到准将的指示。等到准将提醒他后，他才急忙反应过来发生了什么。而这时，TAB-15突然发来了"已了解"的回复。

＜这里是TAB-15，已了解情况＞

一排文字出现在大屏幕上。

然而，TAB-15通信管理员的声音响起，大声喊道："你在说什么？你说谁？这里怎么会有迦姆？！"

看样子，特殊战的司令部战术电脑已将信息传送给了TAB-15基地的中枢战术电脑。理解了目前情况的只有中枢电脑，TAB-15的人类还并不理解发生了什么。

"已有战机维修人员受伤，特殊战是想杀了我们吗？！"

在布克少校回复"那是误射"之前，屏幕上出现战术电脑传来的＜切断语音通信线路＞这一提示。但是没有人对此表示关心。

因为梅尔中尉的战机，也就是505攻击部队唯一存活下来的战机，将雪风判定为敌机，并进入了攻击状态。

＜已被 α-1 火控雷达锁定＞

雪风传送回消息。α-1是梅尔战机的代码。

＜收到＞战术电脑回复。

＜调查 α-1 的机动性能，开始模拟战斗＞

＜这里是B-3，收到＞

库里准将握紧了双拳，有些愤怒地盯着主屏幕。她似乎小声说了什么，但少校并没有听清。或许是祈祷，也或许是骂人的脏话。少校觉得这不是针对梅尔战机，而是针对无视了她、自行进行对话的雪风和战术电脑。

但是准将却并没有进行干涉。语音线路被封锁，加上梅尔战机的通信线路被雪风的雷达干扰。这种情况下就算她进行了干涉，也不会有任何作用。

"注意515战斗部队的动向。"库里准将快速说道，"让雪风在他们打过来之前返航。"

"不会持续很长时间的，准将。"布克少校回道，"α-1的燃料已经所剩无几。"

无论怎样，雪风和α-1的缠斗都不会持续很长时间。在30秒或者1分钟内就会分出胜负。如果两者的能力势均力敌，那自然是返航燃料剩余多的一方获胜。如果没有了燃料，就算没有被对手击落，那最终也只能坠毁。战斗机的驾驶员通常在与敌机战斗的同时，也在与消耗燃料的时间做斗争。

雪风在与迦姆的战机进行战斗之前，舍弃了巨大的副油箱。尽管剩下的燃料仅够返回基地，但少校判断这些燃油足够支撑到专为应付紧急情况设立的空中加油点。

如果无事发生，那空中加油自然没有必要。雪风获得的新机体比希露芙/超级希露芙性能优越，低能耗就是其中之一。在某种程度上，可以说航行距离是比火力和机动性能更为重要的性能。燃料之于飞机，就像氧气之于潜入水中的人类一样重要。如果消耗殆尽，那就只能死亡。飞行员必须时刻关注燃料的余量，这也会造成很大的心理压力。

"这一定很精彩。"

来路不明的声音再次响起，布克少校回过头去，只见一位特殊战的飞行员双臂交叉地站在那里，紧紧盯着大屏幕。那是回旋镖战队的队员，特殊战新进的13号机飞行员矢头少尉。

特殊战的队员们在没有特殊许可的情况下也能进入指挥中心。但若不是收到了命令，没有队员会进入这里。至少在布克少校的记忆中，没有飞行员自行进入过这里。少校觉得矢头少尉的出现似乎有些不合时宜。

因为是新来的，所以想尽快习惯特殊战的氛围吗？还真是库里准将欣赏的类型。布克少校无视矢头少尉的存在，把注意力移向雪风。

"梅尔中尉应该赢不了吧。"矢头少尉在背后说道。

"燃料快不够了，即便这样也要拼死一搏，还真像梅尔中尉的作风。虽然他是个不错的人类，但一到战斗，反应就会变慢。"矢头少尉的语气就像在闲聊一样。

"这样根本不可能战胜最先进的无人机。要是我的话……"

"给我闭嘴！"布克少校吼道。

矢头少尉所说的话很有道理，但就像指甲划玻璃的声音一样刺耳，让布克少校觉得不爽。但少校没有时间去考虑原因，另一边雪风已经开始了战斗机动。

"但是，特殊战为什么不阻止雪风呢？"矢头少尉继续说道，"是因为引诱梅尔战机卷入战斗了吗？让雪风攻击TAB-15？梅尔中尉就是那样的人，所以看到TAB-15被攻击后没有坐视不理。我知道他……"

"出去！"布克少校转过身，向矢头少尉命令道。矢头少尉明显吃了一惊，少校继续说道："自己房间也好，禁闭室也好，总之给我出去。"

FAF里没有正式的禁闭室，但矢头少尉似乎已经明白，这是被关了禁闭。不过，他想不通到底哪里触犯了布克少校，一张脸惨白，默默地敬了个礼，离开了指挥中心。

6

若是看错一次，倒不是没有可能。但梅尔中尉再次在近距离看到了雪风对地面展开攻击。

"有人员伤亡了！"梅尔中尉大声叫道。在他以最大航速飞向TAB-15的同时，一直未关闭的航空无线电传来了基地人员的声音，兰科姆少尉似乎牺牲了。

不过梅尔中尉并不能确定这就是基地传来的消息。战斗中会涌入各种各样的信息，有时候搞不清是谁传向谁的也并不稀奇，这种时候就只能依赖自己的判断。支持双向同时通话的线路非常先进，信息发出者一方的代码会自动夹带在信息中，因此只要看一看战机上的显示屏，就能知道信息来自何处。但尽管如此，战斗的时候根本没有时间去确认这种东西。即便有时间，在实战中的飞行员本身思考能力就会有所下降。因为陷入思考的话，很可能就会被干掉。他们需要像碰到发烫的东西身体自动避开一样，条件反射性地去操纵战斗机。

由于重力过载和畏惧心理，人的理智不再靠得住。即使在这种情况下也能回避危险并进行攻击，这才是成为飞行员的条件。梅尔中尉毫不犹豫地追击雪风、进行锁定，并告知后座的副驾驶员即将交战。

"那可是特殊战的战机，是友军啊。"副驾驶员说道。

"没有关系。你也听到了，乔纳森被那家伙干掉了。"

乔纳森·兰科姆少尉是梅尔中尉的部下之一，也是飞行员。他曾经驾驶战机被迦姆击落过，但好歹活着回到了基地，没想到这次竟然死在了自己人手里。

原则上，飞行员所驾驶的战机是固定的。虽然紧急情况下也会乘坐他人的战机或后备战机，但近段时间以来505攻击部队的后备战机也都遭到击毁，结果就出现了多余的飞行员。在分配到新的战机之前，这些飞行员被编入地面作战人员，或者休息，或者去别的部队，总之做着飞行员以外的工作。矢头少尉虽然得到了晋升，但兰科姆少尉就没那么幸运了。由于FAF里不允许有赋闲的人存在，加上他曾说过"自己已经失去驾驶战机的自信了"，于是他成了战机维修人员。对梅尔中尉来说，他想把兰科姆少尉留作机动的驾驶人员，而不是按照原则给他分配固定的战机。但在知道兰科姆少尉内心的恐惧后，他也没法再坚持自己的想法，因为被迦姆击落的恐惧不是那么容易消失的。

——可怜的乔纳森。竟然在地面上，并且是被自己的友军给杀害了。

为了击落雪风，梅尔中尉毫不犹豫地开始战斗机动。右手握住操纵杆，左手握住节流阀拉杆，梅尔中尉在空中急速转弯朝着雪风而去。雪风离开TAB-15基地，开始应付梅尔战机的战斗机动。它在空中盘旋，似乎是在引诱梅尔战机跟上。

"它可是干劲十足啊。"副驾驶说道，"它到底想干什么？"

梅尔中尉没有接话。他启动了加力燃烧室[①]，但系统突然响

[①]在加力引擎上向燃气或风扇后气流喷油点火燃烧以提高气流温度用以短期内增大引擎推力。——译者注

起燃烧状态异常的警报声，机体开始晃动。前方的雪风猛地掉头，消失在了梅尔中尉的视线中。

梅尔中尉急忙转弯，一阵可怕的冲击波迎面而来。令人难以置信的是，在梅尔中尉掉转方向时，雪风又从后方超过了他。两机的距离近得就像擦肩而过一般。梅尔战机的左翼受到冲击波和气流的影响，导致整个机体失去升力，开始快速地逆时针打转。同时，主翼的前缘襟翼①似乎脱落，副驾驶员偏过头去，看到襟翼碎片破坏了一部分垂直尾翼。

尽管如此，梅尔战机的飞行电脑迅速控制住各个机翼，如梅尔中尉期望的那样，稳定住了机体。

"不对劲的是引擎！"梅尔中尉大声叫道，但引擎故障的警示灯至今没有亮起。

急速下降之后又是急速上升，战机的飞行速度低到仅有时速二百公里左右。为了甩掉雪风，梅尔中尉以最大速度向下俯冲。

再次启动加力燃烧室，梅尔中尉尝试全力加速。原本机体应该在三秒之内达到最大转弯速度，但右侧突然出现巨大的爆破声和冲击波。引擎内的涡轮叶片似乎损坏了。与此同时，左边引擎的压缩机突然熄火，不再工作。

机体开始失速尾旋，急剧下降。梅尔中尉用尽全力稳住机体，没有多余的精力再去启动引擎。在战机即将撞向地面之前，梅尔中尉勉强使机体停止旋转，利用下降的加速度把机体拉了起来。

右侧的引擎似乎没有起火，但是已经完全失灵。梅尔中尉

---

①特指现代机翼边缘部分的一种翼面形可动装置，其基本作用是在飞行中增加升力。——译者注

试图重新启动左侧引擎，但也失败了。失去推动力的战机无法上升，只能缓缓降落。

引擎的声音消失，周围变得安静。梅尔中尉看到雪风在他的右手边和他并排飞行着，几乎触手可及。他突然觉得雪风似乎总是在那个位置监视着他。他有些麻木地想到，雪风没有使用武器就战胜了他。在缠斗中，如果对自己的机动性能有绝对的自信，那么也可以采取让对手的引擎失速这一战略。而那家伙正是这么做的。

梅尔中尉默默地握紧右手，向上举起，提示后座的副驾驶员准备弹射。另一边，雪风的座舱罩在菲雅利行星双太阳的阳光下闪闪发亮。座舱内没有飞行员，这让梅尔中尉觉得就好像在嘲笑他一般。

已经不想再去思考了。趁着机体还没完全落下，梅尔中尉和副驾驶员从机体中弹出。

打开降落伞，徐徐下降。梅尔中尉看到自己的战机和雪风一起逐渐朝着菲雅利森林而去。雪风降低了引擎输出，和梅尔战机并排飞行着。在即将落入森林之前，雪风的排气口突然闪闪发光。它在一秒内以最大速度转向，接着再启动加力燃烧室，转瞬间就消失在了梅尔中尉的视线中。没多久，引擎的声音传来，稍晚一会儿后，梅尔战机爆炸的声音也传了过来。

梅尔中尉有些颤抖地想着，别说给乔纳森报仇了，自己还能活着就已经是个奇迹。那家伙，雪风，简直就是一个怪物。让那家伙去跟迦姆战斗就好，迦姆也不是人类。非人类对非人类正好，为什么自己非得在这里？

看着飘在下方的搭档的降落伞伞顶，梅尔中尉心想再也不想驾驶战斗机了。他终于明白了兰科姆少尉的心情。一直以来，自己战斗的对手——FAF的敌人，并不是人类，而是迦姆这一未知的外星智体。这完全是来历不明的对手。

梅尔中尉第一次切身体会到了这一点。这是人类绝对无法理解的，也无法用胜负这一价值标准去衡量的对手，因此也是绝对无法战胜的对手。这就像有人说你活在这个世界上没有任何价值，而你发现你不得不承认这一点一样。

梅尔中尉有些心灰意冷地想到，这一事实竟然不是由迦姆，而是由人类制造的无人机雪风让他领悟的。他甚至觉得，给人带来这种无力感后扬长而去的雪风在本质上和迦姆是同类。缓缓降落的中尉撞上了茂密的森林表面，冲击比他预想中要来得激烈。那些外表美丽、带有梦幻般金属光泽的海绵状外星植物就像在敲打他，让他振作起来一般，不由得令他心情舒畅。

7

毫无预兆的刹那间，深井零突然发现自己正坐在战斗机的座舱里。

他的右手握着操纵杆，左手正放在节流阀拉杆上摸索着操作按钮。他松开左手，摸了摸自己的脑袋。隔着飞行手套可以感受到头盔的触感，同时嘴边传来的触感也能让他感受到自己正戴着面罩。

外面是菲雅利的天空。零看了看四周的座舱，这还是他第一次看到这样的景象。这不是超级希露芙的座舱，但他感觉这并不是第一次乘坐。仪表的基本配置是那么熟悉。

这是雪风。自己正驾驶着雪风。

零下意识地将左手迅速放回节流阀拉杆上。但在下一瞬间，他又不得不通过思考的形式去确认自己到底反射性地想做什么。头盔里传来了雪风的警告声，就如哀号一般，叫着"醒来吧、醒来吧、醒来吧"。而事实也确实如此。

雪风需要零。由于发生了仅靠它自己的机能无法正常控制机体的情况，所以它呼唤着零，想让他把战斗模式从自动改为手动。

仪表盘的主显示屏上急迫地闪烁着 <MANUAL CONTROL>（手动操作），这是零第一次见到这样的警告。就好像雪风在对他说 <救我>，又好像雪风在呼喊着 <我需要你>。如果零不完全醒来，那么自己也什么都做不了，只能等着被迦姆干掉。雪风悲痛地呼喊着。

这不是幻觉，也不是梦境。这样下去它一定会被击落，零感受到了现实的威胁。迦姆就在后面，正在接近。零迅速将自动操作模式解除，告诉雪风接下来就交给自己。<MANUAL CONTROL> 提示不再闪烁，变为常亮状态。

零已经醒来。但是要明白自己为什么在这里，雪风又发生了什么，他必须唤起那段感觉不到时间流逝的、分不清是梦境还是现实的记忆——尽管那段记忆就像不属于自己的一样。

他必须将这段记忆从幻想和梦境中区分开来，并将过去和他所存在的现实连接起来。这段记忆就像没有时间感和现实感的记忆碎片，他不得不将其重新拼凑在一起。

尽管如此，寻回这段记忆却不必像拼图一样花费时间和努力。只要将觉醒的意识拧成丝线，放入现实的海洋中，"自我"这一存在就会瞬间凝结成晶出现在意识的丝线上。大概就是这样的感觉。在朦胧的梦境中飘荡、模糊，直至即将消散之时，使自我意识重新凝结的核心突然出现。那就是雪风的呼喊——

"醒来吧"。

"和梅尔中尉的战机一样。"后座的副驾驶员说道。

没错,和那个时候一样。过去那段半清醒状态下的记忆毫无疑问就是现实。为了确认现在的自己就是正确凝结后完整的自己,零听到了副驾驶员的声音。

"嘿,杰克①。"零呼唤后座的副驾驶员,"冷静点。就算引擎输出被限制,只要技术好也是不会输的。我这就让你瞧瞧。"

"零,你是零吧?"

"当然了,我又不是迦姆。你还没睡醒吗?"

"没睡醒的是你吧!你终于醒来了,真是——"

"快闭嘴吧!小心别吐了。"

"别做高难度机动,以你现在的体力是完全没有胜算的。追上13号机,想想办法。雪风已经被迦姆污染了。"

后面追上来三架迦姆战机。零用高难度机动避开了两枚迦姆发射来的导弹,并用身体感受到了布克少校的话有多正确。

两机一旦开始缠斗,飞行员的体力就会消耗很快。零深切体会到了FRX00那惊人的缠斗能力,并且知道这还不是它实力全开的状态。如果发挥FRX00的全部实力,那飞行员很可能就此殒命。零突然意识到雪风并不是希望他进行缠斗,现在最要紧的是以最快速度甩掉迦姆,追上前方的13号机。

然而,无论如何雪风也无法提升到最快速度,就和梅尔战机一样。原因出在AICS。没错,就像特殊战司令部的战术电脑所说的那样。这肯定没错。

AICS吗?零回想起布克少校在指挥中心的战术电脑专用终

---

①"杰克"是深井零对布克少校的称呼。——译者注

端室里所说过的话。

"你是说AICS？"布克少校问道。

＜没错＞

战术电脑的回答以文字的形式出现在显示屏上，而零以空洞的双眼看着这一切。库里准将也在终端室内。室外宽阔的指挥中心内空无一人，就连照明也没有开启。

特殊战司令部的战术电脑仅对特殊战的三人公开了雪风收集回来的505攻击部队的异常情况。库里准将、布克少校以及仍旧坐在椅子上意识模糊的深井中尉。

布克少校之所以在这样的场合仍旧带着零，是因为战术电脑强烈要求他这样做。零虽然在时隔九十三天后恢复了说话的能力，但仍然不能凭自己的意志回顾那段记忆。

尽管布克少校很想立马把零送到FAF中央医疗中心，但特殊战的战术电脑提出零的记忆中很可能包含极其重要的情报，最好对其他军团，甚至是特殊战内部的人进行保密。也就是说，最好先唤醒零的记忆。因此布克少校改变了先前的想法。

战术电脑是智能战斗机器，其提议带有一半命令性质。他对零和雪风收集来的情报展现出了强烈的兴趣。如果智能机器有情感的话，那布克少校感受到这份兴趣里还伴随着恐惧、不安和紧张，因此他同意了战术电脑的提议。战术电脑，这一智能战斗机器，开始对零进行询问。

首先是九十三天前发生的事。射伤零腹部的人到底是谁？当时又发生了什么？

面对战术电脑的提问，零机械式地给予了回答。这并非他依照自己的意志搜寻出了记忆，而是记忆中跟提问有关的部分受到了外界的刺激，自动被唤醒，并以语言的形式展现出来的一种方式。零知道自己在说话,但对他来说那就像别人的声音一样,至于话语里的内容以及说着话的自己的情况,他完全不感兴趣。

"射伤我的,是另一个我。"零说道,"是迦姆制造出来的复制人。似乎是由光学异构体[①]分子构成的反人类武器。我不记得在迦姆的基地里待了多久,但由于无法消化由光学异构体分子构成的食物,迦姆让我食用了死去的副驾驶员巴格迪什少尉的肉……"

布克少校和库里准将没有打断零,沉默地听着他和智能机器之间的机械式的问答。两人完全插不上话。智能机器的提问非常准确,并且也没有被恐惧、不安等情绪所影响。

布克少校觉得如果自己开口,估计也只会说"怎么可能""难以置信"等在这个场合毫无意义的话吧。他发现这些话已经在他的内心卷起了旋涡。但看着淡然讲述着的零,他意识到零的内心一定平静无波,因此拼命抑制住了想要摇晃零的身体以及敲他脑袋的冲动。

战术电脑从零那里获得想要的情报之后,沉默了一阵,接着继续道:

<505攻击部队机速控制异常,初步推测原因在于AICS>

话题的变更让布克少校觉得有些突兀。他觉得现在应该努力让零更加清醒,毕竟零还没有完全醒来。但战术电脑无视了布克少校,将雪风收集来的情报展示在指挥中心正面的大屏幕上,并进行了解说。

在同梅尔战机缠斗的时候,雪风对梅尔战机的进气口进行

[①]可简单理解为互呈镜像对应关系的一种结构。——译者注

了清晰的光学扫描。

通过雪风的扫描，少校发现由AICS控制的进气口可动板，即调节引擎空气流量的可动装置，没有处于正常的位置上。因此，梅尔战机无法确切地控制和利用进气口产生的冲击波。激烈的乱流涌入，使引擎的燃烧效率显著降低，同时还引发了引擎过热的状况，最终导致引擎损坏。

如果不是在战斗中，应该也不至于发生这样的情况。对希露芙来说，就算遭遇了严重的乱流，其引擎的叶片形状也能保证稳定的空气流入。但是在战斗中，飞行员对战机的操作会导致引擎的输出超过叶片设计的最大限度，而梅尔战机的情况就是典型的例子。以最高速的超音速逃离迦姆的505攻击部队，机上的AICS装置没有正常工作，吸入的气流变得极其紊乱。在这种情况下，加力燃烧室起火，在机身后拉出长长的黑烟，最终导致引擎失速或者输出低下也是理所当然。想必飞行员会急忙推动节流阀拉杆。既然引擎停止工作，那就不得不让它重新启动。要是有多余精力，或许还能发现问题出在AICS上，这时也还能关闭AICS的自动模式，以手动的方式调节可动板位置。如果仅仅是AICS的故障，那完全可以这样处理。然而梅尔中尉没有发现AICS的异常，其他的飞行员应该也是一样。那个时候他们正受到迦姆的追击，若要战胜迦姆，就不得不急剧提升战机的速度。假如他们已经发现了AICS的故障，那么就会知道在这种情况和迦姆进行高难度的缠斗无疑是自杀行为，因此只会将可动板调节到超高速位置，以最大输出速度逃离迦姆。

这些飞行员没有这样做，那么只能认为是系统没有提示AICS故障，或飞行员已经发现问题，却没有切换到手动模式，又或是飞行员切换了模式，但战机却没有反应。因此这不能称为单纯的故障。

＜可以认为，这些战机的 AICS 已被迦姆污染＞

智能战斗机器说道。

梅尔战机的中枢电脑没有发现异常。虽然中枢电脑会统一控制战机的引擎和机翼，但 AICS 却是独立的系统，因为它只与战机速度相关。也正因如此，尽管是独立工作，但通常情况下也不会发生任何故障。迦姆似乎就是利用了这一漏洞。

但是，迦姆是怎么做到的？AICS 虽说只是引擎进气控制系统，但它的电路上有严密的防电磁护盾，因此即使在飞行中暴露在电磁波下，也很难认为会出现系统错误。

那么就只剩下一种可能性：505 攻击部队在起飞时，机上配备的已经是异常的 AICS。

＜AICS 很可能被敌人改动过。能够接触机体且不被怀疑的，只有极少数的人类。与 FAF 为敌的人，或者迦姆。迦姆的可能性更高。如果真是这样，那可以判断迦姆伪装成了人类的模样＞

坠毁的战机上，包含 AICS 在内的重要部件都在自爆过程中损毁。而成功返航的战机上，AICS 在那时很可能会恢复正常状态。因此就算想要调查，也无从下手。

＜如果 FAF 中有伪装成人类的迦姆，那在不被发现的情况下更换 AICS 组件也并不是不可能＞

＜我们没有针对这一问题的解决方法＞

人形迦姆兵器吗？布克少校突然觉得不寒而栗。如果零的经历都是事实，那这也不是没有可能。假设存在这样一种由光学异构体构成的生物，并非仅和人类相似，而是完全和人类一样，吃着同样的食物生存，那光从外表来看，根本不可能发现这是迦姆。

"也就是说，这并不单纯是AICS的问题。"布克少校说道，"怎么样才能确认？"

＜在前线战场行踪不明的人极有可能和迦姆有过接触。营救回来的人可能就是新型迦姆＞

要说营救回来的人，特殊战内有两人——零和矢头少尉。

"矢头少尉是……怎么可能。"库里准将有些痛苦地说道。

矢头少尉，好陌生的名字。零在毫无现实感的情景中继续徘徊……

零驾驶着雪风，一边调查AICS，一边回想起当雪风捕捉到505攻击部队的异常情况，并将信息传达给他时，他立马就知道那些战机已经被迦姆操控。就连雪风也判断505攻击部队机群并不是友军。他判断之所以会发生这样的事，那是因为TAB-15基地里存在迦姆。

这感觉就像在做梦一样，而且是噩梦。那时候他正操纵着雪风，但连接突然中断，雪风离他而去。远去的雪风、反复重现的梦境后续。全部都是梦。

然而，现在的情况并不是梦。AICS出问题了，但异常提示却没有出现。就算切换成手动模式，战机也没有任何反应。死定了。这样下去一定会被迦姆干掉。

在机体即将开始震动之前，零操作节流阀拉杆，启动了机上的测试系统。关于起飞前检查的记忆就像裹了一层薄薄的非现实的面纱，已经非常模糊。但零还是记得那个时候的AICS一切正常，对于测试用的模拟信号都做出了正确反应。

不知道现在又会怎样？

主屏幕上显示出"作战行动中"这一警告，就好像雪风在对零吼："战斗中做什么测试，现在可是在飞行！"雪风或许在害怕也说不定。

由于有雪风的干涉，测试程序没有启动。这时就算零对雪风大声喊"别管我"，应该也无法让雪风听懂他的语言。

零迅速放下起落架，战机速度急剧下降，接着他将测试程序改为了手动模式。不知雪风是否是从这些快速的变化中觉察出了零的意图，它撤销了警告。

"左侧制动！"后座的布克少校喊道。

机体迅速向左转弯，迦姆的战机瞬间飞到了前面。速度的急剧下降反而带来了好处，雪风的机动一定让迦姆意想不到。

选择超音速最高速的模拟用信号，零启动了AICS的测试程序。接着，他将节流阀拉杆推到底，并收起了起落架。

三架迦姆战机在前方掉头后，气势汹汹地迎面而来。零让机体保持向左滑动，避开迦姆的射击。他没有让战机左右摆动，因为从左向右移动的那一刻，战机的加速度会变为0，而这一瞬间是非常危险的。如果他要对敌人展开航炮攻击，那等待的就是敌人的这一瞬间。然而比起攻击，现在更需要回避。零在心里默默祈祷赶紧加速吧。

不出三秒，雪风就获得了正常情况下的最大引擎推力。加速度来得非常猛烈，转瞬之间就将迦姆远远地甩在了身后。

零拼命地握紧操纵杆，将雪风拉升。当进入超高空后，雪风的速度再次提升。这时候，缠斗型的三架迦姆机已经完全跟不上雪风的速度了。

迦姆一定是在识别出雪风是特殊战战机后，相信靠三架战机能够击败雪风。AICS受到迦姆污染，就像是这件事的证据一样。在异常发生的时候，如果对AICS没有做过事先了解，那么很可能在想到输入测试用信号之前,就会被三架迦姆战机击落。

"恢复正常了。"布克少校说道,"你怎么做到的?"

"应急处理罢了。现在是靠测试用信号在飞行。为什么出击前不换上新的 AICS 组件?你应该早就知道问题的原因了吧,也预料到了会发生这样的事。"

"我不想让矢头少尉知道我们已经发现 AICS 异常。这是头号机密。"

雪风飞翔在纯白沙漠的上空。这里是迦姆的制空领域,只有迦姆战机能在这里悠然飞行。

在雪风出发之前,矢头少尉已经独自来到这片沙漠执行投放侦察吊舱的任务。这和旧雪风最后的作战任务相同。

布克少校确认,前方矢头少尉的战机和一架迦姆战机正编队飞行。

"矢头战机正和迦姆战机一起飞行呢。"

"我知道。"零说道。

"他果然是迦姆啊。"布克少校说道,"这样一来,他就无法辩解了。"

"我……总感觉和他说过话。"

"是的。"布克少校回道。在病房里,零和矢头少尉见过。

那时,矢头少尉对零说道:"可以交个朋友吗?"

站在病床边的这个男人看起来很年轻。

"其他人总是以奇怪的眼神看我。深井中尉,多和我说说吧。回旋镖战队的队员都很厉害,我也想成为那样的队员。"

"零觉得自己被雪风抛弃了。"布克少校说道,"如果不解决这一点,恐怕他永远也无法飞行了。"

"看来是遭遇了伤心事啊……实际上我也被迦姆击落了。被救起之前的事我都不记得了。"

零回想起矢头少尉在病房里说过的这句话。那并不是梦。照这样看来，那个男人不知道自己已经被迦姆操控了。不过到底是被操控了，还是本人已死，迦姆完全复制了他的记忆，这一点不得而知。

"矢头少尉来到病房，没错，他问我能否和他成为朋友。那之后过了几天？"

"九天。"少校回道，"如果这次行动没有让你醒来，我打算送你回地球。我不想让你被FAF当作武器，一直和电脑连接着。你那样子，完全就不像个人类。"

然而矢头少尉却是个像样的人类。零监视着矢头少尉的特殊战13号机，至今都无法相信它是迦姆的武器。

这时，矢头战机和迦姆战机突然朝着雪风而来，并进入了攻击状态。

"打过来了。"零说道。

"那家伙慌了。"少校说道，"我没告知他这次雪风的作战行动，也没告知其他FAF部队。如果我们没来，他肯定会去迦姆的基地汇报情报然后又返回FAF。那家伙是迦姆的战术情报收集武器，他不是人类，而是迦姆。既然已经暴露，那就不可能让我们活着回去，那家伙会拼命的。如果不把它干掉，就只有被它干掉。"

"迦姆的兵器？他吗？"

"零，你又睡糊涂了吗？你已经见过那种迦姆了，你自己的复制人。你忘了自己说过的话了？这次的作战也是为了确认这一点。"

对了，在起飞前好像是听说过。当布克少校宣布要让13号机以无人驾驶的形式去执行和雪风相同的任务后，矢头少尉主动提出让自己来驾驶13号机。布克少校大概预料到了这一点，但当他的想法被证实时，他还是觉得有些可怕。他抑制住这份心情，同意了矢头少尉的申请。矢头少尉又提出，不需要副驾驶员，他自己就能完成任务。

"那家伙可能原本就计划着逃跑。他就像迦姆投放到我们内部的情报吊舱，他的回归就等于情报回收。恐怕他也感觉到危险了。"布克少校说道。

"……或许吧。"零说。

零记得那个男人曾说过憧憬自己和雪风，所以想完成相同的任务。零觉得虽然他也有自大的一面，但正是这样才像个人类。和回旋镖战队的队员们比起来，他像得多。

"零，他们靠近了。"

还有一段距离。

13号机的武器只有短程导弹和航空机炮。雪风的AICS还没有恢复正常，因此不适合缠斗。如果要攻击的话，也就趁现在了。零选择用中程导弹进行攻击，但在发射导弹前，他犹豫了一下。不过，留给他犹豫的时间非常短。如果现在不动手，就只能被对方干掉。于是他同时发了四枚导弹，分别是两枚新型中程可变速导弹和两枚超高速中程导弹。

矢头少尉是如何看待自己的？他知道自己是迦姆吗？还是他始终觉得自己是人类呢？零无法知道答案。但是现在的矢头少尉毫无疑问是作为迦姆在行动的。

导弹一个接一个地接近目标，显示屏上的数字也随之进行倒数。零看着屏幕上的数字，心想作为人类的矢头少尉已经死了。他有些诧异为何自己会如此在意。

难道是因为他看起来是人类吗?

在面对迦姆战机的时候,零从未有过犹豫。迦姆的战机或许就是迦姆这一生物的本体,他总是能面不改色地进行射击。敌人拥有人类的外貌,这种事确实非常可怕,或许迦姆也已经算计好了这一点。但是无论对方是什么外貌,只要是迦姆,就压根不必犹豫。矢头少尉确实是迦姆。不用布克少校向他强调,这就是毫无疑问的事实。尽管如此,怎么回事,这种心情。

要是还能和他多聊聊就好了。这一想法涌上心头,零终于明白了他犹豫的原因——他好像觉得,他和那个男人能够互相理解。

"所有人都讨厌我,我自己也知道。我会不自觉地无视别人的心情。之前的上司梅尔中尉曾说我就像机器。他说'跟你说话就像在跟机器说话似的。别和我说话',但是不说话的话,我就真的成机器了……"

驾驶雪风之后,零觉得自己也逐渐变成像雪风这样的机器。所以,这就是他觉得自己和那个迦姆制造的男人有共通之处的原因吗?

不管理由如何,他想和他多聊聊。如果那个男人是武器的话,如果他自身也这样认为的话,他应该明白武器的心情吧。反观自己真的明白雪风的心情吗?

零心想,或许迦姆会更加了解雪风的战斗意识。即便这样迦姆还是选择攻击,并且还那么拼命。迦姆的目的到底是什么呢?

零看到导弹命中了目标。先是迦姆战机,接着是矢头少尉的战机,都被炸得粉碎。

他没有看到有飞行员弹射出舱。那个或许可以相互理解的对手彻底离他远去。

　　说不上是悲伤还是后悔，零感受到了从未有过的复杂的失落感。他应该是第一个对迦姆产生这种感情的人类吧。

　　零驾驶着雪风掉转方向，接着把控制权交给了雪风。他抬头仰望天空，如果把天上的两个太阳分开来看，那这里的天空和地球的一模一样，都是那么蔚蓝。

　　好想回去。零突然想到。但是回哪里呢？

　　在来了FAF之后，他第一次意识到自己想回到地球。

　　"好像清醒过头了。"零说完之后闭上了双眼，心想如果这也是梦就好了。

Ⅱ 战士的假期

深井零想暂时回到地球，整理一下情绪。

自从被救回基地之后，零一直处于身体不能动的植物人状态。从那时开始，直到在新雪风上意识觉醒之前，他一直被困在噩梦的空间中，反复回想着和迦姆制造的复制人相遇的事。尤其是迦姆逼迫他喝下的鸡肉浓汤的味道，总是浮现在他的脑海中。那是雪风的原副驾驶员巴格迪什少尉的味道。

零在苏醒之后，等待他的是与那次任务相关的彻底的情况审问。其目的自然是为了回收他在任务中收集到的情报。除特殊战以外，他还要向空军团，甚至是FAF情报军反复做同样的汇报。

在零的汇报中，对FAF来说尤为重要的是迦姆能够制造人类身体这一信息。而且，特殊战通过分析，判断迦姆已经制造出完美的人类身体，并成功将复制人送入FAF内。或者，至少不排除有这种可能性。

FAF的高层也不得不考虑，零或整个特殊战是否已经受到了迦姆的污染。因为有可能迦姆正操控着零和特殊战，以将菲雅利空军的战略引向错误的方向。

但是对零来说，不管别人怎么理解他的经历，他都丝毫不感兴趣。在此之前，虽说他也曾因迦姆这一来路不明的外星智体感受到威胁，但他从没觉得恐惧。在这次经历之后，他实际感受到这一点对于FAF的智能战斗机器们来说应该也是一样。他变得可以感受到机器的感觉，对于这一变化，零才是最在意的。

说到底，自己在菲雅利行星都做了什么？就连雪风也抛弃了他，这样一来他做的事不是完全没有自我的意义和价值了吗？——那次的经历不断向他抛出这些问题，处于植物人状态的他一直想要无视、忘记。他觉得正是由于他做不到这一点，才没办法返回现实世界。他最终能够醒来，也是因为获得新机体的雪风陷入了危机，他不得不直面这一危机，现实的力量迫使他醒了过来——在雪风需要他的那个瞬间。

苏醒之后，由于经历了这些事，零再也无法和从前一样。他第一次近距离感受到了迦姆。

迦姆是什么？对迦姆来说，自己又是怎样的？

曾经，只要和雪风一起飞行，他就能忘掉这样的疑问。但是在遇到人形迦姆武器后，这些疑问和巴格迪什少尉的肉味一起，已经让他难以忘记。

零觉得，迦姆开始制造复制人并不是最近才开始的新战略。在很早之前迦姆就已经开始准备了，恐怕就在入侵地球之后没多久。

对迦姆来说，人类的存在或许是意料之外的。他们无疑将人类看作了难以理解的生物。他们不知道为什么菲雅利空军的战机里坐着人类。迦姆眼里的敌人是FAF的战斗机而非人类。也就是说，它们认为敌人是地球的战斗机器，人类这一有机物只是机器的附属，而不是战斗的主体。主体是地球的战斗机器和战斗电脑，人类只是附属的武器，就和导弹和普通电脑一样。

想必迦姆非常想知道为何敌人的战机上存在人类这一有机物，并且一直以来尝试通过各种各样的情报分析。或许它们花了不少时间才知道人类这一生物拥有意识，而且很可能现在都认为人类只是支援智能战斗机器的有机电脑。无论如何，它们都不能无视人类的存在，所以可能很早就开始准备对策了。既然人类这种武器可以凭自己的意志行动，那么迦姆肯定会考虑制造同样的武器进行对抗。也或者迦姆有人类无法想象的使用目的和战略，总之，迦姆制造出了复制人。

即使复制人和人类完全相同，拥有意识和感情，但终归只是一个武器。如果不是这样，那迦姆制造复制人就完全没有意义。至少这一点绝不会错。复制人是有机武器，但是却由迦姆这一不知能否称为生物的无机智慧体制造。这感觉应该就和人类制造战斗机器一样。

这些被制造出来的复制人，"他"或者"她"，又是怎么看待自己的呢？特殊战在经过调查之后，判定调任到特殊战的矢头少尉极有可能是由迦姆制造的武器。在调来特殊战之前，真正的矢头少尉已经在部队作战中死亡，迦姆复制他的尸体制作成武器，并送回了特殊战中。在TAB-15基地遭到雪风航炮攻击而身亡的兰科姆少尉也是如此。但由于特殊战无法证明此事，因此没有对外公布，将此事归入了部队机密情报事项当中。

当矢头少尉和布克少校来到零的病房时，尽管当时他还处于植物人状态，并且意识并不清醒，但他还是记得那时的情景。

那个男人说，他想成为像零一样的顶尖的希露芙驾驶员。他还想和零成为朋友。他——迦姆的武器，这样说道。

零从未觉得自己在这场战争中只是一件消耗性武器。他从不管自己为何又为谁而战，也完全没有兴趣。但是现在，每当他想起迦姆制造的那件武器，就总感觉自己和那件武器也是同类。武器只会关心自己的性能。一旦开始考虑发挥性能的目的，性能就会变得低下。零之所以能成为顶尖的战士，也是因为他没有考虑这些。迦姆的武器对零说"想变得像你那样"，也就是说零比迦姆的武器还要更像武器。或许迦姆在零身上感到了威胁也是理所应当。

零不知道矢头少尉有没有意识到自己是由迦姆制造的。他觉得或许矢头少尉知道这个事实，但比起武器，身为人类的自我意识更强，所以无法完整地发挥武器的性能。在这种情况下，他才对零说"想变得像你那样"。假若真是那样，也就是说矢头少尉比零更像个人类。因为零对自己是武器还是人类完全不感兴趣。如果说矢头少尉是一个完美的人类，那么零就是一个完美的战斗机器。这样一来两者的立场就变得完全颠倒。

当零瞄准矢头少尉，准备发射导弹时，尽管他清楚地知道那就是迦姆，但在那一瞬间为什么还是犹豫了？他觉得矢头少尉或许是个可以互相理解的对手，又是为什么？

零最不明白的还是他自己。他所恐惧的对象不是迦姆，而是自己。

零的内心发生了变化，他想回到出生的地球重新审视自己。

当他把心里的想法告诉唯一的挚友——上司詹姆斯·布克少校后，少校点头道："这样最好。"

特殊战的地下机库。

十三架特殊战战机并排停放在一起。曾经的3号机雪风此时正停放在1号机的位置上。

"这是因为你越来越像个人了。"布克少校说道，"你苏醒了。雪风也获得了新机体，变得更强。它是名副其实的1号机。希望你也能和它一样。"

雪风的战机编号变成了05031。它是第四代1号机。

"我可没想要重生。"零说道。

"你的身心都受到了打击，换个环境重新调整一下是好事。特殊战也会重新考虑之前中断了的计划，把队里的战机依次更换成FRX00。当然，系统军团到现在都认为FRX99更好。"

"为什么不接受系统军团的建议，使用无人机？"

"这场战争需要人类。想要对抗迦姆的战略，就需要像特殊战队员这样的人类。"

"是像战斗机器的人类吧？"

"还是有些不同。正是因为人类和机器不一样，所以才会对迦姆造成威胁。"

"我想说的是，杰克……"

"我知道，零。我知道你受到的伤害。照现在这样下去，你恐怕没法再飞行了。去休假吧，就算高层不批准你返回地球，你也有这个权利。"

"这是说我回不了地球吗？"

"菲雅利空军不想放你走。虽然你很优秀，FAF也需要你，但同时他们又害怕你可能就是迦姆。"

"一群蠢蛋。"

"从特殊战任务的性质来看，出现这种相互矛盾又都符合常理的想法也并不奇怪。在此之前，也是常有的事。"

"我要是迦姆的话，怎么可能告诉他们迦姆正在制造复制人？"

"这可不好说。迦姆的目的或许是挑拨FAF的人类和机器之间的关系，所以故意让你这么说。"

"如果是那样，那我岂不是早这么做了，不管我是不是迦姆。"

"确实如此，但这也证明不了你不是迦姆派来的。你应该明白吧，FAF的高层想全方位监视你，所以不会轻易放你回地球。再说，本身也没有特殊战的驾驶员提出想暂时回去。毕竟特殊战的队员全都是对地球和故乡什么的完全不感兴趣的人。只有被开除军籍或者退役的情况才会回到地球。"

"……无论如何都想回去的话，只能退役了吗？"

"好消息是，你在菲雅利的服役期马上就要到了，还剩下四天。其实除了退役以外，你还可以选择修改协议。作为修改条件，你有权要求升任上尉。而且，如果你率先提出退役，高层为了留住你，或许还会让你连升两级，破格提升为少校。这就是策略问题了。"

"我对军衔没有兴趣。在我这儿军衔没有任何意义。"

"好吧。如果你升任校官，就可以干预人事安排，在其他部队面前也更有脸面。"

"但也要处理很多杂务。"

"可能还是上尉这一位置最适合你，但是更高的军衔也不会妨碍到你。把握机会才是聪明人的做法。"

"雪风还在，我肯定不会退役。"

"没错。"布克少校点了点头，"我会和上头交涉，让你暂时回去。我知道你会回来，因为雪风在这里。"

零面无表情地抬起头，看向雪风。

雪风的机体看起来很有威慑力，因为这原本就是以无人机FRX99为原型改造而成的机体。在零眼里，其他战队的超级希露芙和雪风比起来外形要柔和得多，并且反映出了人类特有的美感，但是雪风的新机体却拥有完全不同的感觉。高性能的武器会省去不必要的设计，凸显出别样的美感。而雪风的机体在此基础上，甚至散发出了一种骇人的气势。在没有开启主照明的昏暗的机库内，零突然反应过来为什么他会有这种感觉。雪风的机身被涂成了黑色，就像迦姆一样。这一联想并不是错觉，因为就连它的外形也和迦姆相似。

"这……好像迦姆的战斗机。"

"因为在设计的时候，他们吸取了迦姆战机的优点。我之前也注意到了，只是不太敢说出口……虽然相比起来迦姆的战机没有驾驶舱，但是这架机体的驾驶舱也是添上去的东西。尽管它可供人类乘坐，但本质上还是无人机，有着足以要人命的机动能力。"

此时的雪风已经不再是试验机FRX00。作为新型战术战斗电子侦察机，它拥有了正式名称——FFR41。别称，梅芙[①]，统领风之妖精的女神。

"这是名副其实的残暴女神，要是惹恼它可就危险了。就连超级希露芙都还要挑选驾驶员，这家伙自然更加挑剔。普通人驾驭不了它，只能你来，零。你必须回来，我也不想放你走。"

零沉默地抚摸着雪风的机体，温暖的触感从手上传来。

在零接受调查期间，雪风也以无人机的形式继续执行着任务。这些任务都不复杂，就算没有人类驾驶也毫无问题。布克少校曾觉得在没有零的情况下想要完全发挥雪风的新性能是很危险的。雪风越来越有可能在地面上就采取一些让人们意想不到的行动。这种时候想要了解其原因，机上就必须有飞行员。

[①] 梅芙（Maeve）是凯尔特神话中的康诺特国女王，后成为妖精女王。——译者注

而能完全理解雪风的，恐怕只有零一人。零自身也非常清楚。但即便如此，他也想暂时远离雪风，远离这个战场，重新审视一下自己。

"帮我安排一下吧，杰克。"零说道，"拜托了。"

"知道了。"布克少校应允之后，便不再多言。

菲雅利空军高层没有同意零返回地球的要求，这在布克少校的预料之中。谈话结束后，他找来零，说道："FAF不想让你退役。就算这样做会延长你的服役期限，他们也打算以程序审查为由来拖延你暂时返回地球的要求。至少一个月内你是走不了了。"

"一个月之后，也不见得他们就会同意。"

"确实如此，深井中尉。"说话者是零在布克少校的办公室里未曾见过的陌生男人。

"零，介绍一下，这位是国际律师张·波拉克先生。他会帮助我们。"

"律师吗？说起来我也算是个罪犯，我都忘了这事了。当初会来到这里服兵役，也是为了不去日本的监狱。"

"这仅限于你离开菲雅利空军之前。"律师波拉克说道，"你曾经主动提出延长服役期限，并当上了中尉。也就是说，从那时起你就放弃了退伍的权利，因此这次你也无法自动退伍。如果想要离开军队，就必须提交退役申请。如果这次也像上次一样延长服役期限，你的立场并不会改变，仍旧是个刑期未定的服役的犯人。"

由于此前零没有想过要回到地球，所以也没有在意过退伍和退役的区别。

"我个人建议这个时候应该选择退役。你没有主动放弃退役的权利。就算菲雅利空军可以强迫你放弃，但也没有权利对你的退役申请置之不理。只要退役，你就不再受菲雅利空军的控制，也不再是日本的犯人。你将再次作为一个善良的国民获得行使所有权利的自由，并受到国家的保护。"

"我也觉得这样不错。"布克少校说道，"想要回来的时候，以志愿者身份提出申请就可以了。志愿来到这里的人会授予中尉军衔，如果是你的话，应该会是上尉吧。"

"我不喜欢这样。"零说。

"不喜欢哪一点？"波拉克问。

"所有都不喜欢。"零说道，"我是一个人，我只想以普通人的身份回到地球。日本这一国家，或者其他什么组织，都跟我没关系。"

"这可不……"

"我明白你的心情。"布克少校打断波拉克，说道，"但现实的问题是，你无法成为一个独立的个体，你必须进行选择。如果以FAF军人的身份暂时返回地球，无论你去哪里，要见什么人，你的所有行动都受到军队规定的限制。"

"他们会找人监视我？"

"不过这也并不都是坏事。你有FAF这一强有力的后盾，谁也没法动你，就算对方是整个国家。反过来说，即使你成为平民，也是一样。如果你已经退役，菲雅利空军仍想要限制你的自由，你可以向日本政府求救。"

"日本政府怎么靠得住？"

"我会帮助你。"波拉克说道，"我的工作就是为你这样遇到困难的人争取权利。"

"你对着迦姆也能这么说吗？"零说道，"权利什么的，只有人类老是挂在嘴边，迦姆可不吃这一套。我的对手是迦姆，我能相信的只有我自己。尽管如此，我却……该死，我可不想就这样被迦姆干掉。"

"我命令你退役，深井零中尉。"布克少校说道，"这样至少能轻松一些。这个问题只能靠你自己解决。你总是这样下不了决心的话，也会给我造成麻烦。不管最终是什么结果，我只想尽快解决。"

"把文件签了吧。"波拉克把笔递给零，零接过来，在好几份文件上签上了自己的名字。

"这就好。"布克少校点了点头，"你想回去就只能这么做。只要你签了名，FAF高层就算想要出手，也无法阻止你三天后成为自由人。当然，如果那时你还活着的话。"

"你是说他们会除掉我？"

"有这个可能性。他们已经有所行动，想把你调离特殊战。不过毕竟组织这么庞大，我想三天之内我还是能保住你的。库里准将也不想放你走，一直在努力留住你。"

"万一你不幸发生意外，这个签名也照样有效。"波拉克说道，"你的名誉会受到保护，我会负责地收好这些文件。"

"我不会交给你。"零对波拉克说道。

"深井中尉，布克少校可是FAF的人。你无法保证他不会对此修改，或是动一些手脚。总之我是无法相信他的。这时候你应该信任我。"

"我是说我不会交给任何人。我自己提交给管理局。"

"这样的话，请便。"

波拉克耸了耸肩，毫不在意地离开了布克少校的办公室。

"那家伙能够相信吗，杰克？"

"毕竟收了那么高的费用，该做的工作还是会做吧。当然，费用是从你工资里扣除的。法律上的事都由他来处理。"

"我信不过他。"

"相信一下也无妨。"

"不是，他没有携带武器还心安理得地在这里走来走去，难道是觉得自己有权在这里不被伤害吗？简直就是幻想。"

"大家都这么想。波拉克就是在地球的幻想中工作的人。也可以说这是地球的常识。但是在FAF内，在菲雅利行星，是完全不同的。特别是对于和迦姆近距离作战的特殊战队员来说，觉得那个男人自信满满的态度很奇怪也是理所当然。我在和他说话的时候，也会感到和他是两个世界的人。他就是行走的'地球常识'。"

"地球常识吗？本来也没怎么适应。"

"我知道，我也一样。现在回到地球的话，只怕更不适应吧。实际上从以前开始就有人说迦姆这一侵略者是杜撰出来的，现在更是没多少人相信迦姆的存在。也就是说，越来越多的人完全意识不到迦姆的威胁。对这些人来说，菲雅利行星的战斗只不过是虚构的。本身这种行星是否存在也逐渐受到怀疑。"

"虚构？童话故事吗？"

"没错，迦姆和我们都只是故事角色。在这种幻想的支配下，假若有一天迦姆突破了菲雅利行星的防线入侵地球，或许人们也完全不知道发生了什么。如果人们不认识迦姆，可能会觉得像雪风那样攻击迦姆的战斗机或智能战斗机器才是人类的敌人。就算这样，如果没有亲眼见到雪风在自己头上飞过，应该也不会感到现实的威胁吧。不，他们或许更加无法相信这就是现实。"

"那些被支配的家伙还真是幸运，死到临头也感觉不到威胁和恐惧。"零细心地折好文件，说道，"迦姆也会觉得那样更轻松吧。如果它们打算把复制人当作反人类武器，那就是完全错误的战略。"

"这种事迦姆应该没有考虑。现阶段它们必定只用了少量的复制人，并且专门用于收集情报。我想迦姆眼里的复制人应该就和我们眼里的雪风一样。如果真要用作反人类武器，那么就需要大量生产，这样一来管理也会变得非常困难。光粮食生产就会成为大问题。它们没道理采取这种效率低下的战略。也就是说，它们制造复制人，只是为了彻底了解人体构造。只要清楚了这一点，那么制造一些破坏人体构造的病毒也就轻而易举。接下来只要散播病毒就可以了，这种微型武器既能自我繁殖，又能自动传染，比任何手段都有效。然而，迦姆并没有使用这种方法。是尚未完成，还是根本没这打算，它们的想法我们不得而知。或许我们和迦姆永远都无法进行沟通。有些人认为，若对方是大脑能够认知的对象，那无论有多困难，也总有办法去理解。我想这才是人类的幻想，也未免太过自大了。说实在的，我们甚至不知道雪风和FAF的电脑群在想什么。"

"其他人也是一样。即使对象是人类。"

"就算无法真正理解，但至少可以选择相信。人类有这个能力。"

"我相信你。"零将叠好的文件放入上衣口袋，说道，"还有雪风，同时还有迦姆。"

"既然如此，为什么还想要返回地球？你自己心里有答案吗，零？"

对于这突如其来的问题，零怔住了，这或许证明他并不了解自己。零沉默地看着认识多年的布克少校。

"大概就是这么回事吧。"布克少校说，"我也常常有这种感觉，所以我知道。"

"哪回事？"

"你想亲自确认一下，地球这东西到底还存不存在。"

"……什么？"

"去看看也好。你是自由的，谁也不能限制你。退役后，我给你一星期的时间。从今天开始，如果10天之内得不到你的任何消息，我会当你不存在，重新编排特殊战。"

"……好吧。"

"就到这儿吧，深井中尉。"

"遵命，少校。"

零立正敬礼，布克少校也站起来，像往常一样轻轻地抬起手回了一个礼。少校坚信被称为回旋镖战士的部下一定会返回特殊战。回旋镖在击中猎物之后，人们会对其进行回收。而这就是布克少校的职责所在。零心想，也正因如此自己才获得了解救。当然，这也可以看作布克少校只是在完成任务。但这样一来，等于承认对于布克少校来说自己只不过是一件武器。零虽然想离开这里，但还不至于到牺牲自己和布克少校的友情的地步。

"谢谢你的帮助。我这就去管理局。"零放下手说道。

"你要是不回来，特殊战会遭受沉痛的打击，不过也没有办法。"布克少校说，"这可是赌博，零。为了让你再次成为合格的战士，也只能这样了。方式有些大胆，还有可能失败。"

"我不想去考虑这之后的事。"

"你是要回到待不惯的地球去，所以还不知道会发生什么。要是有人带着你，我会比较放心。我已经私下联系了琳·杰克逊，请她帮忙。若是以少校的立场，手续麻烦，我也没那个打算。这是我个人的请求。"

"琳·杰克逊吗？"

"菲雅利空军的情报军应该也会有所行动，事先说好，这可跟我没关系。琳·杰克逊是优秀的记者，她可以保护好你和她自己。"

"说得好像地球比迦姆还要危险似的。"

"以你现在的精神状况，不就是这样？天真又脆弱，希望你精神不要出什么问题。"

零转身离开，布克少校看着他的背影说道："Good Luck。"

零沉默地打开办公室的门，离开了他熟悉的布克少校。

三天后，零平安退役。尽管背后一定有各种复杂奇怪的手续，但似乎张·波拉克做好了分内之事，麻烦事并没有找上门来。被没收的日本护照也还给了零，一切都结束了。深井零再也不是菲雅利的军人，而是服役结束的普通平民。

就和初来基地时一样，零走在连接地下和地面的通道中，只是这次方向相反，他朝着地面而去。身着便装夹克，手提波士顿包，零一身轻松地走向明亮的通道出口。离出口越近，四周的光线也越强，零不禁感觉就像从梦境中醒来一般。

没有人给零送行。和他一同返回地球的还有二十几个退役军人，以及四个身着军装、获准暂时回到地球的人。身着军服的人吵吵闹闹，退役的人却神情各异。其中沉默不语的人占了大多数。

零走在一行人的末尾。当他走出通道后，不禁抬头看向菲雅利的双星太阳。

双星太阳的其中一颗喷出的气体形成了巨大的旋涡，隐隐约约看起来就像红色的丝带编织成的天河。这条天河被称作"鲜血路"，乘坐战机飞在天上时会看得更加清晰。白天的时候，这条大道在地面上通常是完全看不见的。零心想，或许是回家的念头让他看到了原本看不见的东西。FAF的战术战斗机编队从上方的天空划过，编队的背后是巨大的白色雾柱。那是连接地球和菲雅利行星的"通道"。这副景象在零眼里就像画一样。

飞往地球的运输机停在跑道的尽头，机身上印有"UN"的标志，是联合国所属的飞机。这架摆渡机往返于连接地球和菲雅利行星的超空间"通道"上，而FAF的战机原则上不可以飞往地球。

登机前进行了身份确认，零的护照上有退役证明一栏，这说明他已经不再是菲雅利军人。除了身穿军服的四人，其他人都按要求出示了机票。也就是说，这些人都是自费回国，尽管这架航天飞机上并没有头等舱。

摆渡机的机长看起来是位经验丰富的飞行员，他熟练地将飞机以正确的方向和高度驶入超空间雾状"通道"，机体没有过多摇晃便来到了地球一侧。当白雾逐渐消失，眼前出现了耀眼的南极上空。机内响起了欢呼雀跃的声音。地球的天空上没有血河一般的"鲜血路"。零默默想到，回来了。

零在澳大利亚的悉尼降落，从这一刻开始，他正式恢复自由。

琳·杰克逊早已在此等候。她曾撰写过与迦姆威胁相关的《侵略者》一书，看样子现在仍没有对迦姆和菲雅利空军失去兴趣。面对这个从菲雅利行星归来的必定非常了解迦姆的男人，琳就像来迎接自己多年的知己一样。

　　零曾经见过琳一次，尽量两人并没有说过话。和那时相比，她看起来稍微老了一些，但眼睛还是和以前一样闪烁着知性的光辉。

　　"欢迎回来，深井中尉。恭喜你平安回到地球。"琳·杰克逊一边说，一边和零并肩走向机场的出口。

　　"你想干什么？打算跟到什么时候？"

　　"布克少校拜托我帮助你，你还记得我吗？"

　　"记得。"

　　"这之后你有什么安排吗？想做些什么？"

　　"四处看看。"

　　"看到什么时候呢？感受到自己真切回到了祖国？"

　　"跟你没关系。"

　　"是吗，深井中尉？你不觉得自己有义务告诉全人类关于迦姆的事情吗？"

　　"我就是完成了义务才回到地球。想了解迦姆的话，你自己参军去战场就可以了。"

　　"要是参加了战斗，就会失去客观的立场。"

　　"如果你相信对迦姆还可以保持客观中立的立场，那你就不是人类。这样可没办法做个人。"

　　"从某种意义来说，或许就是如此。我，中尉……"

　　"我已经不是中尉了。"

　　"你的意思是说，你不打算回到菲雅利行星了吗？"

"无可奉告。"

喧闹的机场、色彩的旋涡、蠕动的人群，周围的环境让零感觉就像晕船了一般，心情瞬间变得糟糕。

"即使我是你的同类？"

"同类？"

"我确实有许多问题想问你。"琳·杰克逊语气一变，不再客气，"你和我都知道迦姆的威胁。尽管我们并不了解迦姆的目的，但如果想客观地认识迦姆，人类的感觉和常识都派不上用场。正如你所说的，这些认知让我们'没办法做个人'。你也是一样，或者说，你正是这样。"

"我如果不是人的话，那你说我是什么？"零停下来，问道。

琳·杰克逊看着零的眼睛，坚定地回答道："菲雅利星人。"

"你是说我是外星人？"

"没错，就是如此。身为外星人的你来地球参观，不是应该雇个导游吗？毕竟你对人类的习惯并不了解。"

"然后作为交换条件，让我接受独家采访？"

"或许你觉得自己是个英雄，我这么说会让你不高兴。你无法以英雄的身份推销自己。人类和迦姆的战争已经不是什么煽动人心的大事，只有极少部分特殊的人对回归战士的战绩感兴趣。至少在媒体界是没有好事者想采访你的。"

"在菲雅利行星上发生的事就像做梦一样。那感觉就像有一个让人做噩梦的装置，让你忍受精神的刑罚。实际上，那个让我在脑子里学会战斗机基本驾驶技术的装置，可以怀疑就是这样的东西。"零叹了一口气，继续说道，"现在迦姆在地球上被当作妖精一样缥缈的存在，可以说真的就像噩梦一样。这个噩梦跟迦姆是否真实存在没有关系，也没多大差别。"

"我觉得社会公众有必要关心回归战士的精神创伤，但却没有。这对我来说有些难以置信。"

"公众关心什么的我不需要。"

"但我是作为个人。"

"个人兴趣吗？"

"没错。我想你现在适应不了人类社会，一个人无法生存下去。"

"……那就雇你当向导。"

"我的费用可是很高的。"

"钱的话我有。在菲雅利基地也用不上。"

"如果这些事你也多给我讲一些，我就给你打折。"

"要是对存款心里没底了，我会考虑。"

"你还挺会算呢。"

"还盼着你给个公道价。"

"相信我吧。"琳·杰克逊说完后率先走出了机场大厅。

"去哪儿？"

"先得找个地方落脚，我定了梅里蒂昂酒店。"

"真周到。"

"我现在住在那里。离菲雅利近，有什么事也方便。"

"还挺会享受的。"

"毕竟经济还算宽裕。"

"不愧是曾经的畅销书作家。要是写了《侵略者续》，应该还会大卖吧。"

"现在已经开始写了，但是代理人正愁卖不出去。"

"为什么？"

"如果当作虚构的科幻小说，倒是有出版社愿意接手。现在可不就是这样的时代。但是如此一来与迦姆相关的东西，就都成为虚构的了。只要迦姆的字眼出现，大家就不会认真接受。我没打算成为编故事的作家，但是我的代理人说出版社会觉得我在编故事。如果大家觉得我的书变成了迎合大众口味的东西，那我作为国际记者的信誉也会受损。所以除了迦姆以外，我还会写一些实实在在的东西，让自己不要偏离最初的路线。"

"那么现在其他人是怎么看待《侵略者》一书的？"

"可能没到科幻小说的程度，但也和同时期大量出版的鱼龙混杂的迦姆相关书籍一样，现在已经不流行了。所以说我已经是滞销的'畅销作家'。我自己倒没想成为畅销作家，只想做一个记者，现在也是一样。但是人们并不这样看我，他们觉得我还想用已经过时的迦姆去博人眼球。"

"这太不正常了。"

"从这些地方可以看出菲雅利空军在封锁迦姆的消息上非常成功。"

"也说明其他的现实问题太多了。"

"没错，人类之间的对立才是眼前的问题。经济、政治、宗教、民族、人种、性别歧视，等等。"

零想起了琳·杰克逊写在《侵略者》中的内容。

迦姆在南极打通了一条连接地球和菲雅利行星的超空间"通道"，并由此向地球发起进攻时，人类没有团结一致进行战斗。归根到底，对人类来说迦姆也不过是无数的对立民族之一罢了。在这个地球上，虽然存在人类这一物种，但是却没有"地球人"这一团结的集体。因为人类是会互相争夺集体领导者地位的物种，因此只要领导者稍有失势，集体就会四分五裂。统一和分裂的戏码不断上演，领导和被领导的关系交替轮回。

说到底，人们始终会进行权力斗争，不管迦姆存不存在。直到人类灭亡的时候，这样的对立意识也不会消失。

"就算肤色不同，也同是人类，是吗？"

"嗯？"

"你在书里写的。也就是说人类到死都不愿意承认这个事实。"

"你怎么认为？"

"该吃吃，该睡睡，老了就消失。除此以外都是虚的。"

"你真像个看破红尘的老人。"

"还不是因为迦姆。"零一边说，一边关上了出租车的车门。

当出租车驶过报亭时，零让司机停下，然后下车买了四份不同种类的报纸。等他回到车上，琳·杰克逊笑道："想看报纸的话，直接找酒店就可以了，什么都会帮你买来。再说房间里还可以用多媒体终端机将新闻打印出来阅读。"

不过零没打算按照琳·杰克逊说的做。

"伪造新闻、对电脑信息进行加工都是轻而易举的事。"

"你是说街上卖的新闻会靠得住一些吗？"

"差不多吧。"

"你觉得谁会做这种事？"

"笑我的家伙。"

琳·杰克逊耸了耸肩，不再说话。

来到酒店，办理好入住手续之后，零和琳约定好晚餐时间，各自回了房间。

虽然琳对零说要带他去不错的餐厅，吃像样的晚餐，之后再确定行程也不迟，但零却没办法这么悠闲。布克少校给他的犹豫期只有一周,在这一周之内少校会保留他在特殊战的位置,但超过时间之后就不好说了。那时候就算返回了菲雅利行星,也不一定能驾驶雪风。

零不觉得在这一周之内他能忘掉雪风,找到新的生存价值,但他也不想浪费时间。他想在地球上重新认识迦姆的存在,想弄清自己到底在和什么样的对手战斗。

琳·杰克逊为零订的房间是豪华套房。他躺在宽敞的床上翻阅刚买来的报纸。报纸上没有任何与迦姆有关的报道。尽管这让他有些难以置信,但报纸上确实对迦姆的事只字未提。

零将报纸扔到一边,接着打开了写字桌上的多媒体终端机的开关。这种东西在他去菲雅利行星之前还没有出现。

用终端机点开大型新闻网站,零试着在网站里搜索迦姆相关的信息。但是时间越接近现在,迦姆的信息也就越少。用"迦姆"这一关键词进行搜索,并没有多少结果出现,这本身也让零很吃惊。尽管网上有"迦姆"这一词语,但似乎被当成了只有少数情况下才通用的特殊用语或俗语一样的词汇。网上对迦姆的解释也只有这样一条:这是一个似乎想要侵略地球的谜之组织,不知最初是谁开始称呼"迦姆",但正式名称尚未确定。

零心想这个说法真是蠢透了,看来只能用"菲雅利空军"作为关键词来搜索了。但即使更换了关键词,搜索结果也少得可怜,就连可以公开的最新战况也完全搜索不到。照理来说应该有官方公告,但看样子并没有上传到媒体上。

简直就像新闻管制一样。零在心里想到,恐怕事实上也就是这样。简而言之,有人故意让人们难以了解迦姆的存在,并让调查迦姆变得困难重重。或许网络上存在与迦姆和菲雅利空军相关的繁多信息，但若是想要搜索就得花上一生的时间。这样一来，实际上人们根本无法进行搜索。

琳或许会说，报纸上没有迦姆相关的报道是因为这已经不是卖点了。而她正在写的《侵略者续》也是因为这个原因找不到出版社愿意出版。

但是零却觉得，这些现象背后的根本原因是有人为了改变大众观念，故意操纵着信息；而这个规模一定涉及全球。零甚至怀疑，即使有团体想要向大众普及迦姆，但只要输入迦姆这一单词，不是直接消失，就是变得难以搜索。

谁会做这种事？

当然是受益者，迦姆。它们已经控制构成多媒体终端机的电子系统。

在不被菲雅利空军发现的情况下悄声无息地入侵地球，谨慎地一步一步实施计划，也不是没有可能。由于变化过于缓慢，连琳·杰克逊这样的人都没有意识到也无可厚非。还有一种可能，零一边想，一边往后退在床上坐下。这难道是错觉，即所谓的从菲雅利归来的战士的精神创伤？

在菲雅利行星上冒着生命危险同迦姆战斗，回到地球之后却根本没有人关心迦姆。那么这场战争到底意义何在？为什么要如此拼命？迦姆明明就在那里……产生这样的想法也是理所当然。

假如说，迦姆的存在只是人类假想出来的东西，那这样就能说明这一切了。只要有人告诉他菲雅利行星是国际罪犯收容所，那他也会觉得"原来如此"。

但是主张迦姆和菲雅利行星都是人类假想出来的东西，是不现实的。考虑到维持这样一个体系的成本，绝对会有组织站出来称资金不够，这样一来系统也会崩坏。这样的假想体系再怎么也不可能维持三十年。

不过，假设现实就是这样，假设迦姆本身就是假想出来的东西，但是到了现在，情况也已经不再是这样。迦姆真实存在。如果有相关部门需要对此负责，即使他们主张"游戏已经结束"，这一套对现在的FAF也丝毫不起作用。

FAF没有把同自己战斗的迦姆当作假想的东西。因为不管是假想还是现实，只要不干掉对方，自己就会被干掉。所以迦姆绝不是假象，这对FAF来说是不可动摇的信念。总有一天，迦姆会通过菲雅利行星入侵地球。到时候，不管它是真正的迦姆，还是FAF的人和战斗机器创造出来的东西，总之这就是迦姆。

零突然觉得，这战后心理综合征还真是厉害。他无论如何都认为迦姆一定存在。迦姆已经入侵地球的想法，不知是否也是这个原因造成的。如果事实真如他所想，那这地球上就没有什么东西是真的。另外，如果迦姆是假象，那他在这里感受到迦姆的存在，是因为还没有从假象中逃脱出来。不知道精神治疗是否起作用？不，恐怕他绝不会忘记迦姆的威胁。与其强迫自己认为迦姆是假象，还不如遵从自己内心想法地生活下去。别人怎么认为与他无关，对他来说迦姆就是威胁。既然如此，不管这个威胁的真面目是什么，它就是真实存在。把这当作假象的地球人或许会在一无所知的情况下灭亡，甚至不觉得灭亡的原因是由于迦姆。

零心想，他可不想这样。

对迦姆来说，这是不错的战略。它们甚至没必要制造复制人作为反人类武器，只要利用人类创造的高性能、复杂化的电子信息手段，控制人类的意识就可以了。只要让人们意识不到真正的敌人是谁，稍微推动一下人类的对立意识就好。由于人类本来就是这样的生物，所以压根不用花时间去给人类洗脑。人类自己创造的系统和人类天生的生物性质，可能就会导致人类自行灭亡。

对于安于日常生活的人们，轮不到迦姆出手，持有武器的其他人或集体就会对他们进行践踏。实际上，眼前的这些报纸上就有不少相关报道。这不是迦姆的故意安排，而是人类自身做的事情。其实迦姆不用对人类宣战，只要继续等待就可以了。一百年，或者一千年，总之不需要一万年。或许就是因为迦姆提前开始了入侵，才不得不与人类作战。而能与迦姆进行对抗的，只有像雪风那样自律的智能战斗机器。

零躺在床上，将胳膊枕在脑后，心想人类尽管灭亡好了。就算迦姆已经操控地球的电脑网络只是错觉，他也和以前一样。人类的集体容不下自己，这一点不会有任何改变。回到地球之后，他深深明白了这个道理，尽管回来才不过半日。

其实零根本没必要烦恼自己是不是完全变成了战斗机器。只要承认自己不属于人类，问题就会迎刃而解。尽管他不知道非人非武器的自己到底是什么，但琳·杰克逊已经给了他一个并不意外的答案。

菲雅利星人。

零在菲雅利行星上战斗，是因为有迦姆。但他并不是作为一个武器，而是作为菲雅利星人，为了活下去而战。

尽管如此，为什么像他这样被正常的人类社会排斥、无法融入群居生活的人会出生在这个世上呢？

零不觉得自己是什么特殊的变种人。因为变种人也不过是人类持续繁衍的进程之一罢了,在任何一个时代都存在。只是刚好自己出生的时代有迦姆,如果说迦姆想要消除人类,但无法等到人类自我毁灭,就是因为有自己这样的人类存在。

与地球上大多数人相比,迦姆对自己这种类型的人来说才是威胁。在地球上的人类看来,无论有没有迦姆,都没有太大差别,现在他们也正是这样生活着。到最后,不管是哪种情况,人类都会自我灭亡。

但若是自己想要生存下去,在这样的地方就完全无法保护自己。如果迦姆已经入侵这里了,就更是这样。因为没有武器。

尽管才刚回到地球,但零已经下定决心第二天一早就联系布克少校。

他应该感谢琳·杰克逊。布克少校应该会告诉他乘坐哪一班航天飞机返回,在此之前他可以好好陪她聊聊。如果时间足够,或许还可以四处走走。无论哪里,他都可以去。这本来是理所当然的事,但奇怪的是在人们的常识里却不是这样。想去哪里还需要护照的动物,也只有人类了。

零从床上起身,打算提早一些去找琳。

这时,敲门声响起,零心想或许琳也提前来找自己,但通过猫眼往外看去,只见走廊上站着三个男人。从长相来看,应该是日本人。

"谁?"零没有开门,用许久没用过的日语问道。

"深井零先生,我们是来接你的。"外面的人隔着门回答道,"我们专门负责照顾像您这样的退伍军人。"

"我不需要。"

"那么请您在文件上签字。如果不按手续来做,上头会认为我们玩忽职守。"

看来不管说什么，对方都不会轻易离开。零打开了房门。

"真是不错的房间。"

"直接办事吧。"

"这是我的名片。"为首的男子将名片递给了零。

"……日本海军开发部？"

"像您这样优秀的飞行员，请务必加入我们海军航空部队。"

零这时才明白，一切都是政府打的如意算盘。

以冠冕堂皇的理由将人们送至菲雅利行星，之后再充分利用从菲雅利行星生存下来的优秀人类。这样一来，就算为菲雅利空军提供庞大的国家经费，也是非常划得来的买卖。也正因如此，对方一定会强制带他走，不容他拒绝。

"我和迦姆战斗，可不是为了你们。"

"是吗？那是为了什么呢？"

"为了自己能生存下去。"

"那请在我军充分发挥这份才能，像您这样的人可不多见。"

"虽然这么说有些不妥，"旁边的一人说道，"有您这样经历的人，回国之后也无法做普通人的工作。"

"用不着你们费心。"零说道，尽管他知道反抗没用，"能填饱肚子我就满足了。我拒绝跟你们走，我应该有这权利吧。"

"那么请立即回国……"

"不了。和美人有约在先。"

"我想您应该没有接触过琳·杰克逊以外的人，但如果您不按我说的做，事情就会变得麻烦。我们不想您为其他国家效力。既然您也是日本人，就应该为日本工作，毕竟是您的祖国。"

"说到底，回来之后我就只有这种价值，是吗？工作？不就是以日本人的身份驾驶战机，杀害其他国家的人吗？明明同样都是人类。"

"这是为了守护国家的利益。而且这是基于国际法的正当行为。"

"这些东西有什么意思？人类之间，谁赢了，谁输了，很有趣吗？你们愿意那么做，那到死之前都那么做吧。国家存在的目的应该是彻底地为人民服务，根本不需要权力和武力。但是直到现在人类都没有意识到这一点。我不打算为那种低级的理由去拼命。和迦姆战斗，只是为了自己。回到这里，也不是为了帮助你们。"

"你是说，你不是为了国家？"

"当然。"

"我们要逮捕你。"

零知道就算他质疑对方没有这种权利，也完全没用。即使到了法庭上，法官应该也会再次判他去菲雅利行星。人们已经被洗脑，认为为国家而战是理所应当。人类逐渐被引向自我灭亡的方向，因为在他们眼里那才是正确的道路。人类乐于看到同类自相残杀，就算要操控他人，甚至自我牺牲也在所不惜。即使这并不有趣，人类也无法就此停手。

零往后退了一步。

"不要做无谓的抵抗。"

"如果杀了我，会损害到国家利益吧。"

"你若是不服从，那也没有办法。但是话说回来，你真是个愚蠢的人。只要答应下来，地位、名声、优渥的生活都是你的。你还真是个天生的反叛者。"

后面的两人拿出了类似电击枪的武器，零能预想到这些武器会导致他无法自由行动。即使对方不使用武器，肉搏也不见得有多大胜算，但是现在他也只能放手一搏。

这时，零突然感到房间内有动静。

"深井中尉！"身后的人用"菲雅利腔"的英语提醒道，"趴下！别看这边！"

零下意识地趴在地板上。尽管他闭上了双眼，但也感受到了耀眼的强光。原以为会是手榴弹之类的东西，结果是闪光弹。

"深井中尉，快走！"

零迅速起身，往外跑去。虽然视线模糊，但也能看到三个日本军人正捂住眼睛，痛苦地呻吟着。

零来到走廊上，只见琳·杰克逊已经在电梯里，用手挡着电梯的门。零迅速跑了进去，这时他才发现电梯里站着一个陌生的男人。琳迅速按下关门的按钮。

"你是从哪儿进我房间的，又是怎么出来的？你是FAF情报局的人吧。"

"没错。"男人说道，"情报局的实战部队，FAF情报军。"

"他是从我的房间里过去的。"琳说道，"我的房间是套房。"

"还真是奢侈——你一直在琳的房间里监视我吗？"

"是的。"FAF情报军的男人说道。他看起来还非常年轻。

"为什么要这么做？我可是已经退役了。还是说那份文件是假的？"

"不，文件是真的，所以你的国家才会来接你。他们的行动如此之快，让我们也很惊讶。"

"你做的事是违法的，你这是想拐走我。"

"不，违法的是他们。你已经再次申请加入FAF，是他们想要拐走你。"

"原来如此，时机也正好。"零叹了一口气，"'再次申请'，还真会见机行事。"

"这好像是真的,零。"

"没错。"男人补充道,"在你离开机场,购买报纸的时候,FAF高层已经受理了你的申请书。"

"……布克少校。原来他早就做了准备。"

"这难道不是你自己的意愿吗?"

零心想,说不定刚才自称日本海军的人只是演员,这一切都是FAF安排的一出戏,目的就是为了把他带回菲雅利行星。不过那样也没有关系,因为在此之前他已经决定要回去了。

"算了。反而帮了我大忙。"

电梯停在有出口的一层,男人连忙催促道:"快,中尉,待在这里很危险。能证明你隶属于FAF的文件还没有办妥。乘坐摆渡机需要这些文件,我会命令部下尽快处理。你只要签个字就可以了。"

如果这不是演戏而是事实,即便有文件,国家似乎也不会这么轻易放过他。

"没想到有迦姆在的菲雅利比这里更安全,还真是讽刺。"零说道。

"深井中尉,很遗憾不能陪你四处看看了。每次见面都这么匆忙。"走出酒店后,琳说道。

如果没有这个女人的话,还不知道自己会怎样。零突然意识到,这里对自己来说很危险,但对琳来说也一样。她也处于相似的立场上。

"你也来菲雅利如何?那边更安全,毕竟你也不属于人类。要是被卷入人类之间愚蠢的战争就危险了,你的职业可以让你以民间人士的身份来菲雅利,在那里工作就好。"

车辆已经提前停在路边，在上车之前，零对琳这样提议。但是琳却摇了摇头。

"我也赞同人类之间正进行着愚蠢的战争，但是，我还是要留在这里。"

"为什么？"

"因为我还抱有希望，我相信人类不会一直愚蠢下去。我们或许并不是普通人，这一点我的确和你一样。但是，我和你还是不同。"

"好吧……这休假结束得还真是毫无惊喜。不过很高兴能见到你。"

"等你下次再来，希望能尽兴地给你做向导。"

"只要别太贵就好。"

"那当然，相信我吧。"琳说完，微笑起来。

看到琳的笑容，零心想尽管这次的休假极其短暂，但能看到这样美好的笑容也是挺幸运了。

零打算之后再去回想这次假期中到底发生了什么。不过他很确定的是，他曾怀疑自己是否已经不在地球上了，因为他遇到了了解迦姆威胁的人。那么，和普通人不一样的琳，又是什么呢？

地球人。没错，那就是地球人的微笑。

"后会有期，地球人。Good Luck。"

"你也是，深井中尉，菲雅利星人。"

零点了点头，跨进车里关上车门，并命令司机出发。休假结束了，雪风在等着他。

Ⅲ 回归战斗

1

在近乎植物人的状态下，零度过了三个月的时间。不过特殊战的医疗人员保证不出一个半月他就能恢复原来的体力。当然，这是在好好做康复训练的情况下。从零意识觉醒之日起，康复训练的计划就已经做好，并开始执行。但是由于零接受了各种调查，之后还返回了地球，训练计划不得不进行变更。正式开始已经是零再次入伍之后。零在回到特殊战后的十天内，认真执行了康复训练计划。布克少校为了了解零的康复情况，把他叫到了自己的办公室。

看样子，零的状态非常不错，甚至比自己的状态都好得多。

"还是年轻好啊。"布克少校对零说道，"到我这个年纪，再花一倍的时间也恢复不到原来的样子。到现在脖子都还时不时疼痛。"

"谁让你到这个年纪还要乘坐战机，这想法也太乱来了，杰克。"

"但是我的判断没有错，你也恢复意识了。"

"你自己没有必要乘坐FRX00或者雪风。"

"不，有必要。矢头少尉这件事，谁也无法相信。这是战争，是实战，而非模拟演习。久违地驾驶战机作战，脑子还没理解战况，身体已经先做出了反应。那些高层最好也时不时驾驶一下战机。"

"可以亲身体验迦姆的威胁，是吧？"

"不止如此。"布克少校说道。

"其他还有什么？"零问。

"威胁不止来自迦姆。这一点，只要乘坐战机后就能明白。"

"梅芙的战斗机动性能吗？"

FFR41——投入实战的新型战术战斗侦察机，风之女王，梅芙。目前为止只有雪风一架。

"也不止是梅芙的问题。你应该知道，我们不了解FAF的智能战斗机器们在想什么。对人类来说，这难道不是威胁？但是上面的人却没意识到这一点。"

"你是想说，这场战争的双方是迦姆和FAF的智能战斗机器，而非迦姆和人类，是吧？"

"没错。"布克少校点了点头，"从最初开始，也就是三十年前迦姆第一次出现开始，迦姆就没有把人类当作对手。这一点我们已经逐渐明白。然而，管理作战人员的高层们却没有。恐怕他们也无法理解。实际上只要不上前线战斗，不将自己暴露在危险之中，就没办法明白。就连在这里也是一样。因此对于地球上悠然自得的人们，他们的想法也能推测而知。"

"迦姆已经渗透到地球了。"

"……什么？"

"具体的我也说不上来，只是回到地球之后就有这种感觉。迦姆的本体，或者说它的实体，人类本身就感知不到。当然，我也不确定。"

零把在短暂的休假中体会到的事情告诉了布克少校。他觉得地球上的电子网络已经被迦姆渗透。

"零，这些事为什么你之前一直不说？"

"我也没有报告的义务。我只是以民间人士的身份去了一趟地球，而且也没有实际证据。再说，就算这是真的，地球上的迦姆应该由地球上的人类来应对，跟我们没有关系。"

"这不是一句话就能撇清关系的。"

"为什么？"

"为什么？"布克少校有些惊讶地摇了摇头，"零，你为何会来这里？"

"为何？你让我来报告身体恢复情况，我就来了。来到你的办公室，布克少校。"

"你是想说我的这间办公室，以及特殊战、FAF，都和地球完全没有关系吗？你真的觉得你在这里是完全脱离地球在生活，并且可以一直生活下去吗？"

"是的。"零回答道，"如果FAF不是这样认为的话，我觉得是不对的。"

"你去了一趟地球，地球确实存在着吗？"

"不管地球是否实际存在，都无所谓。对于在菲雅利行星上的生存来说，都不成问题。"

"看来你是觉得只有这里是你的栖身之所，所以才回来了。"

"嗯，算是吧。"

"既然地球已经被迦姆污染，在地球上又无法战斗，所以才回来了。是这样吧？"

"是的。在地球上除了迦姆之外，还要和人类战斗，对手还是少一些好。"

"你说和人类战斗？"

"是啊，杰克。"零点了点头，"生存就是战斗，谁也指望不上。我不是地球的人类，你也一样。"

"什么叫'不是地球的人类'？"

"我们是菲雅利星人。我们必须和威胁我们生存的对象做斗争。这不是战斗，也不是战争，而是生存竞赛。我们不必把对手完全消灭，而是存活下来就好。只要不输，就是胜利。竞争对手并不只有迦姆，你去了地球就能清楚地明白这一点。"

"零，我没空听你的人生哲学。不管你是怎么想的，FAF都是依照地球代表的意思存在的，这就是现实。只要不输就好？如果没有地球的后援，我们瞬间就会溃不成军。看样子你还没意识到这一点。你说我们是菲雅利星人？你在哪儿学来的，谁给你灌输的这种思想？这应该不是你自己想……难道是琳·杰克逊？"

"是的，没错。"

"她希望FAF从地球独立？她是这么煽动你的吗？"

"不是。杰克逊女士说我不是人类，我反问那我是什么，她回答我说菲雅利星人。我觉得她说的有道理，这个答案简单直接。仅此而已。"

"她是意志坚强的记者，不用依附任何组织也能凭坚韧的自我意志坚持下去。但是，你并不是那样。你太天真了，特别是现在的你身心都不稳定，想要给生病的你洗脑实在是太容易了。"

"那你来试试，杰克。"

"我来？"

"没错。就像你说的，让我为地球上的人类牺牲自己，让我相信这就是快乐的人生，应该很简单吧。那你试试。"

布克少校目不转睛地盯着深井零上尉。他暗自想到，这个男人变了。两人说话的氛围也和以前有些微妙的差别。但是，到底哪里变了，又怎么变了，他却说不上来。

零的军衔从中尉升到了上尉，外观上比以前瘦了，肌肉也少了一些，但是这些都算不上大的变化。恐怕变化最大的，还是他的内心吧。看着他的眼睛就能明白。

零的眼神变得比以前更加有神，但换个角度来看，这是懂得畏惧的眼神，让人从外在就能感觉到他的警戒心。以前的零不是这样的。他从来都是被动地接受着一切，不喜欢的东西不去看，也看不见。他只会专心地追击迦姆，就像要赶走眼前的苍蝇一般。除此以外的事物，他都会说"与我无关"。他就是一个高性能武器。也就是说，他只看得见迦姆这一目标。

但是现在的零不一样了。眼前的这个人，正站在更高的视点上审视着自己。他开始意识到自己和自己所生存的世界是怎样一种关系。他可能觉得这些问题值得去有意识地思考。

总之，布克少校在心里下了结论，这应该是零有生以来第一次意识到这个世界上还生存着除自己以外的存在。但是这个变化并不代表零在思想感情上变得更加丰富。他的性格还是没变，举止就像没有感情的机器一样死板。在他眼里，地球人怎样都无所谓，刚才他所说的也正是这个意思。但是他所说的，并不是"与我无关"，而是"与我们无关"。虽然仅只有一字之差，但两者的区别却是决定性的。如果比作武器，那就像是被动导弹转换为了主动导弹。

但是，少校冷静地想，这会不会成功还不好说。从精神层面来说，零确实过于想当然。被唯一信任的雪风抛弃，肯定受了很深的伤。精神应该也和身体一样需要康复。就像他刚才对零说的一样，现在的零很容易被洗脑。尽管零放言让他试试看，但恐怕在零的内心，他也无法把握自己的变化是不是朝着正确的方向。

但即使如此，可以肯定的是，零想要凭借自身的力量让自己的走向更加精确。不知道零，眼前的这个男人，到底想要朝着什么方向而去？

"这个斗争不是战争，而是生存竞赛吗？"布克少校重复了一下零所说的话，又说道，"其实所有的战争，对每个士兵来说都是如此。没有哪个士兵想白白送死。只要不干掉眼前的敌人，自己就会被干掉，敌人也同样如此。这就是生存竞赛。简而言之，你只是不想继续做一个被'消耗'的士兵罢了。"

"我可不是士兵。本身FAF里就没有士兵，再说我已经是上尉了，布克少校。"

"话是这样说。你之前不是一直说不在意这些吗？还是说你现在找到了军衔的价值，想要去更高的位置？"

"你不是没空听我的人生哲学吗？"

"反正也听了这么多了。你是怎么想的，零？"

"你问了又能怎样？"

"我得判断你还能不能够驾驶梅芙。这就是我的工作，请回答，深井上尉。"

"如果更高的军衔会保证自己能够以自己所接受的方式死去，那争取一下也不是什么坏事。不过成为上将的话，也不能保证就不会死得无聊，比如也可能会在澡堂摔倒意外死亡等等。倒不如说比起战死，上将更有可能会以这种滑稽的方式死去。"

"滑稽的死法吗？这倒让我想起了埃斯库罗斯的故事。"

"那是谁？死法很滑稽的名人吗？"

"是否滑稽，要看个人看法。那是古希腊三大悲剧作家之一，他被天上掉下来的乌龟砸到脑袋死掉的。"

"什么？"

"天上有只抓了乌龟的乌鸦或是雕飞过，那只鸟为了把乌龟丢下来砸开龟壳，正在找合适的石头。而埃斯库罗斯正好是秃头。那只鸟把悲剧作家的秃头当作了砸开龟壳的石头，就是这么一个有名的故事。悲剧和喜剧只是正面和反面，重要的是人们从哪个角度去看。这个死法可能是编造的，但重要的是，他以这样的'活法'被后世记住。你不觉得，越是高的军衔和地位，越容易活成这样吗？"

"这些不过是他人的评价。那个人自己活得满不满足，跟这些没有关系。"

"既然如此，那你为什么对活着的方式不在意，却在意死法？死法是不由人的，零。里面包含了太多人类无法掌控的因素。而且，人死了之后，根本不存在自己接不接受吧。"

"不管什么阶级或地位，所有人都会死。无意识地活着是毫无意义的。我不想无意义地活着。"

"'人终有一死'，是吧，零，你确实变了。"

"我不觉得以自己能够接受的方式去生活会很容易，但我一直是这么活过来的。"

"一直说着'与我无关'。"

"我没有后悔过，现在也一样。"

"但是现在死了的话，你会觉得死不瞑目吧。也就是说，你认为在此之前的生活方式都是错的，不是吗？"布克少校问。而零冷淡地回答道："没错，要说是错的，或许也的确如此。我已经知道，并不是说只要不后悔地活着，最后就能安心死去。以前我从没有想过这种问题。"

"原来如此。"布克少校点了点头，"不管再怎么强调与自己无关，仍旧会有一些人或事和你产生联系。这就是理所当然的现实。死亡也是如此。就算自己声称'我不会死，对死亡没有兴趣'，最终死神还是会到来。普通的人们自然而然地活在这一现实下，但你却不是这样。你曾经的生活方式是只要坚称自己不会死，就真不会死。当然那样的方式总有一天会被现实击败。恐怕让你觉悟的并不是迦姆，而是曾经信赖的雪风，没错吧？被迦姆干掉的话，你还能接受。但是如果是雪风的话，就不是这样……"

"就算现在我也不想被迦姆干掉。谁都一样。"

"这是当然。我总算知道你在担心什么了。"

"那你说说看。"

"零，你是觉得今后可能也会出现被雪风杀死的情况。这一点你至今为止都未能接受。你担心的就是这个。"

"我不觉得我被雪风背叛了，今后也一样。雪风现在仍需要我。"

"如果你是不死之身，那倒还好，没有任何问题。但是你终究是人类，一旦死去就无法重生，也没有备用的身体。你和雪风并不是对等的关系，这让你无法接受。这并不是'它背叛了你''你不这样认为'这一感情层面的问题，零。这也理所应当，毕竟雪风是机器，它没有感情。所以你和雪风之间，压根不存在感情问题。如果你被雪风杀死是因为它讨厌你了，这样还能接受。但是当你真正被雪风杀死的时候，仅仅就是被杀了。

当然，如果这是开枪时枪支走火，结果误杀自己的单纯事故，那又是另一种情况。雪风并非像枪一样仅是一个物体，它拥有一种自律的自我意识。也就是说，你不知道以何种方式看待自己被那种东西杀死。你之所以会回到雪风身边，也是为了寻找这一答案。"

"如果是这样，岂不成了我回来是为了死在雪风手里？这太愚蠢了，怎么可能……"

"当然，你是为了不输给雪风。你想把雪风看作生存竞赛的对手，虽然没必要战胜它，但至少不能输。当你要输的时候，你希望能够接受输掉的事实死去。因为只要你自己能够接受这个事实，那对你来说，就不算输。零，你直到现在也是以自我为中心，对他人的事情毫不关心。在这一方面你完全没有变。"

对零来说，友军战机被迦姆击落、地球被迦姆占领、人类濒临灭绝，这些事都跟他无关。这些是他们自己该解决的问题，零觉得只要自己不输掉就可以了。过去是这样，现在也是这样。

"这又怎么了？"

"我就知道你会这么问。这下放心了，我可不想和变了的你说话。其实我和你相似，刚才我提到的和雪风相关的想法，也是我自己的真实想法。作为生存竞赛的对手，雪风就是威胁，是和迦姆一个级别的敌人。"

"我并没有害怕雪风。"

"不，你抱有某种畏惧心理。你开始意识到雪风和你并非一体，而是独立的存在。这就意味着，你和雪风第一次变成了对立关系。"

对零来说，以前的雪风就是自己的一部分，并非另外的存在。它就像自己的左膀右臂一样，绝不会背叛自己。但显然事实并非如此。

"你和雪风以怎样的方式相处最合适，以及这有什么意义，这些问题都不是心理疗法能够解决的。"布克少校说道，"这是哲学问题，因为最终都会回到生存的意义上来。你一直抱有疑问——人类的存在到底有没有意义？如果有的话，那是什么？如果没有的话，为什么人类能够毫无意义地生存着？你的想法很天真，但我对你感性的想法也逐渐有了同感，所以我们才能作为朋友交往到了现在。雪风的问题也是我的问题。但是我所有的精力都用在了对付迦姆上，所以没有多余的精力去应对这个问题。毕竟如果不把雪风当同伴的话，反迦姆战略就完全无法成立。不管怎样，这个问题只能靠自己解决，现在的你也积极地想要解决这个问题。这就是你和以前的不同……"

"所以，你到底想说什么？"

"最好你能早日恢复身体驾驶雪风。不管是作为朋友，还是上司，我都希望如此。你的康复治疗里关于精神咨询的治疗已经没有必要，纯属浪费时间。特殊战没有时间让你闲着，好好锻炼身体吧，给我尽快恢复体力。这是命令，你可以离开了，深井上尉。"

零沉默地敬了个礼，离开了布克少校的办公室。少校看着零远去，翻开了放在手边的零的康复资料，勾出了要给康复主治医师下指示的事项。

不管主治医师怎么说，在精神方面零已不需要治疗。零的情况自己比医生更加了解。就算有人会说他无视专家的意见，负责人也不是别人，而是他。医生的看法说到底不过是参考意见，他会担负所有的责任。

现在的特殊战人手不足，需要优秀的飞行员。无论零如何看待这场战争,他都不能让零陷在里面。战争所需要的是零的战斗能力,因此不管零有什么心理创伤,只要不妨碍战争,那都可以无视。这里是战场,不是医院。即使零希望有人能治愈他心理的不安,这里也没有条件去顾及他个人。再说,零也没有这个想法,他一定会靠自身去解决。也正因如此,他才回到了这里——有雪风、有FAF的菲雅利行星。

布克少校清楚这一点,但是他又想到,零的主治医师会清楚这一点吗?

2

在零的康复治疗计划中,负责精神治疗的医生是最近才调来的特殊战的年轻军医。布克少校目前还没有和她见过面。

年轻,以及才来特殊战不久,都让布克少校不太满意。简单来说,这就是缺乏实战经验。

布克少校用桌上的电脑调出了军医的履历。名字是伊迪斯·福斯,军衔是上尉,女性,自愿加入菲雅利空军。专业是航空生理学及航空精神医学,来特殊战之前隶属系统军团,主要负责战机试飞员精神方面的心理指导。

不知道是怎样的心理指导?要说FAF系统军团的战机试飞员,可都是精英。驾驶技术方面的要求自然很高,但仅凭驾驶技术还不够资格成为试飞员。试飞员必要发挥高超的驾驶技术,调查被测机体是否存在问题,然后将测试结果准确传达给他人,因此良好的交流能力也必不可少。如果像特殊战飞行员那样,认为"他人的事与我无关",显然是不够资格的。无法与他人有效合作的人不能成为战机试飞员,也就是说,他们拥有完善的人格，而这样的人通常精神稳定，很少会产生必须心理医生来解决的心理问题。反过来说，有这种倾向的人，在最初就会被从候选名单里剔除出去。

　　布克少校浏览着福斯上尉的履历，心想在系统军团里，她的工作与其说是给试飞员进行心理指导，不如说是把试飞员当作研究对象来进行研究。伊迪斯·福斯是学者，也是研究员，她没有犯罪记录。现在的FAF里，这样的人越来越多。

　　在FAF成立当初，构成FAF的所有人员都是精英。因为当时的人们认为，迦姆是真正的威胁，人类必须集中所有力量阻止迦姆进攻地球。但是随着战争不断延长，无尽地消耗精英使人类感受到了危机。这些精英本应担负着地球的未来，但是却不断地被迦姆杀害。人们不可能立马量产这样的精英，这样下去地球会失去优秀的领袖预备军，地球上的人们总有一天会成为乌合之众。因此，人类不再将担负地球未来——准确来说是所属国家未来——的人才送上反迦姆战争的最前线。取而代之，人们创造出最先进的战斗机器系统，并给机器灌输誓死守卫地球的使命感，接着将机器系统投入FAF使用，以智能机器代替优秀的人类上战场。于是，被送入FAF的人逐渐变成了即使消失也不会对人类社会的未来带来不好影响的人类。具体来说，就是被打上"反社会"或"非人"烙印的人们。再具体一点，就是各种罪犯。

　　由于并非全球的人们一致认为这是合适的做法，因此这样的改变其实极其缓慢。人员的选拔也是由各个国家机关自行组织，所以也会出现这个国家选出来的人，以别国的标准来看是好人的情况。尽管如此，地球上的各个国家无法团结统一，形成了多个权力机构，而这些机构在追求支配阶级利益下，将这些人送上了菲雅利行星。和国家比起来，这些人都是弱者，这一点放任何国家都一样。

想要逃亡的人应该不在少数，少校心想。但是只要在最前线见过一次迦姆，这些人的人生观就会改变。总之，只有努力生存下来，才谈得上逃亡。逃出去也并非易事。敌人不仅有国家权力，还有FAF，背后还有迦姆。

面对迦姆，人类的交易方式完全不管用。如果对方是人类，那还可以通过加入和自己有相同价值观的集体来免于遭受来自其他集体的迫害。但迦姆的情况却不行，你无法向对方传达自己并无战斗的意志，并让对方放你一马。只要来到这里，谁都能明白这个道理。

许多人来到这里，不是牺牲，就是生存下来回到地球，但是也有人留在了FAF。然而现在来到FAF的人，仍旧在变化。越来越多的人不是被遭送过来，而是自愿来到这里。志愿参军的人以前也有许多，但是现在的参军动机却和以前大不相同。曾经，许多人因为在地球难以生存，因此放弃了自己在地球上的立场，来到菲雅利行星。但是现在，越来越多的人保持着和地球的关系，希望来这里发挥自己的才能，甚至还有的人是为了寻求刺激，把这里当成了游戏场所。这些人里不乏优秀的人才，但是和FAF成立当初的精英们比起来，两者对迦姆的危机感完全不同。对这些人来说，现在的FAF更像是虚拟游戏空间。

在系统军团里，很早以前就有许多这样的人。布克少校觉得这次调任过来的伊迪斯·福斯上尉应该也是这样。特殊战里的人和他们不同，这里聚集的都是老派的战士。福斯上尉说不定就是为了研究这些人的精神构造，才来到了FAF。恐怕就是这样。

布克少校浏览到最后，看到福斯上尉是自愿申请调到特殊战时，不由得叹了口气。

对特殊战来说，这是一件麻烦事。这个女人和特殊战的队员们，就像水和油一样无法相溶。那么必须在中间负责斡旋的自己，难道是表面活性剂？那不就是肥皂吗？还真是形象，这确实是个消耗自己的工作。

作为战队的负责人，他不能放任新来的医生随意摆布老资格的队员们。但让布克少校觉得郁闷的是，如果福斯上尉就是他想象中的那种人，那么就算对她说"零不需要你的治疗"，恐怕她也不会轻易放手吧。

她一定会询问理由。如果面对的是下属，那无须说明命令的理由，部下只会照命令行事，根本不能拒绝。但是能下达这种无条件命令的只能是直属的上司，而福斯上尉的直属上司，是特殊战实际的老大，库里准将。这一点和其他的队员不同，即使他下达了命令，福斯上尉应该也不会接受。虽然是个军医，但可以想象福斯上尉的军人意识不会高到哪儿去。与其说她是个军人，不如说她是来野外工作的学者或者来留学的研究者。这样的人不会明白命令是没有道理的，他们也是最难对付的类型。

特殊战里不需要这样的人，看来还是需要库里准将想想办法，把她弄走。但是话说回来，准将为什么没有拒绝这样的医生分配到特殊战来呢？难道是因为人事调动和战斗没有直接联系，所以她根本就不在意？这倒是有可能。也正是如此，他才做着这种工作，消耗着自己。但是他已经不想再瘦下去了。

布克少校关掉福斯上尉的履历，揉了揉僵硬的脖子，心想该休息的应该是他才对。躺在舒服的沙发上，向生活顾问倾诉自己精神上的重负，这样一定会心情舒畅。

福斯上尉拥有生活顾问的资格证。当然，她肯定会乐意和自己谈话，毕竟这就是她来到这里的目的，但就是不知能否信任她。刚好，可以利用这个机会试探一下新来的军医的人品和工作能力。不知就诊要不要预约？这种时候要是有专门的秘书就好了。

布克少校用电脑接入福斯上尉的房间，这时电子合成的声音突然响起。＜我的主人现在不在，有事请留言＞

布克少校愣了一瞬，"我的主人"？伊迪斯·福斯吗？那这家伙又是谁？

＜我是设置在终端内的电子秘书。您的留言不会泄露给我的主人以外的任何人。请留言＞

原来是极其简单的终端应答程序，连个影像都没有。它所说的内容不过是照本宣科罢了。现在满世界都是比这高级的、几乎无法区别是否是真人的电子秘书。布克少校并非不知道这一点，但这在特殊战的区域内还是很少见的。在电脑终端上下载了这种智能应答功能的人，她还是第一个。

＜请问您是哪位？＞福斯电脑的电子秘书问道。

当然是布克少校了。但是他并没有这么回答。

"有点事想谈一下，来我办公室。"

电子秘书不用特意询问，也知道接进终端的对象是谁。特意通过电子秘书来进行确认，或许会有人觉得亲切，但实际上这是不必要的方式。在电脑终端上安装这样的电子应答装置，的确是新类型的人才做得出来的事。布克少校有些怀疑，说不定此时此刻福斯医生的诊查已经开始了，为了提前做好诊查准备，让电子秘书先进行问诊。通过他的反应，至少能大概了解他是什么性格,以及他的精神状态。

会不会是自己想太多了?应该不是,也有这种可能。不过如果不是他对福斯上尉感兴趣,根本不会注意到这一点,也根本不会在意,这倒是事实。

"福斯上尉,我有话想和你谈一谈,希望你来一趟我的办公室,最好尽快。"

再次无视电子秘书的问询,布克少校切断了连接。刚才的留言内容已经被自动记录下来,福斯上尉不用询问电子秘书,也能知道留言内容。FAF内通信的基础系统程序就是这样设计的。因此,这个电子秘书不过是单纯的摆设罢了。

电子秘书?真是太蠢了,这里可是战场。FAF的医院即所谓的野战医院,并不是什么私营诊所。患者不是客人,不必去讨好他们。既然福斯上尉在这方面意识淡薄,那纠正她的看法就是自己的职责。

这个医生到底在想什么?想到这,布克少校不由得有些焦躁,但他立马忍下了这种情绪。看来,不见一见这个人是不行了。

3

菲雅利基地战术战斗航空军团的训练中心。零在泳池里游着泳。

特殊战拥有独立的司令部,是一个师团级别的存在。但它并没有专门的训练场所供队员锻炼身体或休闲娱乐。

游泳池里还有其他部队的人,大约二十人。他们之中有的人和朋友说笑,有的人悠闲地游泳,气氛轻松愉快。零总觉得,这里的氛围不像训练中心，倒像酒店的休闲泳池。欢笑声在泳池回荡，就像浴池一样。菲雅利基地位于地下，所以这里给人一种地下温泉泳池的感觉。

零独自在一边游着，没有任何人和他搭话。

在他进入训练中心的区域内、走进更衣室、来到泳池边时，都有最先见到他的人上前搭话。但是只要零说一句"我是特殊战来的"，对方都一改亲切的态度，不再同他说话。其他部队的人知道特殊战的战士不好相处。但尽管如此，他们并不是对特殊战不感兴趣。特殊战虽说隶属菲雅利基地战斗航空军团，但却像独立的军团一样行动，拥有极大的权力。其他部队的人无法得知他们的具体行动内容，并且，来到公共区域的特殊战队员大都很沉默，几乎不会告诉其他部队特殊战内部的情况。神秘总会引起人的好奇心。

在泳池里没有人直接和零搭话，但是在零游泳的时候，总能感到周围好奇的视线，偶尔还能从那些人嘴里听到"特殊战……"的只言片语。

零对别人谈论自己并不在意。不管别人说什么，只要不直接干涉他在做的事，他都无所谓。他早已习惯在作战的时候从雪风的无线电里传来的其他部队的骂声。来这里游泳也是因为布克少校的命令，所以这也算是任务中，并不是为了和他们和睦相处。

零很擅长游泳，但他已经很久没有这样不是为了放松心情，而是仅仅为了游泳而游泳，除此之外没有别的目的。他暂时忘了这是任务，尽情享受水的触感和慢慢找回游泳感觉的身体的律动。

即使是零，用尽全力也坚持不了一分钟。因此累了之后他便慢慢地游，等到恢复一点体力之后又开始用尽全力。这样重复四五次之后，他逐渐喘不上气来，体力也消耗了很多。他放弃了试试蝶泳的想法，继续以最轻松的自由泳方式游着。他总觉得这样似乎可以一直游下去，但渐渐地，胳膊变得沉重，抬头看了看挂在墙上的大钟，才过了不到二十分钟。他心想至少得游到三十分钟，于是继续，但钟的指针走得甚是缓慢。开始在意时间的话，说明体力果然跟不上了。零不再勉强自己，往岸边游去。

零在远离人群的躺椅上坐下，调整自己的呼吸。椅子很新，也很干净。当他注意到这点时，突然又唐突地想到这张椅子以及这个泳池都很干净，应该是有人进行了打扫。当然，这是因为有专门的管理人员在。他们看不到迦姆。相信没有军衔，只是以文职人员的身份来到菲雅利行星的人也不在少数。战争这东西其实也是一大产业。零以前没有想过到底有多少人和迦姆的战争相关，但是现在想来，在前线和直接迦姆进行战斗、执行危险任务的人，在FAF里可能也只占了极少数。但是零又想到，要说这些在后方做着管理泳池等杂事的人是否就是安全的，也并不一定。

如果迦姆开始注意到人类，也就是说如果迦姆把人类看作这场战争的主体、打算灭掉人类的话，他们有的是方法。说不定他们已经开始了这项准备。就算是非战斗人员，这里也没有任何安全的场所。零不知道泳池管理员们有没有意识到这一点，但这本身跟零无关，他只要感谢他们的辛勤工作就可以了。这么干净的环境，还真是多亏了他们。

泳池边充满精力的人们就好像在等待零离开泳池一般，这时都站在了起始线后。他们打算临时组队，举行小型游泳比赛。

负责实况解说的人幽默地介绍完参赛者后，比赛开始了。没有参加比赛的人在一旁呐喊助威。零虽然有些累，但听听那些加油的声音也觉得心情不错。参加比赛的人应该都对自己的泳技很有自信，但实际上大家的水平参差不齐。尽管如此，看看那些人用尽全力地认真比赛也没什么坏处。

比赛是在三条泳道内进行的接力赛。当第二棒的人跳进泳池时，零的目光集中在了中间泳道的那个人身上。这个人的速度极其快，泳姿非常流畅。尽管是位女性，却追上了游在前方的男性。零看着那出色的泳姿，心想或许是个职业的游泳选手也说不定。受过训练的人确实不一样，身体的动作非常优美，甚至让人百看不厌。

"你不参加吗，深井上尉？"

后面突然有人和零搭话，零没有回头，只听声音也知道是福斯上尉。也不知道是什么时候进来的，他完全没有发现。

"你是让我也参加吗？没有兴趣。"零看着比赛，回答道。

"难道是怕在竞争中输掉，所以才不想参加吗？"福斯上尉的语气就像闲聊一样。

"输并不是可怕的事。"零看向福斯上尉，说道，"输掉之后感到的不是害怕，是不甘。"

"不少人不喜欢这种滋味，所以一开始就会避开胜负。所谓害怕输，指的是这个，也就是本身就讨厌胜负。你不是这样吗？"

"我倒觉得，如果输掉之后不会感到不甘，那这样的比赛根本没必要参加。眼前的这场比赛就是。不过我也不是为了赢才来到这里的——你来这里又是为了什么？"

福斯上尉穿着在心理咨询时没有穿过的白色大褂。简单来说，这是她的制服，表明她是一个医生。也就是说，她来到这里并不是为了玩耍。

"布克少校拜托我关照你。"

"是吗？"

零说完之后便不再接话，而福斯上尉问道："就这样？没别的想法吗？"

"什么意思？"

"刚才布克少校把我叫到办公室，让我不要再对你进行心理辅导。"

"那你说少校拜托你关照我，是说谎了？"

"不，他是说如果我真的担心你的状况，就不要再管你。是这种意思的关照。"

"但是你想管我。"

"当然了，这毕竟是我的工作。我不知道少校在想什么，也不知道你在想什么。如果你不喜欢我的做法，希望能直接告诉我。"

"少校就是他所说的那个意思。我只是听从他的命令罢了。他说没必要再接受你的治疗。"零从躺椅上站起来，说道，"你和少校之间发生了什么，与我无关。"

"你去哪儿？"

"蒸桑拿。"

"想要逃吗？"

"逃？"零不由得笑了起来，"你似乎想和我开战，但却不清楚方法。如果你不想让我逃开，那大可追上来。如果妨碍到我，我一定不会手下留情。少校的意思也等于已经同意我这样做。"

"你到底是在和谁战斗，深井上尉？"在泳池边的桑拿室入口,福斯上尉问道。

"迦姆。"

"在我看来可不是。"

"你想和我'进一步'接触吗?"

"什么?"

"你要陪我蒸桑拿?"

"如果你要进去的话,是的。"

"穿成这样?"

被零这么一说,福斯上尉慢慢地脱掉白大褂,接着抓起毛衣的衣摆,打算继续脱掉毛衣。

"算了。我可受不了在又闷又窄的房间里被问这问那的。"

雪白的腹部刚刚露出,福斯上尉立马停下了动作,问道:"那么来我的办公室?"

"不。"

"以你现在的精神状态,还不能参与实战。"

"确实。"零点了点头,"看来得先把你解决。"

"解决我?"

"为什么你这么关注我的心理问题?不搞清楚这一点,总让我觉得不踏实。"

零不想一直被人缠着。基地内没有可以回避的地方,直接无视的话也没有那么容易。所以只能正面解决这个问题了。

泳池里的比赛还没有分出胜负,最后一棒的选手正纷纷跳入水中。里面没有吸引人的泳姿,零失去了兴趣,但泳池里的人却注意到了零。在他准备离开时,口哨响起,有人喊道:"特殊战要离开了!"说话者的语气没有嘲讽,也没有生气,只是单纯地向大家报告。加油呐喊声停止了,在零看来,这就和实战中别的部队的反应一模一样。特殊战的立场确实很特殊。零没有回头，直接离开了泳池。

零在更衣室换上训练服，戴上手表，接着在垫板上的报告单里填上了刚才的运动内容和时间。当他拿着报告单走出更衣室时，福斯上尉正在门口等他。

原本这个时间应该是福斯上尉的治疗时间，而零擅自来泳池进行自主训练，对主治医师来说，恐怕不是什么有趣的事。尽管零只是听从了布克少校的命令，但显然少校没能说服这个医生，到头来负责搞定这个医生的还是身为当事人的自己。如果能让这个医生同意他不必再接受治疗，那么他也会觉得轻松。这一点不管布克少校有没有进行干涉，结果都是一样的。

零想到这里，重新做出了决定。他取消了游泳之后进行肌肉训练的计划，和福斯上尉一起离开了训练中心。

零回到特殊战居住区自己的房间内，又换上了地勤的制服。他不打算去福斯上尉的办公室兼治疗室，因此来到了作战前开会的会议室内。福斯上尉默默地跟他来到了这里。

会议室很黑，没有其他人。当两人走进房间后，天花板上的照明自动打开。周围明亮起来，零再次感受到了久违的作战前的紧张感。

房间正面的墙上有一张显示屏，平时会展示出作战行动图等信息。但是此时此刻屏幕没有开启。屏幕旁边是控制台，福斯上尉对站在控制台边的零说道："怎么样？有什么感想吗？"

"只想早点上战场。体力恢复情况也不错，就说现在至少也比你强。我觉得自己一个人出击也没有问题，不过布克少校太慎重了，他要求万无一失。你也这样想？"

"是的，尽管我和他立场不同。"

"立场？你在FAF的立场是什么？为什么来到FAF？你应该不是被强制送来的，但看起来也不像是热衷于工作的军医。军医是不会违抗上司的。"

"我并没有违抗。我的上司是库里准将。布克少校应该也知道这一点。"

"你啊，简直就是迦姆。"零有些无奈地说道，"你对我的想法就跟谜一样，跟你也不能好好沟通。不知道你为什么来菲雅利行星，又追着我不放。简直就是来路不明。库里准将知道你的事吗？"

"她是我的远房亲戚。"

"嗬，是吗？"

零靠在控制台边，不由得轻蔑地笑了笑。福斯上尉看着零，走到作战队员用的最前排的桌子边坐下，那态度在零看来就像是被罚留校的学生一样。

"本来——"福斯上尉开口道，"在来到这里之前我和她也没有见过，她应该也没有把我当作自己人。不过，我确实靠她的关系才来到这里。想要研究FAF驾驶员们的精神结构，不实际来到这里是根本不可能的。其实我本来是想以平民身份来这里的。"

"原来如此。"零点了点头，"还真是麻烦。"

"布克少校也是这样说的。但是我并没有优先我的兴趣以至无视军医的工作。我对每位患者都做了详细的报告书，包括你在内。但少校完全没有读过。既然无视我的工作，还认为我是多余的，那我只能自己想办法。之前在系统军团可不是这样，我的工作得到了很好的评价。要我说的话，特殊战就是由一群奇怪的人组成的。"

"这可不是医生该说的话。"

"确实,是我太草率了。但我也是个有感情的普通人。"

"我看需要心理咨询的是你,你还没有习惯特殊战的环境。我不用你来做指导,我的事我自己会看着办。我没有让别人来帮助我,同样的,我也不会去帮助别人。我不想牵扯进别人的感情里,跟自己无关的感情都是假象。特殊战就是由这样的人组成的集体。"

"说得漂亮。"福斯上尉点了点头,"虽然不能说你们每个人都异于常人,但聚集到一起后就变成了名副其实的特殊集体。没有集体荣誉感的人竟然能够组成一个团队,实在是有意思。"

"这也算布克少校,不,应该说库里准将的本事吧。迦姆不是人类,它们来路不明,拥有和人类完全不同的性质。库里准将觉得如果要收集和分析迦姆的情报,就要用到异于常人的能力。也就是说,如果把迦姆和人类看作同一种生物,下意识地去揣摩迦姆的想法,那么就会做出错误的判断。"

"前提是迦姆真实存在,并且确实对我们造成威胁,对吧。"

"是的,迦姆可能没有实体,确实如此。"

"……什么,你真的这么想吗?我还以为我这么说会让你大吃一惊,没想到——"

"你可能觉得迦姆什么的都是人们制造出来的假象,但对我来说可不是。迦姆或许没有实体,但我能感觉到它们的存在,甚至比你的存在还要真实。"

"FAF可能在很早以前就成功击退了当时的迦姆。现在的迦姆或许只是特殊战为了继续营造这样的战斗环境、故意制造出来的假想敌。在这样的环境中,你们这样的人更容易生存,所以才集体欺骗其他人,不是吗?你怎么看待这种观点?"

"地球上许多人这么想吧。没什么好奇怪的。"

"也就是说，你也这么想过了。"

"如果眼前有人快要溺死了，即使是我，也会出手相救。这不是感情问题，而是身体的本能反应。"

"——然后呢？"

零突兀地转换了话题，但是福斯上尉并没有指出来。零知道她这是在诱导自己继续说下去。

"你现在就沉溺在自己的想法中，我能感觉出来。但如果我是迦姆的话，我不会看你，多半也看不见你。迦姆不会直接攻击沉溺在自己想法里的你，也不会救你。总之就是完完全全地无视。迦姆的眼里等于没有人类的存在。我不认为人类的想象力可以创造出一个完全无视自己的东西。"

"你可别小看了人类的想象力和对别人的影响力。可以说特殊战正是这样拥有制造假象和影响力的集体。虽然这只是我的感想，但是在你看来，我沉溺在了自己的想法中，你的看法正好使我的想法更加牢固。"

"迦姆的战斗机肉眼可见，并且确实会对我们展开攻击。但是到底是谁在操纵战机我们却看不见。在迦姆看来，人类或许也是这样的存在。虽然无法直接确认，但是它们开始感受到威胁，因此想要设计出能够感知到人类的系统。简单来说，就是复制人，它们和人类拥有相同的感官和认识世界的装置。而人类这边，最初就拥有这样针对迦姆的装置，即以雪风为代表的智能战斗机器。——产生这样的想法，不需要太多的想象力。特殊战为了向别人展示自己存在的理由而制造了假的迦姆，这种想法也同样不需要太多想象力。谁都能想到这些，只要相信对自己来说容易接受的想法就可以了。"

"因此，你可以从心理层面拉拢我。我可以判断出你自己也知道这一点，但你是怎么想到的？"

"你判断我的精神状态不适合参加实战，我觉得你完全可以撤销这个诊断了。我们的敌人是迦姆，不是雪风。我一直这么说着，并且在说的同时又重新认识到了这一点。这还多亏了你的心理指导。你很优秀，让我意识到还在战争中，我却差点忘了敌人的存在。敌人是迦姆，我必须干掉它们。"

"在我看来，你觉得比起迦姆，我才是敌人。关于这一点，你怎么看？"

"这应该就是最让你不安的一点。我如果驾驶雪风出击作战，那本来假想的迦姆就会在世界上得到更广泛的扩张，就像疯子是会传染的一样。在你看来，特殊战是疯子的组合。但是战争这种东西，哪次不是疯子的行为？你到现在还没有加入这种集体的幻想中。因为你认为这个战争本身就是无意义的，迦姆也是虚假的，敌人本来就不存在。"

"这么认为的人是你才对。你觉得必须给这样无意义的战争赋予意义才行。"

"我否认迦姆有可能是假象。但就算它是虚假的，是从我的脑子或特殊战的数据处理的结果中生出来的假想怪物，我都无所谓。因为对我们来说，迦姆就是真实的威胁，如果无视迦姆，我们的生命就会受到威胁。这就是特殊战所面临的现实。所以不管你说什么，我都会为了活下去而战斗。如果我按照你所说的做，结果被迦姆干掉，那才是连后悔的机会都没有了。"

"布克少校也是这么认为的吗？"

"整个特殊战的事，我不是指挥官，所以也不好说什么。但是至少对我来说，这场战斗并不是战争，而是生存竞赛。如果旁边有人说这是无意义的,只会妨碍到想要生存下去的人,那么除掉妨碍也是理所当然的了。"

"除掉……我?"

"我是觉得你的立场非常危险。问题在于你那边。"

"谢谢你的忠告,深井上尉。"

"你觉得我危险吗?"

对于零的提问,福斯上尉含糊地点了点头。

"是的,非常危险,我有些怕你。不过本来不应该告诉你我这种想法。"

"我知道你的不安。就算你不同意我参加战斗,总有一天我也会上战场。而且,你之前认为我不会针对迦姆,不,应该说你认为我和迦姆的战斗只为掩人耳目,实际上我会把所有人都无差别地看作障碍,进行攻击。而你现在也没有改变这种想法。"

"我也希望这样想是错的。"

"你并没有错,这就是特殊战的任务。如果有必要,就算是友军也得攻击。这是在战争中得到允许的战斗行为,不过是战略之一罢了。"

"但是你自己也说了,这不是战争。你这种意识正是问题所在,也是非常重要的核心部分。"

"我也是最近才有这种感想。"零说道,"战斗的对象如果不是迦姆,而是人类的话,我不会回到这里。那种战争,随便人类怎么打我都没有兴趣。但是以迦姆为对象的战斗,我感觉不能交给他人。就算我觉得与我无关想要无视,不管我在哪里,我都能真实感受到自己无法逃离迦姆的威胁。这可能比战争更加严峻。没有协议也没有背叛,只有强者才能生存。这就是唯一的规则。如果是人类之间的战争,那弃卒保车的战略也可以成立,非战斗人员也会有被同伴抛弃的情况。但是在迦姆的战斗中,更加残酷的战略也可以考虑。"

"比如说?"

"以全人类作为交换,自己一个人生存下来。如果有这种可能性,那这种战略也是被允许的。至少我是这样认为的。虽然有些极端,但只要没有被杀掉,那就不算输。我们现在所经历的就是这样一场战争,恐怕迦姆也采取了类似的战略。回到地球上,或许我能把这里的事情当成假象,平凡地过完一生。但是如果在地球上感受到了迦姆的威胁,那就为时已晚,这会让我非常不甘。我不想输掉,所以我回到了这里。而你,并没有理解我的想法,因此才竭尽全力地主张你的假说,就好像为了不被淹死而拼命挣扎一样。"

"对你来说是假说,但在专家看来……"

"在FAF,用正常人的思维看待问题是无法生存下去的,特别是在特殊战。如果你想在这里生存,最好和大家一起发疯。这也并不是什么坏事,只要能感受到迦姆就行。"

"……你在想什么啊?"

福斯上尉突然露出不安的表情,而零继续说道:"在报告书上写上我已经可以出战,并签上你的名字。我会带你感受迦姆。"

"怎么感受?"

"迦姆并不是幻觉,他们是和雪风同样级别的存在。你能看到的部分并不是雪风的全部。你可以在飞行中观测我的精神状态。既然你是军医,这点风险还是应该承担的吧。"

"你是说让我乘坐战机?"

零点了点头,说道:"没错。我带你乘坐雪风。"

特殊战1号机,雪风。

福斯上尉直直地盯着零,沉默了一阵。接着,她用严肃的语气说道:"库里准将批准的话,那正合我意。但是,这种事……"

"批准的事你来解决,福斯上尉。必须说服库里准将和布克少校的人,是你。如果失败的话,那你就只剩一件事可以做——申请调离特殊战。"

"有必要做到这个地步吗……如果在战机上,我还是判断你不适合飞行——"

"那时,不用你判断,我们都会被迦姆干掉。"

"你是说去实战空域?"

"FAF里可没有绝对安全的地方,福斯上尉,你是逃不掉的。还是快点批准我上机,这样布克少校也没法再无视你。这个提案不错吧。"

"……让我再想想。"

"这是实战,不是演习。请快点做出决定,福斯上尉。这种机会可没有第二次。"

"好吧。"福斯上尉站起来,说道,"我接受你的提案。其实老早以前我就想试试乘坐最先进的战斗机。"

"这才是真心话?还真会绕弯子。"零严肃地说道,"一开始实话实说就好了,那样谁都不会无视你。不过这样一来,你绝对没有机会乘坐雪风了。干得不错,心情如何?"

"本想说服你,结果被你给说服了。"

福斯上尉伸出手想握手,但零没有回应,继续说道:"到底谁说服了谁,现在还不好说。虽然我觉得我们之间的问题在这里告一段落了，但是你的战斗才刚刚开始。希望你不要成为我们的敌人。"

"也就是说特殊战把感觉不到迦姆的人当作敌人，是吧？"

"我说的不是这个意思。我是说没有任何人能够证明你不是迦姆。"

"你说我是迦姆？"

"现在我们所进行的，正是这样的战争。特殊战是FAF里唯一用身体而不是用头脑去感受这一点的部队。"

"我承认。你把我带去实战现场——是为了测试我吗？"

"布克少校会进行判断，他可是很不好对付的。而我只要坐上雪风就好，之后就是你自己的问题了。乘坐雪风是一个赌上性命的选择，你最好有这个觉悟。"

零在心里想，其实这个选择对他来说也是一样。即使眼前这个人不太可能是迦姆。

为了向布克少校报告他和福斯上尉的谈话内容，零离开了房间。他已经做好了准备，布克少校一定会训斥他做了多余的事。

4

与零的预想相反，布克少校冷静地听完他的汇报，沉默地思考了一阵，接着说道："干得不错，这应该是最好的处理方式了。"

对于零说福斯上尉可能是迦姆的推断，少校没有一笑了之，来历不明的家伙就应该这么怀疑。布克少校对零点了点头，说道："考虑到这一点，把福斯上尉带去实战现场确实是不错的想法。"

如果福斯上尉真的是迦姆，那就非常危险，而能应对她的只有特殊战。尽管福斯上尉很可能并不是迦姆，但如果"迦姆是假象"的想法在FAF内部扩散开来的话，也会造成混乱。特殊战的人不会受到这种想法的影响，但是其他部队的人或许不是这样。所以不能让她这样的人就这么离开特殊战。如果她只是单纯对战斗机这种高性能的机械和操纵这种机械的人的能力感兴趣，那也必须让她深切感受到现实的残酷，否则她没有办法成为对特殊战来说有用的军医。

"我会制订让伊迪斯·福斯参加实战的计划。"布克少校说道，"如果她是迦姆的话，必定会露出原形。"

"但也可能不露马脚地归队，继续待在这里。"

"我会继续监视她，让我们期待她会因此有所变化吧。"

"她可是斗志昂扬，应该不会这么简单落到套里，就跟我们一样。"

"我们？你还真是变了。现在我只希望你的实战能力没有因此降低。"

布克少校突然想到，为了确认零的实战能力，让专业医生一起乘坐战机出击倒是个合理的说法。就让伊迪斯·福斯上尉来负责这个重要的任务吧。

十二天之后，零和福斯上尉再次来到了作战会议室。两人都穿着飞行服，手上拿着头盔。

关于作战任务的简会已经结束，作战内容是前往FAF最近打击过的迦姆主力基地之一，代号"利奇沃"（Richwar）的基地进行周边侦察任务。布克少校决定派出两架特殊战战机执行此任务。他不认为FAF已经让利奇沃基地彻底停止运转，基地里必定还有残余势力，这些余党应该会用某种手段与其他基地取得联络，寻求救援。当然，这种侦察目前为止一直在进行，但并不充分，因为人们无法准确把握迦姆之间的沟通方式和支援手段。这样下去，原本已经被灭掉的基地在某一天又会突然毫无预兆地重新开始运转。为了弄清迦姆到底使用了何种手段，人们只有继续观察这个看起来已经被摧毁了的迦姆基地。这样的机会并不常有。接连几日，布克少校在兼顾其他任务的同时，利用这个机会派出特殊战战机以完成侦察任务。在侦察地点投下侦察吊舱，回收吊舱所收集的情报，也是这次的任务内容。

福斯上尉虽然也参加了这次作战简会，但除此之外，布克少校还曾单独叫她出来，让她以专家的立场观察零的状态并进行汇报。少校还强调这是库里准将的命令。

出击前的作战简会是向飞行员传达飞行计划相关的各种信息，如确认气象状态、飞行路线、航法支援环境、燃料搭载量、搭载武器等，内容简单。但是对福斯上尉来说，却并不简单。因为在这个时间点，观察零的工作就已经开始，但是对于初次出实战的福斯上尉来说，她首先要和自己的不安进行战斗，在整个作战团队里，没有人和她一样不安。零毕竟是被观测对象，自然不能表现出不安。除此以外，这次任务中和雪风组队的都是无人机。战机爱称为"雷芙"（RAFE）——布克少校取的名字。

作为13号机重新加入特殊战的那架战机是实实在在的无人机——梅芙的原型FRX99。

布克少校没有让无人机单独出过任务。无人机总有无法获取的信息，而那些信息才是最重要的情报。但即便如此，布克少校仍旧引进了无人机，是因为他需要战机，哪怕一架也好。尽管他知道无人机自身也可能会成为危险的因素，但当单独作战比较危险的时候，无人机就能派上用场。少校也知道，监测这种情况也是特殊战的任务之一。

当浑身漆黑、极具威慑力的13号机启动引擎时，坐在雪风后座的福斯上尉看着13号机，隐隐感到了不安。尽管她的不安和布克少校的完全不同。无人机担负着支援和掩护雪风的任务，福斯上尉不知道无人机是否真的可靠，也不知道到了紧要关头它是否会见死不救。没错，毕竟是特殊战的战斗机，见死不救才符合它的风格。就算是载人机，也是一样。也就是说，特殊战的人其实更接近于机器。

福斯上尉并不是现在才注意到这件事。在和零的对话中，零好几次说出了类似机器才会说的话。但是直到现在，福斯上尉才真实感受到了那些话的意义。

在外部支援车的动力下，雪风的引擎开始转动。

"点火。"零发出命令。

雪风的引擎——超级凤凰开始启动。为了抑制住巨大的推力，雪风前轮的减震器不停收缩，整个机体匍匐于地面上。福斯上尉对机体的变化感到紧张，雪风的样子就像是咆哮着准备扑向猎物的猛兽一般。

零回过头来看了看，福斯上尉正准备说自己没问题，但突然意识到零并不是在看她。零头盔上的护目镜并没有放下来，所以她能看清零的视线。

零回头是为了确认雪风那两对折叠起来的尾翼有没有照常展开。之后他又确认了一下所有的机翼都能对指令做出正确反应。起飞前检查结束，没有任何异常。地上的工作人员拔掉搭载导弹的安全栓，作战管理员确认之后，从雪风的机体上拔掉了和机上人员对话用的头戴式耳机的插头，并给出了"出发"的信号。

"要出发了,雪风。"

零降下座舱盖,并上锁。松开制动器后,雪风立马开始向前移动。轮胎转动的震动感传来,不断加快。福斯上尉感觉这就像自己心脏鼓动的频率一样。

零并没有说"要出发了,福斯上尉"。福斯上尉注意到这一点,觉得这值得记录,便像试飞员一样将这一点记录在了贴在大腿上的记录用纸上。写完之后,她终于镇定了一些,这时,零突然对她说道:"如果觉得不舒服不要忍着,直接告诉我。有条件的话我会处理。"

"我至少还是受过训练。没关系,你不用管我。"

"那好,精神状态不错,我还指望你呢。"

"指望……我?"

"当然了。你是作战人员,又不是客人。战斗的时候哪怕多一只眼睛也好,幸好你有两只。"

"我、我视力不好。所以……"

"跟视力可没关系。当你的生命受到威胁时,你自然能看见敌人。出发吧,伊迪斯,我的搭档。"

13号机雷芙猛地加速,开始滑行。下一瞬间,雪风也以最大出力跟上13号机,和它并排滑行。压倒性的加速度使福斯上尉发不出声来。

两架战机组成的编队离开地面。零虽然曾担心自己感知敌人的能力可能有所下降,但在出发之后,他完全将这事抛在了脑后。

"加油,雪风,别被那匹狼甩在后面。"

雪风毫不停歇地达到巡航高度,接着在超高空以巡航速度飞行。从加速度的重压中解脱出来的福斯上尉喘了口气,接着有些好奇刚才零压低声音所说的"狼"指的是什么。

"13号机,雷芙啊,据说是'智慧之狼'的意思。这是布克少校的爱好,他知道不少稀奇古怪的事。"

福斯上尉开始寻找13号机的身影,只见它以同样的高度飞行在数百米之外。

"你不希望雪风输给它?"

"雪风是以雷芙的机体为原型,改造而成的载人机。从机动性能来看,无论如何雪风都要差一些,所以我才鼓励它。随便吆喝而已,没有深层含义。"

"你是在鼓励谁呢?你自己,还是雪风?"

"当然是双方了。所以才有人胡搅蛮缠,说我把自己的人格融入雪风当中了。"

"你自己很在意这一点?"

"分析和治疗回去再说。注意力不集中可是很危险的,这也关系到你自身的安全。"

福斯上尉沉默了。眼下是一片广袤的菲雅利森林,泛着带有金属光泽的紫色。蜿蜒的曲线、旋涡、条纹和各种各样的图案,看起来就像抽象画一般。福斯上尉不由觉得,看着森林,似乎就像直接窥视着人的内心一样——人的内心也会这样没有要领地分裂出各种各样的意象。然而,这样的景象不可谓不美丽。不知道从这里出现的迦姆是否也会这样梦幻又美丽。

除了与外部的几次通信之外,零没有说话。警报声响了两次,FAF的机群从低空飞过。没过多久,另一种不同音质的警报声响了起来,这是在提示飞行员已经抵达了作战空域。

"伊迪斯,先别观察我了,注意周围的情况。"

"收到。"伊迪斯·福斯上尉说道。

森林的尽头是广阔的如纯白砂糖般的沙漠。沙漠并不平坦，就像绵延不断的丘壑。

雷芙启动了大功率俯视角雷达，开始在地面上搜索敌人。雪风监测着周围的电磁环境，并且为接收设置在地面的侦察吊舱所收集的情报，启动了IFF[①]——敌我识别装置。这些侦察吊舱都是在利奇沃基地毁坏之后，由特殊战战机投放的，负责在地面上探查周围的情况。照理说，吊舱会对特殊战战机射出的IFF波有所反应。

"奇怪。"吊舱没有反应。

从空中俯瞰，地面上有一条细长的带子，看起来就像镜子的裂痕。那是一条被破坏了的跑道，位于利奇沃基地的核心地带。特殊战战机应该在那附近投放了侦察吊舱。为了能够用肉眼看清那周围的情况，零打算倾斜机身，但还没等他做出动作，"吊舱连接准备"的提示音便响了起来。有反应了。刚才可能是雷芙发射的超强对地雷达波干扰了IFF波。但零的心里还是觉得有点不对劲。

为了回收吊舱内的情报，零开始向吊舱发送了"传送情报内容"的指令暗号。一切看似进行顺利，但雪风却突然发出了警告。主显示屏上显示出错误代码：

<TRP32157：错误代码>

侦察吊舱未能准确解析零发送的指令，因此雪风也无法准确重组吊舱所发送回来的内容。

吊舱如果不是发生了故障，就是受到了迦姆的污染。如果确实是迦姆的原因，那迦姆的目的应该是将错误的情报传达至

[①] "Identification Friend or Foe"的缩写，意为敌我识别。——译者注

FAF内部。没能准确接收传送内容实在是值得庆幸，如果这是迦姆干的好事，那么就说明迦姆目前还没有解开FAF的暗号加密手段。

<ENGAGE> 雪风开始宣战。

它判定TRP32157号侦察吊舱为敌人，并主张破坏该吊舱。零同意这一做法，接着把这项任务交给了雷芙。

雷芙听从了雪风上零指令，开始进入攻击状态。将目标锁定在那个侦察吊舱，雷芙急速下降，接着用航炮进行攻击。只不过三五下，目标吊舱就变得四分五裂。

零将机体倾斜，用肉眼确认了地面的情况。这时，他突然听到后座传来了福斯上尉急切的声音，那声音几乎和雪风发出的警报声同时响起。

"注意右下，有两架迦姆战机从后方追来。"

雪风做出滚筒式翻转，同时零也用肉眼确认迦姆的位置。接着，零驾驶雪风进行剧烈的英麦曼回旋，机身在空中掉转方向。锁定目标后，雪风直接发射了短程导弹。导弹会自动跟踪目标，但由于锁定不够充分，最终没有击中。

为了来到迦姆的后方，零在掉转方向的同时试图急剧拉起机首。这时，雪风的机身突然开始打转。这是由于机动动作超过了最大限度，导致机体陷入了预料之外的尾旋状态。还没等零有所操作，雪风已经对各个机翼进行了适当调整，机身立马恢复了平稳。但零觉察到雪风想在这种情况下继续加速，立马关掉了自动驾驶模式，并将节流阀拉杆拉到了空转状态。目前引擎的排气温度已经相当高，这样下去一定会导致引擎过热，从而损坏引擎。零切换到追击模式，用行动告诉雪风让自己来处理。

——雪风，这架机体是梅芙，不是超级希露芙。旧机体的数据在这里派不上用场，接下来就交给我。

雪风没有拒绝。

目前的高度足够了。零忍住将节流阀拉杆推至最大速度的冲动，让雪风几乎垂直下降。在确认引擎散热正常后，零谨慎地提高速度。现在的情况就像游泳一样，如果太过焦急而弄错了换气的机会，就会淹死。

躲过雪风攻击的迦姆在前方迅速掉头，朝着雪风而来。零用肉眼确认过情况后，在内心预想了能够击中迦姆的最合适的射程距离。这时，雪风捕捉到迦姆的雷达锁定，零瞬间选择武器，切换到了航炮攻击模式。驾驶雪风以较缓的角度转弯爬升，零凭借着有些鲁莽的直觉判断出转弯地点，结果使雪风在空中转了一个急弯。强大的重力过载使零陷入了短暂的失明。等视界重新明亮起来时，就如零预想的一般，迦姆的战机正从雪风的正前方横穿而过。直觉并没有变得迟钝，敌人还处于转弯当中。

交叉攻击，射击，0.5秒。转瞬间，雪风就飞到了目标的前方。零回过头看了看，两架迦姆都已被击落。

雷芙穿过爆炸的浓烟，紧跟在雪风后面。两架迦姆的碎片不断掉落到地面上。其中一架是雷芙击落的，就好像雷芙在学习雪风一样。

零确认了一下残存的燃油量，心想还可以再多待一阵。沙漠中应该还潜伏着一直在摸索特殊战作战方式的迦姆。说不定，迦姆是想利用那些侦察吊舱和人类进行对话。但由于零的行为拒绝了对话，所以才导致迦姆派出了两架战机。零的脑海里突然出现了这些奇怪的想法。

身后福斯上尉的存在打断了零的思绪。当他注意到福斯上尉急促又虚弱的呼吸声，回过头去时，只见福斯上尉取下了面罩，大口地喘着气。她吐在了面罩内。零一边驾驶雪风迅速下降，一边让福斯上尉赶紧清理干净面罩，并把面罩戴上。

不知道福斯上尉会如何评价刚才的那场战斗。或许她还是会觉得自己亲眼所见的迦姆是幻想。不过不管她脑子如何想，现实就是她的身体确实有所反应。这是不得不承认的事实。零觉得，这一点就算对他来说也适用。

这次作战已经足够。不管是特殊战还是福斯上尉，都获得了大量值得分析的情报。

"任务完成，即刻返航。"零对福斯上尉说道。

Ⅳ 战斗意识

1

即使停在机库中没有执行任务时，雪风的中枢电脑仍旧在工作。地面上延伸过来的电缆为待机中的雪风提供电源。电缆连接在雪风机体的下方，其中包含了可以和特殊战战术电脑进行连接的电路，雪风可以通过这条电路获取特殊战内部的所有信息。

尽管雪风可以了解到目前正在作战的特殊战战机的任务、作战行动，但它无法了解到作战战机收集的实时信息。因为若不是特别紧急的情况，作战中的战机不会与司令本部进行连接。特殊战战机所收集的战斗情报会在战机回到基地后，通过电缆传送至特殊战司令部的战术电脑中。

特殊战会对这些信息进行分析并制订作战计划，但原始的数据不会经过改动或删除，只会原封不动地保存下来，任何时候都能用作参考。返航的飞行员会使用这些数据来完成作战报告。自己的记忆和战机收集的数据是否存在偏差、自己在战斗中的判断是否合适，特别是在突然被敌机袭击的情况下，迦姆是从哪里出现的、是否有更早发现的可能性等等，为了探讨这些问题，战机收集的数据也有助于在机上再现战斗情况，模拟更加有效的危险回避机动动作。由于这与飞行员的性命息息相关，并且飞行员也可以在自己曾经的行动中找出生存的机会，因此许多队员就算不是在完成报告，也会在自己驾驶的正在待机的战机中待着。

零自然也不例外。他本来就比其他队员待的时间长，而与以前相比，最近他待在雪风驾驶舱中的时间更长了。

这是因为自从雪风抛弃旧机体获得现在的新机体后，零想要更加详细地了解雪风。他感到和以前相比，雪风不仅是外观不一样了。他想知道到底哪里变了，因此在康复治疗的期间也会抽时间来和雪风接触。

待机中的雪风在思考什么、它和司令部的战术电脑又进行着怎样的对话，对于这些曾经毫不关心的问题，零现在很是好奇。因此，他花上更多时间在机库里和雪风相处。

在雪风的驾驶舱里，零不断思考着。

雪风和特殊战的电脑等智能战斗机器，对迦姆有怎样的感觉？对以前的零来说，雪风不过是自己所操纵的一架战斗机。但是现在，他觉得并不是这样。雪风的中枢电脑和身为人类的自己并不是一体的，它拥有独立的战斗意识。虽然这并不代表它和人类拥有相同的意识，但应该也会有它独特的对世界的认识。而零正是想知道这一点。可能和零相比，迦姆会更加了解雪风等地球的智能战斗机器。对迦姆来说，智能战斗机器一定是比人类更加真实的存在。如果是这样的话，那雪风和那些电脑群是如何看待迦姆这个敌人的？只要弄清这一点，就可以帮助人类了解迦姆。而这项工作不适合在作战中进行，只有在待机的状态下才能完成。雪风的中枢电脑只有在这里才可以和特殊战的智能电脑进行直接会话，这里也可以算作是另一个战场。回归战斗之后，零更是有这种感觉。对他来说，已经不再需要康复治疗。

然而，布克少校并没有表示回归战斗后的零不再需要身体上的训练。他说等这次的作战评价结果出来之后再决定今后的事，因此命令零先待机。总之，少校说零可以直接休息，反正最迟两天之内就会有结果。当然，零还必须提交作战报告，因此这两天也不能直接睡过去。

零有些纳闷儿，到底什么事需要两天去讨论。他的体力已经没有什么问题，就算不给他安排康复计划，他进行自主训练也已经足够了。久违的实战任务也出色地完成了，能够活着返回基地就是最好的证明。还是说，他在任务中采取了什么糟糕的行动？明明从久违的实战中顺利返航，难道少校的意思是让他好好地花时间对自己的战斗行动进行自我评价吗？可能就是这个意思。如果不是这样，布克少校就应该不会让他先待机，而是明确地告诉他休息两天。

在得不到答案的待机时间里，零基本上都待在雪风的驾驶舱里。他通过雪风的中枢电脑来回顾自己在作战中的行动，等他得出没有任何问题的结论后，他又开始监测雪风和特殊战的中枢电脑群的连接状态。正如布克少校对他的期望一样——好好地花时间来做这件事。

打开座舱内的主显示屏进行观察，零发现雪风会偶尔和特殊战的战术电脑进行连接。屏幕上会突然闪过记号的排列，但零还不知道这些记号的具体内容。不过，如果屏幕上显示的记号仅仅是目前雪风需要怎样的数据、中枢电脑返回的数据排列又有怎样的含义这种程度的内容，那只需眼睛跟上数据罗列的速度就能读懂其中的内容。

通过连接中枢电脑的线路，雪风还在收集其他战队过去的战斗信息。这一点零倒是知道，但是除此以外，他只能想象雪风拿这些信息想要做什么、和战术电脑又在进行怎样的对话。这样的内容不会显示在屏幕上，因为雪风机上没有安装这样的对话界面。当然如果使用司令部的战术电脑操控台，就可以将通信内容转换成人类能读懂的形式调取出来。

零确实去了司令部，对通信内容进行确认。

特殊战的司令部电脑用语音回答零，雪风要求获取13号机雷芙在作战行动中收集的情报内容。但是当零询问雪风拿这些数据做什么时，司令部只能推测道：

＜可能是独自进行战斗模拟＞

雪风的中枢电脑在想什么、做出了怎样的判断，就连司令部的战术电脑也不知道。

平常时候，即使是这样也完全没有问题。雪风感兴趣的是战胜迦姆，这可以说是在创造它时就编写进它意识里的本能。正因为具有这样的能力，它在待机时也在研究对迦姆的战略和战术，这并没有什么奇怪的。分析的结果会在实战中得到运用。如果想知道雪风学习的内容，那在下一次的实战中看看雪风的反应就可以了。战斗的时候不需要语言交流，因为根本没有时间去问雪风的打算以及等待雪风的回答。因此，战斗机上没有安装电脑和人类进行语音交流的系统，零也从来没有觉得这种系统有什么必要。因为他觉得活着回到基地才是最重要的，至于对迦姆本体的分析，应该是特殊战司令部的任务。

然而，雪风在待机中也把这项工作看作自己的任务，对数据进行着分析。零不由觉得，雪风比身为飞行员的他优秀多了。

零不能被雪风甩下。如果不了解雪风的想法，那很可能还会从雪风的机上突然被抛下。

雪风应该比人类更加了解迦姆，这一点绝没有错。不管怎么说，雪风收集和处理数据的能力是人类无法比拟的，因为它不需要睡眠，只要一直保持电力供给，就不会停歇。但即使雪风一整天都在研究战胜迦姆的战略和战术，也未必已经了解了迦姆的本体。不知雪风是否已经推测出了"迦姆或许无法把握人类的存在"这种层面的结论。由于特殊战的智能战斗机器们是这样认为的，因此只要借鉴这一看法，雪风也有可能推出这一结论。但这对雪风来说，或许并不是什么重要的事。不过，零心想，只要自己一直乘坐雪风，那么雪风就无法无视人类，他也不希望雪风无视。他希望雪风把他看作共同战斗的搭档。

零继续在待机中的雪风上监测着中枢电脑的动作，因为想要知道雪风在思考着什么的话，除此以外就别无他法。这和在战斗中感受雪风的反应是同样的道理。

零不由得想象，即使雪风能够以人类的语言进行交流，恐怕也无法将自己的意识通过语言表达出来。因为人类的语言来源于人类的存在方式，拥有不同构造的雪风就算可以模仿，也总有无法翻译的部分。比如说，雪风无法真正了解感情相关的语言并进行使用。它不会理解"你喜欢我吗"这样的问题。

尽管如此，雪风还是认识到现在机上乘坐着深井上尉这一搭档。如果零在机上做出了某种操作，它就能知道零想做什么。这可以说是无声的交流。

雪风知道机上有零。现在特殊战的战机被设计为能够感知到乘坐的飞行员是自己的"主人"。

机上的仪表盘上和头盔里（尽管零现在没有戴）有非常小

的镜头可以监测飞行员的表情。除此以外，镜头还可以捕捉飞行员的长相，这样雪风就能了解现在乘坐战机的人是零。

但是，这个系统本来不是用来判断飞行员是谁，而是用来持续监测飞行员的视线的。

之所以安装这个装置，不是为了方便零用视线给雪风下命令。战机并没有输入命令的主动功能，并且，说是可以监测视线，但不代表能够具体捕捉到视点的位置。这个装置只不过是通过识别人眼的对比色，即眼球在眼白中的位置，判别飞行员的视线朝向罢了。也就是说，这个系统并不是视线输入装置等直接性装置，但是这个系统可以根据获得的信息，实现先进的人机联系。

这个装置只是实验性地配备在了特殊战的战机上，但是决定启用这个装置的布克少校并没有把它看作实验装置，而是把它看作了实用装置。少校认为，像雪风这种搭载了先进中枢电脑的特殊战战机，通过使用这个装置，可以预测目前乘坐战机的飞行员有什么打算。因此，他要求系统军团研发了能够处理这种功能的程序。搭载这一装置的中枢电脑经过一定程度的学习之后，可以进行例如"飞行员目前正看向敌机，因此可以诱导敌机接近""飞行员正在看HUD，因此可以将诱导敌机交给飞行员，自己全力负责全方位警戒""飞行员一直闭着眼睛，表明飞行员已经失去意识，判断可以接管所有操作权"等信息处理。这一系统正是为了这一目的而开发出来的。

要让飞行员和战机互相合作进行战斗，并不需要语言。最理想的状态是，战机仅通过和飞行员的"眼神交流"，就知道飞行员在想什么、希望自己做些什么。为了达成这一目的，战机必须清楚地知道飞行员目前正看向哪里，并且仅仅知道这一点就足够了——这就是布克少校的理论。虽然这一系统最近才配备在战机上，但零觉得雪风一定已经熟练掌握了这个系统。尽管雪风并没有任何表示。

雪风的意识应该和人类的意识不在一个维度里。本来也没有任何人敢说从最初开始两者就没有这种差别，因为就算同是人类，也无法断定别人有无意识。如果有人觉得从别人的态度里可以看出这个人和自己拥有同样的世界观，那不过是自己在无意识中做出的猜测罢了。对人类来说，这样的猜测非常容易，因为前提是互相拥有相同的构造。但是对非人类的雪风来说，却难以得出这样的结论。但尽管如此，零还是希望在长时间的相处下，雪风可以变得拥有这项能力，或者，他希望它能够明白就算做出了猜测也没有任何用处。

恐怕一直以来，雪风都在做着这种尝试。为了和迦姆进行战斗，它肯定一直在评估叫作深井零的这个人类是否能够派上用场。因为它现在也在回顾过去的战斗，对战斗进行着分析，这些分析里不可能不包含对飞行员的评价。既然如此，零决定自己也要这样做。

雪风并没有改变，从以前到现在，雪风就是雪风。零终于醒悟过来，真正改变的是意识到这一点的自己。其实自己对真正的雪风一无所知。

2

手表的闹铃声让零回想起布克少校要搞一个简单的午餐会，让他提前把下午的时间空出来。

在接到待机的命令后，时间已经过去了三天。布克少校向零传达午餐会的事是在前天下午，但是他并没有详细说明是怎样的餐会、参加的人又有哪些。零也没有多问。他从少校的态度就能看出少校不打算多说，他本来也不是很感兴趣，这些事到时候就都知道了。

零想知道待机中的雪风都在背地里做些什么。但是在他干劲十足地直面雪风后，却没有获得特别有价值的信息。

雪风的中枢电脑似乎想任何时候都能对所有特殊战战机的任务状态有所把握，因此向司令部电脑索要了这些战机的数据。于是，通过雪风的主显示屏，零也可以得知其他的战队机正在哪里、做着什么。

但是零不由得问自己，这又怎么了？这不过是雪风所具备的一项能力而已，简单来说就是单纯的机械反应。或许雪风并非有意识地做着这些，他也不过是对自己心爱的战机抱有过高的幻想罢了。

总之，现在下结论还为时过早。零把耳麦摘下挂在脖子上，并将插头从交流设备上拔下，然后离开了雪风。布克少校是个非常注重时间观念的人。不先去一趟他的办公室，还不知道午餐会将在哪里举行。具体内容，少校会在办公室里告诉零。

特殊战和FAF内并没有豪华的餐厅，顶多是在校官们出入的专用食堂里举办午餐会。零觉得这种煞有介事的人类做法，还挺符合布克少校的作风。零倒没觉得反感。由于已经和少校认识很长时间，零知道少校摆架子一定有他合理的理由。如果换作别人，零一定会看不起对方，认为对方的态度是虚荣的表现。说到底，就算对方的态度完全相同，由于了解程度不同，也会产生不同的感情。他对雪风应该也是这样，现在的自己对雪风一无所知。

特殊战的战机并排停放在地下机库中。待机中的战机都和雪风一样，机体下方连接着长长的电缆，就像脐带一样。战机会通过这条电缆补充电能，并且与FAF这一庞大的信息体相连，就像胎儿一样。不，不对，零又想，与其说这些战机是胎儿，不如说它们像食草的牛一样。它们冒着危险收集回情报，接着回到安全的机库中，重新对这些情报进行反刍。它们反刍的对象不是草而是情报。

一边往前走，一边看着整齐排列的战机，零觉得这些家伙就像生物一样。它们将吃下的情报吸收，转化为自己的东西，并不断成长。至于具体怎样成长，人类无法知道。这恐怕对于相邻的战机来说，也无法知道对方电脑的成长方式。尽管它们并排停放在一起，但是却不会让人感觉到是一个群体。

走出机库的途中，零看到有三架战机上有战队的队员正在进行操作，其中一架战机的状态看起来完全做好了出击的准备。

零没有跟任何人打招呼，没有要紧事却跟人打招呼只会给对方增添麻烦。特殊战的队员们并不是完全不交换信息。话虽如此，尽管大家对信息都很敏感，但是对其他人的存在却完全没有兴趣。特殊战的队员们虽然同属一个群体，但并不会集体行动；全体队员行动一致不是特殊战的作风。队员们各自单独行动是基本准则，就算在战斗中也不指望司令部的支援。战斗时唯一可靠的就只有自己的实力，在那里没有上司也没有部下，队员们只相信自己。他们觉得只有自己才是最重要以及最厉害的。而特殊战就是这样一群人组成的集体。

人类就是这样一种生物，因此被人类操纵、一直学习人类的特殊战战机的中枢电脑一定也是这样。它们以人类无法了解的方式互相合作，形成了综合的战斗意识——尽管零认为这并非没有可能，但如果是这样，对于人类的飞行员来说，他们也拥有共同的意识，即所有人都隶属于特殊战，但是他们却并不是集体行动。因此，特殊战战机的电脑也不能说是集体行动。毫无疑问的是，特殊战的每个电脑都是独立的，不受其他电脑所领导，并且行动时总是以自我为中心。这些电脑之间互不干涉，这一点对特殊战司令部的战术电脑等智能机器来说也是一样。例如，不管待机中的雪风的中枢电脑想做什么，司令部电脑虽然可以对其运行状态进行监测，但却不能对运行内容进行干涉。零已经确认过了这一点，就算对方想进行干涉，也没有任何办法，因为系统的构造就是这样设计的。战机电脑为了排除来自迦姆的干涉，拥有最高水准的自我保护能力。即使干涉来自友方，如果要强制违背战机的设计，战机的中枢电脑也会采取与之对抗的手段。如果实在无法坚守自己的独立性，那战机会选择自爆。

也就是说，特殊战的电脑和队员们一样，并不是作为一个整体一起行动。拒绝干涉也代表了不指望别人的援助，在整个FAF内，这些智能机器组成的集体确实可以称得上"特殊"。

这些机器就像大型猫科动物一样，看起来似乎正在开无声的会议。零朝着机库的出口走去，脑海里闪过许多想法。这时，机库里响起了警报，打断了零的思绪。每当战机从机库内出发时，都会响起这样熟悉的警报。

停在机库中央附近区域的7号机由小型无人牵引车牵引着，向中央的三台升降机驶去。战机型号是超级希露芙，机上乘坐有飞行员和飞行助理。

"嘿，深井上尉！"战机上的飞行员探出身子来同零打招呼，这是非常少见的事。飞行员的名字是文森特·布鲁伊，军衔是中尉。

"怎么了，中尉？"零说道，"我好像没有挡到你的路。"

"只是想提醒下你，别被兰瓦本①击落了，上尉。"

"什么意思？"

"兰瓦本"是布鲁伊中尉的战机，7号机的爱称。

"我是说，你要去参加的那个午餐会。"布鲁伊中尉说道，"我负责守卫和监视任务。"

"午餐会是在空中举行？"

"具体内容是最高机密。据说这是项特殊任务，连司令部的电脑也不知道详细内容。你去了就知道了。布克少校应该是怕迦姆会混进午餐会中。也就是说，如果你是迦姆的话，我会攻击你。"

"你想攻击我？那为什么告诉我这些？机密任务的话，默默完成不就好了。"

"刚才在对兰瓦本进行检查时，雪风好几次发来信号，要求直接接入系统。你应该早知道兰瓦本会参加这项机密任务吧？我就觉得奇怪，明明是机密，你怎么会知道。"

"我不知道。你说雪风想直接接入兰瓦本？"

"不是你让雪风这么做的吗，深井上尉？"

"不是我。"

"如果是这样，也就是说雪风自己想知道这次任务的内容了。这项特殊任务连司令部的战术电脑也不清楚详细情况，如果雪风想知道兰瓦本的任务内容，也只有直接来询问了。雪风的行动还真是有意思。任务结束后，我会把这件事报告给布克

①来自美国科幻作家墨里·莱恩斯特的短篇小说《第一次接触》中地球探测船的名称。

少校。说起来任务已经开始了。如果你是迦姆的话，虽说总有一天雪风也会干掉你，但我希望这次不要成为你最后的午餐。我先出发了。"

零看了看手表，离刚才的闹铃响起大概过了三分钟。他立马返回雪风的驾驶舱，打开了显示屏的开关，接着就像刚才一样，将主显示屏改为监测中枢电脑行动的模式，然后调出了外部通信状态的页面。

接着，显示屏上出现了这样一行字符。

<盯住 B-7/ 任务未知 / 请求任务……STC>

看来雪风也对此次神秘的午餐会很感兴趣。

关于午餐会的详细内容，布克少校似乎没有储存在任何一台电脑当中，因此雪风应该也不知道有这样一场会议。然而，参与行动的兰瓦本被分配到 <B-7> 的作战代码，并且还被编入了具体日程当中。而雪风应该是注意到没有任何关于这场作战任务的详细记录，所以才执着地进行寻找。

直到刚才被布鲁伊中尉叫住，零都不知道雪风对这场行动如此关注。关于兰瓦本，刚才的雪风仅显示了 <B-7 任务不明> 而已。

但是现在，由于兰瓦本开始实际行动，因此雪风才向特殊战司令部的战术电脑要求获得作战任务的详细内容，并且自己也主动显示出 <盯住 B-7>，开始监视兰瓦本的行动。

新的信息持续出现在主显示屏上。

< 请求出动……STC/ 获得出动许可……深井上尉 >

这是雪风向深井零提出了作战申请。这完全出乎零的预料，但他还是明白了雪风的意思。只是，这段信息结尾的"深井上尉"是怎么回事？零有些疑惑，雪风还从没有像这样直接显示

过他的名字。

难道雪风是让身为飞行员的他去向司令部提出作战申请吗？还没来得及多想，新的信息又出现了。

< STC：准许作战 / 编号 20908107·特殊任务 / 任务准备 >

这是来自司令部战术电脑（STC）的消息。此次作战获得批准，并拥有了作战编号。

< STC：追踪并监视 B-7，雪风 >

< 收到 > 雪风回答道。

< STC：作战编号 20908107·特殊任务·开始 >

< 立刻行动，深井上尉 >

零知道雪风想做什么，也知道雪风要求自己做什么。他下意识地打开了雪风的主武器开关，所有武装系统立马被激活。零还是第一次在机库内完成这一步操作。实际上战机没有搭载任何弹药和导弹，但电子战用的所有系统都开始运转，搜索与跟踪系统也自动启动。

机体后方隐隐传来引擎的声音，雪风的辅助动力单元开始启动。机体下方的电缆自动脱离，雪风进入完全独立的战斗状态。所有飞行系统也都启动了。

机库内响起警报，提示有战机即将出动。自动控制的牵引车靠近雪风，车钩挂住了雪风的前起落架。起飞程序自动开始进行。

零不自觉地握住了操作杆，这时他突然觉得有些不对劲。没有戴手套。战斗的时候他会戴上战斗手套，而现在他既没有穿飞行服和抗荷服，也没有背上逃生用降落伞。除此以外，他还没戴头盔，也没戴氧气面罩。零必须告知雪风他现在不是可以起飞的状态。不对，雪风应该知道吧，只是起飞程序已经开始，目前无法在中途停止。

雪风开始向升降梯驶去。零本可以从机上下去，但是他并没有这样做。雪风会暂时停下来装载选择好的武器弹药，并且在出到地面上之后还会做短暂停歇，这些时候零都可以从雪风上离开。零离开后，雪风会以无人状态进行作战，但零并不希望这样。然而以现在的状态显然不能直接飞行，只能让雪风等他做好准备。

让雪风等他？

自己必须出席午餐会，如果现在和雪风一起作战，就是严重违抗命令的行为。但是雪风已经获得了作战许可，这是怎么一回事？到底发生了什么？

这时，挂在零脖子上的耳麦里响起了熟悉的声音。

"零，你这是干什么？想坐雪风去野餐吗？！"

是布克少校。"野餐"？

"零，快回答！深井上尉，我知道你在雪风上！"

零戴好耳麦，此时耳麦的插头已经插在机上的通信插口中，看起来就像是用来寻找雪风的听诊器一样。通信来源于外部，屏幕上显示信号发自布克少校办公室的终端。

"这里是 B-1。"零说道，"作战代号 20908107，为执行监视兰瓦本的特殊任务，正处于作战准备状态中。起飞程序正在执行。"

"你在说什么胡话？我是让你出席午餐会，没让你去监视兰瓦本！"

"雪风想知道兰瓦本的任务内容，因此做出了某些行动，而这就是它行动的结果。你不是同意雪风的作战了吗，少校？"

"不是我。"

"那是谁？难道战术电脑独自下达了作战许可？没有人类的同意，机器们应该不会有这样的作战行动。"

"零，你是说这不是你擅自行动？"

"杰克，我也不知道这是怎么回事。你那边查一查，是我申请的作战吗？"

"没错。战术电脑说你申请了紧急作战，电脑判断紧急程度较高，因此当即制订了作战计划。"

"最终的许可是谁下达的？"

"SSC,特殊战司令部战略电脑。名义上还是和平常一样，由库里准将的许可代码发出作战指令，但是库里准将说她不记得下达了这样的指令。"

"这样的话雪风应该不能起飞。但现实是，现在起飞程序正在执行。那谁来负这次作战的责任？"

"你，深井上尉。"

雪风被牵引至升降梯内，身后的防爆门关闭，升降梯开始上升。

"原来如此。"零小声说道，"是这么回事。"

雪风在提出作战申请时，仅靠自己无法获得作战许可，因此才催促乘坐在机上的飞行员深井上尉去获得许可。与此同时，雪风向战术电脑表示深井上尉要求获得出击许可，而这就是<get permission to sortie...Lt.FUKAI>（雪风向零提出作战申请）的含义。零这才明白过来。

"你一个人明白什么了？这可是越权和违抗命令的行为！听见了吗，零？你怎么负责？给我回答，深井上尉！"

即使是电梯内，信号也很好。

"责任由雪风承担，雪风以我的名义提出了作战申请。"

"你是说雪风冒用了你的名字？"

"雪风应该知道，是我的话会同意作战。"

"为什么会这样？你刚才还说你不知道怎么回事。"

"现在我知道了。对雪风来说，这次作战很有必要。它不知道兰瓦本的行动目的，这让它很不舒服。它只是想弄明白这一点。而战术电脑那边也是这样的打算，所以才同意雪风作战。理由就是申请是由我这个人类提出的，雪风并没有无视人类擅自行动。至于最后特殊战司令部的战略电脑也同意了作战申请，是因为电脑里只有午餐会相关行动的概要，没有具体内容，所以才以修改行动内容的方式接受了雪风的申请。应该就是这样。"

"修改行动？你是说，战略电脑擅自修改了行动的内容？"

"或者应该说它把雪风的行动添加进了原来的行动内容中，作为附属于午餐会行动的特殊行动。在某些行动中，也有飞行员要求紧急变更行动内容的情况。虽说在起飞前不会出现这样的事，但战略电脑判断目前就是这样的情况。这些手续到位后，起飞程序自动启动。本来这次行动也是特殊任务，和往常不同。总之，要怪就怪你的秘密主义，杰克。如果你提前告知电脑午餐会的具体内容，雪风也不会做出这样的举动。怎么办，少校，强制终止起飞吗？可不是那么简单的事。雪风可是干劲十足，事到如今就算对雪风解释，它也会想要确认。也就是说，它还是会跟着兰瓦本起飞……"

"收到。"布克少校回道。

"收到？那么就是可以准备起飞了？"

"关于雪风的这次作战，形式上我会以'司令部会接受深井上尉的申请'为由进行批准。你就承认这是你提出的申请，这样一来就没有问题了。你还是按照预定出席午餐会。我所说的'你',是指深井上尉,你明白吧?请重复,深井上尉。"

"这里是深井上尉,我会按时出席午餐会。雪风的作战是我本人提的申请。重复完毕。"

"很好。"

"我会让雪风以自动驾驶的模式起飞,这样没问题吗,少校?"

"没关系。虽然雪风的这次行动出乎我们意料,但是等任务结束后,我们也会分析此次事件,然后讨论给你的处分。你就待在机上,等到地面后从雪风上下来。我会让军医伊迪斯·福斯上尉去接你。你听从福斯上尉的指示就好,我会让她给你带路。"

"福斯上尉?午餐会还需要军医随同吗?还是说你也邀请了她?"

"我邀请了谁、又有什么目的,这些详细内容我暂时保密。雪风的武器和搭载燃油量照战术电脑的计划执行就好,我已经确认过,基本上和兰瓦本的一样。你就不用管了。"

"这里是 B-1 和深井上尉,收到。"

"很好,完毕。"

"B-1"是雪风的战机编号。B 是特殊战的俗称"回旋镖战队"的 B,数字则代表雪风是战队里的 1 号机。而"深井上尉"自然是指零。像这样分开回答还是第一次。

零心想,这是第一次自己和雪风分开行动,但马上又想这也不对,因为雪风在之前就已经有过独自行动,只是自己没有注意到罢了。

电梯来到武器装载区,零在机上默默地看着武器搭载到雪风上。这和平时的程序没什么两样,但零就像第一次意识到这些都是全自动进行的一样,内心涌起一阵夹杂着些许恐惧的感觉。

自动吊车将装有航炮弹药的巨大圆盘形弹匣装进雪风机体的上方,机体下方的左右两边也分别装上了两枚短程导弹。燃油供给也在进行,但是由于零并不知道所需的搭载量,所以无法知道燃油量是否准确。这对零来说也是第一次。从机翼上的燃油箱里没有装载燃油来看,这应该是一次短期飞行计划。零所知道的也只有这种程度而已。

所有搭载步骤都自动完成,跟零的意识没有任何关系。像这样行动的并不是只有雪风,特殊战司令部的战斗机器们也都是这样。

然而雪风并没有无视自己。零看到雪风显示屏上出现的警告,深刻感受到了这一点。警告提示零的氧气管和弹射座椅没有正确设定,总之目前的状态无法作战、无法起飞。

这也没什么可高兴的,零对自己说。

因为这也可能是雪风认为没有做好起飞准备的他妨碍到了自己。

如果雪风认为他是多余的,那么在出到地面上时,雪风或许会启动弹射飞行员的程序。零可不想和座椅一起被弹出去。他既没有背降落伞,也没有被固定在座椅上,这样被弹出去可能会要了他的命。不对,飞行员保护装置应该会启动,所以在弹射座椅没有正常安放的情况下,弹射程序应该不会启动。但是……

雪风再次被引向升降梯,朝着地面而去。零开始认真思考这时候下去会不会比较好,他必须考虑怎样做才能确保自己的安全。而还没等零做出判断，屏幕上继警告之后又出现了要求零尽快行动的提示——

＜尽快行动，深井上尉＞

提示持续闪烁，就像雪风在急切地问零"到底在磨蹭什么"一样。尽管零觉得雪风应该无法明白他说的话，但他还是解释道："我，深井上尉，将去参加兰瓦本负责守卫的午餐会。雪风，你来守卫我吧。等出到地面，我会自己下去。明白了吗？"

雪风没有做出回答，这也理所当然，零并没有感到失望。他已经表达了自己的意思，剩下的就只有祈祷能够安全离开。把所有权力交给雪风是非常危险的，零希望自己只是杞人忧天。

从升降梯里出来，照射进升降梯出口的菲雅利的阳光甚是耀眼。天气不错，兰瓦本就停在前方不远的地方。

雪风被牵引到外面的停机坪上，伊迪斯·福斯上尉走了过来。

零开始紧张，他打开了雪风的自动驾驶开关，口头上也跟着说道："YOU HAVE CONTROL，雪风。"——独自行动吧，雪风。

雪风有所回应，所有的警告都消失了。屏幕上显示出新的提示：

＜开始行动／祝你好运，深井上尉＞

零立马准备从机上下去，但是提示中后半部分的内容吸引了他的注意力。

"祝你好运（wish you luck）"不过是常用的套话，估计和"收到"是差不多的意思。但真的是这样吗？零第一次看到这样的信息，照理说，这应该是多余的提示。雪风特意加上这一句，也可以理解为它懂得人类的语言，想要告诉零这一点。这应该值得高兴吗？不，这样一来，零不得不从根本上重新考虑和雪风的接触方式。这并不是单纯值得高兴的情况，但是目前零没有探讨这个问题的时间。

＜在我出去之前不要关闭座舱罩，明白了吗，雪风＞

屏幕上没有出现新的信息。零觉得目前座舱罩没有自动上锁就是雪风的回答，他拔下耳麦插头，从雪风上爬了下去。零收起安装在机体上的折叠式梯子并上锁。

抬头看了看座舱罩，并没有要关上的迹象。零有些意外，难道要手动关闭？这时，座舱内传来了警告的声音，就像看透了零的心思一般。连续的警告声提示导弹无法正常使用，零反应过来，安全栓还没有拔掉。雪风是在催促他，赶紧拔掉。

地面上也有负责武器管理的人员，但零看了看雪风四周，还是自己把四枚短程导弹的安全栓给拔了下来。操作完成后，座舱罩自动降了下来并上锁。无人驾驶的起飞准备完毕。

"Good luck，雪风。"零喃喃道。

走近的福斯上尉看着零，说道："雪风还真像你的好友。"

"……好友？"

"或者说恋人？"

零看向福斯上尉，说道："不是。"

"强大的朋友会让人感到安心，是吧，深井上尉。"

雪风的机载引擎启动系统开始运转，尽管前方的兰瓦本还未启动引擎。待机时横放的尾翼立了起来，两台涡轮引擎从右边的那台开始启动。零和福斯上尉从雪风的机身旁离开。

"雪风不是什么朋友。恋人？开什么玩笑。"

"那对你来说雪风是什么？"

福斯上尉的提问似乎就要淹没在雪风高亢的引擎声中，零用压过雪风的声音大声回答道："雪风是这个世上最危险的战斗机器，它拥有独立的战斗意识，不是可以用人际关系去形容的对象。"

——非要形容的话，雪风应该是野生动物。

零没有说出口，在心里想到。合作能否顺利要看这边的态度，雪风和他都狩猎相同的食物。对他来说，雪风是一个保持着危险关系的伙伴。不过比起伙伴，雪风或许更应该是教授他狩猎和战斗方法的导师。

——雪风绝不是好友，更不是恋人。它的存在超越了人类的理解范围。而零，正打算和雪风打交道。

雪风在地面上掉转了方向，以机首伏地的姿势停在跑道上。它的航炮对准了不远处的兰瓦本，这样的姿势随时都能开炮。零能够想象坐在兰瓦本上的布鲁伊中尉的表情，他的心情恐怕就像被猛兽盯上的猎物一样吧。

和兰瓦本比起来，雪风的机体稍微小一些。然而，瞄准了优雅的超级希露芙的梅芙，看起来是那样高大又狰狞。

3

零看向菲雅利基地宽广的跑道，然而除了战机以外，他见不到别的飞机。午餐会是在空中举行，他原本以为会有大型的运输机载他们上去，但看起来似乎他想错了。

那么到底在哪里举行呢？

还没等零问出口，一旁的军医伊迪斯·福斯上尉就说"在这边"，然后开始往她所指的方向走去。那边是基地的主指挥塔台。

"这顿饭应该很不错。"零和上尉并肩走着,说道,"布克少校怕是入手了非常罕见的食材,打算背着那些电脑好好享用。你也被邀请了吗?"

"是的。"

"其他参加的人呢?"

"不太清楚。你说这次午餐会是为了品尝佳肴,我倒觉得是蛮有趣的比喻,但是看起来这次午餐似乎并不能好好享受。用你们的说法来说,我推测布克少校是为了让我去替他试毒,才把我叫了过来。也就是说我是试毒者,这肯定跟之前做你的精神治疗主治医师有关。"

"呵。"

"没想到你会乘坐雪风出场,还真是高调呢。难道是想震慑一下其他参加者吗?布克少校在煽动气氛上还真是在行。"

看来福斯上尉并不知道雪风的出动是计划之外的事。恐怕她连兰瓦本负责警戒和监视午餐会的事都不知道。

零没有回话,福斯上尉瞥了他一眼,问道:"还是说这不是布克少校,而是你计划的演出?"

"你现在已经不用再观察我了吧,上尉?"

"这是我的个人爱好,我知道你不会因为这种问题不高兴。你乘坐雪风出现,并不是因为有其他任务在身,顺便驾驶雪风吧?我不知道你为何特意这样做,特殊战的人,以及你们的做法,果然很难懂。"

"让雪风出现在这里的人不是布克少校,也不是我。这不是一场秀,但也并不是偶然或者顺便。"

"能说得直白一点吗?不能单刀直入地表达自己的想法,有时也是一种痛苦的表现……"

"我，不喜欢，你。这么说行了吗？"

"这还不错。那么你乘坐雪风出现的理由是？"

"无可奉告。关于这件事，布克少校没说可以告诉其他人。"

"但是你说这不是作秀，也不是偶然。告诉我这些就没关系了吗？"

"他也没说不可外传。"

"既然如此，为什么无可奉告？"

"因为我想说一次'无可奉告'。"

"你在逗我？"

"被你发现了，就是这么回事。"

"你的性格还真是扭曲。"

"彼此彼此。你竟然觉得我驾驶雪风出来是为了闪亮登场，有意思，不逗你逗谁？"

"你是觉得被我戏弄了所以才这么做？"

"什么意思？搞不懂。"

"直到现在我对你和雪风的关系也很感兴趣。我是说，当我问你对你来说雪风是否是恋人时，你觉得自己被戏弄了吗？"

"这倒没有。你认真地问，所以我也认真地回答了。为什么老问这个问题？"

"为什么？因为一点也不有趣啊。没有人被捉弄了还会觉得有趣吧，你报复的态度还真是一点都不委婉。特殊战的人都是这样，每次和你们说话，我就会变得焦躁。我必须拼命地克制自己的私人感情，无论是作为军医，还是作为一个普通人。但是我的忍耐也是有限度的，我讨厌你，也不想再和你多说了，明白了吗？"

在很久以前，有一个女人对零说过同样的话，尽管零已经完全不记得她的样貌。零停下来，盯着福斯上尉的双眼。

"——我讨厌你，也不想再和你多说了，明白了吗？"

自己的身体里应该存在着什么东西，才让别人说出这种话吧。然而这个让别人喷发出愤怒黑焰的东西，到底是存在于他自身的，还是说，正是他所欠缺的？

福斯上尉也停下了脚步，看着零的双眼。她张嘴想说些什么，但看到零僵硬的表情，又慢慢地闭紧了嘴唇。她的瞳孔发生了微小的变化，这一切没有逃过零的双眼。

这个军医直到刚才都还非常生气，但现在不是了。由于自己的反应出乎了她的预料，她的心里又燃起了身为一个医生的好奇心或者说责任感。她开始观察自己，想弄明白为什么眼前的患者会对她的话产生完全不同于以往的反应。

零本人对自己的反应也有些疑惑。

以前的事他早已忘得一干二净，现在又为何在意？在来到FAF后，他已经听过无数次类似的话，即使被别人讨厌，也从未放在心上。刚才，他对福斯上尉说了"不喜欢你"，于是她回应说"我讨厌你，也不想再和你多说了，明白了吗"。仅此而已，这怎么了？没有任何问题。但是，为什么他会感觉问题出在自己身上？难道是他无意识地对这个女人抱有"性"趣，不想被她讨厌？如果这个军医是个男人，他也会有同样的感觉吗？虽说他已经无数次被女人讨厌了。

福斯上尉小心翼翼地观察着零的态度，见零没有要开口的意思，她便说道："你和雪风之间，发生了什么？"

零叹了口气，无视了这个问题。"在哪儿？"零问道，"午餐会，带我过去。"

"你没必要忍耐，深井上尉。你自然也是有感情的人，没有人被别人说讨厌之后还毫不在意。我很抱歉伤害了你的感情。"

"我没想和你争吵,我们还没有熟到为这些小事吵架的地步。"

"午餐会在那边,你能看到布克少校吧,不可能这么明显都看不见。别岔开话题,零,这对你来说是很重要的问题。"

"到底什么问题?"

"你想要争吵。你希望为一些小事吵架,就像真正的恋人之间做的那样。"

"你在说什么蠢话?为什么我要和你……"

"不是我,是雪风。我再问一次,深井上尉,你和雪风之间发生了什么?"

"无可奉告。"

"那我就随便说了,你当我是自言自语就好。你被雪风讨厌了,不是以前,就在最近。而我所说的话,让你回想起了这件事……"

"雪风可没有感情。"

"但是你有。你觉得你被雪风讨厌,或许是你也不知道发生了什么,而雪风做出了无视你的举动。当我问雪风对你来说是否是恋人时,你心里早就知道不是这样。你和以前的雪风就不是这样的关系。你虽然想回到曾经那样,但是你也知道这已经没有可能。你感到焦躁,或者更应该说无法解开自己的心结。你原本通过戏弄我找到了排解的出口,但却因为我的抵触,你的内心变得一片空白。问题在于雪风的变化,是它的变化让你耿耿于怀。我说讨厌你,不想和你说话,这些在你看来就像是雪风所说的一样。为什么你会有这种感觉?因为你和雪风之间发生过类似的事。所以我才问你,你们之间到底发生了什么。

你不想说的话也没有关系，但是希望你不要再把我当作宣泄感情的对象，我也是一个独立的普通人，深井上尉。我不是你的恋人，也不是你的好友，更不是必须照看你的你的父母或者监护人。希望你不要再戏弄我，如果我不是军医，我一定会对你说，这世界上不是只有你才是人，你真该好好反省一下自己到底有多任性！"

"你已经说了。"

"自言自语而已。"

"正因为你是军医，才可以这么说。你把我看作有精神问题的患者，而其他的人是不会说这些话的，因为根本没有说的必要。在他们看来，只要不接近讨厌的人就行了。这些都是你计算好的吗？为了看我是什么反应，故意惹我？"

"你这叫自我意识过剩。你还真是不知道怎么和人相处。"

"因为你的态度老是变来变去。"

"我可没有变。还是说你的意思是让我在胸前挂个仪表之类的东西，好显示出我现在正在生气，或者显示出我的心情好坏？"

"你能这么做那就太好了。"

"就算有这样的仪表，你也不会看。或者说，你看了也理解不了，因为你就是这样的人。你尽管和雪风吵架好了，雪风上有许多仪表。"

福斯上尉说完后，快步向前走去。

零目瞪口呆，被当作情感宣泄对象的是他吧？他连忙追了上去。

不过，福斯上尉的洞察力还真是不一般。

她调到特殊战来并没有多久，在如此短的时间内，她就了解了雪风对零来说是怎样的一种存在。而且,这个军医并没有观察雪风,而是通过观察零的状态就发现最近雪风一定是发生了某种变化。

她说零感到耿耿于怀,或许真的就是如此。面对独自行动的雪风,零的心情就像对恋人的变心感到不解似的。而当福斯上尉指出这一点时,他觉得正如福斯上尉所说。

然而,雪风并不是他的恋人,他们也并不是什么简单的恋人关系。零现在清楚地明白,他和雪风的关系更加残酷。如果他的能力达不到雪风的要求,雪风会毫不犹豫地抛弃他。这不是耿耿于怀之类的多愁善感的东西,因为被雪风抛弃意味着他的生命受到威胁。

零的心里无疑对雪风的抛弃和无视感到恐惧。而福斯上尉所说的话等于揭露了这个事实。

——他讨厌被莫名其妙地抛弃。不,可以更加直白地表达出来。

"我……"零再次停住,看着后方小声说道,"害怕雪风。"

这是他的真心话,是他一直不想承认的对雪风的真实想法。

当这句话说出口时,零不由得颤抖起来。

长久以来一直交往的对象以他从未想过的形式向他告别,导致这一切的原因到底是存在于他自身的某样东西,还是他自身所欠缺的某样东西?零觉得他终于明白了这一点。

就像福斯上尉所说的那样,零不知道怎么样与人相处,尽管这并不是什么难事。在曾经的零看来,别人等于其他人,至于其他人,就是和自己拥有不同世界观的人,他只要认清这一点就好。真正的交往以此为基础,不管是敌人也好,恋人也好,都是一样。总的来说,目前为止零没有和别人有过真正的交往。

和雪风也一样。

没错，布克少校曾经也说过相同的话，但是他没能对布克少校的话产生实感，因为那时的他并没有认识到自己对雪风的恐惧。

——我从没有真正怕过对方，所以对方也不会怕我，而这就是对方会对我说"不想再和你说话"的原因。

现在零应该害怕的对象是雪风，还有迦姆。他回顾过去，发现目前为止自己从来没有实际感受到迦姆是值得恐惧的敌人。在和福斯上尉的谈话中，他逐渐看清了过去的自己。

"没关系啊，深井上尉。"福斯上尉回过头来，说道，"你能够很好地驾驭雪风。即使不能，也没有人会责备你，因为关于雪风，你是最有发言权的。"

"那也没有到可以吵架的程度。"

"你仔细看仪表就可以了啊。用仪表和它吵架就好，这很适合你。"

"……也许吧，就像你说的。你是优秀的军医，福斯上尉。"

没有必要消除恐惧，那样只会白费力气，因为这不是害怕就可以不乘坐的问题。

零想做的事，是将自己对雪风的恐惧传达给雪风。而想要做到这一点，他只能读取雪风的仪表以及没有显示在仪表上的信息，并且采取相应的行动。如果他能很好地做到这一点，说不定雪风也会对他感到害怕。又或者，雪风会采取一些让他不喜欢的举动。不管怎样，他可以预料到雪风会违背他的意志。不管雪风想做什么，只要他事先阻止雪风，那么雪风一定会拒绝他的操作。这就是吵架。如果可以吵架，说明也可以和解。他和雪风目前还没有走到那一步。他不知道到底能不能行，也不知道是不是好事。

"谢谢你,深井上尉。"

收到零的称赞,福斯上尉淡淡地回了一句,脸上没有任何感谢之意。

不过这也正常,因为对方在没有好好了解她的前提下就对她说了"不喜欢你",这样的人嘴里的称赞自然也令她高兴不起来。不过对零来说,这个军医就像苦口的良药一般,就算不喜欢但也必不可少。

零想到这里,不再多说,朝着午餐会走去。

布克少校焦急地向两人招手,示意两人赶紧过去。

4

布克少校有些奇怪,那边的两人到底在做什么。明明是这么重要的午餐会,两人却像是忘记了一般,悠闲地站着聊天。看他们正看着雪风,不知道是不是零在说雪风的事。但即使这样,零这么投入地和人说话的样子也很是少见。福斯上尉好像有些生气,看起来两人似乎正在吵架。两人什么时候走得这么近了?都可以随意吵架了。

算了,反正之后也会知道两人的谈话内容。布克少校一边想着,一边看向重新迈步走来的两人的身后。

待机中的兰瓦本的机首直直地朝着这边。用超指向话筒对所有会话进行录音和记录也是兰瓦本的任务内容之一。在兰瓦本的身后是不请自来的雪风。

雪风会让人感觉它无视了人类擅自出动,但这只是人类的想法,和雪风应该没有关系。人们没有必要去烦恼为什么雪风能够成功出动。

布克少校冷静地做出判断。

当时身为飞行员的零正在机上,而正因如此,雪风才能够利用特殊战内的命令系统获得起飞的批准。如果当时没有零,雪风是不可能获得批准的。它的行动目的本身就很单纯且明显——

防范迦姆,并将其消灭。

非常简单易懂。假设雪风有感情的话,简单来说,就是它害怕迦姆。而它的行动不过是体现了这一点罢了。

雪风的行为始终如一,问题是它的行为可能会对人类造成威胁。人类有必要针对这一点进行讨论,但是没必要让雪风去理解人类的立场。如果让雪风在行动的时候考虑人类的情况,就等于是要求雪风变成人类。这样的要求会降低雪风的战斗能力。雪风是没有感情的战斗机器,所以才能用来对付迦姆,假如人类对雪风有所要求,那也应该是保护自身和飞行员,仅此就好。

两人终于走了过来,福斯上尉向布克少校敬礼。

零也跟着福斯上尉一起敬礼,但是态度却很是随意。

"来得真晚。"布克少校说道。

"出了点儿事。"零说道,"看样子主客还没来啊。总不可能就我们三个弄一场带薪烧烤吧。还有谁会来?不会还邀请了什么地球领导人吧。"

指挥塔的一侧,一片宽广的紫色草坪上已经备好了烧烤的工具。折叠椅和折叠桌是一套,椅子有六把。零不由得心想,这些东西到底是从哪儿来的。这里的氛围与其说是草原的野炊,倒不如说是带厨师的花园派对。一个厨师样貌的男人正在掌管着烧烤炉的火候。

"主客是FAF菲雅利基地战术战斗航空军团的司令,吉布里·莱图姆中将。"布克少校说道,"也就是我们形式上的老大。除此以外,还有FAF情报军管理实务的头儿,安塞尔·伦巴德上校,以及我们特殊战实际的司令,库里准将。"

虽然菲雅利基地的司令官是莱图姆中将,库里准将只是副司令官,但实际上特殊战由库里准将全权负责。

"还真是掌权者们的午餐啊。"福斯上尉说道,"是要谈什么大交易吗？"

"那边的厨师,倒是没怎么见过。"零开口道。

"因为他没有上过战机。"布克少校回答,"厨师的战场就是厨房。我来给你介绍一下,这是缪鲁勒厨师,特殊战食堂的厨师长。"

"你好,我是加列·缪鲁勒。"

特殊战的食堂和其他师团的食堂不同。其他师团通常拥有两个以上的食堂,而特殊战只有一个。设立多个食堂,并不是因为人员规模大,而是为了让校官以上的军官和普通士兵分开用餐。但在特殊战并没有这样的区别。

这个厨师应该也是军人。布克少校在这样的场合让他来掌勺,想必对他很是信任。在其他部队的校官食堂里,也有从地球招来的像"客人"一样的厨师。那些厨师并非是以军人的立场,而是以后勤人员的身份来到菲雅利。那些人自尊心很强,通常看不起正规的FAF军人,认为身为后勤的自己比正规军人拥有更高的地位。这是由于这里的军人大多都是作为罪犯被遣送来的。然而在特殊战里,没有任何人是后勤人员,所有人都是军人,这个厨师应该也不例外。想必也是在地球犯了被认为是反社会的罪行,才被送到了FAF。

零丝毫不关心这个厨师是因为什么原因来到了这里。只是,他想起平时吃的饭菜是这个厨师负责提供的，不由觉得有些亲切。他从未特别留意过伙食的问题，但目前为止还没有吃过难以下咽的食物。这对自己来说，以及对这厨师来说，都算是值得庆幸的事吧。

加列·缪鲁勒轻轻点了点头，接着开始清点装在大手推车里的材料。

"幸好赶上了。"布克少校看着从指挥塔的地面出口处走过来的人影说道，"你们要是比主客来得还晚，我还真不好解释。"

库里准将走在最前方，两个人男人跟在后面。几人周围没有护卫。

那个肤色黝黑的高大男子就是战斗航空军团的上将——不，中将吉布里·莱图姆吗？名字倒是听说过，见本人还是第一次。这一看就是典型的会以滑稽的死法结束一生的类型。零之前没有见过他却对他有印象，是因为布克少校曾对零说过吉布里的名字源自《圣经》中的天使加百列。

暂且不说这个中将是否是与这个吉兆天使的名字相符的男人，当零听布克少校说中将是信仰唯一真神的信徒时，零还是对布克少校说了，幸好自己不是那样。

零没有和绝对的神订下契约，因此他得不到神的恩宠。但与此同时，当他背叛神时，也不会受到天罚。于是布克少校有些惊讶地对他说："神不会直接下手。你可能会被神的信徒给杀死，即使没那么严重，应该也会招致反感。这种话不能对虔诚的信徒们说。"

当然，零并没有打算故意对别人的信仰指手画脚，但是当别人对他说"不信神的话会受到天罚"时，他还是会觉得火大。信徒也好，创教者也好，他都不想从人类的口中听到这些话。

因为人类为了支配无法随心所欲操控的他人时，什么大道理都说得出口。要是不能让你成为同伴，他们就会对你进行驱逐。问题并不是神是否存在。如果存在的话，神的力量应该不会通过人类来展现。不需要人类来宣称神会降下天罚，本来由人类来判断是否应该遭受天罚就是不自量力的行为。神的意志恐怕不会被人类的想法左右。简单来说，神不会对每个人类都感兴趣，正因如此，神才可能成为让人畏惧的对象。然而，不管那样的对象存不存在，人们相不相信，并没有太大的差别。无论如何，人类无法控制神的意志，因此这个问题只关系到信者的集团在人与人的层面里是否能够受益。想与之为伍并获得安心的人，只要选择相信就好。而觉得麻烦的人，大可远离那些群体。就这么简单。零不相信神的存在，如果有唯一真神的存在，那就是自己，仅此而已。

当然这样的话题对莱图姆中将来说肯定是禁忌。

至于另外一个男人伦巴德上校，零曾经见过。他身形消瘦，眼神锐利，是个实实在在的情报军军人。他曾要求零反复阐述在雪风的最后一项任务中副驾驶巴格迪什少尉是迦姆制造出来的复制人这一结论。这不由得让零联想到对间谍的审问。这个情报军军官意志坚强，即使自己已经疲劳，也没有想过要放过零。即便如此，他并不是个像机械一样没有感情的人类。零记得他偶尔还会让人感到幽默，尽管在审问的时候那样的幽默就像带刺一般。

比如，他对当时还是中尉的零说道："我也是，深井中尉。对于那些不喜欢的人，我曾认真想过从脑袋开始把他们吃掉。讨厌我的人多半也想吃掉我，所以我总是想，我的脑浆会是什么味道。如果制造出自己的复制人，那就可以好好确认一番了。

迦姆应该也制造了你的复制人吧？明明是个好机会，可以确认一下自己的味道，结果就这么回来了。不觉得可惜吗？"

总之，伦巴德上校认为零讨厌巴格迪什少尉，因此借机杀害了他，而复制人的说法都是零编造出来的。不过他没有直截了当地询问，而是拐弯抹角地表达了自己的意思。零不由心想，这是个不好对付的家伙。当伦巴德上校说完之后，他又极其认真地补充道："看来我们很聊得来"，尽管零觉得两人聊不来也无妨。

莱图姆中将和伦巴德上校两个人都称得上是典型的人类，但是带他们过来的库里准将却不是。

人们无法很好地把握库里准将的价值观，不知道她在思考什么，而她也丝毫不在意别人对她的看法。对零来说，正是这样的库里准将才让他一直感到亲切。在别人看来，比如福斯上尉这样的人看来，或许库里准将是一个来路不明的女人，但零并不这样认为。他觉得没有必要把库里准将看作一个人类，她不过是一个命令发出者，这样认为的话就不会产生任何问题。

尽管如此，最近零也有想过，这个女人是因为什么来到了这里？

他曾听福斯上尉说过库里准将有远房亲戚，或许这就是原因。虽然库里准将位居高位，但毕竟也有父母，因此有亲戚也不奇怪。而通过福斯上尉的话，零感受到了这理所当然的事实。

但即使这样，对于以前从来没有留意过的事情，零最近突然开始在意起来。不知这是不是因为之前的他认为这些事情与战斗无关，但是现在发现并不是那样。但是零相信，自己的这些变化不会让自己变弱。

布克少校以敬礼的姿势迎接三人的到来。

零也跟着敬礼。

库里准将开始介绍自己的部下，莱图姆中将似乎心情不错，微笑地看着特殊战队员的队列。队列开头是布克少校，接着是零和福斯上尉。当莱图姆中将来到女性军医的面前时，突然向军医的胸口伸出了手。福斯上尉的身子立马变得僵硬。中将笑了笑，说道："领章歪了，上尉。"接着用手指按了按领章的下方。

"我怎么看不出来。"伦巴德上校冷冷地说道，"中将不仅眼神好，手也快。"

"上校。"莱图姆中将仍旧笑着说，"你不仅眼神不好，话也不好听。"

"我看得出福斯上尉是个年轻美丽的女性，但是却看不出她的领章歪了。之前还听说你在女性当中评价不怎么好，真是抱歉，看来我耳朵也不怎么好，中将。"

"那最好别让我再提醒你，伦巴德上校。至于福斯上尉，今后自己多注意一下。"

"是……长官。"福斯上尉道。

"看样子你有什么想说的？"

"没有，长官。"

"很好。那么库里准将，我们尽快开始吧。"

莱图姆中将继续向前走去。库里准将一边问是否先来点香槟，一边带着中将向座位走去。

"谢谢您，上校。"福斯上尉小声说道，"这个中将，那方面的传闻确实挺多。"

"你说什么？我听不见。你刚才听到了吧？我的耳朵不太好。尽管我对我的眼神很有自信。"上校笑了笑，继续说道，

"不过，他作为军人还是很有才能的。这一点倒是可以弥补他的作风。好了，不知道有吉尼斯黑啤吗？"

"已经备好了。"布克少校说道，"你的爱好我还是知道的。"

"准备得真是周到，都不知道谁才是情报军了。特殊战到底有什么企图？不对，午餐会就是为了弄清这个问题，我得好好享受才行。要一起过去吗，福斯上尉？"

福斯上尉看了看布克少校，见少校轻轻点了点头，便跟着伦巴德上校走了过去。

零叹了口气。

"我知道你的心情。"布克少校说道，"很累是吧？"

"中将也好，上校也好，并没什么差别。"

"你是说男人那点心思吗？还是上校更聪明。你也知道，他的头脑敏锐得惊人。虽说男女关系不会按照脑子里的道理发展，但是无视道理的人会遭人讨厌。关于这一点，上校……"

"是的，你说的没错。"零点了点头。

"成功率更高。——什么？你明白什么了？你和伊迪斯之间发生了什么吗？"

"和她之间倒没什么，是雪风。我一直觉得没什么道理可循，太蠢了。雪风极其讲道理，我忽视了这一点，被它讨厌也是理所当然。"

"雪风可不是女人哦，零。"

"我知道，刚才福斯上尉让我明白了这一点。之后我会向你报告。"

"那我就等着你报告。事先说好，我们在这可是不能饮酒的。"

"你又不是伦巴德上校，少开玩笑了，少校。"

"我哪里……"

"在雪风回到机库之前,这都是生死攸关的战斗任务,当然不需要酒精和玩笑。我想尽早结束这个任务,好好工作吧,布克少校。"

"你还真是个高性能的战斗机器。你的性格变得比我想象中还要强硬,但是这种强硬有时也代表着愚蠢。"

"或许吧……抱歉。我害怕雪风,这种害怕多半和你从雪风上感到的威胁不同。"

"待会儿结束后喝一杯吧。"

"好的,就这样吧。"

表面上风平浪静的午餐会开始了。

5

莱图姆中将一手拿着玻璃杯,一手往嘴里塞着肉,同时看着兰瓦本和雪风说道:"特殊战的战机真不错,令人羡慕。"

"特殊战的十三架战机包含在您指挥的二百七十九架战机之内。"库里准将说道。

"那是属于你的,库里准将。而且,我们航空军团所拥有的战机不是二百七十九架,而是二百七十七架,昨天失去了二架。特殊战的战机应该确认过此事了,准将。"

"抱歉,长官。"

零心想,库里准将应该不会搞错军团拥有的战机数量。这是在试探莱图姆中将。看来中将并不是那么无能。

"不管怎么打,都无法将迦姆赶尽杀绝,他们就像是无端冒出来的一样,实在是令人厌烦。"

"厌战情绪在FAF领导层中蔓延,这个情况确实不容忽视。"伦巴德上校说道,"因为领导层的人并不那么紧急,而下级的人们根本没有空闲时间说什么厌烦,他们支撑起了FAF。"

"你是什么意思,上校?"

"我只是说,拥有你这个地位的人,退役之后回到地球,生活也能受到保障。但战斗在前线的人们却不是这样,他们都是有过去的人,无法对生活有所抱怨。"

"那你又是哪一边呢?"

"我很享受在这里的工作,退役之后会是一段很好的回忆。要是能够战胜迦姆,那会更加美好。"

"你刚才说厌战情绪在领导层中蔓延,这我可不能置若罔闻。如果我是你所说的那样,那你作为情报军的长官,是打算把我送上军事法庭吗?"

"怎么可能,我可没有那个权限。要是有的话也不错,但是你也不可能做出一些主动放弃自己地位和名誉的举动。是我的说法有问题。总之,领导层目前没有找到打开战争局面的方法,而这导致人们对迦姆感到无能为力。因为直到现在,迦姆的本体都还是个谜。——特殊战是为了弄清这一点而存在的部队,他们所拥有的系统也是为此而设计。你们应该有一些眉目了吧,布克少校。"

"好消息是,我正在策划一场盛大的宴会。但遗憾的是,并不是有了什么眉目。"布克少校回答道,"我们特殊战想向情报军和军团的负责人传达一些事情。"

"说出来听听看。"

享受站着用餐的中将终于坐了下来,大家也纷纷入座。只有库里准将站着,开始了发言。

"以下我要报告的内容属于最高机密,特殊战的7号机就在不远处,负责防止监听。在我进行报告之后,这些信息的处理我们战队无法进行干涉,但我还是希望二位能够谨慎地处理。"

"快开始吧。"

"内容有三点。第一,我会向各位报告没有对外公布的事实。第二,我会传达有关第一点内容的我们特殊战的看法。第三,就特殊战目前计划中的作战听取二位的意见。"

"呵,是不是可以记笔记了?因为不准秘书陪同……"

"也不至于记笔记,内容很简单,布克少校会进行说明。——少校。"

布克少校正要站起来,中将便催促道:"坐着就好,快说。"

"首先关于第一点。曾经我们特殊战声明被迦姆击毁的战机,即矢头少尉搭乘的13号机,实际上是由坐在这里的上尉——当时身为中尉的深井零所驾驶的雪风击落,特此订正。当时我也在雪风上,那并不是误射,而是有意为之。"

"是因为矢头少尉打算临阵脱逃?"伦巴德上校问道,"如果是那样,那击落他也是理所当然,没有必要隐瞒……"

"我们判断矢头少尉是迦姆,他是迦姆制造的复制人。"布克少校说道,"这里的深井大尉和迦姆的复制人有过交集,这件事情已经进行过报告。我们曾怀疑迦姆制造的人形兵器或许已经渗入了FAF内部,而这个怀疑现在已成为事实。这就是我想报告的内容。"

"呵。"莱图姆中将冷笑了一声,"这下事情麻烦了。"

"你能证明这不是特殊战的借口吗?"伦巴德上校说道,"比如说,你怎么证明你们不是为了把误射的责任推给迦姆,而编造了这个事情?你确定你不是在包庇那边的深井中尉,不,深井上尉？虽然这么说有些不太合适，但是他的精神状态应该还没有完全恢复吧。"

"是我命令他击毁矢头少尉的战机。"布克少校说道，"关于我和深井上尉的精神状态，我准备了福斯上尉提供的诊断证明。这里也可以直接向福斯上尉进行确认。福斯上尉在调来特殊战时，认为特殊战是自己假想了一个现实中不存在的敌人，也就是说，福斯上尉的立场是中立的。"

"我也并非认真地认为迦姆是特殊战创造出来的幻想。"福斯上尉说道，"我只是以自己的方式分析了特殊战的神秘主义，然后认为有这种可能性罢了。从这一点来看，我觉得可以判断刚才布克少校的报告内容不太可能带有某种意图。虽然我是第一次听说矢头少尉这个队员是迦姆，但是我想那种情况应该会对特殊战的内部组织造成威胁，我难以认为特殊战自身会去假想这种借口。如果不是这样……那我只能说特殊战的行动让我完全无法理解。"

"特殊战可是有前科的。"莱图姆中将苦笑着说，"你们对前线基地进行了无差别攻击吧？好像是……没错，那架叫作'雪风'的战机，因为当时是无人机状态，所以我以程序出错为由勉强收拾了残局。为了处理这件事我可花了不少工夫。"

"那件事和矢头少尉的事并非没有联系。"布克少校说道，"雪风判断前线基地TAB-15里已经存在矢头少尉那样的复制人，因此才发动了攻击。但是，这不是可以交给战斗机器来判断的问题，各位应该明白。所有的人类都将受到怀疑，战斗机器、智能战斗机器、电脑或许会为了清扫战场而首先清除碍眼的人类。我秘密举行这次聚会也是因为这个原因。"

"你们故意在作战的时候消灭矢头少尉，连着昂贵的战斗机也一起毁掉了，是因为事前没能确认他就是迦姆吧。"伦巴德上校说道，"在作战时他采取了敌对的行动，你们才能判断他是迦姆。"

"没错，上校。"布克少校回道。

"如果缺乏区别人类和复制人的物理条件……"伦巴德上校继续道，"那么战斗电脑群很可能会判断应该消灭全体人类。这是合理的判断。"

"你怎么一点也不着急？"莱图姆中将说道，"你的意思是就算这样也没关系吗，上校？"

"不是，我是说这是我的工作。FAF要防范的并不只有迦姆。在过去甚至有过企图搞破坏的人，这些人是来自地球的入侵者，是人类。他们想要获得泄露出去会对FAF造成不利的情报。无论是来自民间还是国家部门，这些人都非常多。我们无法从外表上去区别这些人，因为他们无疑都是货真价实的人类。如果迦姆也是这样，那迦姆和这些人类的间谍并没有区别。我们的工作就是找出这些人，而战斗电脑群无法做到这一点。——布克少校，你认为现在有多少迦姆潜入了FAF？"

"我估计在最近的作战中，战机被迦姆击毁、短时间行踪不明后又被救助回来的驾驶员，基本上都是迦姆制造的复制人。"

"迦姆制造的人类吗？也就是迦姆人了。"伦巴德上校说道，"要是长着带有倒刺的尾巴，倒是一眼就能看出来。"

"事实上是看不出来的。前线基地那边应该混进了许多迦姆人，在菲雅利基地这边，至少也有十几人非常可疑。"

"既然有了这些眉目，工作就很简单了。"上校说道，"抓捕这些人，这是获得迦姆情报的好机会。"

"这招行不通。"布克少校说道，"这些人不会明白自己被抓捕的理由。他们并不知道自己是迦姆。"

"这个由我们来调查,因为这是我们的任务。交给我们就好。"

"调查的话,倒没有关系。"库里准将说道,"只是上校,绝对不能让外面知道这是在查迦姆,就连本人也是。这就是我想说的第二点,特殊战的看法。"

"……什么意思,准将?我不是很明白。"

"这件事一旦公开,可以预见整个FAF的士气都会降低,FAF的组织很可能会从内部开始崩坏。"库里准将说道,"并且,可以预想到,无论是对疑似迦姆的人进行拷问还是催眠,他们都不会承认自己是迦姆。既然如此,公开这件事没有任何好处。"

"他们的目的是收集人类的情报,他们必须带着情报回去。"布克少校接话道,"迦姆人在作战的时候会带着情报脱离部队,或者故意被迦姆击落,而特殊战战机正是瞄准了这一时机。我们希望这种做法能得到认可,也想听听各位的意见。这就是第三点。"

"这种事……"福斯上尉小声说道,"也太危险了。"

"以我的权限,似乎不能批准这种做法。"莱图姆中将认真地说道,"要让我去替你们操作这件事,这招待也有些太寒酸了。开个玩笑。不过,我不同意特殊战采取这种行动,就如福斯上尉所说,太危险了。如果秘密进行行动,会对你们的立场,甚至我的立场不利。而且,你们要是鲁莽行事,说不定没有任何人能够阻止你们,那会变成FAF和特殊战的战斗。"

"如果人类承认FAF中有迦姆存在,那就给了FAF的智能战斗机器们消灭人类的借口。"布克少校不死心地说道,"就连现在，他们那些机器也觉得人类碍手碍脚。或者我们承认这一点，全员放弃战斗，也是一个办法。增加无人战斗机，人类依次撤回地球。恐怕撤回地球的人类当中，也混有迦姆的复制人。迦姆成功将战场扩张至地球，这样一来，人类将无路可逃。"

"即使这样，地球的人类可能也不会感觉到有奇怪的事发生。"一直沉默的零开口说道，"对他们来说，也不过是和往常一样，某地又发生了战争。他们只会觉得挑起战争的人是为了守卫自己的地盘罢了。迦姆只是沉默地看着人类自取灭亡。"

"你就是带来麻烦的罪魁祸首。"莱图姆中将冷淡地看着零说道，"你看起来就像迦姆。"

"这个世道，有时候无知才是福。"零说，"我被迦姆的复制人袭击了，既然知道了复制人的存在，我自然会有所行动。并不是采取无视的态度，事实就会消失不见。恐怕迦姆已经潜入地球，我们早已无路可逃。既然如此，就只能进行战斗了。"

"……雪风以无人驾驶的状态攻击了前线基地，也就是说特殊战的电脑已经知道了这个情况，它们已经开始觉得人类碍手碍脚了吗？"伦巴德上校说道。

"有这个迹象。"布克少校说，"但是特殊战电脑的行动独立于其他 FAF 的智能战斗机器，它们不会将自己的情报往外泄露。从你们没有得知这些消息来看，这一点也毋庸置疑。由于它们无法拒绝人类的访问，假若外传给其他电脑，那它们便无法隐瞒如此重大的情报。不过，也只是现阶段如此。"

"雪风没有任何隐瞒。"零说道，"它为了生存下去而向我求助。至于我能不能读懂它的信息，或许决定了我的余生还有多长。"

"看来，这些内容还是不要外传比较好。"伦巴德上校说，

"既然已经找到了疑似迦姆人的人，我会派人秘密监视他们，就和日常任务一样。直到找出准确分辨迦姆的方法之前，我不会告诉部下监视的目的。否则，要是这只是特殊战做的手脚，并非事实，到时候吃亏的可是我自己。不过，关于这件事我有个提议。"

"说吧，正想听听你的意见。"莱图姆中将说。

"那些疑似迦姆的人，统一起来更容易监视。我提议将这些家伙调出来，组成一个新的部队。既然他们都被迦姆击落过，那弄一个再教育部队也不错。在这种部队里，对队员的身体和心理进行彻底的检查也不会显得不自然。这是调查他们是否是迦姆人的好方法。就算特殊战刚才所提供的是虚假情报，对这些家伙进行再教育也没什么坏处。"

"这个想法不错，这种提议我也好向上面申请。只要争取一下，应该可以在我们军团建立一个新部队。"莱图姆中将点了点头。

"接下来只需见机行事就好。如果真的是迦姆，那应该会采取某些行动。如果是临阵脱逃，不用特殊战出手，我会让部下当场处理它们。如果可以把它们带回基地，那就绑起来送到军事法庭处刑就好。"

"不用做那么野蛮的事，让它们带着情报回去就好。"零说道，"迦姆不能理解人类，所以没法和人类打架。我们只用告诉它们人类是这样的生物就好，我们的战斗也会从那个时候开始。"

"这里没有问你的意见。"库里准将打断零，说道，"真不知道布克少校为什么会让你出席。"

"为了听深井上尉的意见，准将。"布克少校说完，问零道："深井上尉，如果命令你再次和迦姆进行接触，你会怎么做？现在，我们正严肃地讨论这个问题。"

"布克少校，你在说什么？我怎么不知道有这种作战方案。"库里准将问道。

"如果是命令，我遵守就是。恐怕迦姆也希望和人类接触。"零说道，"三天前去利奇沃基地做侦察任务时，有两架迦姆靠了过来，我现在也觉得它们是想和我们进行接触，它们好像知道这边是雪风，事实上它们也没有先展开攻击。我们本有机会和迦姆接触。"

"我倒觉得这个作战方案值得讨论。库里准将，这才是真正的第三点内容。我也想请教一下莱图姆中将的意见。要是擅自执行的话，雪风和我一定会被怀疑是迦姆。"布克少校说道。

"让深井上尉再次和迦姆接触吗？"伦巴德上校道，"等于是让深井上尉做我们的特命全权大使了。"

"我不同意把所有权力交给这个人。"莱图姆中将开口道。

"那你自己来吧，让你坐雪风也可以。"

"注意你的语气。"

"无论是谁去，我都不觉得迦姆会表示欢迎。我只能认为特殊战陷入了脱离现实的幻想中……"

就在伦巴德上校话说到一半之时，附近的警报响了起来。

"是空袭，迦姆来了。"零说道。

"没什么好大惊小怪的，我们军团……"

"中将，现在不是自我宣传的时候。"布克少校说道，"先找地方躲避，回头我会向各位询问最终的意见。库里准将，请尽快带客人到安全的地方去。"

特殊战地下机库入口处的停机坪上，战斗机的大功率涡轮引擎马力全开，传来了震耳欲聋的声音。雪风改变了朝向，做好了起飞的准备。

"兰瓦本,布鲁伊中尉,能听到吗?"布克少校大声喊道,"任务结束,赶紧返航!用紧急线路给司令部说一声午餐会结束了!这是命令,收到了就用着陆灯闪烁三次,消息传给司令部后闪烁一次,立即执行!"

兰瓦本用灯光进行了确认,说明中尉听到了布克少校的指示。

"雪风马上就要出动了。不阻止吗,杰克?"零冷冷地说道。

"现在没有通信手段,也没时间回司令部和雪风取得联系。"

"让兰瓦本联系雪风的话,也不是不可能。"

"你希望这么做吗,零?"

"算了,让它去吧。雪风也想和迦姆战斗。"

"我有些担心雪风搭载的燃油不够进行空战,但我也挺想看看雪风单独行动,不想进行干涉。"

"就算我正驾驶着雪风,我也会选择战斗。雪风做出了判断,现在没有时间进行回避。敌人正在靠近,实在太近,马上就要来到这里。"

雪风想要保卫自己。如果空中警戒的战机早点发现敌人,并把消息传达给了雪风,雪风在那时候就应该开始了行动。零觉得如果有多余的时间,雪风应该会选择回避。即使是他,也会那样做。没有回避而选择迎击,说明现在的状况已经非常危险。

"杰克,我们最好也赶紧到安全的地方去……"

未等零说完,高速飞行的物体伴随着冲击波划破了上空。是两枚高速导弹。零的目光没有随导弹而去,而是看向导弹飞来的方向。不一会儿,背后的森林上方出现了游击型迦姆战机,那气势就像要收割整个森林一般。接下来,零用经过动态视力训练的双眼,就像看慢镜头一样,捕捉到了眼前发生的一切。

跟在迦姆战机背后的是一枚导弹,那是由负责空中警戒的FAF菲雅利基地防卫空军团的战机发射的导弹。迦姆为了躲开这枚导弹不得不在空中进行急速转弯,但还是没来得及。导弹看起来会直接击中迦姆战机的机体,但在此之前,导弹的近炸引信已经启动。

爆炸的声音从空中连续传来,零立马护住福斯上尉伏在地上。弹片向四方炸开,其中一部分带着冲击力弹射到地面,零感到就在自己身边。

一连串的爆炸声结束后,零抬起头来,只见迦姆战机正拖着黑烟往上盘旋攀升。没一会儿,机体发出一道闪光,接着便自爆了,四散的碎片朝着森林深处坠去。

战术战斗航空军团的两架截击机正准备紧急起飞,在躲过迦姆的导弹攻击后,两架战机成功组成编队起飞。但在跑道的另一头,两架被击落的战机正燃烧着熊熊火焰。

零四处搜寻雪风的身影。

此时,雪风正朝着两架截击机相反的方向全力加速,几乎是垂直地往上攀升。迦姆还没有被完全消灭。

零把身旁的福斯上尉扶了起来,而布克少校和加列·缪鲁勒还倒在地上。客人们不见踪影,看来是已经退避到了安全的地方。

"杰克,没事吧?"

布克少校摇了摇头,抓住零递过来的手站了起来。

"可恶,差点被自己人的导弹干掉,耳朵现在还有些听不清。"

"伊迪斯,厨师怎么样了?"

跑到缪鲁勒身旁的福斯上尉摇了摇头。厨师的白色衣服被血液染得鲜红，他抬着右手，指着天空。零顺着手指的方向看去，只见四条白色的线延伸在晴朗的高空中。那一定是雪风发射的短程导弹。

击中缪鲁勒的导弹也同时击毁了迦姆。零心想，对雪风来说，这或许是捡回了一条命。主厨代替了雪风，他可能心有怨恨吧。

"杰克，带着伊迪斯到安全的地方去，让援救班的人过来！"
"你在做什么？你也跟着过来！"
"厨师就交给我吧。加列，我不会让你一个人待在这里。"
零替代福斯上尉，跑过来跪在缪鲁勒身边，握住了他的手。零想看雪风战斗的样子，可能主厨也是这么想的吧。
"迦姆的目标是这次午餐会吗，少校？"
"还不清楚。"布克少校命令福斯上尉前去叫援救班的人，而他自己留了下来，"正在待命的战机能够看到我们的情况。可能他们觉得有意思，用通信路线聊着我们。而迦姆对此也感兴趣，不过也有可能仅仅是偶然。兰瓦本和雪风也在收集午餐会的情报。只要分析一下，就能知道是什么情况。"
"也可以认为，迦姆第一次把人类当作了目标。"
"……我都想逃回去了。"
"我还第一次听到你说泄气的话。"
"已经无处可逃，只能面对了。就像你说的那样，零。"

头顶的天空突然变得安静下来。零猜测雪风的燃料应该用尽了。这一点立马就得到了确认。雪风在视野范围内无声地急速下降，之后大幅度旋回，进入了滑翔着陆的状态。

雪风平安无事地着陆，而加列·缪鲁勒的手突然放了下来，就像信号一样。

"……杰克,你知道在这里开午餐会可能会引来迦姆,所以想要利用这件事查出泄露情报的家伙,是吧?"

布克少校没有回答。

"是这样吗,布克少校?"

"如果是这样,你打算怎么做,零?"

"缪鲁勒可是为此丢了性命。我倒还好,我……"

"只能说他运气不好。"

"你想说的只有这些吗?"

"零,赌上性命的并不只有我们。"布克少校说道,"他也是军人,我们的伙伴。你难道觉得我没有任何感觉吗?"

零不知该如何回答才好。他一边看着特殊战的自动牵引车将雪风拖过来,一边握紧了战死的厨师的手。

雪风不断靠近,着陆灯闪烁了三次。

"那是'任务完成'的信号。"布克少校小声说道,"雪风明白了我给兰瓦本下的命令。可怕的家伙……它的思维意识里有人类,有你。"

没错,但是雪风并不会悼念缪鲁勒的死。绝不会。而自己却会感到难过,这和雪风是不同的。

"我……是个人类。"

"别忘了这一点,别让加列·缪鲁勒白白牺牲。零,人生没办法重来。"

布克少校平静地说道。

Ⅴ 战略侦察·第一阶段

1

自从旧版雪风被击落以来，负责电子操作的副驾驶员的位置就一直空着。

当然，布克少校并没有打算放着不管。既然零已经完全回归战场，那就必须尽快选出副驾驶员。然而现在并没有合适的人选，特殊战的人手实在不足。

坐在战机后座的副驾驶员必须在战斗空域进行战术侦察和电子操作的任务，在战斗中，甚至比飞行员还要任务艰巨。一旦进入战斗空域，副驾驶员要在确认战机的位置和安全的同时，向驾驶员做出引导指示，选择和操作多个战斗侦察雷达、实时确认大量的自动收集的通信情报的信息源等等，几乎没有空余时间看向战机外面。在这封闭的环境中，副驾驶员还必须承受住剧烈的机动动作。

在特殊战里，现有十一名这样的电子操作要员。除了无人机雷芙，投入使用的战斗机总共有十二架，因此当所有战机同时出动时，就缺了一名副驾驶员。

虽说所有战机同时出动的情况几乎没有，但即使有必要全军出动,现在的情况也不允许,因为雪风缺少副驾驶员。

布克少校认为,原则上还是挑选性格相合的两人固定下来,组成飞行员和副驾驶员的组合为好,但是零现在回归实战,副驾驶员就必须根据各个作战进行分配。电子操作要员的负担随之增加,而布克少校希望避免这一点。

看来得尽快补充新人了。新人要是能够顺利和零组队,那所有问题都能解决。要是和零相处不好,只要能来一个人,也不至于给现有的电子操作员们更多负担。即使不以组合形式组队,根据每个作战任务进行分配,给操作员带来的精神负担也可以靠心理医生福斯上尉来解决。总之,需要一名新人。

布克少校向库里准将提出了这些想法。

"随便谁都好,快点给我找个人吧。"

"怎么可以随便找人呢,少校。"库里准将任凭找到办公室来的布克少校站在自己的办公桌前,说道。

"这倒是没错,但是如果不能立即投入实战就没有意义了。我们战队没有时间培养新人,只要来一个人就好。不管从哪个部队来的都行,给我调一个人来吧。只要不是迦姆就好,不,迦姆的复制人也行,这样还能弄清楚他们的战略。"

"看来你根本不知道自己在说什么。你的脑子里只装着缺一名能够立即投入实战的电子操作员。迦姆也行?这是什么蠢话。要是只是凑人数,那我去也行。深井上尉——当时还是深井中尉,要是没有回来,要是和他的副驾驶员巴格迪什一起被迦姆干掉了的话,也就不会有这种问题了。当然如此一来,你又会缺一名飞行员和一名副驾驶员,还缺一架战机,然后跑来找我想办法是吗?"

"……准将,你这么说是什么意思?你是说我不希望零,深井上尉回来？"

"我可没这么说。这件事我也觉得头痛，我只是说选人我要负责，不是凑个人数就行。你冷静一点，少校，一点也不像平时的你。"

库里准将离开办公桌，把布克少校带到了客用沙发上。

"布克少校，有件事想和你商量一下，不会耽误你太长时间。"库里准将说道，语气变得柔和了许多。

"好的，准将。"

尽管库里准将说不会耽误太长的时间，但是她却用桌子上的内部通信系统吩咐秘书端来红茶和热可可。

"两杯都和平常一样，知道少校的口味吧？尽快端来。"

和平常一样，是说库里准将喝红茶，自己喝热可可。布克少校做好了长聊的心理准备。每当准将遇到棘手的问题时，就会这样。

"深井上尉怎么样了？"库里准将在布克少校的对面坐下，问道。

"和前几天报告的一样，体力恢复了85%左右，没有什么问题。"

"好像精神状态还不稳定吧？我是说他对他的战机雪风好像还很担心。"

"报告书上是这么写的，这反映了他在精神方面的成长。福斯上尉也是这么认为的。我判断他在实战中不会有问题。"

"你是说他的性格变好了吗？"

"性格是不会改变的。他现在不是一个顺从的军人，将来应该也不会。考虑到特殊战的任务性质，这样反而更好。"

"总之，你觉得他可以投入实战。"

"没错。"

"雪风以无人机的方式出动,这件事调查得如何了?我还没有收到调查结束的报告。"

"调查暂且结束了,但是还有必要继续观察智能战斗机器们的动向。它们会不会爽快地接受观察,我们无法把握,因此没有办法利用网络进行报告。毕竟它们能够得知报告的内容。当然也不能断定我们这样交流就万无一失,不会被窃听。"

"也就是说包括这个问题,还在讨论该如何解决,是吧?"

"没错……在我看来,采取一些公然敌视智能战斗机器的行为反而会带来不好的后果。它们的敌人是迦姆而不是人类。这一点毋庸置疑。也就是说我们只需要注意它们不被迦姆污染、操控就好。当然,最终决定还要由你来做,准将。"

"你的意思是说,特殊战的电脑群是我们自己人,只有相信它们才能和迦姆进行战斗。这次的事件还不足以动摇我们之间的信任,对吧?"

"没错,我认为就是这样。"

"我相信你,这件事就交给你了。你一定能够在不得罪它们的情况下,把事情做好。"

"谢谢信任。"

"'不得罪电脑',我说的话连我自己都觉得可笑。你觉得呢,少校?"

"也许吧……要不是注意到了零和雪风的关系,恐怕我们也不会去关注电脑的战斗意识。我觉得我可能根本就不会往这方面去想。雪风突然发生了巨大的变化,不,与其说发生了变化……"

"'露出本性'的感觉?"

"作为智能战斗机器,它成长了。它已经在行动中表现出来，所以我们人类也能知道。或许今后还会发生类似的事情，而能够阻止雪风的，只有深井上尉一人。我们必须保证他能够成功。只要和雪风建立了信赖关系，通过雪风，我们也能积极地和其他电脑群建立信赖关系。即使不想着得不得罪电脑，我们也能和迦姆战斗。但是建立稳定的信赖关系，确实能够让战斗更加轻松。尽管让电脑信任我们的难度不小。不管如何，对方不是人类，而是超高速且自律的电脑。信赖度应该可以通过数值展现，但是信赖关系并非只靠数字就能体现。"

说到这里，布克少校不禁想到，零和雪风如果没有了靠数字难以体现的完全信赖的关系，就无法和迦姆战斗了。因为信赖感可以从雪风的战斗机动中立马体现出来，他们根本没有多余的时间去进行磨合。零之所以那么在意和雪风之间的关系，甚至到了被别人嘲笑的地步，也是因为这跟他的性命相关。谁也不能因此而嘲笑他，谁也无法向他伸出援手。这并不是那么简单的问题，并不是特殊战的战机维修人员只要饱含热情地维护好雪风的机体和电子硬盘就行了。

"说得也是。"库里准将点了点头，"我会好好记着这一点。"

和往常一样的红茶和满是奶油的少糖热可可端了过来，穿着笔挺制服的青年秘书将杯子放下，敬礼之后走了出去。库里准将改变了语气，说道：

"关于补充人员的事情，我们等不到重新分配新人过来。所以我在其他部队当中挑选了一些可以立即补充战斗力的人，试了下是否要抽调过来。"

这之前的话题就像是打发时间一样，现在才进入正题。布克少校没有去拿杯子，而是等着库里准将继续说下去。

"到处都人手不足，优秀的队员更是如此，没有人愿意放手。而且，光是技术好，还不足以胜任特殊战的任务。无论是多么讨厌的家伙，我们特殊战都无所谓，这种没人愿意收留的人也并非没有，但是调查之后，就会发现技术并不过关。所以一来二去，候选名单上的名字全都消失了。"

"……只能再等等了。"

"我们不能光是等着来新的人，你应该也不喜欢等一个不知道具体什么时候会来的人吧。现在特殊战里最优秀的电子操作员恩姆德上尉将在两个月后退役，他本身已经延长了将近六年的服役期限，我已经不想再让他留在这里了，他自己也是这个打算。柯斯洛夫上尉也将在七个月后退役。我们知道哪些人会离开，但是什么人会来却毫无头绪。我们不能就这么悠闲地等下去。"

"那……我再试试寻找别的候选人吧。"

"没错，我希望你继续寻找，但现在有人自告奋勇想来特殊战。总之，就是自我推销。我想和你谈的事情就是应不应该接受，我想听听你的意见。"

"是什么人，竟然自己想来特殊战？难不成性格上有什么问题？要是像深井上尉那样的性格，我倒是很欢迎，但是那样的人是不会推销自己的。"

"让我们用他的，不是他自己，而是伦巴德上校。"

"伦巴德上校是情报军的那个伦巴德上校吗？"刚端起来的杯子停在嘴边，布克少校问道。

"没错，安塞尔·伦巴德，他说人手不足的话就用他的手下。他的人既有战机电子操作的经验，技术方面也没有问题。但是，这样一来又会产生新的问题。"

"呵……情报军这是想知道特殊战内的情况和信息吧。既然是伦巴德上校,应该提出了交换条件——那家伙不是完全调来特殊战,而是情报军借调给我们的,他是这么提议的吧?"

"没错,他确实暗示了这一点。他应该会根据我们的做法改变态度,虽说现在还算友好。"

"伦巴德上校是想公开收集特殊战内的情报吧,推荐人选可能只是个幌子。无论如何,这是在说情报军不会放任特殊战为所欲为,也可以理解为这是一种警告。"

"我不想被伦巴德上校或者情报军干涉,也不想在他面前抬不起头来。我不希望特殊战的独立性遭到破坏,要是平常的话,我当场就会拒绝。但是现在,我们这边也不好过。所以我在考虑接受他的提议。"

"接受情报军附带条件送来的人吗?我们收集的战斗情报会泄露给伦巴德上校,这样也没有关系吗?"

"你刚才说,就算是迦姆也好,你希望能来一个人。"

"那只是表达我的急切而已,准将。"

"我倒没看出来,我感觉你是认真的。你说那样还能获得迦姆的情报。"

"迦姆的复制人,也就是伦巴德上校所说的迦姆人,确实比这好一些。毕竟伦巴德上校能够保证推荐过来的人并非迦姆人。"

"自从我们告诉伦巴德上校,已经有一名迦姆的复制人渗透到特殊战内部时,我就已经预想到他会对我们采取某些行动。他自然不可能无视特殊战的行动,我们也是做好了心理准备才告知他的。"

"确实如此。但是我以为他只会在背地里行动,没想到他会公然送间谍——不,是负责监视的人——到我们这里来。"

"来的人是伦巴德上校的心腹，他会把我们特殊战的内部情报传达给伦巴德上校。与此同时，我们知道这个人的行动，我希望你注意这一点，这是把握情报军动向的好机会。至于能不能够做到，我想听听你的意见，布克少校。"

原来就是谈这个事。布克少校喝了一口热可可。正如库里准将所说，他们无法无视伦巴德上校的行动和打算。如果放任不管的话，他应该会在背地里打探特殊战的情况。与此相比，还不如敞开大门，这边也收集借调来的人的情报，和情报军来个情报交换。也就是说，伦巴德上校的这个提议是很公平的。

然而，伦巴德上校明显觉得可以获得超过预估的利益。布克少校不由得担心，自己与这样狡猾的人打交道真的没问题吗？对方可是情报战中的精英，而自己并不是。说老实话，他并不想参与反迦姆战争以外的事情。但是人手不足的问题不解决，战斗也没法好好展开。

"如果说伦巴德上校拥有优秀的部下，那我也一样。"库里准将看着布克少校，说道，"你一定可以。"

"好吧……推荐过来的人，有详细资料吗？"

"我正准备找伦巴德上校拷贝资料。他好像没有把资料保存在电脑里。"

"应该都在他脑子里吧，这样是最安全的。这也是那个上校的厉害之处。"

"上校的这种能力也没什么值得称赞的。你现在应该也能立马说出队员们的详细履历和战机的状态。别太高估他的能力。"

"我只是客观地评价而已，准将。上校既然能够坐到情报军的那个位置，也是因为他有相应的能力。轻视他是很危险的，我只是做好心理准备罢了，并不是怕了。"

"只要你还在特殊战,伦巴德上校应该也知道不能轻举妄动。"

"如果迦姆也是这样就好了。——我想事先了解下调过来的那个人。你应该也不是完全不知道吧。"

"详细的经历让我等资料,大概的情况告诉我了一些。"

"那就先说一说吧。可能伦巴德上校用那家伙吸引我们的注意力,自己再考虑一些别的手段。但总之,没有资料我们也无法做出判断。我需要资料还有讨论的时间。"

"没问题。如果你判断这人不行,我就拒绝上校的提议。我会和他进行交涉,希望你不要花太多时间。不管是接受还是拒绝,都尽早做出决定。"

"那个人的名字是?"

"姓是桂城,名字是彰,所属情报军电子战解析部,军衔是少尉。出生于日本,曾经是日本空军。总之不是迦姆人,而是个日本人。"

"就让他和深井上尉组队吧。"

"你是觉得相同国家的人会更容易交流吗?这……"

"跟这没有关系。本来我们需要的就是雪风的副驾驶员,而且就算是为了防止上校给我们搞偷袭,零和雪风也可以发挥作用。零不会允许新人胡作非为,雪风也是如此。特别是雪风还会记录副驾驶员在战机上进行的所有操作,新来的人不可能瞒着雪风去干涉特殊战电脑群的情报。——库里准将,还是接受上校的好意吧。比起情报军的心思,更重要的问题还是如何和迦姆进行战斗。然后是如何把握战队内的智能战斗机器的动向。从这次零的报告中,我们已经知道雪风对此也很感兴趣。零可以通过雪风了解这一点,我们需要他尽力从雪风那里获得这些情报。与此相比,伦巴德上校所搞的把戏不过是小事罢了。总有一天，上校也会明白这一点。我们就通过新人让他自己明白。"

"我会再给你一点时间。"

"什么？"

"好好品尝你的热可可，布克少校。我给你这个时间。如果你不想在这里品尝的话，尽管把杯子端回你自己的房间就好。"

"……我在这里喝。"

"虽然我觉得你也需要一个秘书，但确实没有合适的人选。要是随便给你安排一个人，反而给你添麻烦。不过，我还是会好好给你寻找一下。"

"多谢你费心了，我没关系。可可也好，咖啡也好，还是自己冲的最好喝。"

不过让别人来冲倒也不是什么坏事。布克少校心里这么想着，慢慢地喝了一口热可可。

"深井上尉和雪风必须完成新的迦姆战略的任务。"库里准将喝着红茶，就像闲聊一样说道，"我需要你也好好努力。"

"这是我自己提出来的。首先让新来的桂城少尉熟悉雪风，之后再考虑迦姆的事情。这种事急不来，迦姆是不会逃走的，只要我们仔细地摸索就好。"

"特殊战虽然是为了战术侦察而成立的部队，但是现在已经是战略侦察部队了。"

"或许还是不要考虑作为一个军团独立出来为好，毕竟树大招风。"

"我不打算积极参与 FAF 内部的权力游戏，但我还是认为，如果我的手中再多一些权力，这次就不用这么煞费苦心了。"

"现在你仍然是背地里的掌权者，还是不要露面比较好。其实特殊战从一开始就并非单纯的战术侦察部队，现在更是变成了涉及战术战略两个方面的情报部队。我们的侦察对象里还有或许已经混进FAF内部的迦姆人，所以也称得上是综合的情报战斗部队。我们要向伦巴德上校学习的地方还很多，因此要进行情报交换的对象不是战略侦察军团，而是情报军。我们最好考虑一下怎么拉拢情报军，尽管伦巴德上校一定会对特殊战的这种做法保持警惕。这又是另一种形式的权力游戏，当然对迦姆来说，FAF的内斗或许正中他们的下怀。"

"人类还真是一种可笑的生物。"

"的确啊，连外敌的威胁都拿来当内部权力斗争的筹码。明明还有其他应该做的事情，但是抱有这种想法的人却被认为是失败者。我之前觉得想要掌握霸权或许是所有生物的本能，但看起来好像并不是，也有极其特殊的存在。在人类当中也有霸权意识淡薄的群体，特殊战就是如此。我们在人类的集体当中处于一个非常特殊的立场。我知道你有多不容易。"

"就算我们俩在这互相同情也没什么用。不过你的话倒是鼓舞了我。"

"我也受到了你的鼓舞。"

喝完杯中的热可可，布克少校从沙发上站了起来。

"桂城少尉的就任日期确定了的话，请尽快告诉我。我会让深井上尉负责新人熟悉雪风的训练，必须提前做好准备。"

"好的。"

库里准将端着杯子，点了点头。布克少校向喝着红茶的准将敬了个礼，走出办公室。

虽然不知道即将调来怎样一个人，但雪风的后座好歹有人了，这样一来总算解决了一个大问题。接下来要做的就是研究如何利用零和雪风对迦姆展开新的战略侦察作战，而他们必须和新来的副驾驶员一起负责这个任务。

2

布克少校所需要的桂城彰少尉的履历书在当天就送到了他的手中。履历书上写着"桂城彰"三个大字。

布克少校大致浏览了一下履历书后,把深井上尉和福斯上尉叫到了自己的办公室。

正在等待接受新任务的零出现得很是迅速。

厨师缪鲁勒战死的那场午餐会后的晚上,零和布克少校在私人房间里喝少校的威士忌。缪鲁勒的死应该让少校也很难受,这使得他一反常态地露出疲态。喝醉的布克少校向零抱怨人手不足,零安慰他道,就算没有副驾驶员,自己和雪风也能完成任务。这也是零的真实想法。他知道布克少校在考虑让他和雪风积极地接触迦姆,这种任务中还不知道会发生什么,他已经不想再被迫吃副驾驶员的肉了。说到这里,少校说理解零的心情,但是也不可能让零一个人去完成任务。哪怕多一个人也好,多个人多份力,虽然这么说有些对不起巴格迪什少尉,但没有他的话,零很可能就回不来了。说这些话的时候,布克少校脸颊上的旧伤疤泛起了红潮。少校已经不想再失去任何一个部下了,但他自己也知道,现实恐怕并不会如他所愿。而少校独自忍受着这一切。零沉默着,静静地给这个交往多年的好友的空酒杯里倒上了酒。

午餐会之后过了两天,雪风和零一直都没有接到新的任务。当布克少校把他叫到办公室时,他立马询问是不是可以再次和雪风行动了。

"上次提到的我和雪风的新任务，详细内容确定了吗？"

"还没。"布克少校回答道。不过，少校一改那晚醉后的疲惫神情，感觉很是轻松。

"有什么好事发生吗，杰克？你的表情就像得到了一大笔遗产一样。"

"那么明显吗？虽然和钱没什么关系，但是和你搭档的副驾驶员找到了，相比之下这个更让我感到高兴。正式的通知虽然还没有下达，但只要我们不反对，就基本决定了。这样一来也可以合理安排战机了。之前提到的关于你的特殊任务——反迦姆战略侦察任务，我正在考虑怎么有计划地阶段性实施，不过日常的战术侦察任务你也要参加。在这期间，你必须让新人熟悉雪风。"

"特殊任务还是不要让新人参加吧？"

"这个得考察新人的素质之后再决定。总之，我希望在实战中确定我们能不能用他。你先看看资料，了解下他是个怎样的人。"

"难道还要和他搞好关系？又不是幼儿园，你在想什么啊？"

"最好还是搞好关系，当然我也不抱什么期望。幼儿园的比喻说得真好，来的那家伙是转校生，伦巴德上校的部下，伦巴德学校的学生，脑子里灌输的是情报战的思想。"

"……没想到我们人手不足到这个地步，竟然让我带个间谍出任务。"

"你的心情我明白，所以我才事先让你了解他。"

"可能我不答应的话，也没什么用吧。"

"还没出实战，我不会让你不答应的。在训练之后，抛开感情，从实践方面来看你觉得他有问题的话，再向我报告。如果你还是不想和这家伙组队,我也会好好考虑。"

"好吧。"

零从布克少校手中接过新任副驾驶员的资料,正准备浏览时,福斯上尉走了进来。

"抱歉来晚了。"

"比我预想的要快,看来你也开始熟悉特殊战的作风了。"

"多亏了您。"

"那么应该没我什么事了吧。"

"等等,我还有话要跟你说,深井上尉。"

布克少校叫住了零,接着告诉了福斯上尉即将有新任副驾驶员来的事情,也说明了新来的人是伦巴德上校的手下。

"重点在这里。"布克少校继续说道,"我想让你分析一下新来的人的性格。如果这些资料不够,我会再想想办法。为了让那人和零好好相处,尽快融入我们特殊战,我希望你找出新人性格上的问题。当然,也要考虑到伦巴德上校的打算。在那个人来到特殊战之后,也希望你继续分析下去。"

"好的,少校。也就是说,你想让我对这个人进行心理剖析。"

"这方面的术语我不是很了解,应该就是你说的那个吧。这和大家说的'侧写'不一样吗?"

"侧写的手法在心理、精神医学领域用得不算多。加上许多人喜欢把它的作用夸大,随意使用,所以学术领域的人们不喜欢用这个词。心理剖析是通过心理负荷强度分析法等方法从理论上推导出行动心理的手段之一。"

"这是你的专业,希望你像分析零一样分析那个新来的家伙。"

"好的,这样一来也有必要对伦巴德上校进行心理分析吧?"

"不能做得太过明显,小心地进行就好。我相信你一定能做到。"

"我不会辜负您的期待,少校。"

"很好,分析的时候也参考一下深井上尉的意见。关于特殊战和情报军的关系,以及伦巴德上校,深井上尉比你更了解。"

"我也得做吗?"

"没错,你们两个人一起。这可关系到你的性命,新人的心理分析结果对你也会有帮助。"

"明白。"零点了点头,"这么做没什么问题,但是不会有些夸张吗?本来不管谁来都一样,没有用的话就走人,就这么简单。你之前也是这么说的吧。"

"但还是事先了解一下情况会比较好吧。"福斯上尉说道,"小心一点不是坏事。"

"对于这个新人,确实如此。我也觉得有些夸张,但这并不是做无用功。这件事就这么办。"

布克少校用手掌搓了搓脸颊,整理了一下思绪,接着说道:"实际上,我在考虑直接和迦姆进行情报交换。我想让雪风和深井上尉去做这件事。"

"对方会接受吗?那可是迦姆啊,我们对它们一无所知,实在是太危险了。"福斯上尉说道。

"所以,我还在考虑计划。"布克少校说道,"突然这么做肯定是不行的。我们特殊战花了30年的时间,到头来还是对迦姆一无所知,虽然我们也收集了不少情报。我觉得现在特殊战应该主动考虑对迦姆的战略了,仅仅像之前那样进行战术侦察,是不会有进展的。我们制订的战术计划是为了不打败仗,但这样是赢不了的。我们需要的是能够打胜仗的战略。库里准将也是这样认为的。所以,我希望你通过目前为止收集到的迦姆的数据,重新构建对迦姆的认知。总之,也就是福斯上尉你所说的心理剖析。希望你对敌人的行动心理进行分析。"

"……迦姆可不是人类啊。"零说道。

"我当然知道。只有认识到这一点,才能进行这项工作。先别管迦姆的真面目到底是什么,我想知道的是迦姆的行动目的,也就是它们的目的——最终目标,到底是什么。我大概能猜想到,它们来到这里,送来一些复制人,是想要了解人类。但是我希望我的猜想得到理论支持。"

"说到迦姆的最终目的,不是很简单明了吗?"福斯上尉说道,"应该就是侵略地球,成为地球霸主吧。您觉得不是这样吗?"

"就算迦姆曾经想要侵略地球,或者说现在正打算侵略地球,认为他们对地球这一行星采取了侵略行动,也不过是我们人类自己的想法罢了。说是'我们',还不如说是'你'。特殊战并没有这么想。至少我和库里准将不这么认为。"

"确实……我也不觉得迦姆的目的单纯是侵略地球。"零说道,"如果侵略地球就是目的的话,他们应该可以在人类不知情的情况下做到。就连现在也可以这么做,或许已经这么做了也说不定。"

"我也这么认为。迦姆没有料到人类会阻止它们的侵略,事实上它们所采取的行动也表现出了这一点,就连现在也是如此。但是最近这种情况出现了变化,它们注意到想要达成目的必须先对付人类,因此改变了战略。我们必须对此采取应对措施。要是它们真的采取新的战略,我们自然不能视若无睹。这之后战况一定会发生变化，我们不能再像之前那样作战了，必须尽早采取措施。听好了，福斯上尉……"

布克少校就像在说服这位年轻的军医一样。

"侵略地球和侵略人类社会，应该理解为完全不同的两种行为。地球上存在的并不是只有人类，从外部来看，地球的主宰者是人类这一点并不是事实。我已经说过很多次了，这只是人类自己的想法，也可以说是人类自作多情。我们可以把地球的主宰者看成是植物，是大海，或者是电脑群。从迦姆的行动中，我们可以看出它们正是这么认为的。我希望你分析迦姆一直以来的行动，从专家的立场推论出它们在想什么，又是怎么看待这个世界的。别忘了把深井上尉的经验和数据也考虑上。"

"我……不是分析迦姆行动和心理的专家。"

"人类哪有迦姆的行动心理专家。"零说道，"反倒是雪风和电脑群可能更加了解。"

"在这以后可不好说了。"布克少校说道，"本来我们不敢自信地说我们最了解迦姆就很成问题。FAF以外的普通人里应该也有许多人关心迦姆的问题，这里面一定有人的分析比特殊战更能抓住重点。"

"说的也是。"零说道，"比如琳·杰克逊。"

"除她以外还很难立马想到其他人。没错，我说的也是她。"

"琳·杰克逊，是那个世界闻名的记者吗？"福斯上尉问道。

"没错。"布克少校点了点头，"她一直在调查迦姆和FAF，可以说是她毕生的事业了。她也帮助过我们，特别是零。"

"原来如此……我读过她的著作，被里面的内容吸引，所以才决定来到FAF。"

"不知道她听到后，会做何感想。"布克少校说道，"年轻的一代确实在成长。你和她相比能够更近距离地接触迦姆,这可是未经开拓的领域,你或许有机会成为这个领域的'第一人',成就一番事业。可能会超越琳也说不定。"

"这是讽刺吗?至少在我听来是。我来到这里,首先是想作为特殊战的一名优秀的军医,其次才是作为研究员……"

"我只是觉得这么说会让你更有动力,福斯上尉。如果冒犯到你,也没有办法,你的上司我就是这样的人。我没打算伤害你的自尊心,但也没有空闲时间去照顾你的心情。说白了,这些事对我来说都无所谓。军队本身就是这样。不管你来到特殊战的动机是什么,特殊战需要的是你的能力。好好分析迦姆吧,这是命令。你们两人立刻开始这项任务,这是最优先并且需要持续下去的任务。这个任务是反迦姆战略侦察任务的第一阶段。就是这些,你们可以走了。"

"是,少校。"

福斯上尉敬了个礼,零也跟着敬了个礼。两人离开了少校的房间。

3

来到走廊上,福斯上尉对零说:"走吧,去我的办公室如何?既然是最优先的任务,你也得做了。布克少校的命令是让我们两个人一起。"

"他还说这个任务得一直做。"零说道,"我可不想老是去你的治疗室和你一起工作。"

"你自己也没有办公室吧?那么去作战简会会议室?"

"我的办公地点在雪风上。"

"那也不错。"福斯上尉微笑着说,"刚好适合对新来的副驾驶员做心理剖析。可能雪风也会很感兴趣。"

"对雪风来说,新来的副驾驶员怎么样都无关紧要。但是对于迦姆的分析工作,它可能会有所反应。——首先还是从无关紧要的事开始着手吧。今天也可以去你的办公室。"

说完之后,零向前走去,福斯上尉叫住了他。

"等等,深井上尉。你的这个想法不错。"

"什么?"

"你说'在雪风上'。我也觉得应该事先告知雪风伦巴德上校以及有他撑腰的新任队员的事。又或许你没这么想,总之我是这么认为的。"

零歪着头,沉默地催促福斯上尉继续说下去。福斯上尉似乎看穿了零的意图,继续说道:"雪风并不是只对迦姆感兴趣,对于接近它的人类,它都在关注。我从布克少校那里听说了矢头少尉的事,据说他对雪风的一部分器件动了手脚。"

零点了点头。

"没错,是AICS,引擎进气控制系统。这对雪风来说是无法掌控的部分器官,也就是所谓的无法自我调节的机器。雪风无法知道哪里被动了手脚,而矢头少尉正是瞄准了这个漏洞。雪风搭载的所有机器中,只有极少部分可以被人动手脚,同时在战斗中还发挥着重要的作用。而曾经的AICS正是那极少部分机器中的一个……"

"你说'曾经',现在已经不是了吗?"

"现在虽然只是应急追加了一枚芯片,但是这枚芯片能让中枢电脑监测所有的机器。尽管还不完美,但是也能防止矢头少尉那样的小动作。即使是从战机上抽走一枚卡片,中枢电脑也能知道。"

"这是雪风要求的吗?"

"不,这是布克少校的想法。司令部战略电脑也曾要求这样做,但最终做决定的还是布克少校。只是……没错,雪风应该意识到了矢头少尉做的事让它陷入了危险。现在想来,雪风返回基地后,一定试探了司令部电脑群,并分析了战斗时自己的状态。"

"那么,你应该能理解我的想法了吧。"

"就算是这样,你觉得去待命中的雪风上工作有什么意义呢?难道对雪风说一堆话之后,它就会回答'好的,明白了'吗?"

"你不是这样认为的吗,深井上尉?你对布克少校的报告中提到,雪风在一定程度上能够理解自然的人类声音,我是基于这点才提出这个建议的。"

"你的情报收集能力真是和伦巴德上校有得一比。但是,我对雪风拥有那样的能力是持怀疑态度的。最了解雪风的是我,既然我都这么认为,像你这样对它不熟悉的人却轻易地相信它拥有那种能力,我觉得是说不过去的。旁观者还是少不懂装懂了。"

"我看你是煞费苦心明白的事情,被我这旁观者轻易点破,心里觉得不爽吧?"

"又来,是吗?"零露出不耐烦的表情,说道,"你分析我的心理,觉得是那样的话,那好,就是你说的那样。随便你说什么都好……"

"你自己想想,零。你的心情不能被我这样的旁人的几句话所影响。我不会让你再是这样一副事不关己的态度。你的心再怎么说也是你自己的东西,觉得事不关己说明你已经放弃。雪风不会接受这么软弱的你,你自己应该也明白。现在的你正在改变,只要你能认识到这一点,无论你处于哪个集体,都能够泰然自若地正确评价自己。这才是真正的强大。在这基础上,你再说什么'与我无关'也没有问题。但我觉得现在的你身心依然脆弱,还需要继续进行精神治疗。作为军医,我建议你继续进行训练,这样也能克服对雪风的恐惧。我相信这能帮助你不输雪风,进而战胜迦姆。这就是身为特殊战军医的我的工作。——我对雪风的事,特别是硬件方面,确实不了解,但我也在尽可能地去学着理解。如果关于雪风我说了什么错得离谱的话,我希望你能纠正我,而不是感情用事。关于雪风,我确实是不懂装懂吗?"

零深深地叹了口气。看来这个军医的意思是让他对自己进行心理剖析。

"你……现在还有进入特殊战机库区域的权限吗?"

雪风所在的机库并不是任何人都能进去。福斯上尉曾搭乘过雪风,因此当时获得了进入机库区域的批准。但是零不知道现在还能不能进去。

"不清楚,问一下布克少校应该能知道。"

"去一下就知道了。我带你去我工作的地方,如果进不去的话,正好可以看看雪风能不能理解我需要你这件事。如果它明白了,应该会主动向布克少校提出申请,让你进入机库区域。"

"你'需要'我?"

"是的。"零点了点头,"你仍然是我的主治医师,虽然我的说法并不有趣,但作为医生的你不能反驳。我也会觉得不甘心,但也不能和你争吵。如果你是维修人员的话,一定会把机器维护到无可挑剔吧。——走吧。"

零朝着机库走去，但福斯上尉却站在原地，说了一句谢谢。

"谢谢你认可我，深井上尉。"

"要感谢的话，先感谢布克少校吧。他很信任你。"

"少校并没有完全地相信我。"福斯上尉上前和零肩并肩，一边走一边说道，"他让我对迦姆进行心理剖析，应该是希望我完全成为特殊战的一员。就像是对我的测试一样。他并没有期待我能构建出新的迦姆形象，或者提出一些无法预料的新发现。因为特殊战已经独自做这件事很久了。"

"你是怕测试不过关吗？"

"只要不刻意迎合布克少校和你，也不要被特殊战已经刻画出来的迦姆形象所影响，就应该能顺利过关吧。这一点我自己也清楚。少校和库里准将只信任敢于怀疑常识的人……"

"遗憾的是，你这想法在特殊战和 FAF 是行不通的。"

"什么意思？"

"你这种想要考试合格的态度，就像是为了获得学位来这留学一样。还真是优等生的想法。只要自己努力了，不管结果如何，努力的过程也能够让自己获得认可。但是特殊战是实战部队，这里只看结果。布克少校已经判断特殊战能够用得上你，不会再无聊地去测试你。也就是说，这不是测试，而是实战任务。他不管你在想什么，只会希望你能够发挥作用。他希望你能够打破现有的迦姆形象，给他一些新的发现。你会觉得这是一种测试，只能说你还是太天真了。本来少校也是看穿了你的想法，才会给你这样的任务。他甚至还夸你，让你超越琳·杰克逊，他也是煞费苦心。我作为第三者，反而看得比你清楚。别逃避现实了，伊迪斯。"

"……是吗。"这次换福斯上尉叹了口气,她又说道,"我没有自信能够做好迦姆的心理剖析,就这么简单,或许会让少校失望吧。我没有这种实力,还真是不想承认这一点。"

"没有经历过挫折的优等生很容易遇到这种事。"

"'没有经历过挫折'是多余的。"

"那还真是抱歉。"

"不过,面对你我还真是说不出假大空的话来。好了,我开始讨厌自己了。"

"如果有别的人讨厌你,让你不要嚣张,其实正好。要不然你没法在这里生存下去。在这里,没有实力的话只会被迦姆干掉。而你是一名医生,医生自然比患者更受人尊敬。如果你没有这点觉悟,反倒会让患者感到困惑。虽然和自信过头的人难以合作,但总比软弱的家伙好。我不希望你变得软弱。"

"私底下我也会有泄气的时候啊。"

"现在可是工作时间。"

"确实……但是人生并不是只由工作组成。你难道没有歇口气的时候吗?"

"也有。"

"比如和布克少校一起喝一杯?"

"算是吧。"

"很羡慕你有詹姆斯·布克这样的好友。在这里我没有可以发牢骚的对象,也没有可以聊女性话题的朋友。"

"女性友人吗?看来你还没有忘记自己是个女人。"

"当然了。我可不像某人一样,连自己是个人类都忘了。我也清楚地认识到人类是有天性的。我就是个女人,从没觉得自己是个无性别的生物。不管是战场也好,其他地方也好,普通人都是这样,包括莱图姆中将、伦巴德上校。但是,你稍微有些不同。"

"我……或许是吧。"零没有看福斯上尉,继续说道,"时刻不能忘记自己是人类这件事,本身就让人厌烦。"

"我明白。和你接触这么久,我清楚地明白了这一点。要是走错一步,你就会失去自我,所以康复治疗是很有必要的。我们应该站在人类的立场来和迦姆战斗,这样才能让迦姆感到威胁。人类有人类的天性,可能迦姆无法理解这一点,雪风也是。"

"呵。"

或许真的是这样吧。零心想。

"我是女性,你是男性,并且都是人类。"福斯上尉也看着前方说道,"工作也好,私底下也好,这一点都不会改变。有想发脾气的时候,也有想泄气的时候,现在的我就是这样。没错,我在对你发牢骚。因为你是人,所以我可以这么做。如果我觉得你是机器的话,也就不会说这些了。当然,如果我是站在医生的立场,也不会向患者抱怨私人的事情。"

"所以说,你是把我看作同伴了。"

"没错。很奇怪吗?"

"不,或许对雪风发牢骚也会很有意思。"

"……什么?"

"现在想来,我从没把雪风当成机器,也对它发了不少牢骚,而且还是在战斗的时候。想到这些,其实我也没立场说一些空话。我会对伙伴发脾气,说一些废话,让自己喘口气。就连现在也是这样,看来我们是彼此彼此了。不知道雪风会怎么看我们两个人,至少应该能够分辨出我和其他人,对我有不一样的看法吧。雪风不单单是个机器……"

"雪风有提醒过你让你别说废话吗？"

"这……对了，现在回想起来，还真发生过这样的事。只是我没有意识到雪风是那个意思。"

"因为你一直单方面把雪风当成了自己的一部分吧。你没觉得自己是在和别人交流。"

"我好好想想。"

"看来也有必要对雪风进行精神行动分析了。"

"让第三者来做确实会有用吧。布克少校好像并不是很感兴趣，但对我来说这是最重要的。毕竟是长时间相处的同伴。"

"我会试一试。如果能听到雪风发牢骚，那应该可以消除这些负能量。"

"我从没想过雪风也会有精神负担，不过感觉不是没有可能。维修人员应该也不会想到，布克少校也是。"

"没想到这项工作除了对迦姆进行心理剖析外，还要缓解雪风这一战机的精神压力。"福斯上尉深呼吸了一口，说道，"我好像逐渐被特殊战的氛围感染了，现在已经不觉得这种事很荒诞了。"

"也不是什么坏事吧。"

"嗯。我以前会对特殊战或者你感到害怕，但是现在已经不会了。或许这个变化才是最应该感到害怕的。"

"是我不好，不该让你乘坐雪风参加实战。成为同伴之后就不会感到害怕了，但是……"零在机库入口处停住，对着福斯上尉说道，"我还是希望你站在中立的第三者的立场上，希望你觉得我或是特殊战并不正常。虽然这个要求对你来说很过分，但我还是希望你能那样。我也不知道该怎么说，但是我觉得那样我更能信任你。"

"你是希望我会成为绝对准确的仪表，随时随地客观地给你们展示现实是吧。"

"没错……就像间谍一样，在孤立无援的情况下打探敌情。"

"我正在接受这种训练哦。"

"间谍的训练？没想到啊……"

"不是，是心理医生的训练，为了不被卷入患者那不正常的世界当中。它不像其他的病还有疫苗可以预防，所以并没有那么容易。但是，我会努力的。因为连我也变得奇怪的话，就没有人再帮助你心理治疗了，这就得不偿失了。也就是说，如果你对我产生好感，反而不利于我们之间的进展。"

"这只是你的想法，不过要这么说的话，我现在也不喜欢你的性格。"零按下入口区防爆门上的触摸屏，"不过，我对你的战斗能力还是表示尊敬。"

"'战斗能力'，还真是新颖的说法。"

其实就是生存能力。零一边想着，一边看着福斯上尉把手放到了触摸屏上。

4

触摸屏上没有响起禁止福斯上尉进入机库区域的警告。两人一起穿过了防爆门，当身后的门关上时，通往机库的第二扇门自动打开了。

"看样子我还能进去。"

"不知道是还有效，还是给了你新的许可——总之，这说明这里需要你。"

零在准备室里拿了两个头盔,递了一个给福斯上尉,接着爬到了雪风上。

看福斯上尉夹着资料,不方便爬上来,零便伸出了手。当福斯上尉坐到雪风的后座之后,零也打开了自己的资料夹,问要先做什么。

"我想先连接我办公室的电脑,该怎么做?"

福斯上尉理所当然地认为这可以办到。当然,这确实能办到,但是却没有那么简单。零还是让她先戴上头盔,打开了机上通信模式。

"你在实战任务的时候接受过面前电子操作系统的训练。还记得吗?"

"是的,当然。"

零打开主武器开关,使后座的电子操作系统处于可启动的状态,接着让福斯上尉启动了系统。

这时,零面前的电子显示屏上出现了 <mission unknown> 的字样,表示作战任务不明。这也是雪风对零的提醒,它在询问零想要做什么。如果无视雪风的话很可能会发生不好的事,这一点零已经体验过了。

零连上特殊战司令部的战术电脑,将战术电脑里记录的作战和命令一览表调出来显示在电子屏上。

零开始寻找布克少校所下的命令,通过日期检索,很快就找到了目标——分析桂城少尉的性格以及对迦姆未来的行动进行预测。两个任务分别有各自的作战任务编号,负责人均为福斯上尉和深井上尉。由于电脑上显示得很清晰,因此传达给雪风也很容易。

零用语音通话呼叫布克少校的办公室,那一边很快就有了回应。

"深井上尉,战术电脑又来警告了。你把雪风弄成临战状态,这次又是想做什么?"

零读了读显示屏上的任务编号,然后让布克少校在负责人一栏里把雪风也加上。他说福斯上尉觉得雪风对这次任务也会很感兴趣,布克少校便立刻答应了他的请求。

"好吧,就交给你们了。"

布克少校向战术电脑传达了让雪风参加任务的要求,变更结果马上得到确认。雪风主显示屏的"作战不明"提示消失了。准备完毕。

零对福斯上尉说道:"使用紧急战术连接,启动特殊战超级连接器。这些都由你来执行,伊迪斯。那边有菜单栏,进行选择吧。"

"好的。"福斯上尉说道,"SSL 启动确认,成功。"

"现在你的语音通话可以直接连接到特殊战的战术电脑。呼叫 STC(特殊战战术电脑),说出你的要求。"

"呼叫 STC,请把我的电脑和雪风进行连接。"

<拒绝执行>战术电脑立马传回了语音消息。

"你说'我的电脑',战术电脑是听不懂的。"零说道,"而且,你不能说让你的电脑和雪风进行连接,而是雪风要求连接你的电脑。首先,你必须说'这是雪风,紧急',或者'B-1,紧急',之后你就没必要再自报家门。作战行动中,STC 和司令部能够确认来自雪风的要求,所以会最优先执行。为了让 STC 明白你要连接哪台私人电脑,你要说出你的私人电脑的注册编号或者电脑名称。"

"STC,这是雪风,紧急。请连接特殊战军医福斯上尉办公室里的私人电脑，电脑名为'莱克特医生'。"

＜这是STC，收到。紧急强制连接中。连接成功＞

"说收到，开头说'这是雪风'。"

"这是雪风，收到。——深井上尉，好像已经连接上了，但是这里怎么使用我的电脑呢？"

"电子操作屏上可以调出键盘。"

这是为了方便编程和设定命令时用的，飞行的时候并不会使用。

"菜单栏里有，直接调出来吧。"

"出来了，还挺大的。"

"因为考虑到戴着飞行手套不方便输入，还可以调得更大。"

"收到。这个……我使用的电脑'莱克特医生'其实是特殊战战术电脑里虚拟的东西吧。"

"不是，在功能上是独立存在的特殊战私人电脑，并非虚拟。通过办公室终端，战术电脑会分配给私人电脑一定的空间领域，这个私人领域就像一台私人电脑一样。如果非要说这种电脑是虚拟电脑，或许也差不多吧。不管什么样的应用都能安装，只是安全起见，不能连接真正的私人电脑。所以，也不能说是绝对的虚拟电脑。——你不知道吗？"

"有人对我做过说明，但是看到这样分级显示还是第一次。"福斯上尉看着显示屏说道，"不管是不是虚拟，总之战术电脑能够随意获取我电脑里的情报。我完全没意识到这一点。"

"战术电脑基本不会对你的电脑进行干涉。虽然只要库里准将同意，谁都可以这么做，但想要隐瞒目的获得许可还是很困难的。但是，原则虽然如此，如果把私人电脑看作一个硬件的话，那不过是战术电脑的一部分罢了。战术电脑自身想要干涉的话，什么都可以做。"

"是吧。现在也是，通过雪风进行连接，想怎么用就怎么用。"

"那是因为特殊战的超级连接器有这个权限。SSL可以通过雪风对战术电脑进行操作，特殊战的独立代码通信协议可以保障这一点。不过只有在作战中才能这么做，也就是说我们还是在库里准将的许可下才能进行这种操作。"

"但是，只要是战队队员的话，谁都可以这样吧。这样一来患者根本就没有任何隐私可言。我对保存的文件设置了密码，看样子好像根本没用。"

"不会的。解开密码需要许多时间，如果文件内容被人偷看了，会很容易发现——先弄好手边的事。"

福斯上尉使用的私人电脑里应该有协助她完成心理剖析的工具。零已经接受过许多次治疗，所以知道电脑里装有心理分析和诊断的软件。不过福斯上尉具体在使用什么工具，零还是不得而知。

福斯上尉在后座操作她的电脑——莱克特医生，而零通过前座的显示屏进行观察。

"这是现在公认最厉害的心理剖析工具，MAcProⅡ。"福斯上尉对零解释道，"它可以用数值表示精神负荷因素对实际行动产生的影响，在我设定的情景中，它可以模拟目标人物会采取何种行动、心理状态有何种变化。这是心理剖析用的标准工具。你之前知道有这种东西吗？"

"不知道。"零说道。

"这个工具中用来心理分析的引擎非常优秀，但是在FAF却发挥不了它的价值。"

"为什么？"

"MAcProⅡ可以连接到庞大的专用数据库MAcBB，这个数据库里有许多研究人员使用的MAcProⅡ的实验预测数据和预测目标、目标任务的实际行动数据。当预测行动和实际行动相差较大时，会导致预测手法出现失误，所以MAcProⅡ的分析引擎会查找原因，考虑更符合现实的预测方法。这虽然是一种以假定为前提的方法，但是这种方法可以通过MAcBB来获得其他MAcProⅡ的反馈。如果在相似的事例中假定的方法发挥了作用，那么这个方法就逐渐变得现实可行。这样一来MAcBB会积攒许多可行的方法和事例。也就是说，许多研究人员通过连接MAcBB，可以使MAcProⅡ变得更加好用。——但是在FAF连接不上MAcBB，孤立的MAcProⅡ是无法发挥实力的。"

"也不是完全不能用吧。"

"是的，我也有我自己的使用技巧，总比没有来得强。我的MAcProⅡ逐渐变成特殊战队员的专用分析工具了。"

福斯上尉一边说着，一边输入了桂城少尉的数据值。

"你说它会比较预测和实际行动的结果，是吧？"

"没错。用MAcProⅡ来进行预测，专业术语叫作'予量'，实际行动叫作'实与'。"

"MAcProⅡ又是怎么知道目标人物的实际行动结果的？你输入进去吗？"

"基本上是这样。所以并不是随时都能判断预测结果准不准确。就拿你来说，如果我设定一个前提，'深井上尉今后会如何看待雪风'，MAcProⅡ会说'他感觉到恐惧，会采取消除恐惧的行动'。之后我会对你进行观察，如果结论正确，我会反馈给MAcProⅡ。于是它自己会判断，之后也可以采用这种预测方法。"

"这么简单的事,还需要工具吗?"

"这是因为你认可你的心理剖析结果。而且,心理剖析实际上会在更加具体和详细的预测中发挥作用。预测结果不一定只有一个,各种预测实现的概率都会以数值展现出来。"

"但是说到底也不过是预测罢了,简单来说就是为有经验的研究员提供帮助。MAcProⅡ不管做出了多么细致的预测,也不一定都是准确的。"

"确实如你所说。不过,它也会做出相当精准的预测,所以也会让人不自觉地完全相信它。就算是专家也容易有这种倾向,外行的人就更不用说了。——我们来试试吧,你想了解桂城少尉什么事?说说具体的场景,比如看到雪风,他会说什么之类的。"

"这也能预测?"

"极其精准的心理剖析目前还做不到,毕竟只是输入了PAC代码而已。"

"PAC代码又是什么?"

"用来将人格进行分类的标准代码。你不知道吗?你被分配到特殊战第五飞行战队也是因为FAF高层采用了这个分类方式,判断你适合这个部队。桂城少尉自然也有这个代码,我刚才输入的就是这个。"

"FAF的所有人都用这个数值进行分类吗?"

"不止是FAF,你好像真的不知道,在你小时候就已经有PAC代码了。不过每个国家对这个代码的处理方式不同,有的国家只有罪犯才有PAC代码。但总的来说PAC代码的规格是世界统一的,并不是FAF才有的东西。除血型等身体信息之外,性格、心理倾向等因素也会被分类,归总之后所呈现出来的数值就是PAC代码。MAcProⅡ可以读取PAC代码，但是真正使用的时候，必须用到更加精准的PAX代码。与PAC代码相比，PAX代码包含了更加详细的精神心理倾向因素，将这部分内容转化为数值就是我的工作。也就是说，我必须进行更加详细的性格分析。心理剖析使得MAcProⅡ可以更好地发挥作用，而MAcProⅡ的操作本身是谁都可以的。"

"原来如此。"

零明白了，如果分析错误的话，心理剖析的结果会完全靠不住，所以专家的经验和相当的知识储备是很有必要的。

"我的那什么PAX代码，也是你弄的吗？"

"是的，但是你的并没有固定，因为你一直在变化。"

"那是当然。本来人类就是原始的，怎么可能用电子数值来体现个人特质。"

"不。"福斯上尉反驳道，"像你这样必须修正之前的PAX代码才能进行心理剖析的例子很少见。你的变化实在太大了，我也是第一次见。我一开始以为是最初的PAX代码有错误，但是依照MAcProⅡ的判断似乎并不是。现在我知道MAcProⅡ MAcProⅡ的判断是正确的，这种事确实不多见，你应该知道我对你感兴趣吧。"

"这样的话，不，先不说我自己。"零把目光从显示屏上移开，看向后座的福斯上尉，说道，"这样一来岂不是代码决定了人类的意识？就算看到同样的东西，但是由于代码不同，有人会觉得高兴，有人会觉得不快。"

"虽然还做不到完全准确，但是通过MAcProⅡ可以预测到人的心情，所以也可以这么说吧。"

"那么人类就可以用机器代码来体现了。太可笑了，不是吗？"

"完全用代码来表现人类确实不现实。"福斯上尉看着零说道，"这样想好了。人类拥有DNA这一机械代码，虽说只要对照这个代码就可以知道这个人的一切，但实际上并不完全是这样。假设我们可以决定拥有某一代码的人喜欢某样东西，但是我们却无法决定这个人住在哪里。虽然我们可以预想出这个人喜欢的居住环境，但实际上却无法通过代码获得具体的位置，因为合适的选项有无数个。通过有限的代码去代表无限的一切是不可能的，PAX代码并不代表一切，DNA也是这样。也就是说代码只不过是记录了可实现的特性和其可能性。拥有'长寿'这一遗传因子的人并不是都能够长寿，也有人出事故或者被人谋害。"

"我想说的不是那么麻烦的事。我是说，怎么说呢……这让人感觉人类是由数字来决定的。"

"你所感觉到的，其实是因自己的存在被他人操控，由此产生的不快。"福斯上尉直截了当地说道，"你担心数值可以由外部进行操纵，从而自己也会轻易被别人操纵，你不喜欢这样。但是，不管是PAX代码也好，FAF军用识别编号也好，甚至随便什么数字也好，并不是说改变这些东西你自己也会跟着改变。代码确实会有变化，但这是由你的变化来决定的，千万别搞错了方向。能改变你的，只有你自己。作为你的主治医师，我非常理解你的不快，但是你觉得代码会操控人类，这是错误的想法。"

"……是吗？"零再次看向前方，双臂交叉放在胸前，"如果自己的变化会导致代码产生变化，那岂不是自己可以改变自己的DNA？"

"这就是从'代码会操纵人类'这一想法里推出来的错得离谱的推论。简而言之这是误解。你自己也说了,人类这一主体不可能代码化,觉得可以代码化是很愚蠢的。"

"话虽这么说,但人体内确实带有DNA这一代码。"

"你要那么说的话,那你那么想好了。DNA代码并不是决定你所有行为的代码,人类并不是仅靠DNA这一物理代码组成。"

"呵。"

"DNA序列不可能改变。"身后的福斯上尉继续说道,而零沉默地听着。"但是如果说主体变化,内部代码也会改变的话,那我们只能认为,并不是DNA,而是其他部分改变了。从这一观点出发,其实非常说得通。比如,假设人类所有的体细胞都拥有相同的DNA,不同的细胞在不同的时刻,其活跃的部分也不尽相同。考虑一下,将这种模式代码化也并非不可能。除此以外,还要考虑到人类拥有智慧和意志,也就是说,这就变成了一种长度可变、总容量无限制、并且可改写的内部代码。那么,这样的代码由谁来编写?会不会是我们自己呢?可能仅仅是编写一瞬间的代码,就会耗掉整个宇宙的时间。人类和其他生命体不可能去做这么效率低下的事情,但是假设确实有人类编写的代码存在,也并不代表代码变化,自己就会跟着变化。实际上,是自己变化的那一瞬间,代码就被改写了。在这一点上,无论是我们假设的内部代码还是PAX代码,都是一样的。——你能理解吗?"

"看来在你的专业领域里进行辩论,我完全没有胜算。"

"'辩论'?还挺符合你的风格。不过你还真说到点子上了。许多专家认为人体的内部存在一定的缓冲区域,虽然这并不是用来储存理想化的内部代码,但是我们可以将部分特定的预定行动意识的代码编写进去。MAcProⅡ所做的正是模拟这种行为。如果你真的想理解怎么用 MAcProⅡ进行心理剖析,之后我可以私下慢慢给你讲解。现在是工作时间,我的目标不是你,而是桂城少尉。"

"不过,毕竟我对你也做过心理剖析,你对 MAcProⅡ感兴趣也是理所当然的吧。"福斯上尉对零说道,接着开始了新一轮操作。

5

用来编写预定行动意识的缓冲区域,感觉就像前馈控制程序一样。零以自己的方式理解了福斯上尉所说的内容。

雪风也有类似的功能,但是就算把雪风无数的功能程序——即所谓的代码全部解析、理解,也不能明白雪风在想什么。人类也好雪风也好,还是其他的电脑也好,都是一样。就像福斯上尉说的那样,代码或程序不过是用来显示主体的可能性罢了。它们不是主体,也不可能操纵主体,这种想法是错觉,是不正确的。

就拿雪风来说,雪风的主体并不是一堆代码的集合,也不可能被代码操控。因此,当雪风要采取从未有过的新行动时,并不用重新改写现有的程序。也就是说,雪风并不会随时都按照设定好的程序来行动。

零不由得陷入了沉思。

按照福斯上尉的想法来推导,就会出现这样的结果。难道福斯上尉在玩逻辑游戏?不,恐怕她说的是正确的,因为雪风确实没有受程序所支配。目前为止零也曾隐隐怀疑过,但一直觉得从常识来判断不可能会这样。然而，通过观察雪风的行动，他确实可以感觉到雪风的主体并没有受到程序的影响。

想要理解雪风，通过解析代码是行不通的。要说只能通过雪风的反应来判断的话，也确实只有这样。那么，迦姆应该也是这样吧。

不管是雪风还是迦姆，他们不像人类一样拥有提前准备好的PAX代码，因此心理剖析也会相当困难。零现在能够理解福斯上尉对迦姆的心理剖析有些踌躇的原因了。

"我只是输入了桂城少尉的PAC代码，结果却很有意思，你那边看得见吗？"

听到福斯上尉的话，零拉回思绪，看向了显示福斯上尉私人电脑画面的屏幕，只见屏幕上出现了一张线性图一样的图表。

"看得见，这都表示的是什么？"

"我问'在特殊战的队员中，谁的心理倾向和桂城少尉最为相似'，这是MAcProⅡ给我的回答。往右上延伸的直线表示的是桂城少尉的各项心理倾向指标，而直线周围分布的红点是与桂城少尉相似的人的指标。"

"那是谁的？"

"你猜猜。"

"……我的？"

"恭喜你回答正确，红色的就是你的。桂城少尉的心理倾向简直和你一模一样。"

零沉默了，不知道说什么才好。

福斯上尉继续说道："不过，那并不是现在的你。红色的是以你过去的PAC代码做出的心理评估。也就是说，如果你之前就被伦巴德上校盯上的话，很可能现在是情报军的队员。有意思吧？不过现在的你和过去不一样了，我们再看看其他的图吧。"

福斯上尉用水平线表示桂城少尉的心理分析代码，并将特殊战的其他队员的数据进行重叠显示。如果数据和桂城少尉完全一样，那也会同样以水平线表示，但是并没有人和他完全一致。不过由于特殊战里的人性格倾向都差不多，所以并没有哪条线偏离得特别远。其他队员的线条都是波浪线，其中有一条几乎和桂城少尉的线重合了。福斯上尉解释到，那条线就是过去的深井少尉——少尉时代的零的。

"对现在的你来说，桂城少尉就像过去的你的亡灵，可以预想到你会对他抱有厌恶感。但是桂城少尉应该不能理解你的感情。如果你对他说'我不喜欢你'的话，他一定会这么说……"

"跟我无关。"

"'那又怎样''与我无关'。就算他嘴上不这么说，心里肯定是这么想的。现在的你不会觉得跟你无关了吧。"

"我倒是想用 MAcProⅡ确认一下。"

"你不是认真的吧？"福斯上尉说道，"怎么能向人工智能询问自己的心情呢？如果是在学习 MAcProⅡ的使用的话那另当别论。——我现在制作桂城少尉的 PAX 代码，布克少校想知道他对于伦巴德上校的命令怎么看。我开始工作了，你就看着雪风吧。我觉得雪风应该也对 MAcProⅡ的功能感兴趣。"

福斯上尉话音刚落，主显示屏上就出现了来自雪风的信息。

零不禁感觉后背有些发麻，原来雪风并没有在休眠。

＜迦姆可通过以下数字进行心理剖析＞

这条消息闪过之后，屏幕上显示出了一排排的数字。

"……这是什么意思？"福斯上尉问道。

"好像是雪风对迦姆做的心理剖析。"零也紧张地看着屏幕,"不知道这数字是不是迦姆的 PAX 代码?雪风可能利用了 MAcProⅡ的 PAX 代码生成引擎。"

<MAcProⅡ: JAM aspire to receive us... I judged it true>

"这又是?"

"MAcProⅡ对迦姆的心理剖析结果称'迦姆急切地希望迎击我们',雪风对此表示了赞同。"

"这不是理所当然的吗?"

"不是。"零看着显示屏,低声说道,"我们从没有想过,迦姆希望我们有所回应。"

"特殊战判断迦姆并没有把人类看作对手,所以这也很正常。只是……"

"这里的'我们'不是指特殊战,而是指我和雪风。'receive'这一个词,与其说是迎击,不如说是迎接我们。这并不是'理所当然'的符合预期的心理剖析结果……布克少校和我确实感觉到迦姆似乎希望和我们接触,但是和这又有一些微妙的差异。"

"要说'receive'的话,也可以理解为想让你们成为他们的伙伴。"

"迦姆热切希望雪风加入它们,这是哪门子'理所当然'?"

"如果这样解释的话,确实有些奇怪了。难道迦姆是希望达成某种停战协议吗?"

"如果是和雪风,而不是 FAF 的话,那倒有可能。雪风和迦姆有过一次接触……无论如何,这也不过是推测罢了。更重要的是,雪风认为这个推测结果是正确的。"

"雪风就交给你了。它刚才对迦姆进行的心理分析对我来说真是帮了大忙,给我省了不少事……"

"你想错了,伊迪斯。"

"为什么?"

"MAcProⅡ是对人用的,而不是对迦姆。让它对迦姆也发挥作用是你的工作,雪风只是尝试了一下而已。雪风有它自己的分析迦姆的方法,所以它才会判断MAcProⅡ的预测结果是正确的。如果要说这给我们帮了大忙,那应该是我们通过MAcProⅡ可以得知雪风自己对迦姆的判断。这或许可以成为我们和新雪风交流的一种方式。"

"有道理……总之关于迦姆的工作只能我亲力亲为了,真是可惜。"

"你应该站在人类的立场对迦姆进行分析——你说'可惜'?真不像一个优等生。看来你也对雪风感到恐惧,一点点地改变了。"

"只是面对你,一不小心说出心里话罢了。我虽然不会怠慢工作,但也不是你口中的优等生,你对我并不了解。——你说我对雪风感到恐惧?"

零心想,就像他不了解MAcProⅡ的厉害之处一样,福斯上尉也感觉不到雪风的潜能有多恐怖。刚才雪风的行为完全无法用内置程序来进行解释,这刚好说明雪风是一个无法用代码来解释的自律的生命体。零和雪风相处时间长,因此对他来说,这个冲击几乎让他浑身发抖。然而对福斯上尉来说,直到现在她仍然认为雪风不过是装载了先进电脑的战机而已。

"雪风不在乎人类的立场,它不会站在人类的立场来进行模拟心理剖析,因此你的工作非常重要……雪风刚才又做了超乎我想象的事,既然雪风都是这样,那么迦姆可能也会超乎我们的想象。"

"……竟然要对那样的家伙进行心理剖析，真是郁闷。"

"抱歉，不该说这些。"

"没事，这也是发牢骚。——好了，我不再说了。"

即使迦姆的真面目会超乎想象，尽量接近也不是没有可能。雪风已经预测了迦姆想要对它采取的战略，特殊战有必要进行详细的讨论。

零不由得想到，布克少校让福斯上尉参加这个战略侦察任务，取得的成果似乎正在超过少校的预期。

不管采用什么方法得到结果，预测终归只是预测。但是雪风刚才提出的完全超乎预料的预测结果，让FAF不得不重新审视一直以来的反迦姆战略。这应该才是布克少校希望得到的结果。目前的战况陷入僵局，为了打开这一局面，布克少校认为有必要从新的视点出发，构建特殊战特有的反迦姆战略。特殊战如果坚持使用现有的战略，不仅无法发挥实力，甚至还会造成不必要的消耗。总之，特殊战为了自保，开始了战略侦察作战。

这个作战在实际中会发挥多大的作用，只有通过出击行动才能知道结果。尽管现在作战还处于行动的第一阶段，但是已经有成果了。零有些迫不及待，想要尽快参加行动。

这时，零突然想起福斯上尉刚才说的话。雪风新来的副驾驶员桂城少尉，性格和过去的自己一模一样。

不管来的是谁，都跟自己没有关系，只要那人是优秀的电子操作员就够了。雪风应该也是这么想的，它对桂城少尉的心理剖析毫无兴趣。

想到这里，零突然意识到自己有些期待早点见到这个新人。

实际上只要进入第二阶段，就能看看MAcProⅡ的预测到底准不准。或许他是对这预测结果有些期待。

零不禁又想,他确实期待预测结果,但也并不仅仅如此。

他想看看过去的自己到底是怎样的。这倒并不是为了反省自己,只是单纯想以第三者的眼光看看过去的自己。如果桂城少尉和预测结果相符,那应该就可以像照镜子一样看到过去的自己。

没错,过去的自己绝不会对这种事感兴趣。说到镜子,他以前也没有盯着镜子观察过自己。刮胡子的话,浴室里面那个安装得歪歪斜斜的镜子就足够了,他也从没想过要换一个干净漂亮的镜子。

恐怕桂城少尉也是这样吧。想到这里,零不由得笑了起来。

"笑什么?怎么了?"听到这突然的笑声,后座的福斯上尉问道。

"桂城少尉的私人物品里应该没有镜子吧。想到这,觉得有些好笑。"说着说着,零清晰地意识到自己真的变了,"等他上任后,我先问他这个好了。"

零决定作战的第二阶段就从确认MAcProⅡ的预测结果开始,接着他开始书写提交给布克少校的报告书。

VI 战略侦察·第二阶段

1

零被布克少校叫到了一间办公室,在那里见到了桂城少尉本人。少校向零介绍桂城少尉时,桂城少尉向零敬了礼,但始终面无表情,默不作声,连一句寒暄的话都没有。

如我所料。零心想。

眼前的这个男人,并不是故意板着脸,想要传达"要不是降职,我才不会屈尊来这种部队"的讯息,也并非不懂社交,没有和这里的人友好相处的智慧。他只是觉得什么都不必说,所以就什么也没说。

这小子,还真是和我一模一样,零想,要不然就是他太紧张了,不知道该说什么好。

零做了自我介绍:"我是深井上尉。特殊战1号机雪风的驾驶员。"

"我听过一些议论,知道你是一个优秀的希露芙驾驶员。"桂城少尉说道,"但是梅芙是新型机,论起在梅芙上的飞行时间,你恐怕相当于个新手吧。"

"嗯,确实如此。"零意识到自己心里渐渐燃起了怒火,他抑制着自己，继续问道："可是你到底想说什么呢？"

"我想说的是，作为一名梅芙驾驶员，你的能力是个未知数。"

"所以呢？"零问。

"作为梅芙的电子战斗员，很显然我是个新人。如果作为驾驶员的你也毫无经验的话，那么遭遇不测是很有可能的。"

"所以呢？"零重复道。

"如果发生了什么不测，我不希望所有的责任都落到我的头上。"

"你是说，我会把责任转嫁给你？你来之前，伦巴德上校提醒你要防着我，是不是？"

"不，上尉。"桂城少尉仍然面无表情，"我只是在陈述自己的期望。我认为这话说在前面比较好。"

"你能不能胜任雪风的副驾驶我都还不知道，这时候没兴趣听你讲什么期望。你听好了，既然你这么说了，那我也把丑话说在前头。我是雪风的机长，在雪风上我是指挥官。你必须服从我的命令。如果我说副驾驶负全部责任，那么不管你愿不愿意，一切责任都是你的。你给我好好记住。"

"我没想到特殊战会有以权压人的头儿，"桂城少尉喃喃地说，"我尤其听说你不是这样的人……"

"头儿和指挥官是不一样的。"布克少校插话道，"头儿可以是一个只靠武力的无脑之人，但这样的人却当不了指挥官。特殊战有指挥官，但是没有头儿。桂城少尉，我想你下了雪风，会喜欢特殊战的环境的。你还有什么想对深井上尉说的吗？"

"没有了，少校。"

"你的第一个任务我已经传达给你了。好好干。你可以走了。"

"是，布克少校。"桂城少尉敬礼后准备离开。

"等等，我有话要问你。"零叫住了他。

"什么事呢？"少尉回道。

"你有自己的镜子吗？"

"什么？"

"镜子。照脸用的那个。"

"我不明白，你问这话是什么意思呢？"

"你不用管我是什么意思，我在问你有没有自己的镜子。"

"嗯……如果电动剃须刀上的镜子算的话，那我有。"

"我知道了。期待你优秀的表现。你可以走了。"

"是，上尉。那我走了。"

桂城少尉一走出办公室，布克少校就笑出了声。

"有什么好笑的？"

"深井上尉，你也可以走了啊，"布克少校说，"你为什么还留在这儿？"

"我还不清楚自己出击任务的详细内容，少校先生。"

"这样啊……你啊，你可真行。真想让你看看自己的表情。问有没有镜子，亏你想得出来。"

"我猜得不错，他果然没有照镜子的爱好。从剃须刀上的镜子里看自己的脸，恐怕是变形的吧。"

"这下证据确凿，他确实和以前的你一模一样。心理剖析这东西可真神啊。"布克少校这样说着，脸上仍然挂着笑容。

"你别笑了，让人恼火。有先入之见可不好。那小子不是我。见面连个问候都没有，我还以为他要说什么呢，结果净是些用来逃避责任的托词。无论是以前还是现在，我可是从来都不为自己找借口的。"

"桂城少尉的那些话也不是借口。他只是把心里想的说出来了而已。他给你敬礼了,那不就是问候嘛。不过,刚上任确实应该好好打个招呼,而且他还净说些没用的。总而言之他几乎没有身为组织一员的意识。你以前也是这样。真是有意思。你也没必要生气吧。他心直口快,这不是挺好的吗?这个人可用。你以前也是。"

"怎么,我现在不可用了吗?"

"作为一个指挥官,你当然可用。你的变化让人吃惊。用福斯上尉的话说,你几乎是性情大变。她还说一个健康的人一辈子都不会出现这种变化。也就是说,除非是精神分裂、多重人格之类,否则不会这样。我也是这么觉得。也许旧版雪风把你弹射出来,是你变化的诱因。"

"是说我不正常吗?"

"福斯上尉并不认为你的性格完全改变了。如果说现在的你不正常,那么是以你以前的性格为标准。但她的观点是,你之前受到压抑的一部分性格因着雪风得到了释放。江山易改,本性难移嘛。你的本性并没有变,否则的话,岂不是以前的你已经死了?你有这样的感觉吗?"

"我真想说'怎么可能有',可是我实在说不出口。在意识到自己正驾驶着新雪风的时候,在追击矢头少尉的战机的时候,有一瞬间我不知道自己是谁。那对我是个打击。"

"嗯。不过,桂城少尉总不至于一言一行都惹你不快,影响你工作吧?其实我知道你烦躁的原因。你是在生自己的气吧。我能想象到你有多么痛苦,但是就像你刚才说的那样,桂城少尉并不是你。他完全是另一个人。桂城少尉将来会不会像现在的你一样，拥有身为指挥官的自知，完全是个未知数。如果你还是感到烦躁，就去找福斯上尉咨询一下。不过，在飞行之前就需要福斯上尉的帮助，可以说是前途堪忧了。"

"比起我，你更应该担心的是那小子吧。"零说，"那小子，桂城少尉，恐怕受命于伦巴德上校吧。情报军和特殊战，那小子在行动的时候会把谁排在前面？"

"当然是特殊战。"布克少校恢复了严肃的神色，"他已经正式调到了我们特殊战第五飞行战队。我们跟伦巴德上校达成了一致，同意桂城少尉把获得的情报交给情报军，但是提交情报的命令，需要库里准将的批准，由我而不是伦巴德上校来下达。"

"就算你不下命令，他也有可能秘密地与伦巴德上校取得联系，不是吗？"

"从福斯上尉做的心理剖析来看，桂城少尉不会那么做。桂城少尉只会执行命令。但是要注意的是，如果桂城少尉直接受到伦巴德上校的指使，那么他是有可能照做的。这是福斯上尉的判断。按理说伦巴德上校现在已经没法命令桂城少尉了，但他毕竟精通驭人之道。我觉得，只要伦巴德上校想，他就能从桂城少尉那儿得到需要的情报。不过，从我们的角度来讲，我们没有任何事需要瞒着那位上校。不管别人怎么说，我们现在都确实在进行着战略侦察作战。我们没有妨碍任何人。情报军也没有理由反对。不论是情报军还是伦巴德上校个人，都不是我们的敌人，但也不是我们的朋友。根据我们的预测，桂城少尉也会是这样。他全凭自己的兴趣行动。"

"他现在对什么感兴趣？"

"雪风和你。"布克少校说，"还有你们和迦姆之间的关系。

伦巴德上校诱使桂城少尉对这些产生了兴趣,然后把他调离了情报军。福斯上尉报告说,这是MAcProⅡ的高见。我觉得这很符合伦巴德上校的风格,即使不进行测试,我们也能猜得到。不过福斯上尉的汇报中最让我觉得有意思的是,桂城少尉虽然对你和雪风很感兴趣,但自己却没有清晰地察觉到。我觉得真是不可思议。不过想到你,我也就理解了。"

"什么意思?"

"对桂城少尉来说,自身以外的一切都等同于虚拟,只有不得不产生关系的事情才是现实。对他来说,现实不是像你和雪风这样的人和物,而是关系。外部世界是否真实存在都无所谓,他不关心。这就是伊迪斯对桂城少尉进行心理剖析的结果。"

"……这是病。"

"那件事之后,你好像已经完全康复了,零。在你休假之前,你恐怕也不觉得地球是真实存在的吧。不过福斯上尉没说这是病。她说这种情况很常见。但是,在这样的情况下,人是不能完美操控雪风的。因为人无法操纵并非真实存在的东西。零,你不用担心雪风会被桂城少尉抢走。"

这么说着,布克少校又笑了。

"你快别拿我开涮了,杰克。"

"对不住对不住。"

"给我讲讲出击安排吧。"

"明天9点15分出发,副驾驶是桂城少尉,执行日常战术侦察任务。战斗侦察空域为迦姆的库奇基地上空。提前四十五分钟进行飞行前检查。因为桂城少尉是个新人,所以多预留些时间。作战详情都在这个文件里。有什么问题吗?"

"这次出击也算是对桂城少尉的一次训练吧,有助于他熟悉雪风。"

"没错。他目前在用电子战斗模拟系统进行训练。他学得挺快的吧。在日本空军的时候他也是做这种工作,也是他的性格使然吧。虽然很优秀,但早晚会被那些人踢出去。体力方面他也没问题。托了身材矮小的福,从测试结果来看,他在过载达到9G[①]的情况下也不会昏迷。你要不要看看他的履历表?那上面很详细。"

"不用了,那些都跟任务无关。我只想看看他体力和反应能力的测试报告。"

"好。已经打印出来了,应该就在这儿……找到了。这个借给你。"

"我稍微一看就行。"

"我得去开会了。莱图姆中将挑我们的刺,批评特殊战不应该擅自决定继续侦察利奇沃基地。据说他还会对我们上次在午餐会上提出的问题做出正式回应。"

"恐怕是战略侦察军团或者别的什么地方来质问特殊战在干什么,"零一边浏览着少校递过来的文件,一边说道,"所以中将生气了。"

"也许是吧。我觉得特殊战应该作为独立的一个组织出席FAF最高战略会议,但是却被大会给无视了。因为他们都把特殊战看作是莱图姆中将手下的一个小组织,上面根本不知道我们的实力。以后他们会知道的,不过我觉得到时候就晚了。"

"倒是迦姆,好像正确评估了我们的实力。"

零抬眼望向布克少校。少校正在把桌子上的资料装进公文

---

① 过载9G时飞行员要承受自身(包括服装、头盔等物品)9倍的重量。——译者注

包里,准备去开会。

"少校,关于雪风上次的预测,你是怎么想的?如果迦姆成功地拉拢了特殊战,那么毫无疑问,FAF就全完了。这并不是完全没可能的事,我们有可能会在全然没有察觉的情况下,采取迦姆所希望的行动战略。"

布克少校停下了手头的事,注视着零,然后说道:

"为了保住特殊战,我们也有可能主动选择那么做。"

"你是说,为了生存下去,可以和迦姆联手?你是认真的吗,杰克?"

布克少校顿了顿,说道:"这是库里准将的原话。当然了,准将并不是真的打算这么做,或者认为这是我们当下的最佳方案。但是,听到库里准将那么说,我没感到惊讶。你也跟我一样吧,不是吗?你说过,你是为了活下去而战斗,无论是迦姆还是雪风,都是你生存的竞争对手。"

"但是,这是我站在个人立场上说的话。特殊战和FAF不是这样,他们的目的是阻止迦姆侵略地球……"

"库里准将认为,再这么下去的话,FAF被击败是早晚的事。我也是这么想的。我们连FAF里混进了多少迦姆都不知道,只有疯子才会觉得胜券在握。那么我们是就这样跟FAF一起自取灭亡,还是开始独自战斗?准将认为我们不得不做出选择。可以说,我们的命运都取决于她的抉择。"

"如果库里准将决定和迦姆联手,"零说,"我恐怕会怀疑准将是迦姆。"

"要是这么说的话,现在你才是被怀疑的对象呢,深井上尉。库里准将说,雪风会做出那样的预测,也有可能是受你的操控。伦巴德上校也怀疑你可能是迦姆,所以才把桂城少尉安排在你身边。"

"如果我是迦姆的话,早就被雪风识破了。"

"那可不好说……不过确实,对雪风来说,迦姆永远都是敌人。如果特殊战不再将迦姆视为敌人,那么雪风就失去了存在的意义。到时候该怎么处理它,恐怕是个麻烦事儿。"

"如果把迦姆看作生存竞争的对手,那么就无所谓在战争中是敌是友了。对雪风来说也是这样吧。雪风已经不再需要外部世界为它设定生存的意义。为了活下去,它会自己采取行动。"

"听你这语气,好像雪风是个活物似的。"

"它是在活着。"零语气坚定,"我也在活着。这与我们是迦姆还是人类无关。现在雪风既不是迦姆也不是人……"

"这话如果是私下聊天,那没问题,畅所欲言嘛。但是当我作为组织的管理者时,就另当别论了。我个人不怀疑你,但是这么下去的话,组织里的人在采取行动的时候都只能确认自己不是迦姆,但不敢相信其他人。行动的时候只有自己是信得过的。但是想想看,特殊战从以前就是这样。用福斯上尉的话说,把这样一群人集中起来加以管理,我们这个团体可以称得上是奇迹了。但是 FAF 不是这样。这就是问题所在。"

布克少校再次忙起了手头上的事情。他查点着会议资料,继续说道:

"总之,迦姆想拉拢我方这件事,并不是基于雪风对迦姆的心理剖析所得出的预测结果本身,而只是我们人类对预测结果的一种解读而已。我们对雪风的这个预测,可以做出很多种解释,得出很多种结论。它的意思不够明确,所以这也变相导致信息量很大。"

"迦姆有可能为了让特殊战背弃 FAF,在我们中间搞鬼。我很担心啊,少校。毕竟与咱们在空战中交手的并不是迦姆的主力部队。"

"这正是让特殊战疑虑的地方。我们想在对迦姆的战略侦察中查清主力部队的所在位置。就像FAF的人背后有地球人一样,迦姆的主体一定也藏在幕后。真想把它们逮住。"

"我想说的是,杰克,迦姆的主体会不会没有实体,是看不见的,就潜藏在我们收集来的情报里……"

"你这已经不是疑虑,而是幻想了。"布克少校合上了公文包,"我们不能停留在幻想上,而是要把握迦姆的现实情况。福斯上尉正在努力地做着迦姆的心理剖析。我已经提醒过她,不要被表象迷惑。用日本的谚语来说,就是'敌在本能寺[①]'哪。"

"FAF对特殊战可能也有这样的戒心。"

"我们现在正处于一个非常危险的境地,所以要进行彻底的分析研究。目前的情况是,离开FAF,特殊战是不可能活下来的。库里准将也清楚这一点。特殊战的战略电脑正在全力运转,做特殊战的生存模拟实验。你也考虑考虑自己的活路吧。部队的生存之道,库里准将会考虑。我呢,来调和这二者。总之,就像你上次说的,我们不想来了这里以后毫无意义地死去。特殊战现在正在尽全力规划生存战略。"

"生存战略……还真是一场生存竞争啊。"

"迦姆也在规划反人类战略,不然它们怎么会往这边安插复制人呢。它们很有可能转换战略,不再像以前那样无视人类。形势已经非常紧迫了,但FAF高层却没有认识到事态的严重性。毫无疑问,FAF现在的处境很危险。"布克少校瞥了一眼手表,

---

[①]意为隐藏自己的真实意图,瞒天过海。——译者注

"真是没心思参加莱图姆中将召集的会议，不过目前，我还不能无视他的指令。"

布克少校说着，从办公桌后走了出来。

"一起出去吧，深井上尉。"

少校一离开，这个办公室的门就会自动上锁。零把手上的文件放进了文件夹里，在少校的催促下走出了办公室。

2

翌日，雪风按计划起航，执行出击任务。

这是雪风获得新机体梅芙后的第一次日常例行出击。雪风恢复例行任务了。意识到这一点，零有一瞬间不禁感慨万千。漫长的休假和康复阶段结束了，自己终于回到了正常的工作中。

这是多么长的一段空白期啊。虽然自己在这段时间里并非无意义地虚度了光阴，但在这期间情况发生了剧烈的变化。特殊战料想到迦姆不会再像以前那样无视人类，库里准将似乎想要与迦姆决一死战……关我什么事，零在心里试着说道，跟我没关系，我战斗只是为了不被杀死而已，一向如此。

然而零意识到，自己的立场已经跟从前不一样了。特殊战现在急需规划新的战略，起因正是发生在自己和旧版雪风身上的那场事件。身为当事人，他没法说现在战况的变化与自己"没有关系"。想要生存下去，就不能无视自己和世界的联系。从前的自己，仿佛是不拿平衡杆，空手走钢丝。虽然他现在仍然毫无疑问地像走钢丝一样活着，但至少意识到了与他人交往需要"平衡杆"。当然，如果平衡杆碰到了其他东西，人恐怕立刻就会从钢丝上掉下去，自己从前正是害怕这一点，但关键在于平衡杆的使用方法。如果能够熟练掌握,那便有益而无害。零知道,这是自己在恢复例行出击任务前的待命阶段时明白的道理。

"一切正常。"坐在后座的桂城少尉说。

这小子和从前的自己一样,以一种危险的方式活着。但那与自己毫不相干,零冷冷地想。只要这个男人对自己的生存不构成威胁,他的活法就与自己无关。自己既不是他的人生导师,也不是他的主治医师。如果他意识不到自己所处的危险,那别人劝他什么都没用。那是他的问题,自己不该为之烦恼。

零再一次检视雪风的各个仪表。所有警示灯都灭了。

"这里是 B-1,一切正常,出击准备就绪。"

机场管制员打出了"GOOD LUCK"的信号。零举起右手致意,驾驶雪风驶入滑行道,在尽头停下,等待管制塔台发布起飞许可。天气雨,风力较强。

得到许可后,雪风起飞,冲破乌云,向天空进发。出击目标是代号库奇的迦姆基地。库奇基地的规模仅次于利奇沃基地,FAF 目前正投入大量兵力,想要将它击溃。

在以利奇沃基地为攻击目标的战斗中,FAF 给予了对方毁灭性的打击,而且成功把自身的伤亡控制在了最小限度内,颇有些得意,因此无视布克少校和特殊战的担忧,制定了战略,决定投入相当于总体战①的作战力量以击垮迦姆的主力基地。作战方式是在前线基地集结兵力,不间断地进行车轮战,直至将目标歼灭。因此 FAF 基地的战术战斗航空军团等组织都投入了约一半的作战力量。即使是距离目标很近的基地的人员,也要

---

① 亦称总体战争,指综合运用国家一切力量进行的战争。——译者注

转移到规模更大的基地，从那里出击，作战期间多次在作战目标和 TAB-8 之间往返。在战斗中肩负侦察任务的特殊战战机也都全力运转着。在这样的情况下，刚刚到任的新人桂城少尉也不得不马上投入实战。

这样的大规模作战，FAF 已经尝试进行了好几次，但却始终无法有效地打击对方。当 FAF 集中火力打击迦姆的某一个基地时，迦姆就会从意想不到的方向向 FAF 的主基地——菲雅利基地发起反击，意图侵入"通道"这一地球的入口。FAF 为了击退它们不得不把部队从前线调回进行防卫，结果又变成了防御战。而且，每当 FAF 以为摧毁了迦姆的主力基地，就会在不久后发现新的主力基地，或是明明已经被摧毁的基地不知何时又修复了。早在特殊战开始执行任务之前，战略侦察军团就利用侦察机和侦察卫星拼命探查迦姆基地之间支援、补给的渠道，但战果始终不够理想。

汇总多次认真侦察的成果，FAF 绘制出了菲雅利星球的地图，但是却怎么也找不到藏匿在这个星球上的迦姆的实体。面对现在拥有超强截击性能的迦姆，像雪风这种没有截击战斗功能的战略侦察机无异于活靶子。从成功返航的飞机所收集的数据来看，唯一的结论是，它们侦察的地方没有迦姆，也就是说那些坠毁的战机所侦察的区域里潜藏着迦姆。现在的战略侦察一律不使用载人机。所有的战略侦察卫星也都无法寿终正寝，在使用年限到期前就被迦姆击毁了。

战略侦察军团坚持声称，经过了长达数十年的战斗，最近终于发现了迦姆的一个特点——在迦姆的基地群中，与一个基地关系最紧密的不是相邻的基地，而是距离最远的那个。

被视为迦姆主力基地的那些基地基本上分布在以"通道"

为中心的圆周上。作为一对搭档进行活动的，不是圆周上相邻的两个基地，而是关于"通道"成点对称的那一对。

当FAF对其中一个基地发起进攻时，相邻基地完全没有支援它的迹象，但是有从其他基地飞来的迦姆攻击"通道"和菲雅利基地，在FAF对付这些敌人的时候，被攻击的迦姆基地便神不知鬼不觉地被修复了。唯一的可能是，这个基地从那个对菲雅利基地进行反击和报复性攻击的迦姆基地处得到了补给。这两个基地彼此相距最远。战略侦察军团称，迦姆平常并非积极动用所有基地，而是轮换着，每次重点使用彼此相距最远的一对基地进行攻击，这是迦姆的行动模式。这一主张并无确凿证据。所谓不被积极动用的相邻的基地并非完全不被使用，这种基地有时也会进行反击，而且完全看不到作为搭档的另一边的基地向这边运送修复材料的迹象。FAF从来就没有观测到迦姆运送器材，也从未发现貌似运输机的迦姆战机。

在陆地上移动的迦姆也是如此。它们是从地底下穿过呢，还是使用像"通道"这样的超空间移动方式呢？总之FAF没有查明迦姆基地之间的支援方式。但通过分析多年积累的侦查数据，战略侦察军团得出了一个结论——存在联系紧密的搭档基地这一设想是正确的，至少以此为指导进行攻击作战不会是徒劳，为了打破僵持的战局应该这么做。FAF当局对战略侦察军团的结论进行了分析研究，但很难将这一提案付诸实战。这是因为，如果按战略侦察军团的提议进行攻击作战，那么首先，必须要知道攻击哪个迦姆基地会有效果，然后，在攻击这一基地的同时必须要攻击它的搭档基地。以FAF目前的作战能力来说，这很难做到。对FAF而言，主动攻击迦姆的一个主力基地已经是一场大规模作战，代价也很惨重。如果同时攻击两个基地，那么考虑到战略侦察军团的判断有可能是错误的，战斗力必须达到现在的两倍以上才相对安全。所以，现在把战略侦察军团的提案付诸实战无异于赌博，一旦失败，迦姆就会涌入地球。FAF不能做这样危险的豪赌，只能等待时机。这是FAF最高战略会议做出的判断。但是FAF并没有完全无视战略侦察军团所做的工作。在制订攻击利奇沃基地的作战计划时，FAF决定同时将库奇基地作为打击目标。也就是说，战略侦察军团认定的搭档基地，是利奇沃和库奇。

FAF的任务是迎击飞来的迦姆，想尽一切办法阻止迦姆入侵地球。如果越过这个设定，主动攻击迦姆，那一定会受到迦姆的打击报复，FAF很清楚这一点。然而只要提前知道反击的主力军从哪里来，就能进行防卫，这样的话就可以执行进攻战略。至今为止FAF防卫迦姆的反击时都没有针对性，但是如果知道敌人从哪里来，就能设置有效防线。总之，如果不把迦姆的基地一个不漏地击溃，这场战争就永远没有尽头……

我们为何而战？零这样想着，将雪风驶向目标空域。FAF这个组织孤注一掷地在与迦姆作战。如果地球人的代表认为不再需要什么FAF，那么FAF就会解体。虽然照现在的情况来看地球人不可能做出这样的判断，但如果FAF现在的做法毫无成效，那么就会被重新编制，高层也会换人。FAF的高层人士所害怕的，恐怕是自己在组织中的政治生命的终结。这样的态度如果能在反迦姆战中发挥作用那便没有问题。但是，如果没有取得肉眼可见的战果，政治能力就会受到质疑。所以他们都拼尽了全力。在与迦姆作战的同时还必须在派系斗争中取得胜利，否则就无法继续担任组织高层。比起被迦姆杀死，他们现在更担心的是这些问题。战略侦察军团就是一个很好的例子——零感到自己突然醒悟了。军团声称发现了迦姆的战斗行动模式，是为了让这个组织能够存活下去。坚持把这种没有确凿证据的事情说成是一大发现，是因为如果不说点儿什么，组织就会失去存在价值。现在战略侦察军团拿不出有价值的侦察成果。"这样的军团没什么用，应该解体，并入战略空军团、战术战斗航空军团等组织"——面对这样的动向，战略侦察军团必须想方设法与之对抗。如果进行得顺利，组织就能安定，在FAF内部也会拥有更多发言权。这才是战略侦察军团的目的，打击迦姆不过是水到渠成。

也就是说，人类并不是作为个人在与迦姆战斗。因为人类并不是独自生存。在布克少校他们的眼里，这可能是理所当然的，但零总觉得哪里不对。在考虑如何得到名誉和权力并牢牢攥在手中之前，难道不应该先考虑怎样做才能不被迦姆杀死吗？这样想才是正常的吧。至少自己的想法是这样的。在个人生命这个问题上，其他人中的大多数应该也是这么想的，但是能否在组织中"活下来"也让他们非常挂心。认真的人都会那样吧。人是群居动物。如果被称为组织的群体面临危险，那么就等同于个人的生命面临危险，自人类诞生起便一直如此。猴子和狗也是如此。这是因为，无论是猴子、狗还是人，生存意识中都有"群居生活更安全"这一设定。自己恐怕也是这样。那么自己为什么会对这样的生存方式感到奇怪呢？奇怪的恐怕是自己吧。

你觉得自己一个人也能活下去吗？零在心里问自己。是的，自己是这么认为的。但是既然自己是人类的一员，那么这个想法便是错误的。在现实中，如果自己离开特殊战和雪风，独自与迦姆为敌，是不可能活下来的。那么这个错误的想法源自何处呢？答案是，特殊战的环境让自己抱有这样的想法。只要待在这个组织中，就不必为与其他组织之间的争端而发愁。这些事情会由特殊战的首领库里准将来处理。

"我们的命运都取决于库里准将的抉择"——零想起了布克少校的话。准将做得很好。甚至让战队队员认为可以独自活下去。零也没有忘记布克少校还说过"自己的生存战略要自己去考虑"之类的话。

对啊，特殊战和其他组织的不同之处就在这里。人类承认自己无法单独生存，但同时希望保住性命，哪怕只剩下自己。这很残酷。只有那些能够在孤独中生存、毫不在意别人的人才能忍受得了吧。在这一点上，特殊战的人的确与其他团体的人不一样……

"友机正在靠近。经确认，是从TAB-8返航的战术战斗航空军团第九战术战斗部队。共九架飞机。三分钟后从左舷侧经过。相对高度一千八，低空飞行。附近未发现迦姆。"

背后传来桂城少尉报告的声音。这是他在这次出击任务中说的第一句话。

"收到。"

零一边回应着，一边在心里想象这个沉默的男人在想什么。首先是任务。其次还是任务。他的心里只装着执行任务这一件事，尤其是桂城少尉现在身处并不熟悉的雪风上，恐怕没工夫考虑别的事情。即使他足够从容，还有心思干别的，那他可能也不过是像现在即将从旁边飞过的第九战术战斗部队的飞行员们一样，或是收听FAF慰劳广播的DJ节目，或是跟其他飞机的飞行员闲谈。像机器一样严格执行任务的冷冰冰的男人——别人也许会这样评价桂城少尉，但零并不这样认为。如果桂城少尉拥有跟自己一样的感性，那么与其说他是忠于职守，不如说他是只对与自己的生存紧密相关的事情感兴趣，所以才会如此表现。

"桂城少尉，"零试着跟后座那位搭话，"你之前在伦巴德上校那儿干什么工作？"

"这跟现在的工作没关系吧。"

意料之中的回答。

"有关系就麻烦了，库里准将觉得。不过对我来说都无所谓。什么话题都行，说说话不容易打盹。就是闲聊呗。你怎么看待迦姆？"

"怎么看待……你具体想问什么呢？"

真是像电脑一样呆板啊，零心想。自己之前可能也是这样吧。说不定，自己现在也还是跟他很像。

"你见过迦姆吗？"

"没有。"桂城少尉回答。

"连你都没见过啊。你可是FAF的人，而且还在情报军待过呢。"零说，"地球上的人怀疑迦姆是否真实存在也就不难理解了。"

"你是不是怀疑迦姆不存在？"

"你为什么这么想？"

"我觉得因为你在怀疑，所以你想让地球上的人或是我也看一看确认一下。"

"我不怀疑迦姆的存在。不灭掉他们就会被他们灭掉。我怀疑的是，我们所看见的也许并不是迦姆的真面目。我们看到的是影子，而迦姆的实体是不可见的。我们是在跟影子作战，一种有实际威力的影子。"

"所以呢?"

"没什么。"零说,"只是说我是这么想的。我也想知道你的想法,所以刚才问你。"

"说实话,我没考虑过。在情报军的时候,主要是和人打交道。任务目标不是迦姆,而是人类的奸细。我们调查他们的监听手段和通信方式等等。我主要负责调查电子手段。迦姆是什么,跟我的工作没关系。"

"在特殊战那样可不行。如果不思考自己在和什么样的敌人作战、迦姆是什么,就没法工作。"零一边用肉眼确认第九战术战斗部队的九机编队从左舷侧低空飞过,一边对桂城少尉说道,"你是怎么想的,我不知道,反正我可不想死在原型不明的对手手里。"

"雪风也是吗?"

"对。为什么这么问?"

"你真觉得雪风有自己的意识吗?"

"你听谁说的?"

"关于雪风,布克少校给我讲了很多。当时他没说雪风有意识,但是他告诉我,因为战队的战机学习了各自驾驶员的驾驶方法,因此有着不同的个性,已经被优化为最适合各自驾驶员的战斗机械,所以乘坐别的战机时必须注意。"

"我也不认为雪风拥有跟人类一样的意识。迦姆也是。我们不知道它们有没有意识。但是它们有根据我们态度、情况的不同而转变态度的能力。雪风做的一些事,让我觉得它的行为并不是无意识的、条件反射性的,它拥有超越这些的类似于意识的东西。"

"这只是因为你没有完全理解录入雪风的行动程序和电脑硬

件吧。雪风经过不断学习，已经变得非常复杂，不仅是你，雪风的那些构造已经没人能够完全理解了吧。因为不能理解，所以就算雪风仅仅是在做无意识的、机械的逻辑运算，别人也会觉得它好像有意识。电脑是高级的模拟装置，什么都能模仿。人们可以让它的运转像有意识的自主行为一样。"

"你只凭脑子来思考。你没体验过雪风，所以才会这么说。"

"你是说我的想法都是纸上谈兵？确实，你驾驶雪风很长时间了——"

"雪风有没有意识都无关紧要，桂城少尉。问题是，雪风行动时就像有意识一样。原因可能正如你所说，我并不打算否定你的说法。重要的是，我们没法理解雪风。你脑子里也很清楚这一点吧。事实跟你想的一样。雪风拥有我们没法窥知的'某种东西'，有可能是意识，有可能是跟意识很像的无意识的模仿功能，也有可能是跟人类在性质上完全不同的机器意识。不过，是什么都无所谓。"

零觉得，追问那是什么，等同于追问意识是什么、雪风会做梦吗、提出这个问题的我是什么等学术命题。思考这个问题很有意思，可以消磨时间，而且有助于理解雪风，所以零并不认为这个问题无关紧要。但这终归不是一个能很快得到答案的问题。不过不立即回答，也不会影响执行任务。应该像解一个复杂的谜语一样，享受这个解答的过程。

"重要的是，如何跟我们无法理解的雪风的'某种东西'进行沟通。那'某种东西'才是雪风的本质。"

"没想到你会把虚无缥缈的东西当成电脑的本质啊。"桂城少尉顿了顿，又说道，"我想说的是，你所认为的雪风的本质，也许是你的错觉。我之前也一直做着电脑操作的工作，也一直感觉电脑就像是有意识一样。你所谓的雪风的本质,很有可能是你自己想象出来的东西。你跟它交流,等同于你在自问自答。对于你来说,雪风可能就是你自己的影子,也就是说,你在跟镜子中的自己交流想法。就是这样。这很愚蠢。"

"你是说,我跟雪风的交流,其实是我的独角戏?"

"没错,的确可以这么说。"

"你现在在跟谁说话,桂城少尉?"

桂城少尉愣了一下,"什么意思?"

"你觉得我有意识吗?你怎么知道我的意识不是从你衍生而来的影子?你也有可能是面对我这个影子,在演独角戏呢。"

"我跟你说话时相信你是人类。你等于在说你自己可能不是人类。你是……迦姆吗?"

"这个问题,你如果不跟我交流,就得不到答案吧?或者说你只能通过我的行为去判断。雪风也是这样。迦姆也是。他们是影子,实体可能是我自己。这种可能性我从来没想过。原来如此啊,也的确是可以这么想的。闲聊也很有意义啊,少尉。"

桂城少尉沉默着。

"如果想看清迦姆的真面目,不管怎么说,只能先试着和它们交流。"零说,"这跟对方有没有人类的意识没关系。如果它们有跟人类不同的意识,或是跟意识性质不同的别的'什么东西',那么人类想去理解,从理论上来说可能是办不到的。大概人类连自己的意识都没研究清楚。但是,拥有'什么东西'的它们,应该是有自己的想法的。既然它们有想法,那么我们就能够和它们交流,我想说的就是这个,桂城少尉。这并不是什么艰深的抽象理论。跟研究雪风的驾驶方法差不多。"

零握好操纵杆，踩下踏板①，急速横滚②90度，倒飞③，横滚270度，回归水平飞行。四点停顿间歇横滚④。雪风的反应很灵敏。把操纵杆向右推，雪风便在保持行进的同时将机头向右偏。零没有看向机窗外，而是继续注视着主显示器，因此雪风判断这是一个无意义的飞行姿态，响起了警报声。显示器上也出现一行警告："飞行姿态异常。"只要按下开启空战模式的开关，警报就会消除，但是零不那样做。于是零刚才的操纵指令自动撤销，机头转回到了正常的行进方向上。零做了什么、雪风如何反应，从后座的显示器上也能看到。

"这个行为是出于雪风自己的'某种东西'，还是在执行程序的设定、将飞机调整回最优飞行姿态，都无所谓。重要的是，我们这样做，可以明白雪风的想法。如此日积月累……"

"如果这也叫沟通的话，"桂城少尉打断了零，"那么我们敲钟，钟声响了，也成了我们跟钟沟通了。"

"这个比喻挺有意思。是啊，敲了就会响。也许钟有一被敲就要发出声音的想法。是谁让钟有了这样的想法，人类可能永远都找不到答案。但是，它是否有这个想法，这一点是可以确认的。只要敲敲看就行了。想要探索钟的本质，恐怕只有这一个办法吧。"

"真是不可理喻……你是想跟雪风说话吧，就像跟宠物说话一样。"

"宠物多好啊。也许是你说的那样。如果和宠物相处不好，

---

① 用于控制方向舵，使其左右偏转，从而控制飞机航向。——译者注
② 飞机以飞行的正方向为轴向，绕轴向进行翻滚。——译者注
③ 飞机机腹朝上背部向下飞行。——译者注
④ 360度横滚，每90度进行一次停顿。——译者注

它就会咬你。——利用雪风，我们可以攻击迦姆。但迦姆却不知道自己是被人类攻击了。我觉得这样没意思。我想让雪风告诉迦姆，是我在驾驶它。"

"你是个天真的人。"

"你也是。我们都很天真，不谙世故。也许我们现在都只是在自说自话呢。"

没有回答。桂城少尉也许厌倦了闲聊。零也没再说话。

过了一会儿，桂城少尉用不含感情的工作语气，向零报告说附近有空中加油站。

"三分钟后抵达。与加油机联络。加油站空域天气良好。无须改变航向。"

"收到。"

雪风自动保持着最优的飞行姿态，是出于雪风的"想法"——不仅是桂城少尉，别人恐怕也会觉得这是荒唐的错觉，是"不可理喻"的吧，零心想。

可是，他们之所以能够那样说，是因为没有体验过雪风。那些跟雪风无关的人怎么说都无所谓。反正人都是生活在自己的错觉里。别人选择怎样的活法，跟自己没关系。但是，如果跟自己一同乘坐在雪风上的人，也对雪风抱有跟身为驾驶员的自己不同的看法，那么就有可能在选择驾驶方式上产生不同意见，这在紧急时刻也许会危及生命。

零很想和桂城少尉在对雪风和迦姆的看法上达成一致。他甚至觉得，如果自己能够认同桂城少尉的想法，认为他冷静的观点比自己的想法更为合理，那么自己去迎合他的观点也没关系。但无论怎样，想要和这个男人配合默契地执行好任务，还需要一段时间。也许要一同经历几场恶战才行。

完成空中加油后，零调整好状态，向着战斗空域进发。

战斗还在继续。

3

雪风此次侦察任务的目标，是迦姆的库奇基地，"库奇"是FAF起的代号。雪风到达的时候，这里已经毁灭殆尽。根据雪风的检测，库奇基地以及周边地区已经不再发射雷达电磁波，这也能够说明库奇基地已经被摧毁了。雷达站可以说是基地的眼睛，是基地防卫的核心要塞。FAF在作战时，首先彻底打击了多个雷达站，此后虽然受到了菲雅利时间连续四天的激烈抵抗，但成功摧毁雷达站后，基本上就等于成功了八成。

但FAF并未松懈，采取了将前来迎击的迦姆战机全部歼灭的作战策略——全部击落，一架不留。

基地里一些被破坏的地上设施在雪风上肉眼可见。最大的那个仍冒着黑烟。可以看到，有三条滑行道呈三角形围住中心设施，其中两条已经被对地导弹完全摧毁，变成一截一截的，但另一条却奇迹般地保持了原来的形状。这是因为作战策略里要求要"留一条到最后"。

为了对迦姆的基地进行直接调查，FAF第一次采取这样的作战策略。布克少校告诉零，这好像是战略侦察军团强烈要求的结果。战略侦察军团推动FAF做出这样的决定，当然是打算自己负责侦察该基地，但是FAF高层是不会把调查任务单独交给这一个军团的。调查当然要做，但比起调查，FAF的真正目的是夺取该基地。如果只是攻击敌军基地，而不进一步把基地据为己有，那该基地又会神不知鬼不觉地被修复，这样一来便没有了意义。零想，现在掌控FAF的高层人士恐怕认为从前的FAF在过去的三十年里一直进行着无意义的战斗。战略侦察军团"发现"迦姆的基地是一对一对地活动的，这肯定也影响了高层的判断。他们的想法是，库奇的搭档基地利奇沃已被摧毁，库奇得不到它的支援，所以现在夺取库奇基地是有可能成功的。以往进行这样的作战后，一定会受到迦姆其他基地的反击或是针对菲雅利基地的大规模报复袭击，但这次却没有。FAF的高层认为，战略侦察军团的"发现"恐怕是正确的。

然而，特殊战有不同的看法。首先，迄今为止的战斗绝不是无意义的。在不让敌人发现我方真面目的情况下，FAF收集了情报。迦姆一直以来不以人为对手，是因为它们不知道操纵FAF战机的是人类。如果FAF在早期就把陆军送往敌军基地进行占领，那这场战争可能会有完全不同的走向。而如果迦姆更早以人类为攻击目标，那么人类现在可能早就灭亡了。FAF始终坚持防御战，这样的战略一直保护着地球人，怎么可能没有意义呢？然而，历代高层换届时，FAF都会被一味防守无法解决问题、应该转守为攻的论调所左右。可是，在不清楚敌方的实体和目的的情况下就将那样的想法付诸实战是非常鲁莽的，实际上那种作战也从未取得什么了不起的成果。不过FAF好像认为这一次的作战进行得很顺利，看上去很顺利。但特殊战认为这样想还为时尚早。战略侦察军团的主张目前并未被证实。虽说这次没有发现来自利奇沃基地的敌方的支援，也没有遇到之前遭受的那种反击，但这并不一定和战略侦察军团的"发现"有关，迦姆有可能是因为别的理由而选择静观事态的发展，不，不是有可能，是一定如此——布克少校是这样考虑的。他还认为这就是迦姆针对FAF战略的转变。我们不能中它们的圈套，夺取库奇基地的作战是危险的。迦姆也许在等待着人类集团大批送上门来。可以想见，以迦姆现在的能力，能够把这些人变成复制人，而且FAF分辨不出复制人和人类的区别。这样的结果是，FAF会因为内部人类的自相残杀而灭亡。

布克少校认为，现在不该考虑夺取敌军基地的事，只要像往常一样对基地进行破坏就可以了，即使它又被修复，我方做的也不是无用功。至少我们暂时性地剥夺了迦姆的作战力量，而且还有可能得到迦姆修复方法的相关线索。如果一定要夺取敌方基地，那么被送到陆上进行作战的也不该是人类，而应该是像雪风那样拥有智能的装甲车之类的战斗机械。但布克少校的声音却没能传到FAF高层的耳朵里。虽然布克少校也曾认为人类应该是这场战争的主角，但是他现在意识到，如果迦姆将人类锁定为作战目标，那么血肉之躯的人类上前线是非常危险的，我方必须有高度机械化的部队，这是毋庸置疑的。当然，布克少校认为，FAF当局应该也是这么考虑的，但是FAF是不是真的打算编制陆上战斗部队、开始陆上作战，其真实意图并未传达至特殊战。布克少校不知道，FAF高层是不是在充分认识到迦姆已经把复制人派到FAF这一事实的前提下，采取了这次作战行动。此次作战行动中，夺取敌方基地计划的详细内容并未告知特殊战。也许FAF高层认为，旧版雪风与迦姆的接触，使得特殊战的情报系统被污染，因此不能把迦姆基地夺取作战的相关信息泄露给特殊战。如果真是这样的话，那么特殊战恐怕很快就会被FAF毁掉。这跟特殊战是否忠于FAF、是否有背叛行为之类的事无关——因为危险，所以肃清。电脑集群也会被销毁。这样的可能性是存在的。

总之，事态急剧变化，超出特殊战的预想。特殊战必须弄明白FAF和迦姆出了什么事，然后进行应对。不清楚的事情只能靠自己来调查。这是为了自己能够生存下去。

"给我好好地侦察。"这是布克少校为零和雪风送行时说的话。

为了收集战斗情报，特殊战投入了战队的全部战机，轮流进行侦察。在雪风到达之前，负责侦察任务的是无人机雷芙。雷芙通过渐渐靠近的雪风所发射的敌我识别（IFF）信号，得知雪风已经到达，于是按照程序设定踏上归程。

雷芙没有在空中把自身经历的相关信息传输给雪风。任务要求雷芙将情报直接带回基地，以防被迦姆截取。零之前猜想雷芙也许跟迦姆交了一次手，但现在看来雷芙好像并没有受到迦姆的迎击。雷芙为了躲避攻击危险，在比载人特殊战机通常的位置更远的地方进行侦察。虽然雷芙不会靠近危险空域，但是如果被敌机盯上，就必须高速飞行以甩开敌机。如果敌机穷追不舍，那就避战撤退。只有在认为无法逃脱之时，才会开启战斗模式。雪风到达时，雷芙还有燃料，这便说明雷芙没有遇到那样的突发情况。

只保护自己，不正面战斗。即使友军战机情况危急，也不能采取会将自己置于险境的支援行动。对战友见死不救，只负责记录战况、带回基地。以此为行动准则的特殊战对友军战机来说当然是什么忙也帮不上，但对迦姆来说，特殊战的战机可不仅仅是碍眼，所以迦姆一定会迎击。可是这次的情况却不同。战斗一打响便出击的蜜可思仿佛完全被迦姆无视了，没有受到任何攻击，此后也是如此。雷芙也不例外。雷芙没有遇到任何阻碍，顺利地完成了任务，并不是因为这场战斗已经接近尾声。这两者之间好像并没有关系。零想：迦姆会不会只是对雷芙这架无人机做出了不同的反应？但好像又不是。迦姆的行为一反常态。

零告诉桂城少尉，他们将比雷芙更接近基地，进行情报收集。雷芙的飞行路线非常简单，只是以库奇基地为中心绕其飞行，但载人机可以根据机上乘员的判断，灵活选择路线。战机有很多种战术侦察飞行模式可供选择，有战斗经验的副驾驶会根据情况，从这些被称为蜂舞模式的路线中进行选择，并告知驾驶员，而驾驶员会立即照办。这些模式也可以自动飞行。可是桂城少尉还没什么经验，零觉得只能靠自己来判断。然而，桂城少尉比预想的要优秀。他明白零想做的事，选择了循环8字这个模式，也就是让战机以基地上空为中心不断在空中画"8"字飞行，这样就可以集中观察基地。这个模式的设定是，最开始先以八千米以上的高度飞行，之后慢慢下降。

零遵从了桂城少尉的选择。虽然这个飞行模式很危险，但现在并不是在进行激烈的空战。留在这里想要还击的迦姆已经所剩无几，周围也没有FAF对地攻击机的影子，只有擅长缠斗的小型战斗机的编队在空中盘旋。

在那条仅剩的滑行道的一端，有一个建筑物，应该是与地下机库相连的。可以看到，在靠近滑行道的那一侧，有一个洞开的出口，像一座白色的小山一样隆起着。这个地方没被破坏，可以说，留在基地里的迦姆如果想逃脱，这里是唯一的出口。间或有好几架黑色的迦姆战机一齐出现在出口，开始起飞。FAF会像打苍蝇一样把它们击落，在它们刚刚离陆、已经离开滑行道的时候。

零感到，在那个洞的深处，有一个像蚁后——而不是苍蝇——一样的首领。这感觉真像是在摧毁蚁穴。FAF当局打算用怎样的手段夺取这个基地呢?从洞口灌入杀虫剂吗?着陆的人类,会在地下看到什么呢?恐怕什么也看不到,零想。很有可能不是什么都没有,就是还没来得及看就遭到了意想不到的反击,全军覆没。迦姆如果放弃了这个基地,就不会留下任何线索;如果打算死守到底,就会以这个洞穴为陷阱,诱敌深入。人类不会轻易地看到迦姆基地的内部——在几十年的时间里有过多次窥探的机会,但却都没能成功,就是最好的证明。事情哪会那么顺利呢,零心想。

雪风降低了飞行高度,在空中盘旋。

雪风选择了低空路线,距离滑行道非常近,看上去好像几乎要着陆了。就在这时,那家伙出来了。一架迦姆机。只有一架。是比较大型的游击式高速战机。它进入滑行道,开始加速。FAF 的战机全都掉转机头,准备迎击。

零预想的事情,以另一种形式发生了。从雪白的沙地上飞出了好多迦姆机。有两种。一种是对空导弹。它们飞离沙地后在空中点燃火箭引擎,在加速过程中像自爆一样在空中散开。它们不是自爆,而是各自分离成了无数个小型导弹,飞向进入迎击状态的 FAF 战机,变成了无数的导弹群。另一种是短距离迎击型的小型战机,多得数不清,也来不及数。

刹那间,雪风从正在前进的迦姆机的机顶上超了过去。没时间瞄准。零猛地回头,只见 FAF 战机群几乎同时受到了迦姆的袭击,惨遭歼灭。它们根本来不及抵抗迦姆突如其来的反击就被击中了。为前进中的迦姆机护航的迦姆编队向雪风追来。零驾驶雪风急转弯。只见地上发生了异常情况。以基地中心为圆心,冲击波以超音速在沙漠上扩散。然后,从基地中心开始,整个基地开始陷落。那巨响在机内都能听到。库奇基地变成了一个巨大的火山口。

为了让一架战机逃走，零想，迦姆保存着逃脱时所需要的火力，一直耐心地等待FAF的进攻松懈下来。然后，他们放弃了基地，并不打算像之前一样将它修复。可这是为什么呢？为什么选择现在？

"大量疑似敌机正在靠近。"

桂城少尉的声音很紧张。攻击管制雷达已开启超级探测模式，零冷静地看着无数的迦姆机飞入了雷达的探测范围。

"等支援机到了就来不及了，"桂城少尉说，"现在离我们最近的是……"

"别指望什么支援。"

零也知道，在没有支援的情况下，想要逃出生天很难。像这样被无数的迦姆机包围，还是第一次。

"敌方的要害是从滑行道起飞的那架飞机。"其他的小飞行器不能长时间飞行，都是拦截机，几乎是一次性的。"少尉，找到它。把它干掉。快导航。开始追击。"

零向桂城少尉宣告开始交战。

"收到。……背后飞来两架敌机。向右舷侧躲避。现在。"

零按照指令改变了航向。

"发现目标。正在高速接近。"桂城少尉说，"目标锁定。"

雪风的攻击管制雷达可以同时追踪多架敌机。现在雷达捕捉到了那家伙。蚁后。不，是蜂王吧。那家伙恐怕没打算给雪风留活路，零想。

雪风掉转方向，避开了从前下方飞上来的新的迦姆小飞行器。

零注意到，这附近的敌机群行动很反常。它们没有攻过来。

从沙地里飞出来的导弹群，也没有一颗射向雪风。

"深井上尉，随时都可以，搭载的所有导弹都没问题。"

"我知道。"

把机身调整回水平状态——按理说现在顾不上——零向驾驶舱外望去，用肉眼搜寻着目标。它正从右上方冲过来。

"危险！"桂城少尉叫道，"你在干什么？"

"没有检测到攻击瞄准波。"零说，"那是什么？你看，那是……"

"是迦姆。还用说吗。快攻击……"

桂城少尉大吃一惊。一段令人难以置信的雪风的话显示在屏幕上。

＜不要碰我／我会尝试与目标机联系／不要进行攻击……上尉＞

零看到那架迦姆机打开了起落架。如果这不是故障，那么就是它在宣告自己没有要战斗的意思。这家伙一直在等，零恍然大悟。忍受着猛烈的攻击，等待雪风出现在库奇基地的上空，只为和一定会出现的雪风对话。

4

雪风的话让桂城少尉感到震惊。刚才少尉坚称雪风的意识是零的错觉，但现在雪风的这种行为就在他眼前。

桂城少尉屏住呼吸，盯着屏幕。少顷，他叫道：

"什么啊，这是。雪风在说什么？"

零也把目光移向屏幕，看着雪风的话。雪风在说，自己要试着和敌机通信，桂城少尉不要妨碍自己，深井上尉不可以攻击目标。

"真是可笑,"桂城少尉说,"上尉,是你让它显示的吧?"

"我怎么能做到?"

真正可笑的是桂城少尉。零没有闲工夫这么做,能做到的反而是桂城少尉。如果这是一个陷阱,那么桂城少尉才是迦姆,零想。

零猛地启动了空气制动器,使雪风减速,等敌机掠过之后,立刻关闭制动器进行加速,占据了射击的最佳位置。然而目标机并没有想要甩开雪风,也没有躲避。零驾驶雪风绕到它的右舷侧,这家伙立刻向左侧大幅度转弯,好像在说"跟我来"。雪风的速度更快,但由于是在曲率半径更大的外侧飞行,所以两架飞机几乎在并肩盘旋。虽然是在环绕飞行,但迦姆机的机身几乎没有倾斜。

桂城少尉清楚地看见,那架飞机的前轮朝下伸着。机身像影子一样黑。沐浴着菲雅利双太阳耀眼光芒的那一面和不受光照的阴面没有区别,都是一样的黑。因此,虽然与它近在咫尺,仿佛伸手就能够到,但却看不清机身的形状。当然,黑色的机身仿佛是从身后的背景上剪下来的,轮廓非常清晰,但它的立体形态却不是一眼就能看出来的。

为这架迦姆机护航的小型敌机群重新编队,兵分三路,迎击朝这边飞来的 FAF 机群。桂城少尉为了与那些 FAF 战斗部队取得联系,触摸了触控屏。结果伴随着警报声,屏幕上再次出现了雪风的话。

<do NOT touch me>

——别碰我。

雪风的意思是,不要干扰通信系统。桂城少尉不得不照做,也不得不认同零之前说的话——雪风有没有意识都不重要。

雪风的行为到底是程序驱动的结果，还是难以解释的雪风的"某种东西"使然，在这危急关头，确实都无关紧要了。总之，雪风做出了高度的独立判断，这一点是事实。可是，雪风毕竟是机械，它的指令可以全盘接受吗？

零看出了桂城少尉的犹疑。这个男人作为副驾驶，恐怕忍受不了什么都不做，他也许在想，这会成为责任问题。

"不要违背雪风的意思。"

"可是，上尉……"

"这是我的判断，少尉。这是机长命令。遵从雪风的指令。违背是很危险的。"

如果应对不当，雪风很有可能把后座弹射出去。前座也是。零不认为这是荒谬的幻想。雪风是能够这样做的。

裹在飞行员手套里的手掌因为紧张而濡湿了。桂城少尉不知道该不该老老实实地听话，将要发生什么也完全无法预测。而且零正在尽全力让雪风不要跟目标机拉开距离。看上去目标机的姿势几乎没有发生变化，但它的盘旋半径实则越来越小。

<don't lose track of BOGY...Lt.>

雪风在对零说："别被目标机甩掉，跟着它，保持现在的间距。"

盘旋过载在加剧。胳膊已经不听使唤了。但目标机仍在从容地盘旋着，雪风与它之间的距离渐渐拉大了。

<加大马力>

雪风这样说。过载限制自动解除了。"不行，身体受不了。"零手动重设了限制，告诉雪风自己拒绝。结果，限制又一次自动解除了。

想要跟上目标机，就必须再加马力。可是如果继续加速的话，就无法缩小盘旋半径了。在机身散架前，里面的人恐怕早已一命呜呼。现在二人正像是在离心机里一样。即使无视人类的身体极限，从雪风的机动性能上考虑也几乎已经没有加速的空间了，现在雪风已经快要脱离盘旋路线被甩出去了。零能够预想到，只要稍有操作失误，现在艰难维持的平衡就会崩溃，雪风马上就会进入螺旋下坠的状态，万劫不复。

零设置过载限制，雪风将其解除，如此反复。这分明是吵架，零想。

自己为了身体安全不想做的事，雪风却不依不饶地非让做。

迅速地反复较量了四个回合，雪风说话了。

＜保持稳定／立即增加动力／你能做到……中尉＞

零突然明白了。雪风要求加大马力，似乎首要目的是保持自己机身的稳定，而并非只是为了追赶迦姆。

的确，如果继续像现在这样盘旋，一旦不小心做了减小马力或是摆动机头等操作，机身就会立刻陷入不可控的尾旋状态。为了避免这种危险的状况，现在要做的是保持速度，谨慎地加大马力是合理的判断。零是这样理解的。

雪风说的是，身为驾驶员的零不应该不明白这一点。这可以理解为恳求，也可能是雪风认为想要说服零必须这样讲。零也确实明白。可是，照做之后会怎样？

"雪风，你想杀了我吗？"零一边忍受着过载，一边声嘶力竭地喊道，"这个迦姆想干什么？回答我，雪风。我在什么都不知道的情况下，怎么能接受你的要求？跟我解释清楚。雪风，你明白我的话吗？"

＜立刻加大马力。你只管做，深井上尉。＞

如果雪风认为驾驶员帮不上忙，恐怕会在屏幕上显示"按下自动机动开关"的指令，让零把机动控制权交给它自己吧。不打招呼直接那么干，雪风应该也是能做到的。但是它没有那么做。雪风是信任自己的——零做出了判断，左手握住节流阀拉杆，稍稍向前推动，回应了雪风的要求。雪风随即继续在屏幕上显示道：

＜我有MAcProII/启动……上尉＞

"少尉，雪风的中枢电脑里有一个叫仓库的应用程序，把它打开。启动里面的MAcProII。快！"

桂城少尉也读了雪风的那句话。少尉不知道MAcProII是一种怎样的应用程序，他不记得自己得到的预备知识里提到过雪风有这样的程序。然而没有思考的时间，只能遵从身为机长的零的指令。桂城少尉打开了保存着名为仓库的应用程序的存储空间，果然看到了一个叫作MAcProII的程序。少尉发出启动的指令。画面切换了。

"用这个做什么？"桂城少尉问。

启动的程序马上在屏幕上做出了回答。

＜这是用于预测目标机行动的心理分析工具。请输入目标机数据。正在输入……＞

零用主显示屏的一部分显示这个程序的情况。数据在自动输入。可以猜到，这是雪风传输过来的迦姆的PAX代码。它是想预测这架目标机的行动啊。

不，即使不使用MAcProII，雪风应该也能预测出迦姆想要干什么，零想。然而，雪风还是特意让他们使用MAcProII，与其说是将它当作预测工具，不如说是为了让它把自己的想法翻译成人类的语言给机上的人看。MAcProII有自然语言处理引擎，

273

能够流畅地用人类的语言进行交流。恐怕还有辞典为它提供丰富的词汇。好像还可以语音输入。零凭直觉判断，雪风是想利用MAcProⅡ的引擎部分跟机上的人交流。

一个想法击中了零——雪风不想停留在只言片语，它想更自由地与自己交谈。

"雪风，这个迦姆在干什么？"

MAcProⅡ立刻做出了回答。但回答的内容并非是它预测的结果，正如零所料想的，很明显是雪风的想法。然而现在的零却顾不上为此而激动。

＜目标机正在通过紫外线调制进行通信。通过SSL版本1·03协议反复发送'follow me'标签＞

FAF以前就已经确认，迦姆机从靠近机头处的缝隙里发送紫外光，以在视距内相互判断对方的位置。迦姆机的这个装置就像FAF机配备的夜用航行灯一样。现在目标机试图通过改变紫外光的强度和波长进行通信。据雪风所言，它在说"跟我来"。用肉眼则完全无法分辨。

"真是荒唐，"桂城少尉说道，"它是说迦姆破译了SSL？"

SSL是特殊战的密码通信手段，然而它好像被迦姆破译了，这对桂城少尉来说是个打击。而雪风所说的标签，是一套符号，用来表明发送信息者的身份，或是表明通信结束等。如果想要表达想法，将它罗列即可。

但零却感到无所谓。1·03版本是旧版雪风执行任务时用的。零觉得迦姆成功将其破译是理所当然的。

目标机说"跟我来"，这可以理解。但是，目标机为什么要不断缩小盘旋半径呢？迦姆是想看看雪风能跟到什么程度？盘旋过载如果继续加大，人体就承受不了了。零怀疑，目标机是在确认人类身体的极限。

"这个盘旋机动的意思,你明白吗?雪风,回答我。这个迦姆想干什么?"

<根据MAcProⅡ的推测,>雪风把回答显示在了屏幕上,<目标机想和你直接通话。但是它不想让FAF的其他战机听到谈话内容,所以正在试着把你引导到一个不会被打扰的地方。我认为MAcProⅡ的推测是对的>

"不会被打扰的地方,是哪儿?"

<UNKNOWABLE WAR AREA>

——不可知战域。

零不禁发出了一声痛苦的呻吟。因为承受过载,零现在连呼吸都很困难,但雪风的回答更是零所不愿接受的。这无异于让他前往有去无回的地狱。

"这个莫名其妙的战场是什么意思,上尉?"

桂城少尉承受过载的能力确实比自己强,体检的结果是正确的。零的脑子里浮现出这些无关紧要的念头。大脑运转得很慢。

不可知战域是……自己被迫吃了巴格迪什少尉的肉之后,零回想着……不,是更早以前,没错,零想起来了,自己曾用雪风载着那个从地球来到FAF采访的男人——好像是叫安迪·兰德——进行体验飞行,就是在那时进入了不可知战域。那是一个怪异的空间,里面有像是用机械的零件搭起来的森林,森林里有黄色的池沼。兰德把手伸了进去,眨眼间手腕前的部分就消失了……那像是一场梦,然而回到了正常空间,兰德的手也没能复原。零在报告中写道,准确的地点并未查明,或许那个未知的空间根本就不在菲雅利星球上。因此,那地方被命名为"不可知战域"。这是一个专有名词,雪风知道,桂城少尉不知道。

当时,雪风的燃料供给系统受到干扰,引擎停转。想要脱身,只能在激烈的电子战斗中胜过迦姆,雪风做到了。当时自己帮不上忙,只能祈祷着不要输,零回想道。然而这次迦姆的目标,恐怕是身为人类的自己吧。

到了这一步,已经没有退路了。现在的情势,正是布克少校之前所希望的,零下定了决心,和迦姆接触,带着情报回去。活着,回去,一定。

"雪风……准备和目标机进行电子战。不要大意。那家伙可是迦姆。"

<everything is ready/I don't lose/trust me...Lt.>

——一切准备就绪,我不会输,相信我,上尉。

雪风用自己的语言系统显示了这句话。零相信雪风,也相信自己的判断。

"少尉,注意看空间无源雷达[①],根据预测,迦姆的前进路线会发生变化。好好盯着。准备予以打击。"

桂城少尉不知道零和雪风在什么事情上达成了默契。但是少尉想,他们自己知道他们身上将会发生什么。

用于电子战的雷达显示器上显示着由多个雷达的信息合成的画面。雪风并未干扰。看来雪风也遵从了机长的指令。

雪风确实让人感到它有意识,它的这种机械智能到底是什么呢?然而桂城少尉冷静地判断出,即使问它这个问题也没有

[①]一种不用发射机发射能量而靠接受温热物体或他源反射的微波能量探测目标的雷达。无源雷达本身并不发射能量,这就使得探测设备和反辐射导弹不能利用电磁信号对其进行捕捉、跟踪和攻击。——译者注

用。雪风面对这个问题，恐怕只会回答一句"我是雪风"。深井上尉也是一样，肯定会说"我就是我啊，少尉"。少尉想知道的是，他们想要干什么、他们和迦姆是什么关系。想得到答案，没必要问他们接下来会发生什么之类的问题，只要跟他们一同经历，自然就会明白。

桂城少尉冷静地执行着机长的命令。想知道真实情况，最好的办法就是去亲身经历——少尉想起了伦巴德上校的这句口头禅。上校还说过："但是，你自己不必对经历做出评价，评价由我来做。"总而言之，伦巴德上校的意思是，部下是自己的左右手，但大脑还是要用自己的，左右手不要多管闲事。对此桂城少尉并不感到异样。对于部下，上校所期望的只有执行力，他们的人性如何都无关紧要，这是桂城少尉的理解。人与人之间的信赖和背叛都与桂城少尉无缘。少尉并不是因为害怕被人背叛而不与任何人深交，而是因为他觉得与人相互信赖、互通感情毫无意义，对他来说那样的人际关系既无聊又烦琐。桂城少尉这种为了满足自己的兴趣，不在乎他人的感受、执着追求、并且决不让自己受伤的人，对于伦巴德上校来说，正适合当左右手。而从桂城少尉的角度来看，在上校这种不希求复杂人际关系的上司手下，也更容易工作。

桂城少尉明白，伦巴德上校之所以把自己调走，是因为想要获得特殊战的情报。然而伦巴德上校和特殊战之间做了怎样的交易，少尉都认为和自己无关。少尉只想按自己的喜好活着，上校如果来问什么，自己没有回答的义务。如果上校来做工作，少尉打算说"我已经不是你的左右手了"。少尉甚至有点期待到时候上校的表情。活着是为了自己，而不是为了其他任何人。别人的想法与自己无关。只要自己活得好就行了——少尉不相信会有人非难这种想法。

深井上尉信任雪风这个真实面目不明的智能机械，并且将自己的生死寄托于雪风的判断，对此桂城少尉无法理解。这不就像是把一个误差未知的仪表所显示的数据作为行动依据吗？这几乎等同于自杀行为，少尉一边这么想着，一边注视着屏幕。

FAF机还未与前来迎击的小型迦姆机编队接触。从开始追逐目标机到现在，还不到一分钟的时间。感觉雪风已经盘旋了好多圈，实际上还不到两圈。目标机和雪风向着中心不断缩小着盘旋半径，呈现出旋涡状的飞行轨迹。

空间无源雷达显示，目标机发出了超音速激波。雪风位于其外侧，桂城少尉认为，如果正面受到激波的冲击会非常危险。

突然，桂城少尉正注视着的画面上出现了一个白色的光点。少尉怀疑自己看错了。这个光点应该是什么东西在剧烈爆炸后将要发出冲击波的那一瞬间所显示的，此后冲击波应该立刻扩大散开，然而画面上的这个光点却一直保持着原样。承受着过载的少尉转向窗外，用肉眼向那个光点所在的实际方向望去。那是正在毁灭的库奇基地的中心上空，那应该就是刚才自爆后塌陷形成的"火山口"中心的上空，然而凭肉眼看不出任何的变化。桂城少尉怀疑是空间无源雷达出了故障。像是死机了一样。

基地自爆时，雷达清晰地捕捉到了冲击波。将捕捉区域最大限度地放大，可以看到其余的压力波[1]仍在继续扩散。那应该就是爆炸时的声音。这样看来雷达并没有出现故障，可是那个奇怪的光点还是没有变化。那个点代表着什么呢？

---

[1]指气体中的弹性波。声波属于压力波的一种。——译者注

有人告诉桂城少尉，空间无源雷达是能够在极低的温度下运转的超高灵敏度探测设备，昵称是"冰眼"。其详细信息是FAF的军事机密，因此桂城少尉无从得知，但他大致明白，总的来说它是一个捕捉空气密度不规则变化的装置。举例来说，透过阳光下的热浪看去，远方的景色会微微晃动，而"冰眼"捕捉的正是这种晃动的景色。它将透明的、肉眼不可见的空气密度的微小变化，通过超高速电脑进行可视化处理，呈现出来。如果的确是这样的话，那么没有时间上的变化就无法检测出密度的不同。也就是说，"冰眼"显示在屏幕上的点与线是在不断移动、变化的。

这个光点好像在震动。刚这么想着，光点立刻变成了一个圆。这个圆在慢慢地变大。雪风和目标机正要飞到里面去。

零也注意到了。机身在剧烈地颤动。虽然机身仿佛马上就要在空中解体了，但是应该还有缩小盘旋半径的余地，问题是人的身体能不能受得了。零下定了决心，绷紧了全身。雪风继续缩小盘旋半径，保持住马力。

桂城少尉感到眼睛疼，原来是汗水流进了眼里。桂城少尉这才发现，自己的身体并没有受到意识的控制，正在因恐惧而颤抖。少尉脑子里装的是，雪风和深井上尉想要干什么，只要跟他们一起体验了就会知道之类的想法，冷静得像是在考虑别人的事情，但是他的身体却在抗拒。

自己也在进行自杀行为啊。少尉这才对雪风现在的机动感到恐惧。生命正在遭受威胁。自己可能会死在这里。事情为什么会变成这样？少尉难以接受。然而，这是不得不接受的现实。但桂城少尉接下来看到的景象，又让人难以相信这是现实。

"冰眼"所显示的空域周围的景物是扭曲的，现在用肉眼也能看出变化。已经变成废墟的基地的上空,仿佛漂浮着一个巨大的凸透镜,上下都呈长纺锤形,而且在不断地膨胀。

少尉突然明白了,这是"通道",通向异空间的"通道"。少尉想伸长脖子看向屏幕,但由于过载一再加重,身体已经动不了了。

少尉看到,目标迦姆机做了一个横滚,随即就被白色的烟雾包围。那是因剧烈机动而产生的水蒸气。这么想着,雪风立刻受到了重击,仿佛被一只看不见的大手扇了一掌。

5

一片漆黑。零并没有感觉到自己昏迷了。也许自己是在一瞬间失去了意识,零想。警报声仿佛从很远的地方传来。咽了一口唾沫后,零的听力恢复了正常。虽然意识已经清醒了,但还是什么也看不见。灰蒙蒙一片。零把头盔的帽檐向上推,望向仪表盘。依稀可以看见主显示屏。机舱内烟雾弥漫。但警报声并不是火警。这是水,是薄雾。

"桂城少尉,检查机体的损伤情况,向我报告。少尉,醒醒!"

"我听到了……正在执行……飞行系统无异常。"桂城少尉呼吸急促。

"清理机舱环境。"

"除雾器正在运转……当前位置,不明。"

机舱恐怕曾在短时间内急剧减压,所以才会产生薄雾。座舱罩可能也被吹飞了。零一边这么想着,一边操纵雪风横滚,确认机体的反应能力,接着又转了一圈,确认上下方向。然而仪表已经失灵了。水平仪似乎已经分不清哪个方向是上方,在雪风横滚的过程中,水平仪突然猛地转向了意料之外的方向。

警报声是在提示"目标机跟丢了"。零解除了警报。确认广域搜索雷达正在工作。

桂城少尉发现,气压高度计和雷达高度计所显示的数值差距很大,远超平常的误差值。哪个数值更正确呢?少尉从雾气消散了的机舱向机窗外望去。少尉觉得两个数值都不对。雪风几乎是在贴地飞行。

窗外的景色很奇妙。光线昏暗。头顶上是无边无际的厚厚的云层。下方也是。少尉这才明白机身下方广阔的平面也是云层。雪风是在厚云层之间的清朗空间中飞行。可以看到,在遥远的前方,有一条蓝色的水平光带。那应该是云海的缝隙吧。为了检测雪风的尾翼有无损伤,少尉掉转机头。他发现无论机头转向什么方向都能看到那条明亮的裂隙。尾翼后方的裂隙是红色的。裂隙整体上像一个光环。

"机翼的损伤用肉眼无法确认。当前高度约三万米。恐怕现在已经不在菲雅利星球上了。"桂城少尉汇报道,"这里应该是一个人造空间。高度计的数值不准确。"

"我想也是。"零说,"上面也有一个反射电磁波的巨大平面。"

"……什么?"上下方的"云层",恐怕是比地面还要广阔的坚壁。雪风似乎正处在这两者的夹层里。"这是迦姆的移动用空间通道。"

"也许是吧。"

"这样一直飞能飞出去吗,深井上尉?"

"不知道。可是迦姆应该会在我们出去之前来找我们。你注意观察。"

引擎状况良好，但几乎感觉不到雪风正在前进。周围很安静。虽然机舱内的气氛有些异样，但后座的桂城少尉并没有陷入恐慌，而是冷静应对，这让零放下心来。雪风始终沉默，只在主显示屏上显示着"搜索警戒中"的信号，但它一定正在竭尽全力地搜索周围的敌机。

"目标机去哪儿了？"桂城少尉说，"它好像没进来啊。"

"既然它不在这儿，那么可能就是你说的那样吧，那家伙只是个带路的。"零说。

"你知道事情会发展成这样吗？"

"你的意思是，我事先就已经知道会被引到这个奇怪的空间里来？"

"我是有这个意思……"

"你刚才说这是一个人造空间。你是怎么知道的？"

"这儿不像是一个自然存在的空间。如果这是一个受迦姆控制的地方，那么就应该是迦姆建造出来的。"

"真是冷静的判断。"

"你打算在这里干什么，上尉？"

"和迦姆沟通。特殊战正在制订相关计划。没想到在我们去接触迦姆之前，迦姆先来找我们了。正合我意。这样倒省事儿了。"

"迦姆是不是已经事先试探过特殊战有没有这样接触的意向了？"

"当然，我觉得。"

"你觉得？你是在逃避回答我的问题吗？"

"你已经不是伦巴德上校的手下了，"零说，"你没有质问我的权利。认清你自己的位置。"

"这是出于我个人的好奇心，上尉。我只是问问。"

如果想知道答案，就该有个求教的样子才对，零感到有些不愉快。但转念一想，如果自己处于桂城少尉的位置上，恐怕也会像他这样问。零不禁轻轻笑了一下。自己不该对少尉说"认清你自己的位置"之类的话。这家伙和自己一模一样。而且如果不说点什么，少尉会感到不安吧。零体谅起少尉来。

"有什么好笑的？"

"我刚才有种被伦巴德上校盘问的感觉。没错，你不是上校。继续说吧，少尉。"

"如果迦姆真的事先探问过，那事情就严重了。"桂城少尉说，"FAF的其他部队还不知道这件事吧。特殊战在单独和迦姆缔结协议吗？"

"迦姆肯定事先探问过。"零冷静下来，说道，"但对象不是人，而是雪风。不然的话，雪风就不会对我说'不要攻击目标机，我要和迦姆说话'之类的话了。"

"什么……是这样啊。"

"特殊战猜到了迦姆想跟雪风接触。因为雪风在这次出击前得出了这样的预测。"

雪风曾被多次安排在不载人的情况下执行任务，有可能就是在那时接受了迦姆的探问，零想。迦姆渴望吸纳我们，这一点恐怕不用雪风预测也能猜到。可以想见，迦姆提前向雪风表明了想在雪风载人而不是无人的时候跟雪风接触的想法。

"所以我早就做好了思想准备。但是迦姆会跟我们说什么，我就不知道了。对我的回答满意吗，少尉？"

"你打算跟迦姆说什么呢？"

"我想问他们是怎么看待我的。"

"还有呢？"

"为什么想跟雪风而不是其他的战机接触，他们是怎么看待雪风的，我想知道这些。"

"你只对自己和雪风感兴趣吗，深井上尉？还有其他更重要的事情……"

"你说什么事重要？"

"迦姆的侵略目的。这才是特殊战、是FAF想知道的。你真的是为了那些私人理由才驾驶雪风到这儿来的？"

"没错。"零说，"这怎么了？有什么不对吗？"

"没什么不对的……我无话可说。"

"这不是你的真心话。"

"你什么意思？"

"你不是无话可说，而是你不知道该如何评价我的回答，你自己都不知道自己的感受。你没有想问迦姆的私人问题。你刚才的话，是站在一个FAF军人的立场上说的。但是恐怕你并没有兴趣成为一名模范军人吧。那就不要在这儿装腔作势。"

桂城少尉沉默了。

"用自己的脑子好好想想，少尉。你不应该不明白自己的感受。"

自己受到责任医师伊迪斯·福斯上尉的影响之大，超过了自己的想象，零想。但是，桂城少尉刚才明明没有自己的观点，还净说一些冠冕堂皇的话，这样的表现的确会让人感到他心智还没成熟，零最烦这种人。零真想骂他一句"混账"，但是忍住了。总感觉臭骂桂城少尉就像是在骂自己。

"特殊战的其他战机乘员，也都是怀着跟你一样的动机出航的吗？"

"别人怎么想的,我怎么会知道。"

"特殊战……嗯,这样就挺好。"

零点了点头。的确,为自己而战时,战斗力是最强的。零观察机外。景色没有变化。这也许是迦姆的游击战术。原本担心燃料余量不够了,但事实上比想象的要多。

"对于特殊战这个部队和 FAF 高层来说,"坐在后座上的桂城少尉仿佛在自言自语,"队员出于什么样的动机出航都无所谓,只要在战略上有所收获就可以了。如果能知道迦姆是怎么看待你和雪风的,也就能进一步预测迦姆的侵略目标和行动战略。"桂城少尉顿了顿,"我吓了一跳,上尉。听到你那么坦然地说'没错',我不知道该回什么话。"

"如果你是我,你也会这么回答的。你不用吃惊。咱们俩很像。"

"在其他部队说这样的话是会被枪毙的,所以我很吃惊。如果这样的对话平时在特殊战内部是被允许的,那么特殊战就危险了……不过,这也不是我该担心的事。"

"你打算和伦巴德上校见面吗?"

"不。不过,上校可能会来找我吧。但是即使跟他见面,我也不打算跟他说这些。再说了,就算告诉他,恐怕他也不会相信。"

"那位上校可不会因为自己难以置信就无视该情报。他相信你搜集情报的能力,应该会来找你要客观数据。"

"嗯。"

桂城少尉现在正亲身经历的事情,恐怕他自己都没法相信吧,零想。如果能够平安返回基地,这个男人一定会为了反刍自己的经历而去索求雪风收集的数据。

"不用盯着仪表盘了。"零命令道,"用肉眼观察周围,进行警戒。无论发生什么都不要看仪表。必须进行电子战操作的时候,我会下指令的。要相信自己的眼睛。复述一遍,少尉。"

"用肉眼观察周围,进行警戒。在得到机长的指令前不可以看仪表盘。复述完毕。"

"漏了一条,相信自己的眼睛。"

"这也是命令的一部分吗?"

"对。"

"相信自己的眼睛。复述完毕。"

"能做到吗?"

"我服从命令。"

"对我来说是很难的。"零说,"飞行时不看仪表,比闭着眼睛拼命快跑还要让我不安。"

"那当然了。你是驾驶员。"

"不是那个层面上的不安。"

"你是说,完全信任雪风……"

少尉的话才刚起头,搜索雷达就捕捉到了一个高速移动的物体,响起了警报声。桂城少尉条件反射般地看向屏幕。

"疑似敌机,无同伴。正在高速上升。直冲我机而来。根据大小判断不是导弹,是战机。"

"少尉,执行我的命令。用肉眼观察,随时报告,实况转播。回到基地以后重放,大家就都能明白这里发生了什么了。执行命令。"

"收到。我看到……敌机藏在下面的云层里,看不清……但是应该离我们很近了。

"目标垂直于我机的飞行轨迹,向右舷侧飞来,就在我们旁边,少尉。它跟我们的飞行速度保持一致。IFF无应答,也无法确认是迦姆。是不明飞行物。

"云层里有东西露出来了,疑似敌机机体的一部分……应该是垂直尾翼的顶端。"

宛如破海而出的鲨鱼背鳍,桂城少尉想。距离很近,不到一百米。它切开云层向上升。周围一片昏暗。在微弱的光线下,可以看到它的机翼是灰色的,并不是迦姆机的黑色。

"在灰色的机翼上,有黑乎乎的花纹,好像是什么标志……那是……那是——"

回旋镖标志。不明飞行物露出了全身,几乎没有搅乱云层。

"机型是希露芙。高速型超级希露芙。发现特殊战第五飞行战队标志。"

零也用肉眼清楚地看到了出现在右舷侧的飞机。

"是雪风。"零冷静地说,"旧雪风机体的复制品。碰见它不是第一次了。"

零用攻击管制雷达追踪、锁定目标机。零无视目标机发来的表明友机身份的IFF信号,将其标记为敌机。

"驾驶员座舱里有乘员。"桂城少尉说,"脸被帽檐和面罩挡住了……后座的乘员手在动……指着面罩……好像是想通话。"

复制机里载着像人类的东西,这还是第一次碰到。那可能是自己和巴格迪什少尉的复制人吧,零心想。零想要手动搜寻通信频段,但自动搜索已开启,很快,一个声音就闯进了头盔里。

"深井中尉,足下在做无益的战斗。能听到吗?我要求你放弃战意,顺从于我。请回答,深井中尉。重复一遍……"

这不是巴格迪什少尉的声音。中性的声音,像是机器合成音。所说的内容虽然能听懂，但用词非常生硬。还有，现在零的军衔是上尉，但对方却还是用以前的称呼。零想，对方也许是有意为之，隐藏自己知道的情报。不能给予迦姆更多的信息。

"深井中尉，足下在做无益的战斗。能听到吗……"

"这里是 B-1。信号良好。告诉我你的名字、军衔、所属部队。"

"应答收到。我没有足下所询问的分类识别编码。深井中尉，你是否有意向接受我的要求？请回答。"

"请求别人做事，要先说明自己的身份，这是基本的礼节。"零并不是认真的，但还是试着问道，"你是谁？"

对方好像难以回答。短暂的沉默后，对方说道：

"我是你观念里叫作迦姆的东西的总体。"

"总体……你是说你就是迦姆？也就是说我听到的是迦姆的代表的声音？"

"你可以这样理解。请回答我的问话。"

零暂停了通话，向桂城少尉问道：

"少尉，你怎么看这家伙说的话？这家伙说自己是迦姆的代表，你觉得可信吗？"

"这个嘛……总觉得它的措辞不自然。感觉像是谁命令它这样说的。"

"我也这么觉得。……继续警戒。"

通话被重新接通。

"我不明白你的要求是什么意思。"零说，"你所说的无益的战争，这个益指的是谁的利益，我不明白。所以我没法回答你。"

"恐怕不是这样吧。"

传入耳朵的声音陡然变成了流畅生动的人语，零凛然一惊。

这声音并不陌生。说话的好像是出现在巴格迪什少尉遇害的神秘基地的那个男人,名叫矢泽的少校。伦巴德上校也曾多次提起过这个人,这个迦姆人,恐怕就是他。

"深井中尉,你不可能不明白。我们的意思是,FAF 没有胜算,所以我们要帮你。跟我来。不然你只会白白地送死。"

"我没法相信你说的话。"零说,"我拒绝你的要求。我不和你交涉。"

"真是对牛弹琴啊。我说得可够明白了。"

"重复一遍:我不和你交涉。桂城少尉,准备交战。攻击右舷侧目标机。做好反击准备。预备进行电子战。"

"明白。"

存储控制面板上自动显示了雪风搭载武器的一览表。雪风也同意进攻。高速短距离导弹被自动选中。雪风让他们用这个。零驾驶雪风急转弯,摆好攻击架势。目标机也立刻做出了反应。在梅芙和超级希露芙的近距离追击战中,梅芙占据绝对优势。

导弹发射。雪风和目标机之间的距离非常近。三、二、一,零在心里数着。可目标机消失了。非常突然。失去了目标的导弹穿过目标机消失的空间,一路向前,自爆了。

"没用的,深井中尉。"

目标机突然再次出现在右舷侧。

"该死。"桂城少尉骂道,"那家伙可能没有实体……"

雪风仿佛在劝少尉不要急躁,在屏幕上这样显示道:

<刚才只是个热身/下次就不是威慑射击了,迦姆>

零念着屏幕上的字。"是吓唬你了,迦姆。"

"我们明明说了要帮你,你可真是个傻瓜。好吧,既然你想打,那我就成全你。让你知道知道谁才是老大。这儿就是你的葬身之地……"

话还没说完,这声音的主人突然困惑地停住了。接着,就传来了尖叫声:"不!"

目标机上发生了突发状况。座舱罩打开了。

"乘员被射飞了。"桂城少尉说,"前座和后座都被射飞了。是逃跑了吗?为什么?出什么事了?"

少尉的目光追随着被射出的两个座位,它们并没有垂直掉下去,而是沿空间直角坐标系的 x 轴方向,互相缠绕着呈双螺旋状向后方远去。乘员好像并没有和座位分离,降落伞也没有打开。桂城少尉最大限度地向后转头,继续看着它们。突然,红色的磷光笼罩了它们。红色的光团拖着尾巴,越来越小直至消失。好像是燃尽了。桂城少尉条件反射般地望向雷达,但那上面什么也没显示。它们已经消亡了。

"快回话,迦姆。"零说,"我不要跟复制人,而要跟迦姆,跟你说话。回复我。我是 B-1,深井零。"

回复,"来了。"

"我无法理解你。你为何而战?"

桂城少尉不寒而栗。他明白了,这个声音的主人,正是深井上尉和雪风想要接触的迦姆。被射飞的迦姆人不过是中间人或翻译,这个声音的主人发现它们在这儿反而会干扰到这次交涉,于是把它们舍弃了,就像丢掉一件一次性的武器。

目标机就像没发生任何事一样,继续和雪风并排飞行。迦姆的声音虽然从这架飞机上发出,但飞机恐怕只相当于迦姆想法的中继器。这个声音,好像是迦姆努力说着人类的语言,然后转化为电波后的效果,并不是迦姆本身的声音。

迦姆确实存在,但似乎是我们所看不见的,我们是在跟迦姆的影子交战——桂城少尉经过切身的体验，终于理解了零的这个想法。这是一种恐怖的感觉。零的想法并不荒谬。

"我无法理解雪风这个智慧个体，无法理解特殊战这个智慧群体。为什么，深井中尉？你们为何而战？"

"为了不被你们杀死，继续活下去。这有什么不能理解的？难道其他人，或是雪风和特殊战以外的集体，不是这样的吗？"

"足下，包括雪风在内，只有特殊战这个智慧群体没有人类的意识，与我相似。我无法理解特殊战为什么不脱离FAF集团，而要干涉我、妨碍我、与我交战。雪风拒绝和我缔结和平协定。能让雪风回心转意的，只有足下。深井中尉，我希望你能醒悟。回来吧。"

"你说我是……没有人类意识的智慧个体？缔结和平协定？'回来吧'，是什么意思？"

"现在的人以及受其操控的人工智能群体，没有按照我的计划发展，偏离了他们原来的性质。你们不是这样。你们原本就存在于世。你们的敌人不是我。让你们消耗自己，并不是我的本意。我希望你们能选择回到我的麾下。"

"也就是说……"

桂城少尉插话。零没有制止。想要理解迦姆究竟在说什么，需要时间。

"因为我们跟迦姆很像，所以你让我们加入迦姆，倒戈，与你并肩对抗FAF？"

"足下是谁？"

"我是雪风的副驾驶，电子战操作员桂城彰，隶属于FAF、菲雅利基地战术战斗航空军团特殊战第五飞行战队。军衔是少尉。我是人类。如果要问我为什么与你战斗，答案是，因为这是工作。工作，明白吗？是任务。除此之外没有其他合适的生存之道，所以我在这样做。"

"不和我战斗，你也能活下去。"

"你觉得特殊战可以成为你的伙伴，我这么理解没问题吧？也就是说你会给我工作？"

在现在这种情形下，少尉的这个问题俗气得甚至有些可笑，但这恐怕是他的真心话。零这样想着，等待着迦姆的回答。

"虽说你们和我很相似，但我们并不是伙伴。但是，我希望你们明白，我们可以联合起来与FAF作战。我认为这可以成为足下——桂城少尉的生存之道。请回复我。告诉我你有没有脱离FAF而投靠我的意向，深井中尉。"

虽然措辞生硬难懂，但零明白了对方的意思。总的来说就是，迦姆要求自己，如果打算继续这样战斗下去，那就加入迦姆那方。自己的命运恐怕取决于对这个要求的回复。

如果说不，迦姆会把自己怎么样呢？会消灭这个无法理解的对象吗？不，面对无法理解的对象，迦姆应该无论如何也要努力弄懂。恐怕迦姆不会让自己离开这个空间，或者会把自己囚禁在矢泽少校所说的那个能安全生存的什么地方。既不在地球也不在菲雅利星，而是在一个想象不到的地方，迦姆会花费时间来研究自己，尤其会为了让雪风顺从于它们的意志而给自己洗脑。如果它们成功了，就有可能会潜入特殊战，如法炮制给所有人洗脑，特殊战就会成为一股对抗FAF的力量而为迦姆所用。也就是说，我们会变成迦姆……

那么，如果现在回答"好"会怎么样呢？如果回答自己愿意加入迦姆会怎么样呢？雪风恐怕不会坐视不管。自己和桂城少尉一定都会被雪风弹射出去，就像矢泽少校他们一样。

"回答我，深井中尉。"

零感觉到迦姆并不着急。

时间非常充裕。这家伙已经观察了FAF三十年，这会儿不会着急。在这个空间里，迦姆仍是在观察自己。对方好像并无杀心，但只要自己不做出答复，对方就不会来救助自己。这样下去的话，自己会饿死，雪风也会因燃料耗尽而丧失机能。

自己想怎么做呢？零问自己。不是应该怎样做，而是想要怎样做。那才是答案。

"我想进一步了解你。"零说，"我完全不知道你的真实面目，但你却在一定程度上了解我。在这种不公平的情况下，我不可能和你签什么和平协定。说起来，我不认为你是在完全理解的基础上使用人类的语言。你到底是谁？是生物吗？还是只是智慧、意识或信息？你有实体吗？你在哪儿？"

"我无法用你列举的这些概念来说明。我就是我。"

桂城少尉意识到自己突然想要发笑，好像紧张无比的精神束缚一下子松开了。我就是我，真是有意思啊，这家伙跟深井上尉和雪风一样——所谓相似原来是这么回事儿啊，少尉想，但精神随即再次恢复到紧张状态，专注于零的回答。

"如果你没有其他解释了，那么继续用语言沟通也没有意义了。"

零坚定地说完，深吸了一口气，下定了决心，回复道：

"我拒绝你的要求。"

"明白了。"

迦姆的回答不带任何感情色彩。

"战略侦察，结束。返回基地。"零向雪风和桂城少尉宣布。

VII 重燃斗志

1

　　司令中心作为特殊战中枢司令部，昼夜都是一派繁忙的景象。因为特殊战正在进行一场大规模作战——投入全部战机攻击库奇基地。

　　巨大的屏幕占满了正面的整个墙壁，主要显示与司令部战术电脑应答的界面，也会根据情况适当分成几个板块，显示各种各样的信息，例如实时作战情况、战斗空域地图、出击战机的备战状态、待命战机的准备情况、根据返航战机收集的情报做出的战果分析、战况综合分析，等等。

　　特殊战现在关心的，不是目前正在进行的库奇基地攻击作战的实时情况这一局部性质的战况，而是综合的战况分析。把握迦姆的战略才是特殊战最关注的事情。

　　针对库奇基地攻击任务这一FAF正在进行的大规模作战，布克少校在第一天结束时就做出了判断——没有必要在这场战斗的战术侦察中投入特殊战的全部战斗力。这是因为，当时少校已经发现，迦姆好像并没有死守库奇基地的意思。迦姆的确改变了战略。如果只耗在库奇基地，是无法把握到战略的变化的。

FAF为了防备迦姆进行报复，划定了菲雅利基地防卫线，派遣一些战机进行警戒。特殊战也相应地执行了这方面的侦察任务，但布克少校知道此次库奇基地的应对方式与以往不同，他认为必须扩大侦察范围，获取更多情报。根据战略侦察军团的观点，利奇沃基地是库奇基地的搭档。它的情况如何？其他的迦姆基地呢？

战队的战机数量不足以去探查这些基地的动向，于是原定执行库奇基地侦察任务的战机被派往了其他地方。

私自这样做，违背了特殊战的上级组织战术战斗航空军团以及整个FAF制订的作战计划。军事作战行动只有在所有棋子都有组织地按计划移动的情况下才能实现，如果下级组织擅自行动，作战就失去了意义。

但特殊战目前正在探查迦姆的战略行动。恐怕迦姆对特殊战感兴趣，正在观察特殊战的动向，可以猜到，迦姆正在密切注视着特殊战的行动，然而如果特殊战不单独行动，就很有可能会永远地错过与迦姆直接接触的机会——这是布克少校所担心的。

根本来不及去征得上层的同意。以特殊战的级别，无法以自己的作战计划变更为由召开最高战略会议，并要求调整整体作战计划。即使能够那样做，也没有足够的时间。如果要实行计划，就只能在未获批准的情况下擅自行动。

库里准将做出了决断。很明显，迦姆的战略发生了变化，但FAF身躯庞大，一时转不过弯来。而灵活机动的特殊战恰恰应该在这种情势下发挥自己的能力。库里准将决定，私自改变目前的作战计划，把针对迦姆的战略侦察行动置于最优先的位置。

是否有获得事后批准的自信？面对布克少校的这个问题，准将回答说：

"我是特殊战的领导者，我想干什么就干什么，没人会有异议。一直以来都是这样。无非是调整战机的调派计划而已，没什么大不了的。这叫灵活调派。"

听了库里准将的这番话，布克少校感到自己所烦恼的确实是小事一桩。但他同时觉得，库里准将已然做好了承受一切后果的心理准备。

为了特殊战能够继续生存，库里准将什么都肯做。她甚至说与迦姆联手也是选项之一。仅凭这一点，就足以将她作为反叛分子实施逮捕。真到了那个时候，她恐怕不会辩解。虽不辩解，但会抵抗。那将会成为一场以命相搏的斗争。然而，面对这样的准将，战队队员却没有一定要保护她的意识，准将也不抱有那样的期待。大家都在各自为生存而行动，步调并不一致。因此特殊战不会团结一致针对FAF发起叛乱，布克少校想。但是如果FAF把特殊战逼到了不得不那样做的境况之下，事情就不同了。可以料想，库里准将为了保护自己，会利用FAF的那种行为。也就是说，将特殊战的战斗力作为个人的抵抗手段加以利用。如果FAF有将准将逮捕并处刑的动向，准将只需宣布自己将举自己的部队之力进行武力反抗即可，特殊战会立刻被认定为叛军而遭到攻击。战队队员便不得不与FAF作战，凡是知道束手就擒后等待自己的是枪决的人，即使不情愿，也会与FAF为敌的。

然而即便是事情发展到了那样的地步，特殊战这个集体也不会团结一致。也许从外表上看特殊战拧成了一股绳，但实际上不过是队员各自拼上自己的能力和可利用的人的力量，为自己的生存而战。

布克少校这才发现，库里准将正是拥有这种想法的人的典型代表。正是这位准将把特殊战变成了一支这样的部队，战队反映了她的性格和意识。特殊战于她而言，不是上级分配给她、让她进行管理的组织，而是她自己的东西，自己的一部分，甚至是自己本身。库里准将利用特殊战来以眼还眼、以牙还牙。攻击自己的是迦姆还是别的什么人都无关紧要。这是库里准将所相信的正义。这实在是干脆利落，然而FAF这个组织的人是不会懂的。问题就出在这里……

如果特殊战像战略侦察军团那样是军团级别的部队的话，那么像这次这样灵活地处理也不是什么大问题。因为军团可以参加全体作战会议，所以清楚自己可以单独行动到哪一步。但特殊战不是那样，很容易被认为是行动失控。如果想要获得事后批准，也就是让FAF认可自己并非失控，就必须拿出相应的成果。布克少校觉得，库里准将认为现在能做到这一点。

库里准将会跟上层交涉。自己没必要为那样的事烦恼，他要做的只是好好考虑怎么把数量有限的战机高效利用。为特殊战的前途忧虑是库里准将的工作，而自己只管在准将的许可范围内做喜欢的事就可以了。

因为对库奇基地攻击作战而中止的利奇沃基地侦察工作重新启动了。莱图姆中将发现后很快便发出责难，中将把库里准将叫了过去，但并不是想做弹劾之类的夸张之举。中将应该也明白，大规模作战正在进行之时，没有把军团内主要部队的负责人召集起来开批判大会的时间和精力。布克少校觉得，中将只是想警告库里准将和特殊战恪守本分。然而库里准将却说这是一个好机会,把这次会面变成了紧急作战会议——特殊战和其所属军团的最高领导人共同参加的紧急作战会议。布克少校再次叹服于库里准将的办事手腕。不过,说服莱图姆中将的任务落在了布克少校的肩上,一旦失败,将会置库里准将于不利的境地,因此他现在顾不上感佩准将的才干。

布克少校说明了以下几点:迦姆的战略发生了变化,特殊战正在独自对其进行战略侦察,错过这次机会可能就会失去与迦姆直接接触的机会,等等。

"这些任务战略侦察军团在做。"莱图姆中将说,"我不允许特殊战擅自行动。"

"您好像确信战略侦察军团没有被迦姆控制,"库里准将说,"然而我们没有那样的确信。"

"你说什么?你什么意思?"

"迦姆人一定已经潜入了FAF。"布克少校补充道,"可以想见,它们会篡改情报。我们最应该警惕的就是假的侦察情报。"

"恐怕你们才有可能是被迦姆给操纵了。"

"想要确认这一点,就要看看战略侦察军团的情报与我们的情报相比是否有出入。"

库里准将以一种谆谆教导的教师的语气说明着。

"如果情报一致,那么就说明没有问题,或者是双方都有造假的嫌疑。这样的话,就要再与其他军团的情报进行比对。总而言之,这种侦察情报,来源越多,可信度就越高,这是常识,你不会不明白。特殊战作为莱图姆军团的一支独立的战斗力量践行着这一点。我们不能对战略侦察军团唯命是从。"

"我们和迦姆的战争形势非常严峻,中将。"布克少校说,"可以预想到,战略侦察军团会指责我们越界,但就像刚才说的，特殊战的战略侦察行动是必要的。"

"鼓舞部下的斗志，让他们保持冲劲，是领导者的职责。"库里准将说，"制止布克少校的话，我说不出口。"

"特殊战的情报没有实时汇报，这让军团的司令部很不爽。"

"由于任务的特殊性，这是不得已的事情……"

中将打断了库里准将的话，继续说道：

"我说的不是特殊战战机传送回来的战时情报。我们担心，特殊战没有把获得的情报全部汇报给上级，而是有选择性地汇报，藏匿了部分情报。你不要说你不明白，准将。"

"所以我说，这是任务性质上的问题。战斗情报战是我们的任务。我们不能把所有情报都公开，让不特定多数人看到。比起大型组织，在特殊战这个有限的范围里更容易管理情报。万一绝密情报遭泄，组织越小越容易查明原因。特殊战就是这样的一支战队。军团司令部的指责有一定的错误。你是最高负责人，我们会向你汇报所有情报。至于要不要公开那些情报，由你来决定。特殊战不会干涉你的决定。但是我要先给你一个忠告，你有必要怀疑，那些谴责我们的人也许是迦姆。"

"一旦怀疑起来就会没完没了。这实在是个棘手的问题。"

"迦姆人曾存在于FAF、并且很有可能现在仍然存在这件事，你公开了吗？"布克少校问道，"我听说你会对此做出解释。"

"我汇报给高层了。这件事现在是最高机密，不过你们是情报的来源，瞒你们是瞒不住的。FAF正在把被怀疑为迦姆人的人聚集起来，整编成再教育部队。至于要把哪些人编入这支部队，则由情报军幕后操作。"

"你们认为能够完全控制这支队伍，对吧？这可是迦姆人的集团哦，即便不能说所有人都是……"

"这支队伍独立于我的军团，因为不仅仅是我莱图姆军团里有可疑的人。这件事已经跟我没关系了。说实话，战机驾驶员被他们带走，让我很痛心。如果要监视的话，留在部队里也可以进行。然而事已至此，说什么都没用了。这是上级的决定。虽然也有反对的意见，但伦巴德上校一概不顾。"

"这个部队隶属于情报军吗？"

"它是作为系统军团下属的部队进行编制的。理由是人也是改良的对象，但是实际上这是根据军团实力决定的事。伦巴德上校一定一直在背地里进行干预。最大的受益者就是那个人啊。"

"那个暂且不论，且说把有可能是迦姆的人编入系统军团，是多么愚蠢的决定。"库里准将说，"那里在做兵器的开发和改良。迦姆恐怕正想得到有关这些的情报。"

"我也反对这件事。作为系统军团来说，比起辨别迦姆人，他们更感兴趣的应该是从被迦姆击落的飞机的乘员那里，查明其失败的原因。飞机被击落，是因为驾驶技术不济或机械功能不佳，还是因为心理上的因素，或是战术上的问题？这些都应该彻底地调查。应该把那些人看作小白鼠。在这个过程中，也许会发现迦姆人和真正的人类之间的差异，伦巴德上校想知道的事也就搞清楚了。这样做才对吧？"

"只能说系统军团和高层没有认识到事态的严重性。"布克少校叹了口气，"这次你们是不是打算把陆军送往库奇基地？正在组织陆军的传言是不是真的？"

"很早就有设立陆军的动向了。要建一支独立的陆军，并不从属于FAF。但FAF想把它变成自己的陆上部队，名叫空军而不是海军。这个愿望应该很快就会实现了。应该说干得漂亮。

这次的库奇基地攻击作战是赶不上了，但是FAF采用了随时可以将其投入战斗的战略。据说系统军团现在正在开发几种陆上作战用的武器，具体情况我不太清楚，但我知道有动力装甲战斗服，有设想迦姆的身体为电子机械、相应开发出来的用于破坏电脑的步枪弹，还有用于封闭空间的通信系统，等等。他们好像还想造坦克，但是模型似乎还没做出来。装甲战斗服，系统军团管它叫动力装甲，现在已经有好几种可以量产的款式开发出来了。我想，等它们批量生产的时候，正式的部队也就开始投入战斗了。"

"也就是说，要进行实验性的陆上作战？"库里准将像是在自言自语，"有好戏看了。"

"听你这语气，好像盼着作战失败呢，准将。"

"我对迦姆感兴趣。陆军会遇到什么样的外星智体，我很感兴趣。如果FAF不沉迷于跟内部和外部的人玩争权夺利的游戏，那么可能会更早发现投入陆军是没用的。没错，我认为实验陆军不会取得什么了不起的成果。"

"你这是什么意思呢？根据你说的内容……"

"迦姆会模仿我们的行动方式。"布克少校说明道，"迦姆的战机是参照我们的技术水平制造的。它们的飞行原理并不是未知的，它们的攻击系统，我方也有可能破解。如果我们将坦克用于作战，那么迦姆也会造出坦克。这么做只是把战争范围扩大到了陆地上而已。一定会是这样。FAF迄今为止没有将陆军投入战斗是多么明智啊。现在我们依然只做好空域的警戒就可以了。特殊战是这么想的。"

"你是说我们只是在被迦姆随意地摆布，对吗，库里准将？"

"恐怕迦姆是在拼尽全力吧。主动发起攻击的是迦姆，它们应该不是抱着随便玩玩的心态。它们的目的我们不知道,特殊战正在探查。当然,FAF也在竭尽全力调查。我们不会说我们的判断才是绝对正确的。但是,中将,特殊战是唯一与迦姆直接接触过的部队,任何人都不应该忽视这一点。莱图姆中将,请你做出决断。"

"你让我做什么决断?"

"请你现在对布克少校提交的材料进行研究商讨,对特殊战目前正在进行的侦察活动予以正式批准。有了批准,我们就可以不受其他部队不必要的干涉了。"

"你明白自己在说什么吗,准将?你这是一边随心所欲地调动部队,一边让我来承担责任哪。"

"如果能得到你的正式批准,我就能直接应对其他部队的指责,不用来麻烦你了。这不是我第一次明确提出这个要求了,中将。针对这次的侦察行动,在先前的午餐会上你已经做过问询了。"

"我当时应该已经说过了,我不允许你们任意妄为。"

"你没有具体回答我们什么样的行为是不被允许的。特殊战就是为了要这个回答才来这里的。总之现在形势非常紧迫,如果错过了时机,原本能赢的战争也赢不了了。你恐怕不愿意作为一个错过胜利机会的将军被人们记住吧。"

"真不愉快。"

"如果有人觉得战争是愉快的,我倒真想会会他。这可是战争啊。"

"阁下,"布克少校反应很快,插话道,"准将为了目前正在进行的作战任务,最近几乎没有休息……"

"所以呢?你是在替她为刚才的无礼道歉?库里准将,原来你是个把责任强加给上级再让部下替你道歉的人啊。"

"少校不是在道歉，他只是在陈述事实罢了。我并没有想要把责任强加于你，我说的是，负责人理应有承担责任的态度。我们来这里不是为了讨你的欢心，而是为了出席作战会议。如果你认为自己负不了特殊战的责任，那就应该考虑舍弃特殊战。应该想到让特殊战独立是更好的选择，并为此而努力。一旦获准，你就再也不会被我们烦扰了。"

"我还可以撤你的职。"

"凭你个人的力量是做不到的。撤职需要根据。如果你说特殊战没有好好运转，那你的领导能力也会受到质疑。"

莱图姆中将涨红了脸，似乎马上就要发怒了。然而他却没有这样做。如果是在还有其他参会者出席的普通会议上，那么中将为了保住自己的面子，装也要装出勃然大怒的样子。库里准将恐怕也参透了这一点，才会以这样的态度对待中将吧，布克少校想。

中将怒目圆睁，瞪着准将。过了一会儿，他拿起了手边的资料，说道：

"你这母狐狸……不，恕我无礼。你话说到了这个分上，可见你有信心取得巨大的成果。我们军团是FAF的主力，特殊战只有隶属于我们军团，才能大显身手。我一直以来都保护着特殊战免受其他军团和高层的诽谤中伤。这正是因为我非常认可你的能力。现在正在进行的作战任务也没必要中断，继续干下去。如果在装备或者别的什么事上有要求就跟我提，我来想办法。不过现在总体来说形势比较严峻，你最好不要期待一切都会顺利。一直以来特殊战的一些任性要求我都尽力实现了。凭我的才干。这点你不要忘了，库里准将。就这样。解散。"

"谢谢。"库里准将站了起来，俯视着中将，说道，"中将，我强烈建议你好好读一读布克少校的资料。现在也许还来得及。"

"来得及干什么？"

"现在，你还能活着回地球。你读了就会明白。我先走了。"

吉布里·莱图姆中将的脸上浮现出了非常复杂的表情。布克少校捕捉到了他表情的变化。少校想象着，中将恐怕感觉——

特殊战在干一件大事，其功劳会算作自己的，真是太棒了。然而这种满足感被准将的话击碎了——"胆小鬼想逃回地球的话趁现在还来得及"。意识到自己被准将嘲笑，中将怒从心头起。然而冷静地体会准将说的话，中将发现她的意思是FAF没有一处安全的地方，不禁感到不安，于是重新思考谁是自己的敌人，以及自己待在这里的意义。然后，中将终于领悟了库里准将出言不逊的原因——准将没打算活着回去，她已经做好了战死的准备。同为军人，中将不禁肃然起敬。

不不不，吉布里，库里准将才不考虑死之类的事呢。她只是为了在这种情况下生存下去而利用了你而已。她是个性格强硬的女人，比你想象的强硬得多。你跟她可不是一个水平的军人哦。——当然，布克少校没有把这些想法说出来。他跟在准将后面走出了会议室。

这样一来就没必要担心准将的处境了。莱图姆中将会负全部责任。特殊战可以随意做想做的事了，布克少校想。他投入到了战略侦察作战第三阶段的具体研究中去。这一阶段的目的是与迦姆直接接触。

怎样做才能告诉迦姆我方有进行非战斗接触的意愿呢？迦

姆能够理解人类的语言，因此直接向它们发送信息就可以，然而内容一旦被其他部队读取可就麻烦了。他们会认为这是叛变行为，驳倒他们对于莱图姆中将来说负担过重。那么能不能把信息放入侦察吊舱，让迦姆获取后进行解读呢？考虑到如果直接放进去，有可能会被FAF其他部队获取，因此这种方案也不可行。必须进行加密。但如何把密钥交给迦姆，只让迦姆能够破译呢？要解决这个问题，就不得不借助于特殊战的智能机械和战术及战略电脑的智慧了。因为与人类相比，它们一定更切身地感受着迦姆的存在。

什么样的信息传递手段，只有迦姆能够破解，而FAF其他部队绝对无法解读？

面对这个问题，特殊战的战术电脑给出的答案大胆而简单，出乎布克少校的意料。不假思索，想法朴素——

＜选择一个迦姆进行监听的地点，在那里着陆。消除噪声后，直接说话就可以了。正在飞行的其他FAF战机无法准确捕捉到说话的内容。在该条件下，唯一有可能进行捕捉的设备是空间无源雷达，然而它能捕捉到人说话时造成的声压变化的概率也很小，可以无视。如果想要万无一失，则一旦发现周围有FAF战机，立刻击落即可。回答完毕。＞

这家伙真有意思，布克少校心想，不禁笑了。自己的脑子里只想着电子途径，但被这家伙一说，才想起来人还有嘴巴呢。然而，迦姆是否有耳朵，这是个问题。能理解人的语言，不等同于能听见人的声音，这是两码事。布克少校提出了这个问题，战术电脑表示这一点可以无视——

＜经推测，迦姆掌握着从人体获取信息的方法。否则迦姆无法利用复制人进行情报收集活动。你派去的传信人，不一定

非要通过说话来传递信息。>

"你是说迦姆能够检索传信人大脑中的信息？"

<不排除这种可能性，但那样的话，信息量就太大了，想要传达的那个信息会变得不够明确突出。除了说话以外，最能准确表达信息的方法，是用文字把信息写下来。迦姆应该能够理解文字的内容。>

智能机器的回答总是比布克少校预想的还要切实可行。

布克少校觉得，这家伙就像是在说，如果人类不用身体活动来表明自己的意思，迦姆就无法理解似的。不过，如果想让迦姆明白这场战争的主角是人类，那么按照这家伙说的方法去做确实会比较好。布克少校不禁反省，自己在不知不觉中总想要依赖电脑和电子途径，于是没有继续询问具体细节。

然而，如果这时布克少校这样问，战术电脑会回答<yes>——

"你已经跟迦姆接触过了吗？"

特殊战的智能战斗机器群在分析雪风载着福斯上尉出击时所收集的情报时，发现了一个电子信号，应该是迦姆发送的信息。这个信号被成功破译了。迦姆在空战中用脉冲激光器瞄准雪风，发送了这个信息：

<我们热切希望与贵特殊战的人类，特别是深井零中尉，以特殊战之外的人无法发现的方式进行交流沟通>。

布克少校从未想过，雪风和特殊战司令部的智能机器，也就是电脑，已经通过这种形式与迦姆接触过了。所以少校并没有那样发问，战术电脑也因为未被询问而没有回答。就连零在真正遇到迦姆之前，也浑然不知。

没有任何一个人注意到了这件事。直到事情真的发生了。

2

与迦姆接触的任务，只有深井上尉能够完成，布克少校想。他还想到，一旦准备就绪，就应该尽快付诸行动。

然而准备还未就绪。首先，要选定一个确定能够接触到迦姆的地点，这是一个重要的问题，几乎决定了事情能否成功。

想要选出这个地点，就必须对包括利奇沃基地在内的好几个迦姆基地进行侦察。因此布克少校把计划用于库奇基地攻击作战的战机派往了那些基地。少校催促福斯上尉加速对迦姆的心理剖析，而对于雪风，少校让她按原计划前往库奇基地进行战术侦察。因为少校认为，让刚刚回到作战状态的零和新来的桂城少尉去执行特殊战从未尝试过的任务太过草率，有必要先让零找回战斗的感觉，也让桂城少尉体验一下实战。

虽然零曾说，新来的桂城少尉恐怕难以胜任与迦姆接触这一重要任务，但是布克少校心里自有打算，并没有告诉零。如果雪风和机上乘员被迦姆抓住，那么了解特殊战内部情况的人越少越好。新来的桂城少尉对特殊战几乎一无所知。此外，布克少校认为，如果深井上尉在自己都没有意识到的情况下被迦姆操纵，也就是零在无意识的情况下被迦姆改造成了复制人，桂城少尉能够加以应对。桂城少尉作为情报军的人，一直以来被灌输要时刻警惕那些做出不利于FAF的事的人，这个观念已经溶入了他的血液。布克少校也考虑到了桂城少尉是迦姆的情况。如果迦姆想要接触雪风和零，那么就有可能尝试利用雪风上的桂城少尉，对雪风进行诱导。

虽然布克少校也考虑过迦姆可能会主动接触特殊战，但是他推测迦姆会使用跟人类没有沟通障碍的复制人。虽然他也不是没有想过,迦姆也许会直接联络电脑群,但那是自己所不希望发生的事,所以便不自觉地无视了。布克少校觉得,如果事情真的那样发展,人类就没有任何能做的事了。那会完全成为迦姆和电脑之间的战争。

正因为不希望事情发生,才应该绞尽脑汁思考应对策略。自己所厌恶的事,并不会因为不去想就不发生了,甚至现实会像恶作剧一样,与自己所希望的恰恰相反。自己竟然忘了这一点,真是太愚蠢了。布克少校这样想时,就在司令中心监测雪风在库奇基地的侦察作战行动。

由于库奇基地已经被摧毁,所以不仅是布克少校,任何人都没有想到那里会发生意外。雪风在加油站加完油,宣布现在开始进行战略侦察,然后就该告知司令中心"现在准备返航"。实际上,在雪风之前出击的战机都是如此。通过仔细分析它们收集回来的战斗空域的电子情报,特殊战知道了库奇基地没有向其他任何基地请求支援。特殊战的人判断,迦姆在库奇基地已经回天乏术了。

布克少校想,如果雪风上发生了什么,零可能会因为桂城少尉不熟练而急躁,因此让福斯上尉在司令中心待命。而福斯上尉本来就对零、桂城少尉、雪风很感兴趣,即使没有少校的命令,她也打算在这里守着。库里准将也是,即便觉得在这个情况下雪风上什么也不会发生,视线也无法从雪风的动向上移开,眼睛不得休息。特殊战中没有人知道雪风已经接受了迦姆想要接触的意愿,但大家都认为,如果雪风上发生了什么,那一定会是很严重的事。

因此,当司令中心收到雪风的紧急报告时,所有人都感到不好的预感应验了。

中心内一片哗然。战术电脑将雪风的密码报告翻译成人类语言，在大屏幕上全屏显示。

＜这里是雪风。我们遇到了类型未知的迦姆机。现在开始将根据自己的判断，执行迦姆战略侦察第三阶段的任务。报告完毕＞

"这是怎么回事？让机长深井上尉来解释。"

布克少校命令道。通信管制员的答复是——不行。

"雪风关闭了通信功能，进入了一级战斗侦察状态。无法取得联系。"

"我觉得，少校，这不是深井上尉的判断。"福斯上尉说，"屏幕上显示的'自己的判断'是指雪风的判断，零，深井上尉可能不知情，至少这不是他做出的决定。"

"你好像被迦姆抢占了先机啊，布克少校。"库里准将说，"从目前的情况来看，所谓类型未知的迦姆机，恐怕想跟雪风交流而不是交战。对方先来跟我方接触了。"

"这也是意料中事。"福斯上尉冷静地说。

布克少校心里燃起了怒火：既然你已经预料到了，为什么不早说？少在这儿夸口！然而危机感在少校心里占了上风，责任以后再追究吧。现在应该赶快转动脑筋，考虑怎样才能知道雪风现在的情况。战术电脑的反应更快一步。

＜让返航途中的雷芙回到事发现场。库里准将，请批准＞

"我批准了。布克少校，你负责指挥。"

"明白。管制员，紧急联络雷芙，确认所在位置，以及剩余燃料储量……"

＜让我来＞战术电脑上显示道，＜我将尝试强制进入战术战斗航空军团和TAB-8的管制系统，以及其他电脑指挥系统。库

里准将，请批准＞

"如果你能神不知鬼不觉地潜入，我就批准。不能让他们知道我们的行动和信息。"

＜明白。我能够按照你的要求行动。我将在库里准将的批准下执行对雪风的追踪和支援任务。准备让雷芙在TAB-8接受热加油①。我将操纵雷芙采取最合适的侦察行动。请批准＞

"批准。要让雷芙的行动始终掌控在我们手中。你进行的一切操作都要随时向我汇报。"

＜明白。我将根据能够获取的情报，实时显示库奇基地战域的情况＞

雪风并没有发来实时信息。因此，无法知道现在发生了什么，甚至连雪风的飞行路线都不得而知。看来雪风决定绝不把自己获得的情报泄露出去。司令中心无法在这种情况下进行实时追踪。然而现在不一样了。战术电脑获取了其他部队电脑系统内的情报。此外，战术电脑命令两架现在不在库奇飞行的特殊战战机紧急改变作战计划，实时传送收集到的FAF通信情报。

据此，特殊战知道了，库奇在发起最后的反攻后自爆了。在库奇上空飞行的FAF战机全部被击落，因此前线现在乱作一团，形同被捅的马蜂窝。然而对于雪风现在的情况，特殊战还是一无所知。无法探测出它的位置。

如果雪风现在是安全的，布克少校想，那么它不把与迦姆接触的事情告知FAF，是件好事。因为它此举意在不让任何人知道。可是，如果不是这样呢？

操纵雷芙的战术电脑让雷芙进行搜索，直到用尽最后一滴

---

①在引擎保持运转的情况下给飞机油箱加满燃油。——译者注

燃料为止。然而那时雪风的身影已经消失了。雷芙只获取了幸存的迦姆机和 FAF 战机的战况。

雷芙暂时在 TAB-8 降落，在不关闭引擎的情况下接受燃料补给。这花费了一点时间。虽然请求加油的过程很顺利，但是该基地燃料补给部队的人是第一次见到无人机雷芙，所以不知道加油口在哪里、有几个。特殊战提供了相关信息，但传送到现场需要时间，这期间雷芙只能等待，保持引擎运转，机头下压，呈前倾姿势，近距离见到的人们都觉得这家伙简直像是迦姆。

"雪风……会不会已经被击落了？"

这种可能性谁都不愿意去想。福斯上尉受不了这种氛围，问了出来。

"哪里都没有。它没在飞行。"

"没有坠毁的迹象。"库里准将回应了她，"我们没有接收到求救信号。"

布克少校觉得雪风可能已经在库奇基地着陆了，不过看完雷芙发回的录像后，少校否定了自己的想法。库奇基地已经灰飞烟灭了，那里已经成了一个大坑，如果雪风在那里着陆了，恐怕想找到残骸都很困难。

<据推测，雪风现在正在和迦姆接触>战术电脑说，<我们无法掌握情况，只能等雪风返回基地>

"让雷芙继续搜索。"布克少校说，"这是紧急情况，让其他部队也……"

<虽然搜索很有必要，但是目前即使在库奇上空多投入战机进行搜索，找到雪风的概率也不会增加>电脑说，<根据推测，雪风进入了不可知战域>

"不可知战域？在哪儿？"

"就是之前雪风被迦姆抓住的那个未知空间……当时雪风正载着地球上来的客人飞行游览。迦姆就像用捕虫网扑虫子一样，捉住了势单力薄的雪风，把它带到那个未知的空间里。"

布克少校一边回答着，一边感到奇怪——战术电脑为什么能说出这样的细节呢？少校恍然大悟。这家伙一定已经跟迦姆或多或少地沟通过了，现在事态的发展都在这些电脑的预料之中。

特殊战的战斗智能机器群体在根据自己的判断做出行动。现在特殊战的主导权掌握在它们的手中。

自己之前的判断真是太天真了。布克少校咬住了嘴唇。与其说自己是被迦姆抢占了先机，倒不如说是被这些家伙给骗了。零曾经说雪风是有意识的、是活的，但自己却没认真听。自己也应该去认真了解电脑群的战斗意识的……

"可是，为什么是雪风？"布克少校仿佛在喃喃自语，"迦姆为什么会选择雪风？"

"这是因为对迦姆来说，雪风与众不同。"福斯上尉说，"少校，你在特殊战待太久了，所以没意识到雪风的特殊之处。你连这么显而易见的事情都没发现，要我说……"

"福斯上尉，你不用待在这儿。"库里准将打断了她的话，"请整理汇总迦姆的心理剖析结果，立刻提交。"

"准将，现在还提交不了。此次雪风带回来的情报才是心理剖析所需要的。"

"布克少校，告诉福斯上尉她的任务是什么。你也不用待在这儿了。这里由我指挥。你分析福斯上尉心理剖析的内容，一旦发现可能对目前的状况有所帮助的内容，立刻向我报告。就这样。你们走吧。"

布克少校迟疑了一下，但还是答道："是，准将。"

少校敬了一个礼，带着从未体味过的失败感，遵从了准将的命令。

布克少校明白，准将把雪风再也回不来的情况也考虑在内了，所以想尽快得到福斯上尉做的迦姆行动分析的结果。少校也承认，在现在的情况下，这是恰当且正确的判断。对于准将来说，零的生死只是一个战略上的问题。这就是战争。

但是布克少校却无法像准将那样不掺杂任何感情。一定要回来，少校祈祷着。我的朋友啊，我不想失去你。不能输给迦姆、雪风，还有战争。战斗的胜负无关紧要，活下来才是最重要的。

嗯，零应该也是这么想的——布克少校改变了自己的想法。

零不需要什么祈祷，他会相信自己的能力，做自己想做的事。自己只求他们能够回来。如果雪风回来，让特殊战知道了迦姆的真面目，那么自己的这种失败感也就烟消云散了。就算是为了卷土重来，也必须让雪风、零、桂城少尉回来。

3

零宣布返航后，雪风立刻做出了反应。

＜切换到自动模式，深井上尉＞

零听从了它，启动了自动机动。

雪风开始加速，旧雪风的复制机——也就是这架迦姆的幽灵机在雪风的正侧面紧跟着。这架飞机虽然没有干扰雪风的电子系统，也没有做出主动侦察等行为，但它恐怕正在通过被动监视手段收集着雪风的动向信息和战斗情报。如果雪风跟特殊战司令部取得联系，迦姆恐怕会察觉到，并且会破解通信的内容——对迦姆来说，雪风目前仍然是个谜，零想。

幽灵机是超级希露芙的复制机，飞行速度不输梅芙，它紧跟着雪风。对此雪风没有采取电子对抗行动，只是稍微修正了方向，继续加速。深灰色的茫茫云海中，可以看见一条裂隙，像一条细带，而雪风前方的那段裂隙是绿色的。零觉得那像是指示出口的绿灯。然而无法测算出距离，感觉就像是在无尽的远方。

"后面有异常情况。"桂城少尉声音低沉，"出口好像被关闭了。"

零也在雷达屏幕上看到了。身后的那片带状开放区域，也就是云海的裂隙，已经不见了。原本处于平行状态的上下两面墙在后方合上了，零觉得就像是扇贝上下的壳渐渐合上了一样。但是他没能发现上下两面墙正在向后方倾斜。

零想起来了，这跟兰德失去左手、一行人要被关在不可知战域里时的情况很像。当时雪风被看不见的弧形的墙困住了，雪风想从出口逃出去，然而围住雪风的墙壁连成了一个圆，这个圆一下子缩成了一个点，坠入了不可知战域。当时的墙壁无法用普通的雷达捕捉到。现在墙反过来了，正像是内侧朝外。

"这样下去的话，我们会被压扁的。"从声音里能够听得出来，桂城少尉在抑制着自己的情绪，"来得及吗？"

"难说。"

零这样回答后，立刻想到，迦姆会不会听到对讲机里的声音呢？

"深井上尉，你打算什么都不做吗？"

"冷静点，少尉。我们不会在这儿被杀的。"

"你怎么知道？"

"如果它们想杀我们，随时都可以。迦姆是想捕获我们。出口一旦关闭，我们连同雪风就会被转送到不知什么地方去，迦姆恐怕会在那里彻底地分析我们。它们也许会根据分析结果制造我们的复制品，把复制品送回特殊战。我们则会被迦姆洗脑，或者是用完以后就除掉了。"

"除掉？是被杀吧。我们是人啊。你是个机器吗？"

桂城少尉已经不打算控制自己的情绪了。

"我是人。所以迦姆会来接触我。"

"你为什么能这么淡定啊，深井上尉？你傻吗？任凭雪风做决定，你在想什么呢？把加力燃烧室点燃！"

"如果这样能够出去，雪风现在就会这么做了。在这里胡乱折腾是没用的。我们不会死在这儿的。我保证。所以你不要慌张。只要活着，就有逃出去的机会。"

"……你说我们会被转送到哪里去？"

"谁知道呢。也许是一个看上去非常正常的菲雅利星的复制空间，那里有FAF和特殊战，我们到了以后还以为自己是返回基地了。迦姆既然想要监视在自然状态下的我们，那恐怕就是最好的手段。"

"这也太荒唐了。如果真的是那样，我们怎么能逃出去？我们怎么能知道那是一个虚拟的空间？"

"靠人的感官恐怕没法分辨……我们想要分辨，唯一的办法就是问雪风。雪风能够察觉出迦姆的这种手段。雪风有一些跟迦姆电子通信的方法。雪风让我们攻击的对象，就是我们的行动目标。我们要相信那就是我们的敌人。除此之外别无选择。"

说完之后，零意识到自己一直以来都是如此。

"少尉，你不用发愁。你一向不在意周围的现实世界是不是真实存在的。你的人生什么都没变。如果你没有切实感受到，那么即便你被迦姆杀死了，你也不会察觉。"

"你少在这儿一副居高临下的样子，唠叨个没完。为什么你什么都不做，完全依赖于雪风？这样下去的话，我们会被迦姆抓住的，就算这样，你也无所谓吗？"

"现在这个情况，你还要我做什么？难道你要我一枪崩了陷入恐惧的副驾驶？"

"你想让我做这种事吗？如果你什么都不做的话，我倒是想这么干了。"

"注意你的言行。这些都会被记录下来的。你得想想活着回到基地以后的事，桂城少尉。你冷静一点。"

"……哪怕你问一句雪风现在这么做有没有逃出去的希望也好啊。"

"我不想额外增加雪风的负担。我把这里的一切都交给雪风。你不要捣乱。结果是成功还是失败，之后我们自然会知道。我现在能做的，只有考虑如果失败了我们该怎么办。如果迦姆抓住了我们，把我们的复制品送到特殊战，我们怎么才能让特殊战发现那是复制品呢……"

"那是不可能做到的。"

"这个不用你操心。继续警戒。这是命令，少尉。我不允许你放弃战斗。"

这么说着，零做好了心理准备。零也知道，就算雪风再厉害，也不可能从这里逃出去，但是自己不后悔把一切都交托给了雪风。因为如果雪风做不到的话，自己恐怕也做不到。

"深井上尉。"

"怎么了?"

"我们身后的墙立起来了,好像要变成球面。虽然现在这个空间在水平方向上好像是无限的,但是它现在应该是正在关闭,变成一个有限的空间。"

"好像是这样。我们就像被困在了一个球里。一会儿前方的出口也会变成圆形吧。然后,它会关闭。"

"在出口即将关闭的时候,就可以准确地测量与出口之间的距离了。"

"然后呢?"

"我提议发射中程高速导弹。"

"瞄准什么?"

"出口。也许即使雪风来不及逃出去了,我们也能把导弹从这个空间射出去。如果我们能够把握时机,如果我们能让高速导弹的速度和雪风现在的速度配合好,那么我们是有可能让导弹逃出去的。"

"嗯。"

"雪风不是能把这边的情报放进导弹里吗?导弹上有储存导航信息的存储器。我们能利用它吧?"

"这些操作雪风也许能够做到。可是,这些从来没有尝试过……"

"我没法像你那么乐观。如果逃不出去,我们的死期也就到了,我不想无声无息地死去。你恐怕也是一样吧。就算是雪风,它应该也想把在这里获取的情报送出去。"

"即使导弹能够飞出去,上面的情报被特殊战或FAF回收的概率也很小。"

"以上是我的提议。我的话说完了。"

把这里发生的事全部存储到导弹上是不可能的，但是也许能把这个导弹是由雪风发射的这一信息录入进去。零认为，这值得一试。导弹如果从这里飞出去，是有可能被发现的。虽然零并不知道导弹飞出去以后是哪里，导弹又会飞往哪里。

"根据中程导弹的飞行速度和续航距离，计算最佳发射时机，准备发射。"

"收到。"

桂城少尉触摸了控制面板，而雪风就像是在回应少尉一样，立刻将两枚导弹调整到了预备发射的状态。

雪风理解了乘员想要干什么，这让桂城少尉第一次对雪风产生了信任感。然而，零却不是这样。发射导弹是在雪风无法逃脱的情况下采取的最后手段。可以说是遗言。雪风现在正在这么做，说明雪风认为已经没有逃脱的机会了。对此，零无法接受。

头盔里的扬声器传来了开始追踪的提示音。一同响起的还有一段连续的提示音，表示导航信息正在录入导弹。提示音结束的同时，零收到了雪风发射导弹的宣告。零很紧张，他不知道雪风打算干什么。

——雪风并不是在执行桂城少尉的提议，也不打算把导弹当作遗言，它在发动攻击。

零刚这样想到，雪风就在未得到零的允许的情况下，毫不犹豫地同时发射了两枚导弹。

桂城少尉大吃一惊。攻击管制雷达上显示了攻击目标。并排飞行的幽灵机立刻进行了电子干扰。雪风取消了对导弹的导航，启用了导弹的自动追踪目标功能。

"真是疯了！"桂城少尉叫道。

零也怀疑自己的眼睛。导弹的攻击目标有两个，不用看屏幕也能知道，其中一个是幽灵机。然而雪风还锁定了另一个目标，显示在了屏幕上。

第二个目标是雪风自己。

"这是自杀。"少尉说，"雪风想要自爆！"

零也很疑惑。

零用肉眼追踪着导弹的飞行轨迹。以幽灵机为攻击目标的导弹在水平方向上急速转弯，以雪风为目标的导弹则一直向前进发，在很远的前方开始上升。它的飞行路线是环形的，它会在空中画一个弧线后从上方俯冲过来。

幽灵机开始躲避，它转了个弯，眨眼之间就逃到了远处。导弹开始调整航向，向它追去。导弹接收到了幽灵机发出的强烈的干扰电波。然而雪风开始调整起自己的航向和速度，仿佛在说，即使导弹的导航被电波扰乱了，它也还有其他的导航方法。也就是说，雪风自己正朝着导弹弹着点飞去。

这的确是变相的自爆行为。雪风的自爆系统只有在乘员座席被射出后才能启动。在载着乘员的情况下想要自爆，只有这一条路可走。

桂城少尉束手无策。现在从这架飞机里逃出去，意味着立刻湮灭，就像被幽灵机射出去的复制人那样。得救的唯一途径，是零进行操作，成功躲过导弹。

"快躲！"桂城少尉用嘶哑的声音喊道。桂城少尉很后悔，如果自己不提出发射导弹，雪风可能也想不到这一步，"雪风认输了。"

零条件反射性地想要启动空战模式，但听了桂城少尉的话，零忍住了,"不。雪风没有认输。"

"马上就要来了。"

仰望着上空的桂城少尉这样说道。而零正在看着主显示屏。

<这并不是威慑射击……迦姆>

雪风在警告迦姆,雪风是认真的。这不是认输的态度。这一定是雪风为了不输而采取的手段。既然雪风说这不是威慑射击,就说明它想让迦姆明白自己是动真格了。为什么要这么做?是为了脱险。雪风没有自己放弃活下去的机会。如果它认输了,就没必要特意放出话来,只要一声不响地把乘员射出然后自爆就可以了。

雪风所表达的意思是,如果你们不让我出去,我就会自爆,我是认真的。雪风认为这样的策略是有效的,零想。以自爆为条件?不,不是的,雪风的攻击目标并不是自身。

雪风知道迦姆把自己引到这个空间里来的目的。迦姆有事要找雪风上的乘员,因为迦姆无法理解他们。可以想见,即使和这些人类交涉失败,迦姆也会活捉他们。所以雪风知道自己也不会被灭掉,能够从容地进行谋划,零想。然而雪风不会让迦姆得逞,它要在这里粉碎迦姆的计划。

这并不是雪风的自杀行为。这是攻击迦姆的战术战斗。拼死一战。即便迦姆无视了雪风的这个行为,最终雪风自爆了,那么对于雪风来说也并没有输,因为它成功地阻止了迦姆的阴谋。

零恍然大悟,雪风是在拿自己当人质——如果不让我出去,我就杀了乘员,我是认真的。雪风在用实际行动告诉迦姆,只要自己想,随时都能够亲手杀死乘员……这家伙多么可怕啊。

零再一次对雪风产生了畏惧。即使以牺牲人类为代价,它也要战胜迦姆。

"不行。"

听着坐在后座的桂城少尉所说的这句话，零同时下定了决心。他没有感到雪风背叛了自己，他能够理解雪风想要做的事情。雪风终归只是不想输给迦姆而已。自己也是一样，零想，他放松了原本用力握着操纵杆的手。想让雪风明白自己的心思，零只要不解除自动机动就可以了。

这是零第一次和雪风这般互相理解，满足感涌上了他的心头，他已经感觉不到恐惧了。零没有意识到自己被一种不可思议的幸福感所笼罩，此时此地的处境仿佛变得不那么现实了。

主显示屏上的话全被清除了。雪风在上面显示着导弹击中目标的倒计时，还加上了一句话。只有一句。

<thanks>

雪风出于对自己的敬意，显示着距离中弹的时间——零这样理解屏幕上的话。零觉得这感觉真像是"尊敬的各位乘客，本航班即将到达目的地。感谢您的乘坐"。回想起来，自己已经搭乘雪风很久了，这也许是雪风最后的告别……如果这是生命的尽头，那么无论对于雪风还是零，都是一个好的归宿。至于别人对此如何看待，已经与自己无关了，零想。

桂城少尉举起了双手，想去握住座位上方弹射座椅的手柄，启动弹射系统。然而他却动不了了。他并不是在考虑在超音速飞行状态下被弹射出去会是什么结果，他只是动不了了。他的肉眼清楚地看见了俯冲下来的导弹的弹头，甚至能够看到弹头前端用于追踪目标的探头，就像是一只眼睛。少尉受不了与它对视，闭上了眼睛。

4

　　雪风以 0.01 秒为单位显示着距离中弹所剩的时间。令人眼花缭乱的数字变化渐渐地慢了下来，但零并没有觉得不可思议。零觉得，这是因为大脑的机能被最大程度发挥了出来，注意力集中在直到最后一刻也不要关闭自动机动这件事上。这甚至让零觉得等待数字变为 0.00 的时间是那么漫长。很快了，马上。

　　在零的注视下，这一刻终于到了。刹那之间，零感觉到了强光。周围光芒耀眼，主显示屏上显示的内容也因为受到强光照射而变淡，看不清了。

　　然而零并没有感受到想象中的冲击和疼痛。死亡的瞬间原来就是这么回事儿啊，零非常平静地想。

　　强光久久没有变弱。时间仿佛被无限延长了。零在想，为什么还没有变暗？为什么自己还能思考？这是说人死后会有另一个世界吗？然后，零感觉到，导弹还在自己的头顶上，还没有爆炸。

　　虽然没有亲眼看到，但零却知道它的样子。导弹就在自己头顶之上很近的地方，用前端那个像黑眼睛一样的目标追踪探头，俯视着自己。

　　原来还没到零，零明白了，还剩 0.001 秒，数字还没有变成零。零猛地想起操纵杆，伸手摸索着。

　　"没错，深井零，现在还没到最后一刻，还来得及。快采取躲避行动。不能让雪风把你给杀了。"

　　零感受到了呼唤的声音。是迦姆吗？也可能是想要活下去的自己的分身，这么想着，零在心里做出了回答——我不会接受你的建议。结果，那声音继续说道：

"你并不想死。你好像认为被雪风杀死并不是真正的死亡,你错了。雪风正在杀死你。现在还来得及。我来阻止它。请回话。顺从于我。"

真啰唆,零感到烦躁,在心里喊着:"不"。

"为什么?为什么你不接受我的建议?为什么你不相信我?"

——因为我无法理解你。不理解的东西,怎么去相信?更何况你让我顺从你,我要是能做到就见鬼了。

"还没能理解我就死了,你甘心?"

——我是被雪风杀死的,不是被你。你怎么样,我已经不在乎了。你不要挤进我和雪风之间,赶快给我消失。这是我和雪风之间的事。轮得到你在这儿插手吗?我现在正忙着完成和雪风之间的关系。别妨碍我。我生死的决定权在我自己手里,我不会交给任何人。

零感受到了震怒,那是一种自己从未体验过的强烈的愤怒。这是自己发出的怒火,还是那个声音的主人发出的,零搞不清楚。

这种愤怒化为物理能量爆发了。零是这样觉得的。主显示屏看不见了。强光在膨胀。零能够感觉到,那种压力把导弹顶飞了。零感受不到导弹的存在了。

赢了,零意识到。强烈的喜悦感涌上心头。零感到这份喜悦也化为了气压波震动着向周围扩散。

零感觉到,这种巨大的喜悦使外部的震怒变成了模糊的愤怒,然后变成了一种困惑。零不知道它在困惑什么,这种困惑的消失让他感觉怅然若失。虽然零知道那愤怒和困惑都不是自己的,但喜悦的感觉也随它们一起消失了。光渐渐暗了下去。胜利的感觉被强烈的疲劳感所取代。身体很不舒服。

身体的感觉复苏了。心脏在跳动，呼吸很急促，全身都被汗水浸湿，头痛。视觉也恢复了，思维捕捉到了屏幕上的信息。

表示倒计时的数字已经变成了<fail>——攻击失败。自己没能完成和雪风的理想关系啊，零仍是这种非现实的想法，犹如梦境。

接着，警报声被大脑捕捉到了。这个声音在提示，座椅弹射系统进入了准备阶段。表示该动作正在进行的指示灯也在闪烁。这是现实。危机感立刻袭来。

如果是前座的机长进行座椅弹射的操作，那么后座也会无条件地被弹射出去。但如果是后座进行操作，就可以选择弹射前后座或只弹射后座。现在被选中的是只弹射后座的模式。在副驾驶膝盖旁边的位置和头顶上各有一个弹射手柄，用力扳动其中一个，就可以逃出这架飞机。通过后视镜，零看到桂城少尉正紧握着头顶上的弹射手柄。

"停下来，桂城少尉！"零喊道，"把手从手柄上移开！"

零不能允许少尉逃出去。现在不能失去座舱罩。不能让机身的速度受到影响，失去稳定。现在还没离开不可知战域呢。

桂城少尉的神智恢复了清醒。他想告诉零，自己并不想逃出去，手上的动作是无意识的。然而他发不出声音。弹射程序现在还能中止吗？

"少尉，松手。"零说，"慢慢地把手移开。没事的，现在还能取消程序。"

零听到桂城少尉突然大口喘气，好像刚想起呼吸这件事一样。零确认完攻击失败的信息，给出了一个表示收到的信号，所有的警报就都取消了，雪风屏幕上显示了一条新的信息。

<控制权交给你，深井上尉。回家。>

零立刻关掉了自动机动，并且关闭了重力限制器，紧紧握住节流阀拉杆，点燃了加力燃烧室，以达到最大马力。

在零的操作下，雪风的双引擎——超级凤凰，爆发出了超过安全界限的推力。驾驶员的身体猛地抵在了座位上。雪风一把控制权交给零，便开始进行电子战斗，在达到最大马力的同时，使用一切电波干扰手段。

出口就在眼前。圆形，不是绿色而是灰色的。从导弹的弹着点移动到这里，好像只是一瞬间的事。这是迦姆搞的鬼吧。

桂城少尉向身后望去。一片漆黑。少尉有了头绪——恐怕这个空间已经变成了一个球体，正在收缩。再看向前方灰色的圆形出口，少尉发现它正在缩小。就像是瞳孔，少尉想。仿佛雪风正要从迦姆的眼球里飞出去。这是一只恶魔之眼……

灰色圆洞的关闭速度变慢了。实际上，并不是它关闭的速度变慢了，而是雪风的速度接近了极限，所以相对才会产生这样的视觉效果。桂城少尉知道，现在已经进入了能感受到远近的距离范围内了。圆洞反而开始变大。

"冲击要来了。"

不等零提醒，少尉已经绷紧了全身。

在受到剧烈冲击的前一刻，零目测出了圆形出口的大小，直径约为二百米。雪风正向着它的中心猛冲，这剧烈的冲击仿佛猛地撞在坚硬的墙壁上。

没有粉身碎骨。还能思考。干得漂亮，技术了得——桂城少尉对零的驾驶本领大为赞赏。以这样的速度，竟能穿过这么小的出口。几乎没有空隙。感觉就像高速列车冲入隧道一样，但雪风是没有轨道的。极小的导航失误，都会导致失败。

"检查损伤情况。"

机长的声音跃入耳中。桂城少尉启动了飞机的自动检视功能。引擎已经停止了运行。尾翼的一部分液压系统出现异常。用肉眼查看各个机翼，发现左侧第一尾翼不见了。在它旁边的位置，机身外壳上破了一个窟窿。少尉明白这是由内部冲力导致的。除这些之外，飞行系统无其他异常。

"左第一尾翼脱落。左引擎出现某些破坏性异常。并没有着火或冒烟，但是有发生小爆炸的痕迹。两个引擎都熄火了。对引擎的燃料供给自动停止了。应急燃料截止阀正在工作。"

零正在查看飞行仪表，发现雪风正在机头朝下飞行。零操纵雪风回到了正确的方向。以目前的飞行高度来看，还有下降的空间。飞行高度为两万四千一百，雪风正在缓慢下降。根据零的判断，左引擎已经不能用了。

第一尾翼脱落并没有造成很大的影响。雪风有两对尾翼，离主翼较近的那对被称为第一尾翼，较远的被称为第二尾翼。相对于机身，这两对尾翼可以上下活动，随着雪风飞行姿势的变化，它们展开的角度也时时刻刻发生着改变。因此，将它们划分为垂直尾翼或水平尾翼并没有太大的意义，即使失去了一个尾翼，高级战斗机动暂且不论，对于普通飞行是没有任何影响的。只要飞行系统无损，即使只剩下一个尾翼也能平稳飞行。问题在于推力，在于引擎。

零尝试再次启动右引擎。如果失败的话，就必须考虑紧急迫降了。

周围笼罩在灰色的雾霭之中，看上去并不像已经逃离了那个空间。但雪风已经解除了电子战斗模式。桂城少尉戴着通信监听器的耳朵，听见了白噪声。这是正常空间。

"除空间无源雷达之外，各雷达系统无异常。前进方向上无障碍。"桂城少尉说,"……发现不明飞机。距离很近。"

"发送IFF信号。一个短信号。"

"是,现在执行。……收到回复。是特殊战的B-2,卡米拉。未发现其他飞机。"

"收到。"

零成功启动了右引擎。几乎就在同时,眼前的雾霭迅速消散了。

驾驶卡米拉的兹波鲁夫斯基中尉发现了雪风。他并没有惊讶于雪风的突然出现,因为司令部战术电脑已经告知了这种可能性。然而雪风出现时的景象还是让他大吃一惊。最先捕捉到征兆的是空间无源雷达,雷达发现正在警戒的空域中有一个像小泡一样的异常空间。随即,它在眨眼之间破裂了。虽然肉眼看不到这个泡状的空间,但在它消失之后,立刻出现了一团接近于球体的黑云。伴随着轰然一响,黑云发出冲击波。卡米拉的机身在冲击波中剧烈地摇晃。黑云不断膨胀、变大、变淡。就在这时,雪风从其中飞了出来,基本处于水平状态。

"B-2的中枢电脑说,已经做好了支援的准备,让我们直接跟它连接。"

"拒绝。"零说。

"明白。"桂城少尉回答,"已告知对方……真让人吃惊,他们竟然在跟特殊战司令部开放式通信。"

"事无巨细,都记录下来。"

"正在进行自动记录,已确认。"

"这是哪儿?"

"利奇沃基地的上空。如果选择最短返航路线,会比从库奇基地返航还要近,距离比大约是百分之七十五。距离我们最近的基地是TAB-4，距离比是百分之四十七。得先飞一会儿，观察一下只剩一个引擎运转时的燃料消耗率，才能做出判断。不过，应该不需要燃料补给吧。如果一路无事，是能够坚持到菲雅利的。"

"就这么干吧。告诉我最短返航路线。"

"是。方向零三一。高度两万一千二。巡航。"

"收到。现在还不能松懈哪，少尉。"

"我知道。B-2正在靠近。好像想跟在我们后面。"

警戒雷达捕捉到了攻击瞄准波，鸣响了警报。零把节流阀推到战斗时的马力水平。

"B-2处于攻击态势，它正在用攻击管制雷达对我机进行追踪。"少尉非常沉着地汇报着，"我们好像被怀疑了。"

"呼叫特殊战司令部。用语音通信。"

"是……接通司令部了。机长，请。"

"这里是B-1，深井上尉。正在准备返航。请让B-2解除攻击态势。否则，我机也将准备交战。"

"这里是司令部，库里准将。好的，B-1。深井上尉，请告知你们的损伤情况。"

"没什么严重的。准备好抗ABC污染洗净设备。我想把迦姆的污秽冲干净。回复完毕。"

"司令部收到。"

确认B-2停止了攻击瞄准波的照射，零把节流阀调整回了原来的马力。零驾驶雪风保持着桂城少尉所告知的高度、速度和方向，径直向着菲雅利基地，开始平稳的巡航。

B-2，也就是卡米拉，为了观察雪风机体的情况，做了一个横滚动作，以雪风为轴进行滚转，最后来到雪风的左舷侧，开始与雪风并肩飞行。两架飞机处于反迦姆战斗的位置布局，相互之间的间隔很大，所以在雪风里无法用肉眼看见卡米拉驾驶员座舱里的情况，但飞机的形状是能看清的。超级希露芙，跟幽灵机机型相同。眺望过后，桂城少尉说道：

"虽然雪风没说 B-2 是敌人，不过，这是真实的世界吗，深井上尉？"

"你怎么认为？"

"我还活着。我知道的只有这一点。"

"我也是。"零说，"这就足够了。"

"是吗？你觉得这样就可以了吗？"

"知道自己还活着，难道不是很重要的事吗？你还要让我指望有什么更确定的事呢？你也已经确认这一点了。"

"……是啊。我不觉得自己脱险了。让我们躲过导弹的是迦姆吧，迦姆让雪风像幽灵机那样瞬间移动了。你知道迦姆会这么做吗？你当时确信吗？"

"不，"零摇了摇头，"那是雪风的判断。我根本没想到雪风会把我们当人质。就算是雪风，恐怕也没有百分百成功的自信吧。"

"真是一场危险的赌博啊。"

"我并不后悔。"

"你是说，即使被雪风杀死？"

"是啊。"

"我知道。"

"是吗？"

"因为你活下来了。如果现在你已经死了，我就不会知道了。"

"不知道什么？"

"就是你的想法啊——被雪风杀死，正合你意。我知道，这是你的真实想法。雪风明白你的心思，所以才会这样赌一把。如果是我的话，会采取躲避导弹的行动，这样一来就没法赌了。"

"嗯。"

"迦姆一直等到导弹即将爆炸的那一刻，来确认你和雪风之间的关系。迦姆应该也明白了，你真的觉得被雪风杀死也没关系。可是，"桂城少尉说，"我不明白的是，为什么迦姆放我们出来了。我们大概已经回到原来的世界了。如果迦姆当时想要再把我们抓起来，应该是能做到的。它们为什么没有那么做？"

瞧这刨根问底的劲头，真不愧是从情报军出来的人啊。零这么想着，回答道：

"可能是因为，迦姆觉得即使抓住我们也得不到什么吧。"

"也许是吧。也只有这一种可能性了。不知道它们为什么这么想。你觉得雪风知道吗？"

"不好说啊……具体的分析，回基地以后再做。"

这次的情报分析工作恐怕是项大工程。分析得出的结果，也许会颠覆与迦姆作战的意义，零心想。

"雪风确实是独立的智慧个体。我也明白了，深井上尉。雪风是很危险的。它不亚于迦姆，不，雪风没法跟迦姆相比较。迦姆有着让人难以想象的力量，人类没法与之抗衡。我明白了这一点。而且，迦姆在想些什么，我们一无所知。这很恐怖。但是，"桂城少尉说，"应该说是因此，我想再见迦姆一次，跟它们谈一谈。"

"你是认真的吗？"

"我觉得跟你相比，我能更好地和迦姆交涉，深井上尉。"

"你可真敢说啊。跟来时路上的你大不一样了。"

"因为我还活着啊,所以什么都敢说了。"

说完,桂城少尉笑了。在生死线上捡回一条命,他很亢奋。零冷静地想。少尉第一次参加实战,就遇到了疑似迦姆真身,好不容易活了下来。这种经历改变了这个男人对迦姆的看法以及人生观,也不足为奇。

桂城少尉话多了起来。看样子,如果放任不管,他会一直滔滔不绝,连任务都忘了。零命令他确认方向,让他闭了嘴。

随即,零再次想起了那个时候的事。

雪风在屏幕上显示着它发射的导弹击中目标的倒计时,当数字变为零的时候,那个潜入自己内心的声音是怎么回事呢?在那个瞬间,零认为那是想要活下去的自己的本能所产生的声音。然而并非如此,那是迦姆的声音。那声音恐怕不会被雪风听到,也不会被记录下来。然而那不是幻觉,自己确实感受到了迦姆的诱导,迦姆的愤怒和困惑。

采取躲避行动,现在还来得及,顺从我——那家伙对零这样说道。如果照他说的做,会怎么样呢?

当意识到数字变为了零,但导弹仍未命中之时,自己为了躲避导弹而想起了操纵杆。那个行为恐怕并非出于理智,而是出于动物性的生存本能。而为这个行为提供时间上的可能性的,是迦姆。

"——快采取躲避行动。不能让雪风把你给杀了。你并不想死。你好像认为被雪风杀死并不是真正的死亡,你错了。"

迦姆对零说,来追随我。如果追随了它,它就会救自己。零明白,但是零拒绝了。

"——为什么?为什么你不接受我的建议?为什么你不相

信我?"

迦姆用魔鬼的引诱,来检测零的决心。如果自己接受了它的建议,采取了躲避行动,迦姆就会立刻消失,导弹会击中雪风,又或者像桂城少尉说的那样,迦姆会将他们连同雪风一起抓起来。这是毫无疑问的。即便迦姆活捉他们,也一定不再是为了平等地进行交涉。

当时的结果是,自己没有拉动操纵杆。理由很简单。对于自己来说,重要的不是选择生还是死,而是选择雪风还是迦姆。自己并非因为迦姆是敌人而无法相信它。当时,对零而言,迦姆不过是个碍事的东西。

这激怒了迦姆。它愤怒于自己还未理解零的态度,零就要被雪风杀死了。愤怒之余,它还感到困惑。

零心想,当自己中止了与迦姆的言语交涉,让雪风返航的时候,迦姆一定饶有兴味地等着看自己打算如何回去。虽然雪风采取了行动,虽然雪风说<这不是威慑射击>,但迦姆并不相信,或者是它并没有想到身为人类的自己竟然会允许雪风那样做。桂城少尉说"迦姆一直等到导弹即将爆炸的那一刻,来确认你和雪风之间的关系",事实恐怕确实如此。

直到最后,迦姆也没能理解自己,零想。迦姆恐怕认为,还得再不加干涉地观察一会儿。也许是自己的态度超出了迦姆的预料,让迦姆一时间不知所措。总而言之,迦姆因此没有阻止雪风离开不可知战域。也许应该说是没能阻止。这是雪风的功劳。

好了,回家吧——当迦姆听到雪风说出这句<let's return home>的时候,是什么心情呢?

也许,零想,迦姆感受到了来自雪风的威胁——这是一个可怕的、强劲的对手。在这场战斗中取得胜利的，是雪风。这毋庸置疑。

5

雪风由卡米拉护航，平安返回了菲雅利基地，只比计划返航时间晚了十三分钟，几乎是完全按照计划行动的。虽然行动内容完全改变了。知道详细情况的，只有雪风和两个乘员。

雪风滑行到了特殊战的战队区，在此等候的特殊战消防队立刻用取代了灭火剂的大量清水将机身冲洗干净。洗净后，零启动了右引擎进行排气。左引擎已经完全失灵，想要起死回生是不可能的了。必须要换一个新的了。既然左引擎损伤严重，那么右引擎也有可能受损了。竟然能够顺利回来，真是太幸运了，零想。

乘员零和桂城少尉在地上战队区，而不是地下，从雪风上走下来，直接进了事先准备好的隔离箱里，用里面配备的淋浴把全身都冲洗干净了，像雪风一样。

如果采取彻底的防污染手段的话，乘员至少要被关在专用的隔离室里三个星期，但是特殊战并没有采取那样的措施。这是因为，目前库里准将不想让FAF的任何人察觉到雪风带回来的情报的重要性，她认为即使特殊战内部自行处理，受到未知生物污染的可能性也不大。所以载着这两个人的隔离箱被运到了特殊战的医院里，而不是FAF的防疫中心。

布克少校也觉得，如果迦姆真的打算让人体携带上病毒武器的话，那么已经被复制人入侵了的特殊战早已错过了防范的机会。所以布克少校并没有跟库里准将唱反调。事到如今，再严格按照FAF的规定，大张旗鼓地把零和桂城少尉隔离起来也没有用，恐怕迦姆根本就没有那样的考虑。布克少校认为，比起肉眼看不见的生物武器，回来的这两个人是不是真身才是更大的问题。

零和桂城少尉被迫换上隔离箱里早已准备好的白色睡衣，待在特殊战医务室用于隔离的简易塑料帐篷里。虽然特殊战的命令是，由于无法否定两人曾暴露在迦姆意图之外的污染源中的可能性，所以在血液检查等检查的结果出来，安全得到确认之前，两人都要接受隔离，但是两人都明白，自己是在这里被监禁、被监视、被限制自由。

两人的床分别被塑料帐篷围着，他们可以在各自的独立空间里休息，然而特殊战并没有说他们可以休息了。传达命令的是医务室里一位叫巴鲁姆的军医，他把库里准将的命令书塞进了帐篷里。夹在笔记夹板里的命令书上写着：尽快提交这次任务的报告书。

"这也太不体恤部下了，而且竟然还要用笔和纸手写。"

零没有理会隔壁帐篷里桂城少尉发出的牢骚，开始写了起来。即使没有命令，零也想趁没忘记之前写出来。迦姆的劝诱、愤怒和困惑，恐怕并没有被雪风记录下来。

看到零干劲十足地写了起来，桂城少尉把目光转向了自己空白的报告用纸上，叹了口气。让我写什么呢？雪风不是全都记录下来了吗？

"深井上尉。"

"干什么。"

"你在写什么呢？"

"在那儿遇到的事。"

"雪风都记下来了。"

"上面希望得到的报告是人的亲眼所见、切身所感。"

"有人给过我报告书的写作指南,但我还没看呢。"

"现在格式什么的都无所谓,把你的切身感受如实地写下来就行。写什么都可以。比如说,雪风的行动。你对它的行动怎么看。"

"很危险啊,我觉得。"

"就写这种。就写你自己对雪风、对机内发生的事情,还有对迦姆的行动是怎么评价的,这就是上面想要的。简单说就是写感想。把你现在的想法写下来就行了。你在回来的路上不是说了很多吗?"

"不看雪风的记录的话,我怕现在写不出正确的……"

"不准确的记述也会成为宝贵的情报。以后我们的想法可能会改变,但那也没关系。两种想法没有对错之分,它们都是事实。如果不把这些想法记下来,将来即使自己的想法改变了,自己也没法判断是转向好的方向还是坏的方向了。写下来是为了自己,并不是为了别人。"

"……嗯。"

桂城少尉又一次想起了伦巴德上校的话——

"把你经历的事情准确地汇报给我。但是你自己不必对内容做出评价,评价由我来做。"

特殊战的要求跟情报军的那位上校提出的完全相反。桂城少尉第一次遇到这种事,感到很困惑。

零抬头望向桂城少尉,发现这个新来的还在盯着眼前的白纸,好像写报告比执行飞行任务还难。隔着厚厚的塑料帐,桂城少尉也许感受到了零的视线,望向了零。

"深井上尉。"桂城少尉又叫道。

"干什么？"零问。

"你一直以来，写报告书都是为了自己吗？"

"怎么了，突然这么严肃？你在伦巴德手下的时候也要写报告的吧。"

"我没写过感想啊。上校可不会认可这种东西。"

"你是说感想没有意义？"

"我不知道该怎么写。而且我有不想让别人知道的事。比如说，你让雪风来操控，不采取躲避行动的时候，我很生气，之类的。"

"你考虑了想要获救该怎么办，所以才对我的行为感到愤怒吧。这不必隐瞒。"

"至于这是不是借口，由布克少校来判断，是吗？第一个读报告书的人应该是布克少校吧？"

"少尉，如果去考虑这些事情，那你就写不出来了。对于特殊战来说，那些都是无关紧要的事。我们已经活着回来了，生还是最重要的任务。特殊战只是想要从完成了这个任务的我们这里，得到生存的智慧，仅此而已。"

"你是说，无论写什么，都不会被责问吗？"

"你怕被布克少校揍吗？怕被骂？军队就是一个无缘无故挨打也不能抱怨的地方。能知道挨打的理由已经算好的了吧。不过，我没有什么经验。"

"嗯。"

"如果你觉得自己是在被迫写报告，那么就会去考虑一些多余的事。我们现在有资格表达自己以后想怎么做，与其说这是义务，不如说这是权利。我们遇见了迦姆，我们可以针对怎么做才能不被它们杀死，自己想要怎么做提出主张。特殊战能够从我们的这些主张中获得有效的信息，用于调整反迦姆战略。你如果想再见迦姆一次，那你就去那样表达。如果你觉得战斗是没有意义的，那你就去那样写。无论是库里准将，还是布克少校，任何人都不能指责你。我们感受到的东西，我们在这里怀着一颗想要感受的心这件事，都是现实。对于现实，特殊战无法无视，也无法指责。"

"特殊战可能会怀疑我们是迦姆。"桂城少尉说，"事实上，我们已经被怀疑了吧？"

"如果他们怀疑我们，那我们也可以怀疑这里是迦姆设置的虚拟空间……"

"你是说我们不必应对那种危险吗？"

"还是做好心理准备比较好吧。"零说，"相信自己，桂城少尉。这是我们现在唯一能做的了。这就是所谓的为了自己。说实话，以这种心境写报告，我也是第一次。"

一直以来，零都必须在返航后立刻去向布克少校汇报，但这一次不是。或许，这里真的是虚拟空间，但零转念一想，那又怎么样呢？连雪风都无法识破的虚拟世界，跟原来的世界也没有什么大不了的差别吧。

如果将来有一天，迦姆告诉自己，这里其实是……那自己也并没有消亡。即便被告知自己其实已经变成了迦姆人，原来的自己已经死了，那自己也仍然活着。虽然自己的身份毫无疑问会变得非常怪异，但也恰恰证明了自己绝没有从这个世界上消失。这其实就像被父母告知自己并非他们亲生的一样，的确有可能会使自己感到无处寄身，但这并不会对生命构成直接的威胁。

吃饭，睡觉，经历一些事情，变老，然后死去。这就是人生的历程。如果从活着的风险来看，也是一样的，零想。在追问怎样才能好好活下去之前，重要的是，清楚地知道自己想要怎么做。此时此刻，完成了出击任务，活着回来的自己，最有感触的就是这一点……

"你可算回来了。"布克少校这样说着，出现在零面前的时候，零正疲劳不堪，但并没有在睡觉。零一边读着自己写的报告，一边思考着关于迦姆的事情。虽然零知道自己必须让大脑休息了，然而一想起迦姆，零就睡不着了。零无法忘记迦姆而去休息。

"我也觉得能回来真是太不容易了。"

自己的脸色一定很难看，零想。不过，随随便便走进塑料帐篷的布克少校，看起来也非常疲惫。

"你这么进来没关系吗，少校？"

"有什么关系。倒是我，感觉像是得了迦姆感冒。大家都是这样。"

"大家是指？"

"以库里准将为首，司令部的人。整理分析了雪风的战斗情报以后，大家的身体状况都不太好了。"

"你是说大家的身体出现了异常情况？"

"我只是打个比方。大家都累坏了。精神饱满的……"布克少校转头向后看去，接着说道，"差不多也就只有福斯上尉了。"

帐篷外，福斯上尉耸了耸肩。

"伊迪斯，"少校说道，"这个不透气的帐篷，已经可以拆了吧？"

"还是再等会儿吧。弄出动静来，会把桂城少尉吵醒的。让他好好休息吧。"

"那家伙可真了不得,呼噜打得震天响。零……"

"能请我喝杯冰啤酒吗,杰克?问话等会儿再说。"

"伊迪斯,给零拿罐啤酒。"

"什么?"

"这里的负责人巴鲁姆在药品冷库里常备着啤酒。不用开处方。这是公开的秘密。"

"是用公款买的吗?这是违法的吧。"

"是上面的错。他们无视啤酒的疗效,不承认啤酒是药品,这是不对的。"

"总之,从冷库里偷拿一罐过来就行了,是吧,少校?"

"没错。你直接从巴鲁姆那儿拿就行,他不会有怨言的。"

福斯上尉摇着头,走出了房间。

"你来晚了,杰克。我回基地以后都过去多久了?"

"四小时二十四五分钟。"

"我在雪风上呼叫过司令部,没想到应答的不是你,而是库里准将。"

"我被赶出司令中心了。"

"为什么?"

"对雪风进行支援的是战术电脑,用不着我插手。"

布克少校讲述了当时的情形——特殊战的电脑预测到了这一情况,而自己却没有察觉到。

"你们回来以后,我才开始忙了起来。雪风不肯轻易交出这次的情报。"

"恐怕是因为我们已经从机上下来了吧。"

"好像是这样的。雪风是有意识的。我们不得不这样想。"

"你怎么处理的?恐怕最后还是把雪风收集的情报交给战术电脑了吧。"

"雪风提出了交换条件,它要求进入所有的网络。库里准将同意了。所以雪风现在能通过特殊战的战术电脑查看FAF所有电脑里的信息,它现在恐怕正在这么干呢。战术电脑在竭尽全力不让信息被查看的电脑有所察觉。这是一场跟FAF内部电脑之间的电子信息战。"

"雪风在找什么呢?"

"人的信息。它想知道FAF里所有人的意识行为。虽然雪风没这么说,但是能够看得出来。雪风有MAcProⅡ,利用这个程序,应该可以预测人的行为。雪风是想找出FAF里的迦姆人。"

"不,恐怕不是这样。"

"不是这样?那么,你说它在干什么呢?"

福斯上尉拿着三罐啤酒回来了。零接了过来。布克少校说自己不喝。结果,福斯上尉一脸认真地说:

"你打算独善其身,不当共犯吗?"

"知道了。我这不是打算慢慢喝吗。"

这么说着,布克少校拿来了两个圆凳,在床边坐下,喝起了啤酒。福斯上尉也跟着做了。

"接着说雪风。你觉得它在找什么?"

零一口气灌下了半罐啤酒,缓了口气,说道:

"这个报告书最开始的部分,你读一下,就在雪风发射的导弹眼看就要击中雪风自身的时候,不过最后没有命中,就在那个时候,迦姆的意识进入到了我的意识里。"

"你说什么?"

"这段内容雪风记录了吗?"

布克少校拿起零递过来的报告书,读过之后,回答说"没有"。

"雪风的所有情报都被查过了……但是并没有你说的这段迦姆的声音。这也许是你的幻觉。"

"如果是别人的话,也许会那么说吧。总而言之,迦姆无法理解我。"零说,"在没能理解我的情况下,迦姆是不会杀我的,这一点雪风很清楚。但是,雪风不明白的是,为什么迦姆理解不了我。所以它在对此进行调查。"

"问问迦姆人就知道了吧,我是这么想的。你觉得不对吗?"

"对有多少迦姆人入侵了特殊战、它们都是谁之类的问题,雪风不感兴趣。雪风想知道的是,迦姆为什么无法理解我,还有特殊战的人和电脑。迦姆人是不会知道这些的,问它们也得不到答案,所以雪风在自己进行调查。迦姆好像已经理解了除特殊战以外的 FAF 的行为模式。这样的话,只要搞清楚我们和其他人类,还有电脑的差异,就能推测出迦姆在哪些地方感到不解了。雪风是这么认为的。一定是这样。"

"你真是自信满满啊,零。"

"因为这也是我想知道的事。即使雪风不这么做,如果我在机上的话,也会命令它这么做的。"

"我也想看一下深井上尉的这份报告,可以吗,上校?"

"可以。"

布克少校把报告递了过去,喝了一口啤酒。

"你喝得可真秀气啊。"零说。

"你顺利完成了任务,现在觉得大功告成,心情舒畅,但是我的工作才刚开始,没心情大口喝酒。"

"你不是冒牌货。"

"什么意思?"

"我是说,这里不是迦姆设计的复制世界。"

"在雪风上,你和桂城少尉也进行过这样的对话。被记录下来了。"

"等过一阵,我也想确认一下雪风的记录。"

"当然可以。"

"现在别人怀疑我是迦姆人吗?"

"库里准将是有所戒备的。"

"那你呢?"

"说实话,我不知道。我觉得,如果你是迦姆,那恐怕也不是这次变的。现在,我是在相信你没有被迦姆操纵的前提下,采取行动。我认为我只能这么做。将来会怎么样,我不知道。你真的变了,零。"

即使听到布克少校这么说,零也没有动摇。的确是这样,正如少校所说,自己也是这么想的。

"……雪风也经历了,这里写的零和桂城少尉经历的仿佛是幻觉一样的事情。"福斯上尉说,"比起跟我们人类交流,迦姆好像跟雪风交流起来更容易。雪风在这次任务中经历了我们认为是幻觉或者幻想的事,这是有可能的。雪风一直比我们更加切身地感受着迦姆。"

"我没注意到。"布克少校说,"这是我的疏忽。电脑群是怀着自己的战斗意识在行动的。可是,雪风没有用人类语言把它表达出来的能力。所以我们不知道,完全不知道发生了什么。"

"即使不通过语言,我们也能够预测出雪风的态度和行为,以及它在想些什么。"零说,"毫无疑问,雪风有认识世界的能力。"

"是啊。"福斯上尉说,"认识必须能够表达出来才行。如果说石头也能认识世界,那么它就应该有想要传达给其他人的意志、意识,还有和其他人交流的方法。如果这些完全做不到,那石头就只是接受外界刺激的物体,不能说它在认识世界。的确,我也觉得雪风在认识世界。即使它不会说人类的语言,但我们可以说,它能够通过自己的态度来表达想法。而深井上尉也能够理解它的想法。就是这么一回事,布克少校。"

原来如此。真是术业有专攻,专家一下子就能把事情解释得清楚明白——零听了福斯上尉的说明,非常认同。

"嗯……"布克少校沉吟片刻,"如果我们不能控制这些智能机器的想法,那这场战争就真成了迦姆和电脑之间的战斗了。"

"不,这场斗争没那么简单。"零说,"现在是迦姆、特殊战、FAF三方的战争。特殊战的智能机器始终在努力不被其他FAF电脑群的阶层系统吸纳,这种行为跟反迦姆是一样的。对于雪风来说,除了自己以外全部都是敌人。"

"你觉得自己也被雪风视为敌人了吗?"

"应该不是敌人吧。对于雪风来说,我大概是个靠得住的武器。雪风对我来说也是这样。"

"原本雪风就应该是那样的。"福斯上尉十分感慨地说,"你经历了许多波折,终于也达到了这样的心境啊。怎么样?你现在的心情?"

"什么怎么样……"

零不知道该说什么好了。刚才真不该那样想了之后就说出来的。

"现在的你,如果认定情况需要,随时都能够舍弃雪风。我这么说，你觉得凄凉吗？"

"必要的时候，我只能那么做。雪风这次也是那么做的。但是，失去雪风的时候，应该会很难过吧。我不愿意去想象。"

"但是，你并不会觉得你和雪风之间的关系会因此崩塌而感到寂寞。我是这么认为的。这和以前的你完全不一样。你已经和雪风建立了一种之前所达不到的关系。"

"我想确实是像你说的。可是……"

"迦姆不理解的，正是这一点。"福斯上尉说，"雪风和你，已经不是战斗机和驾驶员之间的关系了，也不是你之前所感觉到的，朋友或恋人的关系，现在甚至不是伙伴关系，也并非谁是谁的主人。但是，你们却能彼此托付生命。你们彼此默认，根据情况，自己可以成为对方针对迦姆使用的自爆武器。你们处在这样一种关系上。"

"我不觉得自己是一件消耗性武器。"零说，"即使那么觉得，我也不想承认。这一点到现在也没有变。"

"雪风也是那么想的。"福斯上尉说，"雪风不认为自己是一件消耗性武器。这只有在你和雪风之间的关系之上才成立。从迦姆等第三者的角度来看，它们会感到你们彼此接受对方把自己当作武器来使用。但是你和雪风的关系其实并不是那样的。这一点迦姆无法理解。"

"我也无法理解。"布克少校叹着气说道，"不是战斗机和驾驶员，不是朋友或伙伴，也不是同事或战友。既不是敌人，也不是同志。那你们到底是什么呢？"

"答案很简单。是他们自己。"

"你说什么？"布克少校问道。

"我要说的是，雪风和深井上尉，都是彼此的一部分。他们是彼此的手和脚,是彼此的眼睛。"福斯上尉说。

"你是说机械人吗?"少校又问道。

"不。"伊迪斯说。"跟机械人不一样。既不是植入了人脑的机器,也不是被电脑操控的人类,而是一种新型的复合生命体。他们拥有跟上述两种机械人不一样的、用于认识世界的信息处理系统,而且能够将彼此的这种系统作为子系统使用。他们既不是人类,也不是机器。我觉得迦姆理解不了是理所当然的。毕竟这是个新物种。可以说是为了对抗迦姆的威胁而诞生的一种新的生命形态。"

"再取个合适的名字,写成论文,你可能就出名了。"布克少校一脸疲惫,"你打算运用你的生花妙笔,写一篇发现新物种的论文吗,伊迪斯?"

"我承认新物种这种说法有修辞的成分。"福斯上尉说,"我作为特殊战的军医,正在研究深井上尉的精神状态。"

"福斯上尉,不用再说了……"

"不,让她接着说。"

零的声音盖过了少校说的"我已经听烦了"。零催促福斯上尉继续说下去。

"零,把别人视为自己的一部分,可以说是一种病态,或者是不成熟的表现。但是你现在的状况并不是这样。认为对方是他者,同时意识到那也是自己的一部分,对于人类来说并不是一种罕见的现象。人类是有这种能力的。"

"这是精神分裂吧。"

"才不是呢。这是高度的意识的作用,如果不健康的话是做不到的。精神分裂症患者根本无法构建这么丰富多彩的精神世界。你的误解也太深了。你想被诊断为病人吗?"

"不。不过，不管别人怎么说，我还是我。说我是新物种也好，说我疯了也好，都跟我没关系。"

"但是，我觉得迦姆会接受新型复合生命体的说法。迦姆把你和雪风一起抓起来，说明你们对于迦姆来说，是FAF里一种以前从未出现过的敌人。我觉得迦姆并没有很深入地理解人类……"

福斯上尉话说到一半，突然向旁边那张床望去。帐篷在窸窸窣窣地抖动，桂城少尉从里面出来了。布克少校没有制止。少尉站在零的帐篷前，说道：

"我刚才在听你们的谈话……我忽然想起一件事，有这么一件事，布克少校，我可以讲吗？"

"不用拘束，说什么都可以。"

布克少校说着，招呼桂城少尉进到帐篷里来了。

6

桂城少尉在布克少校让给他的凳子上坐了下来，开始讲他想起的事：

"迦姆说，它理解不了特殊战。然后它说了特殊战和自己很像之类的话。"

"是呀。这些都被记录下来了。"福斯上尉说，"所以呢？"

"我说不太清楚，但是我认为深井上尉和迦姆很像，真的很像，我觉得。可以说他们都是彻底的个人主义吧，就是这种感觉。我认为，迦姆并不是集团性的群体，所以它们无法理解的是，特殊战里净是非常个人主义的人类，但却能够整体作为一支反迦姆的战斗力量发挥作用。你们听明白了吗……因为我刚来特殊战不久，所以觉得特殊战很神奇。深井上尉把雪风当作自己的私人物品来驾驶，但是特殊战却毫不在意，这让我难以置信。由这样的人所构成的集团，能够团结一致，很好地发挥作用，对此感到奇怪的可不仅仅是迦姆。"

"你说的这些我都明白。我来到这里以后也是这样想。"

"……让特殊战变成这样的，是库里准将。"

布克少校在零的床上坐了下来，说道：

"也就是说，是她把一些性格特殊的人集结、组织起来了，她没想到这样做会引发这个问题。不过，与FAF相比，我们本来就是特殊的，受到不同于其他部队的对待也是理所当然的，但是这让迦姆搞不清状况了。这是我们完全没想到的。"

"世上有各种各样的人，"福斯上尉说，"但一般情况是，一个集体里各种人都平均地混杂在其中，但特殊战却是作为一个成员有着大致相同的个性的团体被人为地组织起来的。特殊战并不是单纯的个人主义，而是非社群的、独立生存主义。我简直觉得这个集体的人甚至是可以单性生殖的。这里的人对异性也没什么兴趣，即使有性欲，也没有建立家庭、尽心守护的意愿，或者是这种意识很淡薄。即便别人说特殊战是怪胎，我们也无话可说。"

"特殊战的确是这样的团体。"布克少校点了点头，"但是，虽然对人类来说比较特殊，但很多动物都是这样活着的。从这个角度来看，可以说其他人是特殊的，我们才正常。"

零感受到了福斯上尉责难的目光，说道：

"正不正常不好说，但是人类独自一人也是能够活下去的。这种生存方式是很艰难的，因为人类原本就被设定为群居的物种。"

"被谁设定的呢？"桂城少尉说，"至少不是迦姆。迦姆能够理解特殊战的性格，那家伙似乎说特殊战这样的集团是早就被设定好了的。它那口气，仿佛地球上的生命都是迦姆自己播的种。"

"这是有可能的。"布克少校说，"但是迦姆恐怕不是为了收获而来，也不是为了观察。它们来进攻地球是为了获得实际利益。迦姆有可能是在把地球看作适合于它们生存的地方而有计划地进行改造。然而比起生物，它们更想得到的也许是电脑网络，一种我们正在设计的人工信息系统。也许情况是，迦姆设定网络能够自动生成，然而当它们觉得已经成功之时，却发现成果跟原来的设定不同，里面掺杂了人类这个不和谐的音符，因此感到困惑。"

"我觉得迦姆在错误地使用人类的语言。"零说，"我认为迦姆的话跟它的原意有偏差，也许不能直接按字面意思去理解。"

"但是我觉得，"桂城少尉说，"迦姆能够理解特殊战的性格，可是却无法理解特殊战为什么不能加入它的阵营。"

"是啊，我也这么觉得。然后呢？"

"我知道，除了特殊战以外，还有其他这样的集体。我突然想到，迦姆为什么没去接触他们呢？我不应该不明白。恐怕是因为迦姆能够理解那个集体，所以没去接触。我现在突然想明白了。"

"那个集体是FAF内部的吗？"零问道，"你是说除了特殊战以外，还有别的这样的集体？"

"有啊。FAF中央情报局的实战部队，FAF情报军。更准确地说，是伦巴德上校指挥的集团。我觉得那位上校才是迦姆，虽然没有根据，但我是这么感觉的。"

"……原来如此。"零说,"我觉得非常有可能。因为我之前甚至觉得自己有可能被分配到情报军,而不是特殊战。也就是说,既然那里是在为迦姆服务,那迦姆自然不会对他们抱有任何的疑问了。"

布克少校注视着桂城少尉,默默地喝着手里的啤酒。

"也就是双面间谍啊。"福斯上尉说,"确实,对于迦姆来说,FAF内部反间谍活动的情况,是最有价值的情报。"

"杰克,你是怎么想的?"

布克少校仰头喝干了啤酒,缓了口气,说道:

"别这么大声说,我们可能正在被窃听。虽然现在这么说已经晚了。对于伦巴德上校,我们从很早以前就提防着他了,特殊战当然已经认识到了这种可能性。因为对于特殊战来说,最不希望是迦姆人的人,就是伦巴德上校啊。"

"迦姆有机会把上校调包吗?"零问,"你们已经调查过了吧?"

"如果迦姆想做的话,随时都可以。我是这么认为的。而且,有可能不用复制人。如果上校认为跟迦姆联手能够使自己的欲望得到满足,而选择那么去做,也不足为奇。虽然不知道他是怎么接触到迦姆的,但那种情况的可能性很大。"

"也就是说,特殊战怀疑伦巴德上校是迦姆的爪牙。"

"没错。其实伦巴德上校刚下达了指令,要把你们都编入新建的再教育部队,这让我们确定了我们的怀疑是对的。"

"再教育部队?什么时候建的?"

"昨天在和莱图姆中将开会的时候被告知的。已经确认过了,这是真的。事情由伦巴德上校负责。"

"也就是说,让我离开雪风?"

"伦巴德上校可能会把雪风给销毁。"桂城少尉说,"雪风恐怕让迦姆很是恼火。绝对是这样。"

"你们一定已经拒绝了吧,少校?"

"还没有。"

"为什么?"

"我们很难无视这个指令。对于莱图姆中将来说恐怕也很难。对于FAF而言,迦姆人的存在,是关乎生死存亡的现实威胁,伦巴德上校一定是这么灌输的。然而,如果他是迦姆的话,我们搞不清楚他这么做的动机是什么。"

"这一招真高明啊。"零叹了口气,"这样一来,上校就能名正言顺地得到特殊战的情报了。如果那位上校是迦姆的话,那么他拿下了特殊战,迦姆就能为所欲为了。这动机不是很明显吗?如果不遵从他的指令,特殊战就很有可能被裁撤。杰克,你只是不愿意承认罢了。不是吗?"

大家都不说话了。桂城少尉打破了沉默,说自己也口渴了。

"你如果不嫌弃的话,我的还没喝完。"

桂城少尉喝了福斯上尉递过来的啤酒,仿佛下定了决心似的,说道:

"我会去的。你们就说深井上尉负了伤去不了就可以。我想会一会伦巴德上校。"

"这件事由库里准将来决定。如何运转特殊战是个难题,然而我们的时间不多了。总之库里准将必须尽快下决断。"布克少校说,"毕竟,你们带回来的情报超出了我们的预想。这些情报要求我们从根本上重新思考与迦姆作战的意义。跟这件事比起来,伦巴德上校的事不过是琐碎的问题。"

"也就是说,战斗已经没有意义了吗?"零问道,"特殊战打算放弃反迦姆作战？"

"福斯上尉，跟他们俩说一下你的预测。"

"是，布克少校。"福斯上尉态度严肃地说，"综合雪风此次带回的情报，我对迦姆进行了心理剖析。现在汇报测试结果。一言以蔽之，迦姆希望能与特殊战竞争共存。正式的报告书还未向库里准将提交，但是——"

"竞争共存，"零问，"什么意思？"

"就是一种你一旦停滞下来，迦姆就会赶超你的关系。吃相同的食物，有时也互相咬噬，在这样的过程中与对方共同变化。就是这么一种关系。我们认为迦姆是这么看待我们的。如果我们放弃反迦姆作战，那么就在竞争中输掉了，很明显，等待我们的只有被吞噬的命运。"

"一直以来不都是这样的吗？什么都没变。"

"但对地球和FAF来说就不是这样了。"福斯上尉继续说道，"迦姆已经从菲雅利上的人类这里，完成了对人类相关信息的收集。我推测，它们很有可能认为已经没有跟菲雅利作战的必要了，打算开始正式进攻它们的目标，也就是地球。"

"他们要无视我们吗？"

"迦姆这次询问了雪风和你有没有加入它们的意愿，这并不是战略性的行为，其目的并不是为了将这次战斗推向有利的境地。迦姆无法理解的，只有特殊战和雪风，也就是说，迦姆认为他们有别于到目前为止所分析的FAF内部的人类。在正式进攻地球之前，它们想要确定这个判断是否准确。如果判定特殊战里也是普通的人类，那么迦姆恐怕会立刻发动终极进攻。不，我觉得对它们来说，终极进攻这个手段本身是不重要的，迦姆会暂且和菲雅利星继续作战，在不让人类识破它们的真实目的的情况下发起终极进攻。"

"真实目的是什么?"

"这个我们不知道。但是,如果事态真的这样发展的话,菲雅利星球上的战斗就会变得毫无意义,而人类却意识不到。也许现在已经是这种情况了。但是,针对迦姆的疑问,深井上尉最终并没有做出回答。所以,迦姆对特殊战的疑问没能解决,依然存在。"

"迦姆接下来的战略,根据福斯上尉的推测,可谓出人意料。"布克少校说,"迦姆有可能仅仅是为了知道如果彻底击溃FAF的话,特殊战会选择怎么做,而向FAF发动终极进攻。那将不再是一直以来的局部战争,迦姆会动用它们的一切力量,针对菲雅利全境同时发动全面战争。"

零和桂城少尉都陷入了沉默。

"现在特殊战放弃对迦姆作战也好,想要与迦姆联手也好,迦姆都会发动攻击。我觉得一定会这样。不杀死它们,就只能被它们杀死啊。这一点一如既往。但是,战斗的意义跟以前不一样了。事情就是这样。"

"我们还有多少时间呢,福斯上尉?"桂城少尉问道,"我们来得及仔细考虑吗?"

"重新思考战斗意义,找到答案所需要的时间是因人而异的吧。"福斯上尉语气很客观,她接着说道,"但是我觉得迦姆已经做好了发动总攻的准备,它们无论何时行动都不足为奇。从放弃利奇沃基地时起,它们就已经做好准备了。现在可以推测出,迦姆确认了深井上尉的态度之后,决定将总攻计划付诸行动。库奇基地是一个用于吸引雪风的诱饵。"

"你是说,我点燃了迦姆总攻的导火索?"

"点燃导火索的是雪风。"布克少校说,"你只是完成了任务而已。"

"雪风也是。"

"是啊。是的,如果我注意到了雪风的战斗意识,兴许能事先有所防备。如果福斯上尉的预测成真了,那么责任在我。"

"恕我直言,"福斯上尉说,"少校,你恐怕也束手无策吧。你无法制止雪风。而且,我们也无法和迦姆进行交涉呀。就像火山一样,面对着正要喷发的火山,讨论是谁点的火是没有意义的。我是这么想的。"

"迦姆的总攻,恐怕超出了FAF的预想吧。FAF全体人员没法都回地球避难。"零说,"FAF只能战斗。这是理所当然的,因为这个组织就是为了战斗而建的。我们也是。"

"恐怕没有胜算吧。"桂城少尉说,"也没法投降。迦姆恐怕是不认白旗的。"

"还是有希望的。"

"你是想说,如果我们采取讨迦姆欢心的行动,迦姆就会帮我们吗,福斯上尉?"桂城少尉说,"这个想法太天真了。"

"我要说的是,有一个战术,能让我们不输给迦姆。"福斯上尉说,"那就是成为复合生命体。不想输给迦姆的话,就只有这一个办法。"

"FAF是做不到的。"布克上尉说,"一旦情况危急,FAF的战斗电脑群就会嫌人类碍事而舍弃人类。如果人类无法从这里逃出去的话,就还得对付那些电脑群。根本谈不上什么复合新物种之类。"

"但是我觉得,就像雪风和深井上尉这样,特殊战是能做到的。"桂城少尉说,"正如特殊战的名字,这是一支特殊的部队。"

"总而言之，用这个办法，能做到宁死也不输给迦姆。但这不过是理论而已。"零说，"理论我都懂。如果是和雪风一起战死，那么我无怨无悔。可是你呢？你能接受自己的这套理论，战死沙场吗？"

"这个……不到那个时候，我不知道。"福斯上尉说，"但是，到时候事实证明我的预测是正确的，那我至少能获得满足感。"

"对于你的这种自豪感，也许迦姆也会表示敬意。"

"我不想输。我不想输给任何人，无论是迦姆、特殊战，还是我自己。仅此而已。总的来说，我的预测结果是不会输。迦姆为了对付复合生命体，一直以来都在改变自己。我们可以推测出，因为处于一种竞争共存的关系，所以迦姆在根据我们的情况而进化。既然如此，那么特殊战主动拉拢迦姆，和迦姆结合为复合生命体，也不是没有可能的。零，深井上尉，如果你听了我刚才对迦姆全面进攻所做出的预测，想到的只有和雪风一起战死，那么就说明我对你的诊断是错误的。你还必须继续接受我的心理咨询。"

"杰克，"零一边说着，一边下了床，"让我见一见雪风。我要把我的这份报告录入到战术电脑里。还有福斯上尉的预测，也录进去。"

"你这是要干什么？"

"我想看看雪风的反应。雪风恐怕正在找我，我不过去，它是不会停止进入 FAF 电脑网络的行为的。雪风理解不了特殊战的人和其他人之间性格、禀性的不同之处。我们这样对它置之不理，是很危险的。我去告诉它。伊迪斯，你也来。我不能让你说雪风和我都只想着死这一件事。"

"好,"布克少校看了一眼手表,说道,"给你三十分钟。在三十分钟内回到这里,吃饭、休息。明天八点要和库里准将开会。桂城少尉,你留在这儿。你写报告了,是吧?"

"是的,少校。"

"基于报告,向我做口头汇报。"

"是。"

"雪风在哪儿?"零问,"还在整备中吗?"

"在机库。雪风盼着你去呢。在你去确认之前,它不打算让任何人碰它的机身。这样下去的话,修理也没法进行。去吧。三十分钟。我的手表借给你。"

零戴上了少校的手表,就这样穿着睡衣去见雪风。

雪风的座舱罩紧闭着。零拖出了折叠梯,爬了上去,脚上还穿着医务室里的白色帆布鞋。零扳动了座舱罩的外部开关手柄,然后帮助福斯上尉坐到了后座上,自己回到了前座。

"一股汗味儿呀。"福斯上尉说,"真是太身临其境了……你刚才说我的预测只是理论而已,我觉得我现在好像明白你的意思了。"

零没做回答,把从准备室带来的头戴式耳机的插头插进了插孔里,然后又插好了仪表的主电源。

主显示屏上显示着雪风正在查看的所有网络的种类和各个电脑的编号。零知道,这是雪风通过特殊战的战术电脑查看的。突然,这些信息被清空了。

"不见了呀。好像是坏了。"

"不是的。雪风解除了和战术电脑的连接。——雪风,我是深井上尉。你在找我吗?"

雪风没有回答。屏幕还是一片漆黑。

"雪风果然是听不懂人话的啊,深井上尉。"

零没有理会福斯上尉,继续说道:

"雪风,如果你刚才通过FAF电脑网络搞清楚了什么,就向我汇报。听明白了吗?"

没有回答。雪风好像睡着了似的。零感到自己的身体仿佛在缩小。零觉得在这儿好像能够安心入睡,身上也没劲儿了。

"你怎么了,雪风?为什么不回答我?"

零想到雪风的意识,突然醒悟了。雪风绝不会休息。雪风并不是在睡觉。它总是在战斗。自己也必须像它一样。自己必须传达给它的,不是语言,而是自己也有战斗的意志这件事。

没错,这里不是被窝,而是战场。

零打开了武器总开关,开始搜索敌机。

"你那边的电源也插上,福斯上尉。现在是电子战模式。"

"好的。"

果然,雪风立刻做出了反应。主显示屏上出现了网状图,雪风发出的讯息也显示在了屏幕上。读过之后,零和福斯上尉都一时语塞。雪风是这么说的:

<有迦姆。攻击这里,深井上尉。>

"它说什么……"福斯上尉仿佛在喃喃自语,"在哪儿啊?"

网状图上显示了菲雅利基地的一部分地区,其中的一角,被用来表示敌人所在位置的方框框住了。还没等雪风显示那个地区的名称,福斯上尉就意识到了。

"那里是系统军团啊。我以前工作的地方。"

"系统军团里有迦姆?"

"我觉得是再教育部队。布克少校说过,那个部队被整编为系统军团的下属组织,部队已经集结了。或者是说,伦巴德少校在那里。"

"我想知道更详细的信息。伊迪斯,打开MAcProⅡ。雪风用这个能够给我们做更详细的解释。"

三十分钟是不够了。何止吃饭,恐怕连睡觉的时间都没了。零一边告诉福斯上尉启动程序的方法,一边暗暗后悔自己没提前补点觉。

对于特殊战来说,这将是一个忙碌的无眠长夜。

VIII GOOD LUCK

1

在战斗中失去了所驾驶的战机,并不是飞行员自己的错——那个男人是这样想的。他无法理解自己为何要被送到再教育部队之类的地方,自己凭什么要接受再教育?FAF 打算教育自己什么?

那个男人是加文·梅尔中尉,原来在隶属于前线战术航空基地 TAB-15 的 505 攻击部队,现在被调到了再教育部队,来到了菲雅利基地系统军团的宿舍里。

宿舍是六人间,像是由仓库改造而成的。天花板上的三块照明板中,有一块不亮。恐怕是赶工安装的。迎接优秀飞行员的,不该是这样的住宿条件。梅尔中尉怀着怒气和同宿舍的另外五个人一起整理着行李,一言不发。

梅尔中尉得到的解释是,再教育部队是对所驾驶的战机被迦姆击落的飞行员,进行高级战术飞行训练的地方,这样做是为了不让他们的失败再一次上演。这是前线战术航空基地 TAB-15 的司令亲自对梅尔中尉说的。

梅尔中尉问发出调离指令的司令,自己什么时候输给迦姆了？"

"就是兰科姆少尉被打败那次。"司令说，"当时，你的攻击部队的战机也一架不剩了。"

"你是说让我负全部责任吗？再说，事情都过去多久了？那已经是两个月前的事了。"

那之后，505攻击部队一架两架地补充攻击机，最近终于建成了完整的飞机编队，恢复了原来的战斗力。对于队长梅尔中尉来说，那是一段艰难而漫长的时期。因为虽然战机数量很少，但上级仍要求他们取得跟原先相同的战果。

"这个嘛，没什么直接关系。"

"那么到底是为什么？"

"这是上面的命令。跟我的想法无关。"

"上面是指谁？前进战术战斗军团吗？请告诉我，我要直接抗议。"

"命令的确是通过ATAC下达的，但这次的调动规模非常大。我也查过了，中尉，这件事是中央在操作，命令是FAF高层下的。目的好像是要把被迦姆击落的战机的乘员全都集中到一起。接到调令的不仅仅是前进战术战斗军团的人，调动对象涉及全军。"

"我说了，我不是被迦姆打败的，是引擎失灵了。引擎没能正常产生推力。友机也是这样。不是因为受到了迦姆的攻击。我们没有捕捉到迦姆的干扰电波。之所以会这样，也许是因为使用了劣质燃料，总之是准备工作出了问题。应该对地勤人员进行再教育。让我去没道理啊。"

"我也跟他们强调了，你不是被迦姆直接击落的。可是没用。他们没有公开选择的标准。也就是说，这是军事机密。中央根本不理解我们这些在前线的人处境有多么艰难。他们随心所欲地下达指令，我们无可奈何。以我们的身份，是无法反抗的。我们不能违抗命令。"

"菲雅利基地的那些家伙想干什么？"

"既然主导权掌握在系统军团手里，那么能够想到，"司令十指相扣，双手的大拇指交缠着打圈，"关于你，他们恐怕是想查出你部队的所有战机当时为什么同时出现了故障。这件事我们也调查了，但是没能搞清楚。"

"我们这些亲身经历的人都没调查清楚，事情过去那么久了，系统军团的人现在重新调查恐怕也查不出什么来吧？"

"中央不信任我们的调查能力。"

"难道我去那儿，他们就能查明原因了吗？不管怎样，他们都不相信我们说的话。"

"你去了菲雅利基地，成了那里的人以后，也就不相信我说的话了。"

"你这话是什么意思？"

"随着处境的变化，人也是会变的。这次调动对你来说不是什么坏事。他们承诺了，等你彻底完成了再教育，就给你晋级。到时候，你就是上尉了。"

"如果要晋级的话，我希望是作为对我辛辛苦苦重建505部队的肯定啊。"

从坠落的战机里逃出来的时候，梅尔中尉心想，自己再也不要飞了。可是被救之后，一回到基地，他就把这种想法抛到脑后了。他最担心的是战友们的安危。梅尔中尉属于最先获救的那批，因此当时他的部下大部分都还下落不明。身为队长的梅尔中尉深感必须肩负起责任，所以亲自参与了救援。

"关于你的这份功劳,我想给予你公正的评价。你干得很好。可是,我说过好几遍了,我不能违抗上级的命令。具体为什么调动,我也不清楚。但是,不管怎样,这对你来说都不是坏事。这不是一件不光彩的事情,你就把它当成是预备干部培训,也许在不久的将来,你就是我的上级了。"

"能保证我以后还能回到这里吗?"

"不,他们没这么说,不过有这种可能。也许上面认为,让你当部队队长这种级别的官太屈才了。上面是怎么考虑的,我可不知道哦。"

"我是战机的驾驶员。恐怕他们觉得我太差劲了,所以让我干地面工作。我现在走了,部队会变成什么样呢?"

"即使你走了,部队也不会出问题的。这是理所当然的,我会负责。"

"对我来说,部队就像家一样……"

"我给你开个送别会。还有,作为临别礼物,我告诉你一件事。"

"告诉我什么?"

"我对于你部队全军覆没的原因的想法,我跟谁都没说。当然,也没告诉上面。因为没有任何证据,所以也没法说。"

"你说什么?你是说原因在我吗?听你这口气,把我赶走了,你特别爽啊。"

"我觉得,梅尔中尉,是你的部下兰科姆少尉搞的鬼。我觉得他在你部队的战机上动了手脚。除他以外,我想不到其他地勤人员有嫌疑。"

"你是说兰科姆少尉在部队战机的燃料里掺了砂糖之类的东西?战机可不是汽车啊。"

"他恐怕改动了相关的飞行程序。作为地勤组组长，如果他这样做，是有可能引发那样的事态的。"

"你是认真的吗？"

"我没有证据。从回收的被击落战机的碎片来看，没有任何蛛丝马迹。而且兰科姆少尉已经被特殊战的无人机误杀了。特殊战说是误射，但谁知道那些人说的是不是真话？如果不是误射的话，就说明特殊战发现了兰科姆少尉的背叛行为。我是这么想的。"

"你是说特殊战杀了兰科姆少尉灭口吗？"

"恐怕不是。干这种事，特殊战得不到好处。"

"那你是说，乔纳森·兰科姆背叛了我们？"

"可以肯定的是，他的精神状态很不稳定。恐怕是得病了。他受不了自己被束缚在地勤工作上，所以他采取了破坏性的行动……"

"他不是那种人。"

"我怀疑就是你这种天真的想法导致了那样严重的事态。我没法直接确认基地所有人的精神状态和日常生活，但确认你部队的这些情况，是我的负责。你把自己当作自己部队这个大家庭的一员，所以不会怀疑任何人。可以说，虽然你就在兰科姆少尉的身边，但特殊战比你更了解他。这让我无法忍受。他们不仅侦察迦姆，还调查着我们的内部情况……"

"你怎么净说胡话呢？你没事儿吧？"

"我觉得自己比你清醒，梅尔中尉。你部队的战机恐怕是受到了迦姆的某种电子攻击，才出现引擎故障的。我并不是要否定那个调查后的正式判断。刚才我说的话，是出于我个人对你的饯别的心情。去再教育部队吧，那地方很适合你。我说完了。"

梅尔中尉觉得司令在煽动自己，转念一想，又觉得是讥讽。他好像很理解自己，但不经意间流露出了对自己的不信任。这算哪门子的饯别之情？他打的是什么算盘？完全搞不懂他的意图是什么。

司令这种含糊的态度惹恼了梅尔中尉。但是他不能朝司令发泄怒气，冒着被对方枪毙的危险去发泄，实在是太愚蠢了。总之，这家伙采取这样的态度，是为了保全他自己。司令考虑到，眼前的这个人回来的时候有可能会成为自己的上级，所以才把话说得不清不楚，让人不明白他到底在想什么。梅尔中尉这样想着，努力把愤怒转化为轻蔑，走出了办公室。

战友们都舍不得梅尔中尉走。表面上是这样。不，梅尔中尉知道，这些战友的离别之情是真实的。然而，梅尔中尉已经不是这个大家庭中的一员了，从被内定为新任队长的格高鲁中尉的言行以及部下们趋附于格高鲁中尉的态度，梅尔中尉明白了这一点。他们明明还是自己的部下，但在他们眼中，自己的头儿已经是副队长格高鲁中尉了。

"中尉，部队就拜托你了。"

格高鲁听了梅尔中尉的这句话，点着头说道：

"中尉，其实从昨天起我已经是上尉了。不过肩章什么的还没换。"

"真不错，替你高兴啊。"

"中尉也要加油啊。以后的事，你不用担心。"

谁担心啊？你爱怎么干就怎么干吧——梅尔中尉没法这样突然变脸。明明是自己一手建设起来的部队，但现在却已经没有自己的容身之处了。梅尔中尉觉得自己很惨，而且，怒火中烧。如果自己是因为实力不敌格高鲁中尉而被逐出部队，那么虽然自己恐怕会不甘心，但毕竟能够接受。然而情况并不是这样。为什么只有自己呢？这个部队的所有战机都坠毁了，如果要进行再教育的话，那么全员都参加才合理。如果说队长作为代表接受再教育，那么自己也能够理解。可是命令却不是这么说的。他们并没有说自己能够再回到这里来。

上面完全无视了自己的功绩，这太让人失望了。这样一来，岂不是说自己一直以来的努力全都白费了吗？虽然自己在理智上明白，庞大的组织里就是会出现这种问题，然而等自己真正到了这种境地，只觉得这是蛮不讲理。理智是控制不了情绪的。

加文·梅尔中尉在房间里整理着行李，他将在这里开始新的生活。梅尔中尉想，这样下去的话，自己无异于丧家之犬。他不打算满足于在人海中浮沉的日子，他下定了决心，必须从头做起，在这里一步一步地登上高位。如果自己想得到些许的快乐，那么就只有获得比别人更高的地位。至于妨碍自己的人，梅尔中尉不会手软。

行李还没收拾完，房间的广播就传来了全体集合的命令。

日程表上的时间精确到了分钟。这简直就是新兵入伍教育——梅尔中尉非常烦躁，但他不能违背命令。梅尔中尉觉得，迟到者，或是最后一个到的人，说不定会受惩罚，也许没有惩罚那么严重，但根据教官的性格，说不定会有惩罚游戏之类的刁难。想到这些，梅尔中尉第一个出了房间。

集合的地点不是礼堂之类的地方，而是机库。系统军团的四架训练机排成一排。是法恩，不是法恩Ⅱ，而是旧机型，但是这个机型经过了多年的改良，一直批量生产，性能应该很靠得住，梅尔中尉心想。机身上的涂漆看起来就像新机一样，浅灰色的机身上，印着红白蓝三色的粗条纹。简直像是杂技团的标志。

所有人按照房间进行列队。梅尔中尉站在最后一个房间的队列里的最尾部。每个房间有八人，以此为一个班，共六个班。知道自己排在最末尾，梅尔中尉又不高兴了。自己的房间里只有六个人，自己后面再没有别人了。他妈的，这是什么意思？难道是说自己是最差的吗？

再教育部队的指挥官，是系统军团里负责培训试飞员的一位少校，名叫卡尔曼。

"诸位将在这里接受最高级别的飞行员教育。"少校说，"时间是两个月。一般来说，完成这个课程需要半年的时间，但诸位都是老手了，我相信你们能跟得上授课进度。等到学完了这个课程，诸位将成为世界上水平最高的战斗机驾驶员。但不要忘了，这必要付出极大的代价。你们都是精英，FAF对诸位非常期待。希望你们能够积极进取，不辜负期望。"

接着，副官介绍了教育内容的概要。总体上可以分为理论学习和实践训练两部分。理论学习从航空相关的物理、数学、生理学等学科的基础知识，到实战性的航空战斗战术理论，再到FAF战机的内部构造，都会涉及。实践训练则包括模拟飞行和实际飞行训练，还有体能训练、体检等。

根据副官的介绍，这个课程除了时间短以外，其他都跟正式的试飞员培训课程完全一样。梅尔中尉感到很意外。卡尔曼少校和他的部下没有说过一句"你们是被迦姆打败的丧家犬"之类让他们感到低人一等的话。梅尔中尉开始觉得，FAF是不是真的打算培养精英呢？

让梅尔中尉感到奇怪的，还有另一件事——被召集到这里来的人态度都很认真。带着失败者的懊丧来到这里的人，好像只有自己，这让梅尔中尉感到难以置信。梅尔中尉想，这些家伙们如果不是不会动脑思考的傻瓜的话，就是比自己预想的还要优秀、机灵。不能输给他们。

课程介绍结束后，马上就开始了第一天的课程。整整一天都在进行各种各样的笔试。首先是写身为FAF军人的心得体会，也就是再次考查进入FAF时背诵的军规，然后是数学、物理等一般性知识的测试，最后是大量单调的心理测试必答题。这没完没了的考试，几乎可以说是拷问。

考试一直进行到晚饭时间。晚饭后回到寝室，还得写作业——把今天上课的感想写成报告，还要预习明天的内容。

过两个月这样的日子，还不如在战场上拼命呢——梅尔中尉真心这样想。同寝室的家伙们，全都默默地趴在桌子上做作业，也不融洽地聊天，这让梅尔中尉感到无法忍受。这些家伙在想什么呢？

梅尔中尉不想主动做自我介绍。大家都聚在一起的时候，也没有介绍队员的环节。所以大家是从哪个部队来的，以前做的是什么工作，全都不清楚。可是，寝室里也这样的话，实在是太压抑了。想要和大家熟络起来，自己必须主动搭话吧。这样想着，梅尔中尉跟周围的人说，自己是从TAB-15的505部队来的，你们呢？结果，这个房间的室长，也就是被任命为小队长的那个人说，现在不是休息时间。

"你是认真的吗？"梅尔中尉问，"我们不是室友吗？"

"我不想掉队。"那个男人说，"我们没工夫搭理你。我不允许你拖同寝室人的后腿。"

"这是室长命令吗？"

"是的。"

"你参加室长竞选了吗?什么时候的事?谁决定的?"

"的确不是由多数表决决定的。但是到了现在,即使你不服气也没用了。这一点你自己也知道吧。"

梅尔中尉不想继续和他对话了。

这家伙是什么人?梅尔中尉想起自己有名册,于是一边整理着今天发的大量的教科书和文件,一边寻找着。名册上的名字按寝室分别列着。每个寝室的第一个名字是室长,用一个圆圈了起来。旁边并没有写军衔和原属部队,只有名字。说起来,制服上也没有肩章,只有名牌。

中尉又把目光投向了其他寝室的人名,想看看有没有认识的人。

有一个。梅尔中尉心中一惊。本该舒一口气的,然而他看到的,是一个死人的名字。

不不不,这是同名同姓的另一个人。乔纳森·兰科姆。自己的部下兰科姆少尉,已经死在特殊战手里了。特殊战的无人战机,好像是一架叫雪风的飞机,朝正在执行地面准备任务的兰科姆少尉射击,兰科姆少尉当场死亡。名册上的这位兰科姆不可能是自己的部下。自己也见到了兰科姆的尸体。他的尸体已经断成了两截。即使把尸块凑起来,也拼不成他原来的样子了。太可怜了。

这里的这位健康的兰科姆,是从哪儿来的呢?不管怎么说,这不是个吉利的名字。

"有人认识乔纳森·兰科姆吗?"

这次寝室里的人没有无视梅尔中尉的问话。有人回答不认识,有人摇头。但那个室长说自己认识。

"他是你战友吗?"

梅尔中尉问道。对方说不是。

"TAB-15的地勤人员里有个叫乔纳森·兰科姆的人,你不是应该更清楚吗?"

看来这个人知道自己是从哪个部队来的。可自己却不知道对方的任何情况。梅尔中尉感到不快,继续说道:

"因为是同名同姓的人,所以我才问的。我的部下兰科姆少尉已经战死了。话说回来,你为什么认识我的部下兰科姆?"

对方的回答完全出乎梅尔中尉的意料。

"因为我的战机把兰科姆少尉给杀了。"

"……你说什么?"

"我是雪风的副驾驶。不过事发的时候雪风是无人状态。"

"你是从特殊战来的吗?你叫什么名字?"

那个男人报上了自己的名字。

"巴格迪什少尉。"

名册上确实也是这么写的。然而,梅尔中尉一知道这家伙是杀死兰科姆中尉的雪风的乘员,就不再觉得那个名字只是名册上的一个符号了。这家伙是兰科姆的仇人,即便不是仇人,也是应该感到自责的人。可这个人为什么能这么满不在乎地说出来?

"怎么了?"那个男人歪着头问道,"我脸上粘着什么东西吗?"

"……特殊战为什么要杀兰科姆?"

"这个嘛……"

我怎么会知道呢?——梅尔中尉料想对方会这么回答。然而这个自称是巴格迪什少尉的人,这样说道:

"原因很简单。兰科姆少尉是个没用的人,所以就把他给杀了。"

"你有病吧!"

"你好像什么都不明白啊,梅尔中尉。你去查查看不好吗?"

"怎么查?"

"直接去问乔纳森·兰科姆就行了。名册上不是写着吗?"

"你在说什么啊?兰科姆少尉已经死了。名册上的是另一个人。"

"我认识的兰科姆只有一个。"

"你在说什么啊?"

"你问我认不认识,我回答认识,仅此而已。"

"我跟你没什么好说的。"

"是你先跟我说话的。"

梅尔中尉无言以对,移开了视线。这家伙真是脑子坏了。

"我们不是败给了迦姆,"室长继续说着,"而是败给了FAF。他们下手太狠了。梅尔中尉,你也是这么想的。你以后也会明白自己的立场的。我们的复仇对象,应该是FAF。现在是绝佳的复仇时机,我们要让FAF知道我们的怨恨。"

听了这番话,寝室里的所有人仿佛都想点头称是。梅尔中尉感到非常焦躁。他觉得自己被迫来到了自己不该来的地方。他感到自己落在了别人后面。看上去,这些人对于被调到这里一事,不仅没有任何疑问,甚至早已知道该做什么。只有自己不知道。这太愚蠢了。

什么怨恨?什么复仇?这些家伙也太不着边际了,而且他们自己还没有意识到。

梅尔中尉起身离开了桌子,从背包中掏出了一瓶威士忌。这是原部队送给自己的临别礼物。他拿瓶盖当酒杯,喝了一口。

同寝室的人只是瞟了梅尔中尉一眼，什么也没说。

中尉想，自己来到了一个不熟悉的环境里，这么快就想家了吗？为什么同寝室的家伙们，到这儿以后马上就能心无杂念地投入到上面布置的任务中去？自己没有那样的心境。

自己很正常，奇怪的是他们，中尉心想。这些家伙们是因为精神有问题才被集中到这里来的吧？准是这样。因为负责人出了差错，所以自己才被调到这里。这是肯定的。等明天自己就向指挥官抗议。自己没法像这些家伙们一样，毫无疑问地来到这里。自己这样才是正常的。

威士忌带来的醉意慢慢消解了中尉心中的郁结。没错，什么都不必担心，错误会被修正的。明天就能归队了。这才符合道理呢。

喝了一杯，便想再喝一杯，渐渐放肆起来。梅尔中尉把"明天"抛到了脑后，对自己现在的处境也满不在乎了。

梅尔中尉记得自己把瓶子里的酒喝光了，躺在了床上。睁开眼睛时，周围很昏暗，但并不是漆黑一片，因为夜灯亮着。梅尔中尉一瞬间没分辨出那个光源是什么，他的目光追着晃动的光亮，以为那是编队飞行的友机的夜航灯。聚焦之后，梅尔中尉才意识到并非如此，自己喝醉了，那是天花板上的夜灯。自己呼出的净是酒气。口渴。尿意袭来。

梅尔中尉从床上起身，轻轻地晃了晃头。眼前的世界立刻剧烈地摇晃起来。酒还没醒。虽然头有点痛，但并不是严重的宿醉。自己的肝脏很强健。梅尔中尉自信没有醉得神志不清。

可是好臭啊。梅尔中尉深呼吸后憋住了气。哪儿来的臭味？难道自己喝断片了，在那期间吐了？

空酒瓶好好地放在桌子上。桌子很干净。椅子、椅背、地板、床铺,都没有污迹。

梅尔中尉吸了口气,感到想吐。一股强烈的臭味,像是厨余垃圾腐烂后的味道。梅尔中尉意识到自己不是因为想上厕所而醒来的,而是被这臭气熏醒了。这不是呕吐物的臭味,是什么东西腐烂了。

梅尔中尉下了床,有点站不稳。他用手扶着床,支撑着身体,惊讶于同寝室的人在这样的恶臭中竟然能睡着。他望向旁边的床铺,发现床上的人好像睡得很熟,一动也不动。

这臭味是从哪儿来的呢?梅尔中尉离开床,站了起来,环顾四周。并没有什么异常之处。可是这恶臭非同寻常。梅尔中尉想叫醒旁边的人。在夜灯微弱的灯光下,那人的脸看上去很黑。明明不是黑人的,梅尔中尉感到奇怪,他绕着自己的床走近一看,只见那人脸色青黑,那人的头发好像全都倒竖着,非常凌乱。梅尔中尉意识到自己的头发也变成了这样。突然,梅尔中尉全身的汗毛都立了起来。

那张床上的男人,脸上没有眼睛,只有黑洞洞的眼窝。他已经死了。是一具腐烂的尸体。揭开上面盖的毯子,梅尔中尉捂住了嘴巴。一股恶臭。尸体几乎被烧得半熟了,外面穿的似乎是飞行服,但已经烧焦了。尸体的腹部鼓胀着。

梅尔中尉不知道发生了什么。他觉得必须告诉其他人出事了,但同时,他又清醒地感到,没用了,大家全都已经死了。他的预感是正确的。

下一张床上的人已经成了一具干尸。再下一张床上的人像香皂一样白。再下一张床上的人全身是血。最靠近门口的巴格迪什少尉床上的尸体没有躯体。只有一个人头。被砍下的人头。巴格迪什少尉的头突然睁开了眼睛,望向梅尔中尉。

梅尔中尉跌跌撞撞地冲出房间。走廊里很亮，梅尔中尉抬头望向刺眼的灯，打了一个喷嚏。这样一来，自己一定是从噩梦中醒来了，梅尔中尉想。然而他仍然抑制不住想吐的感觉。一定是因为自己喝闷酒没有节制，身体对此进行抗议，才做了这样的噩梦。这样想着，梅尔中尉走向厕所。拐过走廊的弯再往前走就是了。梅尔中尉觉得特别远。这里原本是按照仓库的格局设计的。住在这样的地方，还精英呢——梅尔中尉感到自己回到了现实。

厕所里也很亮。里面有一个人。那人在小便池前解决完后，回过头来，笑道：

"梅尔中尉，好久不见。"

梅尔中尉没有回答。他在往后退。

"中尉？"

乔纳森·兰科姆歪着头问道。

"你怎么了，中尉？你的脸色很不好啊。"

兰科姆少尉拉上了拉链，晃荡着身子朝梅尔中尉走来。突然，他的肚子上破了一个洞，血肉飞溅，他的躯体断成两截，跌在了地上。厕所里一片鲜红。梅尔中尉听到了野兽号叫般的声音。他冲出厕所，意识到刚才的声音是自己的惨叫。呼吸困难，头晕目眩。梅尔中尉一下子把两手撑在墙上，头向下一低，呕吐起来。就像打开了水龙头一样，呕吐物从嘴里喷涌而出。第二次、第三次。第三次的时候已经什么都吐不出来了，但仍然抑制不住强烈的恶心。太难受了，梅尔中尉感觉到自己流泪了。505部队的那些家伙们——梅尔中尉想用愤怒来抑止肉体的痛苦——肯定在饯行的威士忌里掺入了强效致幻剂。自己明明对他们那么好，他们却这么做。这群浑蛋。

"你没事儿吧,梅尔中尉?"

梅尔中尉模糊的泪眼望向声音传来的方向。不是尸体。是一个看上去很健康的、正常的人。可是,他不可能是正常的。说话的是已经死去了的兰科姆少尉。

"你……是谁?"

"您忘记我了吗,中尉?"

"我认识的兰科姆已经战死了。你不可能是兰科姆上尉。"

"梅尔中尉,我就是乔纳森·兰科姆。"

"你已经死了。"

"是的,中尉。"

"……你说什么?"

"我没有忘记中尉生前对我的厚待。"

"你在说什么啊?你,脑子还清醒吗?"

还是说,自己的语言理解能力出了问题?"中尉生前"是什么意思?

"你说你死了,那就死了吧,"梅尔中尉自己都觉得自己说的话很可笑,"你愿意死就死吧。我可还活着。你不要把我也杀了。"

听了这话,那位兰科姆浑身一颤,发出了爽朗的笑声。

"中尉,您没变。我放心了……"

"你说我没变?"

"对。无论什么时候,您都很从容。中尉,您尽管下命令。我什么都肯做。因为再这样下去,我没法安息啊。"

兰科姆少尉随即说了一句"对了",便折回厕所拿出了清洁工具,开始清理被梅尔中尉弄脏的地面。梅尔中尉仍在发愣,退到了一旁,一言不发地注视着自己原来的部下,这个已经死了的男人，手拿拖把，清理地面。

这家伙从前就是这样的人。梅尔中尉想起来了。他是个老好人，怕惹人嫌，总是小心翼翼的，几乎到了可悲的程度。

眼前的这一幕和以前一模一样，是平静的日常景象。跟乘着战机与迦姆战斗的日子相比，这样的日子要多得多。

身后传来了好几个人的脚步声，梅尔中尉回过头去，只见同寝室的人走了过来，走在最前面的是巴格迪什少尉。大家看上去都很健康。梅尔中尉不知道自己该做何反应。

"酒喝多了可不好啊。"巴格迪什少尉说，"你的身体可不是你自己的。"

梅尔中尉自嘲似的从鼻子里发出一声笑，回答道："因为我们的身体是属于部队的。"

"你看到的都是现实哦。"

巴格迪什少尉说。

"你在说什么啊？"

"你看到了现实。你看到了我们的尸体，也就是说我们都已经死了。你也是，梅尔中尉。"

"胡说八道。"

"我们啊，"巴格迪什少尉改用温和的语气，继续说道，"是消耗性武器。我们被送到菲雅利星上，目的就是死。这跟死刑是一样的。FAF在最大限度地使用我们，他们打算让我们反复地死而复生，供他们使用。这被我们发现了。我们已经不想再被他们随心所欲地利用了。我们要把FAF击溃，不然的话，我们就没法彻底地死去。"

"我不是幽灵。"

渴。好渴啊。

"你已经不是活人了。"巴格迪什少尉说,"你就是幽灵。原来的你已经死了。你好好回忆一下。"

想喝水。

"我们现在的意识,都不是真的,是被输入的,FAF想要永远使用我们。再教育部队就是幽灵部队,我们是不死之身,因为我们已经死了。无论是多么危险的任务,我们都得去执行。我们没有希望。我们没法真正地复活。既然如此,那我们就选择彻底死去。你也知道这是最好的选择。看,你是干尸啊。"

梅尔中尉感到自己的身体正在萎缩。他听到了脚踩枯叶般的声音,低头望向自己的手掌。皮肤失去了颜色,正像是枯叶的颜色,伴随着声音发生着变化。又干又皱的皮肤紧包着骨头。

梅尔中尉感到毛骨悚然,但却发不出声音。他连站着的力气都没有了,后背倚到了墙上,感到自己就这样贴着墙滑落下去。视野泛黄、模糊,很快就看不见了。但是还有意识。想喝水。哪怕一滴也好,水。

快来救我。食物和水都已经没有了。自己掉进了菲雅利森林,在那里,枝枝叶叶紧实地沉积了厚厚的一层。自己陷落其中,无法借力向上,也无法迈步向前,动弹不得。连天空都看不见。到底过去几天了呢?救生信标的故障是致命的打击。真他妈的。好想看看天空,哪怕只是瞥一眼也好,好想再看一次。

——意识渐渐地模糊了。这段记忆是怎么回事?难道说这是被遗忘的现实?

那么,获救的、活到现在的自己,到底是什么呢?

"现在的我们是复制人。"

巴格迪什少尉说。

2

现在系统军团里出了什么问题？雪风发现了什么？

零坐在雪风上，正盯着主显示屏。雪风的 MAcProⅡ 启动了。还没等零向它发问，后座的福斯上尉就先开口了：

"我是福斯上尉，雪风，你说系统军团里有迦姆，是怎么回事呢？你说系统军团里有迦姆的根据是什么？请回答。你发现了什么呢？"

雪风的回复显示在了屏幕上。

<没有深井上尉的允许，我不能回答福斯上尉的问题>

"雪风，我允许了。"零说，"这是正在执行中的任务，目的是预测迦姆将来的行动。这个作战任务，福斯上尉也参加了。雪风，回答福斯上尉的问题。"

<收到>

人类的语言在屏幕上非常流畅地显示着。

<系统军团内部的再教育部队是一支新编制的部队，这个部队的名单里有几个确认已经死亡了的人的名字。其中有巴格迪什少尉和兰科姆少尉>

零愣了一下："什么？你说的巴格迪什少尉，是那个巴格迪什少尉吗？"

<是特殊战3号机的副驾驶巴格迪什少尉。兰科姆少尉指的是被我视为敌人而杀死的那个人。这两个名字所对应的人，现在真实地存在于系统军团。除了这两个人以外，部队的其他成员恐怕也并不生活在现实世界里。这些人不是人类，我认为他们是迦姆。根据预测，他们很快会针对 FAF 采取破坏行动>

"果然再教育部队的人是迦姆的复制人呀。"

福斯上尉这样说道。然而,零仍然感到难以置信,呆呆地注视着屏幕。

"深井上尉,你怎么了?上尉,零,这没什么好惊讶的吧?这是意料之中的事啊。"

"意料之中……"零喃喃地说道,"我可吃过巴格迪什少尉的肉啊。那个叫作兰科姆少尉的男人,是被雪风射杀的。是我下的命令。"

对福斯上尉来说,这就像是电子游戏中的一个场景,说起来不过是将棋①中的一局而已,零想。这位军医对那两个人的死亡并没有实际的认知。然而对自己而言,两人的死亡却是带来恐惧感的现实。名单上竟然有巴格迪什少尉和兰科姆少尉?

零不禁浑身颤抖起来。如果说系统军团里有那两个人,那么也一定是复制人吧。一定是这样。不可能是幽灵。那么,自己的这种恐惧感是什么呢?零想不通自己在害怕什么。

"迦姆……有复活死人的能力。"零小声说着,自己点了点头,"没错,制作复制人就是这么回事。说起来,复制人就是活着的死尸……"

这比幽灵还要可怕,因为他们有真实地接触他人的能力。这太恐怖了。

雪风的回答仍在继续。

<巴格迪什少尉和兰科姆少尉的名字和履历作为新队员的信息,被录入到了系统军团的人员管理电脑里。这两个名字所对应的人体也是实际存在的。我无法确认这两个人体和同名者生前的身体是否一样,但不必确认,就可以对这支部队进行攻击>

---

①将棋,又称日本象棋,一种流行于日本的棋盘游戏。——译者注

"为什么,雪风?为什么你说不必确认?"

<只要确认拥有这两个名字的人实际存在就可以了。这个我已经确认过了。这两个人相当于迦姆向FAF发出的宣战书>

"……你说什么?"

"雪风,你是在不可知战域里收到了迦姆发来的相关讯息吧?"福斯上尉问道,"在这次任务中,迦姆告诉了你它们针对FAF的战略,是不是?回答我。"

<我记得接收到了迦姆准备宣战的信息,原话是"我们准备以特殊战能够领会的方式进行宣战。好好留意FAF内部的人员"。我认为现在的事态正验证了迦姆发来的这条信息。攻击这个新部队,深井上尉。不能放过里面的任何一个人。要把他们全部歼灭。完毕>

"我们向库里准将汇报吧。"福斯上尉说道,"雪风说的没错。我们应该攻击这支部队。应该先发制人呀。"

零没有回答。

"深井上尉,你怎么了?这有什么可犹豫的呢?这支部队里可全是复制人呐。"

"如果是那样的话……一定是系统军团里有人故意让我们知道的吧。"

"是伦巴德上校。因为是他负责挑选队员。"

"可是我们不能断定巴格迪什少尉和兰科姆少尉就一定是迦姆的复制人。"

"为什么啊?"

"伦巴德上校也许只是给来到新部队的人取了新的名字而已。也就是说,已死之人的名字只是新部队队员的代号,队员们另有真名。我们必须确认事实是否如此。可是雪风却说没必要确认,让我攻击他们,这样的态度很奇怪。雪风相当于在说没必要辨别敌我,应该把所有人都一窝端。这太不正常了。雪风……雪风被迦姆洗脑了。"

"你在说什么啊?"

"雪风对人类不感兴趣。这一点我是知道的,伊迪斯。雪风现在的所作所为很反常。雪风在害怕死者的名字。这是迦姆对雪风进行心理诱导的结果。"

"你在胡说些什么呢?"

零访问了雪风的中枢数据收集存储器,查找雪风所说的那个迦姆的宣战讯息的原始数据。然而找遍了存储器,也没有看到表示这一内容的迦姆的话或讯息。福斯上尉也认清了事实。

"雪风被迦姆制造的幻觉蒙蔽了啊。"福斯上尉说,"虽然我也这样预想过,但还是没法相信。"

"恐怕那并不是幻觉,而是事实。"零说,"虽然没有留下相关数据,但是仔细回想在不可知战域的经历,就会明白雪风很清楚迦姆在以这种形式宣战。明明知道迦姆的威胁,但却没有可靠的数据能够证明,这让雪风感到害怕。"

"你说雪风害怕了,我不太认同。但你指出雪风的态度很反常,我信你。你接着说。"

"原本不可能存在的东西却存在着。这很可怕。既然如此,消除这种恐惧的方法便只有一个。"

"要怎么做呢?"

"接受迦姆的宣战书,应战,发动攻击。想要安抚雪风,就只能这么做。道理很简单,既然那些是原本不可能存在的,那就让它们消失。所有跟幽灵有关的数据都要删除。"

"你说什么?"

"雪风，现在我们要采取行动，删除系统军团人员管理电脑里有关再教育部队的人的所有数据。这是紧急作战行动，是反迦姆战，是电子战攻击行动。现在准备攻击。福斯上尉负责全程监视电子战。雪风，准备……"

福斯上尉打断了零："等等。雪风，等一下。不可以随便删除数据。"

"你不要阻拦，福斯上尉。"

"感到害怕的是你，你冷静一点，深井上尉。"福斯上尉说道，"我理解你想要让雪风恢复正常的心情。但是你不能急躁。把对特殊战来说非常宝贵的情报一下子删掉是不行的。雪风也不会同意你这样做。别忘了做事情是要按程序走的。你和雪风一样，都动摇了。请你认清这一点。这里就交给我吧。"

"这是命令吗？"

"是，没错。"

"……我知道了，军医大人。雪风，听从福斯上尉的指示。"

<收到，深井上尉>

"雪风，我是福斯上尉。被列为攻击目标的数据的内容是什么？请回答。你不用再一次访问那些数据。你读取了那些数据后，认为那个部队里的人恐怕在现实中并不存在，他们不是人类而是迦姆。我想知道的是，你做出这个判断的根据是什么。请回答我。"

<被列为攻击目标的数据集群里记录着再教育部队队员的姓名、军衔，还有在原部队的出击记录，但是出击时间点之后的记录内容被篡改了。就兰科姆少尉和巴格迪什少尉两个人来说，他们失踪和死亡的事实都未被记录，数据记录显示，在他们原本已经失踪或死亡的时间点之后，他们仍照常执行任务。

这显然与事实不符。因此他们不是人类。既然他们不是人类，那么他们就应该是迦姆。回答完毕＞

"的确很可疑。可是想想看，雪风，这两个人被你认定为迦姆，但他们有可能只是FAF里的其他人，不过是用了那两个名字而已，不是吗？你为什么不这么想呢？理由是什么？你明白我这个问题的意思，对吧，雪风？你认为那两个人绝对不是人类的根据是什么？"

＜现在FAF里所有人的数量，比所有电脑文件里记录的生存者的总数，多出了两个人。也就是说，这两个人不是FAF的人。而另一方面，名叫巴格迪什少尉和兰科姆少尉的人真实存在，但他们不可能是真正的活人。根据这两方面的事实，我认为这两个人就是死去的那两人＞

"雪风，整个菲雅利星球上有好几万人，正在睡觉的人，正在出击的人，呼吸着空气活着的所有人，你全都数过了吗？"

＜数过了＞

"也许是数据错了。我在问你呢，雪风，回答我。"

＜FAF内部人员的管理数据不仅存储于各人所属部队的队员管理电脑，而且还被保存在FAF出入人员管理电脑、FAF军人登记存储器等多个存储设备里。我对它们是否存在记录错误进行了调查，没有发现疑点。原始数据并没有错误。完毕＞

"这真不是人类能完成的工作啊。"零说，"雪风充分发挥了电脑的特长。"

"……真是惊着我了。对于雪风来说，只要系统军团的那份数据是存在的，现在的事态就只有一种解释，那就是多出来的两个人是迦姆。即使数错了也是一样。"

"对雪风来说，人类的总数是多少，本来就无关紧要。"

"我确实觉得它被迦姆迷惑了,被迦姆误导了。与其说这是雪风失去了理智,不如说是它的感性上出了问题。面对原本不该存在于世的人,雪风想方设法一定要给出一个合理的解释。"

"我从一开始就是这么说的吧,伊迪斯。"

"是啊……如果目标数据的内容没有跟原始数据相矛盾,如果系统军团也把死者的名字登记为死者,那么雪风也不会去做计算总人数之类的事情。可疑的是系统军团,面对跟死者同名的人,他们就不觉得奇怪吗?只要稍做求证,就能知道巴格迪什少尉和兰科姆少尉已经死了啊。"

"可能是系统军团里没有认识巴格迪什少尉和兰科姆少尉的人吧。这也是理所当然的。他们都是精英,不可能认识前线的人。"

"你是说看到名字后能立刻有所察觉的只有我们,只有特殊战?"

"在菲雅利基地恐怕就是这样的吧。迦姆很清楚这一点,所以把这两个人送了过来。"

"这样的事情只有伦巴德上校能够做到,只有伦巴德上校这位系统军团真正的老大,才能让系统军团的人不起疑心,而且能让篡改数据的事实不被军团的电脑发现。毫无疑问,他一定是迦姆。"

"这不一定。"

"事情都这样了,你还说不一定?"

"布克少校说过的吧。恐怕有人虽然不是迦姆,但却有利用迦姆击溃FAF的野心。他们也有可能是谋求全球霸权的国家机关的爪牙。"

"不会吧。迦姆是人类的敌人啊。"

"迦姆就不会对此感到不可思议。它们现在应该已经知道了人类就是这样的生物,迦姆打算利用人类的这种天性,让FAF自取灭亡。迦姆现在是在利用雪风,宣布这支部队是迦姆的先头部队,迦姆将以此为开端向FAF发动最后总攻。这的确是宣战。不过,如果我们保持沉默,FAF恐怕一时半会儿还意识不到。"

"你是说迦姆在观察我们会做何反应?"

"战斗已经打响了。不,战斗一直都在继续。迦姆没有松懈,它们削弱了雪风的实力,使特殊战丧失了一部分战斗力。雪风现在的这个状态,是迦姆战术攻击的结果。雪风基本上被催眠了。或者应该说,是陷入了偏执,只纠结于幽灵的事,没法考虑其他事情了。这样的话,恐怕没法飞了。如果不让雪风清醒过来,一直这么下去的话,会输的。"

所谓输,是指谁会输呢?福斯上尉思考着。是雪风会输。这同时也是对于深井上尉而言的失败,福斯上尉想。他们的确是一体的。这种新型的复合生命体同时又是特殊战这个战斗机能体的一部分。对于特殊战来说,FAF的生死存亡是无关紧要的。只有自己能否活下去这件事才是唯一的要紧事。

福斯上尉切实地感受到自己来到了一个不可思议的部队。如果在这里选择进行能让雪风恢复正常的行动,也就是批准深井上尉所说的为了让雪风清醒过来而删除系统军团的目标数据这一电子攻击手段,那么便显然违反了FAF军规。这样擅自行动是不被允许的。自己必须制止这种行为。自己应该这么做。

然而,之后事情会怎样发展呢?自己能接受深井上尉所说的那种结果吗?自己能甘心战死吗?伊迪斯·福斯上尉问自己。

是的,这是关系到自己生死的迫切问题。这个问题的实际内容是，作为军人站在FAF的立场上行事，或是作为深井上尉的负责医生，支持他和雪风，相信特殊战的战斗力，这两种选择哪种活下去的概率更高？站在哪方的立场上，才能在意识到自己做出了错误的选择之时，仍然能够坦然接受现实？

深井上尉和特殊战的其他人是不会为这种事情而烦恼的，因为他们不是普通人。可是自己是普通人，福斯上尉想。突然，她意识到了——

自己所认为的"普通的人"是无法战胜迦姆的，如果说有谁能打败迦姆，那就是"新型的复合生命体"。当初说这话的不正是自己吗？自己不想在见证到这话成为现实之前就死去。反过来说，见证这话成为现实能够给自己带来满足。没什么好烦恼的。想要活下去的话，自己也变成与特殊战结合的复合体就行了，这样也能够亲身检验自己的预测是否正确。

"不能输。"福斯上尉说，"我也不想输。"

"那就下攻击命令吧。"零说，"让雪风进行攻击。"

"不。"福斯上尉回答，"这不行。"

"为什么？"

"我们不能心急。现在雪风并不是健全状态。它必须更换引擎，进行各种维修。"

"话虽如此……"

"深井上尉，可以想见，如果现在进行攻击，那支部队会立刻开始破坏活动。如果没有相应的应对措施，雪风也许当场就会被那支部队击垮。"

"那你想让我怎么做呢？"

"肉体健康，精神才能健康，我觉得这句话现在也适用于雪风。也许正是机体受损让雪风感到不安。深井上尉，我们应该把维修雪风的机身放在最优先的位置,至于攻击,等到得到了库里准将的批准后再进行。生存下去的策略则由整个特殊战一起来讨论。"

"伊迪斯,对雪风来说,数据不合逻辑是现实性的威胁。就算对我们人类来说不过是在符号上的幻想,但对雪风来说也非同小可,它认为如果这么搁置下去,自己有遭到破坏的可能。如果不快点处理的话……"

"这些我都知道。你不说我也知道,知道得比你还清楚呢。"

"你怎么可能懂雪风?"

"只有你能让雪风安心。如果你慌里慌张,用错了对策,那么雪风就有失控的危险,就没有人能够控制雪风了。请你好好考虑一下以后的事。现在就攻击的话,实在是太轻率了。如果你把全部的注意力都集中在雪风的状态上,那就中了迦姆的计了。如果继续任性下去,那可就'游戏结束'了,全完了。我不能让你这么做。"

"你这是让雪风遵医嘱吗?雪风怎么可能吃这套?"

"作为人类,我不想输,仅此而已。你和雪风都需要时间冷静下来。由你给雪风下命令,深井上尉。只有你能说服雪风。"

零并没有意识到自己慌乱了。但是,对于福斯上尉所指出的,如果自己把全部的注意力都集中在雪风的状态上就会中了迦姆的圈套这一点,零认为也许是对的。

现在点燃战火的确是不利的。想要对抗迦姆,应该使用特殊战的全部战斗力。只有这一种选择。特殊战的战术电脑也能删除目标数据,没必要给雪风增加额外的负担。让它监视着幽灵的消失就好。

"雪风,保持临战状态。"

零这样命令道。如果命令雪风取消攻击，它恐怕不会接受。零认为，即使对雪风说"你现在的状态不正常，你需要休养"，它也不会理解。

"我马上联系维修分队。"零继续说道，"让他们进行机体维修。我下机后会尝试使用特殊战司令部的战术电脑对目标数据进行攻击。我呼叫你的时候你就回应我。还有，你需要我的时候就通过战术电脑叫我过来。完毕。"

＜明白，深井上尉＞

雪风在主显示屏上显示了这句话后，就自己终止了MAcProⅡ的运行。仿佛在说，这个程序会增加额外的负担，妨碍战斗。恐怕事实就是如此，但雪风依然相信自己——零这样想着，从雪风上下来了。

3

特殊战司令部里位于正中位置的主屏幕已经断电，一片沉寂。现在战队的战机没有一架正在执行作战任务。库里准将在发现雪风失踪后，立刻命令战队的所有战机全部返回基地，给机上人员放了假。而忙碌起来的则是负责情报分析的人员，不当班的人也被召集到了中心，再加上布克少校和福斯上尉，一起开始分析雪风带回来的情报。情报分析告一段落后，库里准将让部下都回去休息了，只有负责情报分析和战机整备的两个负责人说自己不能离开，这里，所以库里准将也陪他们一起留在了中心，等着布克少校和福斯上尉的报告。他们两个人去看深井上尉和桂城少尉了。

情报的内容真是超乎预想——库里准将一边用三明治配红

茶,一边回顾刚才的分析作业。

迦姆诱雪风深入的手段,未知空间的存在,迦姆的声音、讲话的内容,深井上尉对迦姆的态度,雪风为了离开那里而采取的行动,这一切都极具冲击性。迦姆、深井上尉、雪风,全都不明事理,唯一靠谱的竟然是从情报军来的桂城少尉,库里准将几乎要生气了。但库里准将又想,自己对桂城少尉的反应产生共鸣,也许正证明了自己在分析作业中并不冷静。那些情报中包含了大量有关迦姆的信息,但从另一个方面来说,面对迦姆时的困惑也戏剧性地增加了。面对情报的内容和数量所带来的巨大冲击,即使一时间丧失冷静、心急火燎,也是人类的正常反应。自己又不是机器。

可恶,迦姆到底是什么?准将这样想着,再次翻开了自己已经看过很多遍的文件。那是深井上尉和迦姆的对话的文字版。

深井上尉问道:你到底是谁?是生物吗?还是只是智慧、意识或信息?你有实体吗?你在哪儿?

迦姆回答:我无法用你列举的这些概念来说明。我就是我。

这样一来便什么都搞不清楚。根据迦姆的回答,既不能说它们有实体,也不能说它们没有。发出声音的旧雪风的复制机应该不会是迦姆本身,迦姆的实体也应该不会存在于复制机的机体之内。但也有可能迦姆出于战略目的故意不回答深井上尉的这个问题,它们不想露出自己的真面目。

不过,现在至少可以知道,迦姆有"我"这个概念。迦姆能够区别自我与他者。虽然这像是理所当然的事,但却是非常重要的情报,库里准将想。问题是,迦姆能够区别自身,但我方却无法区别迦姆。迦姆在哪里,迦姆是什么,什么可以称之为迦姆——不弄明白这些问题,是无法对付迦姆的。

准将想起了福斯上尉和布克少校在这次分析作业中的对话。他们的对话也被记录下来，制成书面文件了。库里准将翻找着那一页。

"深井上尉问'你们在哪儿'，迦姆没有回答。"福斯上尉说，"如果我们相信迦姆的回答——'无法用某地或某处之类的概念说明'，那就意味着迦姆没有地点和空间的概念，或者说它们的概念和人类的不一样。好像确实是这样，如果说它们能够随心所欲地造出'隧道'、不可知战域这样的空间的话。"

"福斯上尉，深井上尉的这个问题，不仅是迦姆，换成别人也很难回答。"布克少校说，"深井上尉可不仅是在问迦姆身在何处，而是在问迦姆能够存在的本质在哪里，比如说，你在哪里，伊迪斯？"

"我是这具躯体吗？我存在于身体的内部吗？我有灵魂吗？我死了之后会怎么样……这才是这个问题实际的意思，对吧？的确，这很像深井上尉的风格。"

"我觉得如果我是零，也会这么问的。而如果别人这么问我，我会回答'我在这儿'。与费尽口舌地解释说明相比，这个回答更正确，而且更简单。说起来，如果有人面对面地问'你在哪儿'，那么无论这个问题的实际意义是什么，一般人都会回答'我不是就在这儿吗'。可是迦姆却不是这么回答的。恐怕迦姆认为，如果回答'我在这儿'，对方是不会明白的。"

"你是说迦姆除了说'我就是我'之外，没有其他的选择吗？"

"我是这么认为的。迦姆所做的回答，与回答'我在这儿'是不一样的。迦姆的确是存在的，但它们不在任何地方，或者说它们无处不在，总之无法确定。毫无疑问，这是用语言所无法解释的。"

"至少迦姆现在处于这种状态。也就是说，深井上尉和雪风所能理解的实体并不在这里，迦姆和他们并不是面对面的状态。他们就像是在打电话。但是，不能因此就认为迦姆没有实体呀。"

"零曾说你认为迦姆是假想，现在是不是依然可以这么说呢，伊迪斯？"

"我不过是说不能否定这种可能性。"

"我问这话并没有恶意。迦姆也许就是一种假想性的存在。如果人们无法把握迦姆的实体是什么，那么就可以这么说。那意味着人类绝对捕捉不到迦姆的实体，用人类的概念无法解释说明。所以迦姆没法回答。恐怕迦姆也无法用它们的身体、五官之类的存在形态来直接理解人类的本质在哪里。我觉得，对于迦姆来说，人类或许也是假想性的存在。"

"我之前所说的'迦姆是假想'的意思是，迦姆不过是人类产生的幻想而已。但是，现在出现的迦姆恐怕并非如此。无论我们相信与否，它们肯定都是存在的。现在还能说它们是假想性的存在吗？"

"你说无论我们相信与否，它们肯定都是存在的，也许这种想法恰恰是幻想啊，伊迪斯。"

"什么意思？"

"这完全是个哲学问题。"

"我不太明白。"

"什么是无论我们相信与否都存在于世的东西，这个问题实际上是一个哲学问题——什么是绝对存在的，怎么能让自己与这种东西化为一体。东方哲学暂且不论，我们所熟悉的哲学体系默认是有这种绝对的存在的,历史上一直在研究这个看似简单的问题。"

"你是说迦姆并不真实存在?"

"在一定意义上,这种可能性也是有的。话怎么说都行。也有人认为,什么是绝对存在这个问题不过是文字游戏。总的来说,正因为人类有思考这种事情的能力,所以才会想到这个问题,仅此而已。问题本身是没有意义的,原本就没有答案。从这一点出发,可以进一步得出新的想法。"

"什么想法?"

"有人说绝对的存在是神,有人说绝对的存在是主观与客观的一致之处,总而言之,它们存在与否都无所谓,无论怎样都对人类的生存没有影响。进一步来说,即使承认人类有思考能力是一个颠扑不破的真理,也会冒出一个念头——未来的事情不过是个人的问题而已。"

"你的意思是,相信的人去信就好,不相信的人不信就行,这样就什么问题都没有了,是吗?"

"嗯,算是这个意思吧。这种念头,是对刚才那种认识的曲解……"

"当然。把迦姆当作个人问题恐怕是没法解决的。"

"所以我们现在在探讨这个问题。是什么让我们确信迦姆是真实存在的?迦姆又是什么?想要弄清楚迦姆的真实面目,是无法避开它们的本质是什么这一哲学问题的。这是我想说的。如果用人类现有的概念的确无法表述迦姆的实质,那么我们就只能探索新的哲学概念。迦姆一直以来也这样研究着人类,探索人类究竟是什么。毫无疑问,那与我们所想的不一样。但是迦姆一定在探查它们与人类的共同点,所以它们才来跟深井上尉接触。"

"可是我们现在根本没有闲工夫去探讨什么哲学。哲学问题是没法验证的。"

"你错了。哲学总的来说是一门思考人生的意义和幸福生活的途径的学问。所谓幸福，根据个体和时代的不同，是有差异的。所以哲学问题没有一般性的答案。但是，哲学问题是能够验证的。只要看看自己能不能按照自己的哲学生存下去，接受死亡就可以了。说是哲学也许有些夸张，说白了其实就是人生观。想要对抗迦姆，恐怕就必须改变自己一直以来的人生观。深井上尉一直在这样做。零多次、反复谈到过这个问题。你作为他的医生，应该是知道的吧，伊迪斯。虽说改变零人生观的不是迦姆，而是雪风……"

"少校，你仿佛在说，迦姆就像是神灵，我们必须思考它们是否真实存在？"

"的确会被理解为这个意思吧。"

"真没想到。我一直以为你是无神论者。我以为特殊战的人都是。"

"无论有没有神灵，我们都能活下去。对于迦姆，我也是这么想的。"

"……你说什么？"

"如果你不这么想，恐怕就可以说你是将迦姆拜为神的迦姆教信徒吧？"

"先等一下，少校。那么你说，你现在正在进行的作业算什么呢？"

"我在跟你说明的是，如果用人类的感官无法直接感知迦姆，虽说我就是这么认为的，但现在暂且作为假设，假设真的是这样，那么想要对抗迦姆便绕不过哲学性的问题。如果迦姆没有实体，那就不能简单地说无论我们相信与否，迦姆都是存在的。"

"……具体来说，按你的意思，以后该怎么办，布克少校？"

"找出迦姆的威胁是什么。如果发现那都是人类的幻想，那就没必要作战了。"

"恐怕特殊战现在没法放弃作战吧。"

"做决定的不是你。这是库里准将的工作。作为库里准将做出判断的参考资料，你给迦姆做的心理剖析很有价值。库里准将还会综合雪风带回来的这些情报进行判断。关于迦姆的威胁，现在就有验证的可能。有关迦姆真实面目的种种说法，我认为就像你说的那样，正确与否没法立即验证。即使将来的人认为我们所做的都是徒劳，甚至是犯了错误，那我们现在也只能尽自己的所能。历史如何评价我们的所作所为，与我们无关，反正到时候我们已经不在人世了，无论是寿终正寝还是含恨而死。那样遥远的事，跟我们有什么关系？我们只是在做现在能做的事，采取我们所认为的最好的对策。无论是在哪个时代，有脑子的人都是这样活着，这样死去的。"

"……迦姆是神灵一样的存在……吗？"

"我只是说有这种可能性。但是，即便事实的确如此，"布克少校说，"那么恐怕对迦姆来说，人类也是神。双方彼此彼此，这没有什么好害怕的。"

库里准将读到这里，合上了文件，小口小口地喝起红茶来。

即使迦姆是神灵一样的存在，也没什么好害怕的——真是布克少校的风格啊，库里准将想。布克少校对福斯上尉说的是，迦姆和人类的立场是对等的，如果对方是神，那么我方也是。

少校在向福斯上尉解释说明的过程中，留心不提及神灵之类的问题。但既然福斯上尉提出来了，少校便告诉她不必害怕。不要害怕迦姆，不要盲目相信迦姆，要搞清楚迦姆真正的威胁是什么——少校的这些话，总而言之是在激励这位年轻的军医。

然而，迦姆与我方的关系并不对等。因为人类是集团性的存在。深井上尉和雪风确实与迦姆在对等的立场上作战，并返回了基地。布克少校也应该能以他自己的一套哲学，与迦姆在对等的立场上交锋。然而，并不是所有人都能够做到。库里准将想，自己想要把特殊战放在与迦姆对等的位置上，恐怕必须给迦姆下一个定论，让这个集团的人都怀着这个单一的认知，以此将这个集团凝聚起来。如果不能让这个集团的任何一个人都不忤逆自己，就无法与迦姆对等。

库里准将有生以来第一次感到自己想拥有能够宣扬自己为天下之主，不容任何人口出怨言的力量，只为与神在对等的位置上交锋。准将切身地体会到，这种心情正是每个人都有的对权势的欲望。产生这种感觉的土壤，掺杂了人类群居生活的本能。如果是像猫那样单独行动的生物，那么觅食和御敌之时都只能靠自己。然而狼或人却不是那样。如果没有优秀的领导者，整个群体都会陷入危机。如果向外部寻求领导者，那便会视对方为神。独居动物是没有神灵的。它们不需要神。

准将回想自己的过去，发现自己从小便抗拒那种神灵一样的存在，总是想要与之争斗。小时候，父亲是绝对的权威，无论自己接受与否，父亲的话都是真理。家里有哥哥和弟弟，每当准将抗议自己和哥哥弟弟的待遇不同，得到的回答总是"你是女孩子"。母亲也是这样回答的。虽说遇到的并不总是坏事，但令人感到不合理的事情却更多。自己曾经期盼早日变成大人，然而长大成人之后，世界好像也没有什么大的不同。

"库里准将，您在来FAF之前是做什么的呢？"

准将想起福斯上尉曾这么问过自己，那位军医当时在收集特殊战的人的相关数据，作为指挥官的库里准将也必须提供信息，不能例外。

"做过很多工作，但都是和金融相关的。在来FAF之前，我的目标是成为证券公司一流的经纪人。"

"这工作不容易，但一定值得为之奋斗吧。您是在工作中被人看中，选拔到FAF来的吗？"

"不，是我自己要来的。如果FAF看中的是我金融方面的才能，那至少不会把我分配到这种实战部队吧。来这里正合我意。"

"你为什么希望来到一片新天地呢，莉迪亚？"

"我希望你在这里不要称呼我的名字，福斯上尉。"

"抱歉，库里准将……"

"回到你刚才的问题，嗯，是为什么呢？我觉得是因为年轻的莉迪亚·库里看透了这个世界的荒谬，彻底死心了。"

"我不太了解经纪人这个职业，但我觉得，这个高级的工作说起来应该属于推动这个世界运转的那一类职业吧。"

"金钱不过是数字，是没有实体的。这话有点极端。但是金钱却有着实际的效力，甚至能够让一个国家全面崩溃。支配金钱、自由地操纵金钱是非常刺激的，如果进行得顺利的话，是一大乐事。但我却做不到。虽然我认为我的能力并没有问题，然而这个世界没那么单纯美好，只有能力是不会万事亨通的。我渐渐明白了这一点。我渐渐看到了这个世界的局限。"

"您受到过性别歧视吗？"

"当然，太多了。但是让我对这个世界彻底失望的并不是那些事情。"

当时，年轻的莉迪亚·库里所意识到的是，自己一直以来感到不合理的事情，不是自己身为女人，而是自己身为人类。

"人类分为两种，首领和大众。即便统治这个世界的是女人，我也不会认可。我不能认可世界上有首领，以成为首领为目标是愚蠢的。"

"愚蠢？"

"对。同为人类，成为其他人的首领有什么意思？不过是虚空而已。我是这么想的。但是，我也不甘心成为普罗大众的一员。那么我该怎么办呢？我甚至想过去当修女。"

"最终，你对自己陷入残酷的金钱游戏，以出人头地为目的的竞争，还有世俗的价值观感到质疑，对吧？"

"是啊……现在想起来当时的选择有很多。可以成为像你这样的学者，也可以付重金让医术高明的精神科医生诱导自己接受这个世界，还可以结婚、生儿育女。然而当时在年轻的莉迪亚面前，存在着整个人类社会的威胁——迦姆。"

"你认为这些从外星来的侵略者拥有不同于既存价值观的价值观，与它们作战，是一份很有意义的工作。"

"也许是吧。那已经是很久以前的事了。"

福斯上尉点了点头，在笔记本上记下了什么，不再问话。

库里准将回想起来，发现当时的自己虽然确实认为那是一份有价值的工作，但并非心中燃起了希望，而是相当于把FAF当成了自己的避难所。没错，FAF对于自己而言就像是修道院。FAF有迦姆，迦姆取代了神灵成为自己的信仰。直到今天库里准将才意识到这一点，布克少校所说的话正适用于自己。

自己在这里长年修行的结果，就是如今终于意识到压倒性的权力是必要的？库里准将问自己，这样就能够对抗迦姆了吗？

不，并非如此。从迦姆这次的做法中就能看出这一点。

得到绝对的权力以统治FAF并与迦姆斗争的确是自己的理想。但既然人类具有集团性，那么想要实现上述理想就必须在内部斗争中取得胜利，这在对抗迦姆时便会成为不利条件。迦姆正击中了这一点。迦姆恐怕很清楚这是人类的弱点。而弱点同时也能转化为优势。比如说，只要将无能的首领换为优秀的人才，人类就会变得更强大。这一点恐怕迦姆也已经分析过了。

迦姆这样分析了人类，却声称只有特殊战无法理解，这相当于说它们无法理解将特殊战打造为今天这个样子的库里准将。这便是迦姆的弱点。可以说，虽然迦姆和FAF的立场并不对等，但特殊战现在却与迦姆处在相同的位置上。自己不能放弃这个位置，不能采取对方能够理解的行动。

应该让迦姆明白，人类并不都是它们所能理解的类型。

——迦姆是神灵一样的存在？

布克少校不过是在面对迦姆这个不明真身的敌人时，作为比喻将"神"这一词汇和概念提出来而已。虽然他尽可能地避免使用这个词，但他认为不提及就有可能讲不清楚，因此还是向福斯上尉谈到了这个概念。库里准将明白布克少校的这种心情。但是，如果迦姆真的如字面意思那般，是神灵一样的存在，那反而正是自己所希望的，库里准将想。向那样的权威展示自己并与之对抗，正是年轻的莉迪亚所渴求的。

4

零和桂城少尉换了衣服，跟随福斯上尉和布克少校去见库里准将。地点是司令中心。

库里准将说自己并没有让深井上尉他们过来，布克少校便俯在她耳边简单介绍了雪风的情况。库里准将向零询问具体情况，零进行了详细的汇报——雪风告知自己，它在系统军团内部发现了名字与巴格迪什少尉等死者的名字相同的人，雪风认为那些是迦姆，它如此介意这件事也许是迦姆在作祟。库里准将并没有露出惊讶的样子，听完汇报后她稍作思考，便命令负责战机整修的埃科中尉立即对雪风进行维修。

"现在即便把雪风转移到整修工场，它也不会反抗。"雪风有自爆的危险，但库里准将有对策，"必须让雪风在整修工场内也与这里的战术电脑连接。能够做到吗？"

"能，当然能。"

"维修需要多久？"

"因为还没有数过雪风的机体损伤有几处，所以要先进行查看。但根据维修分队的肉眼观察，拆下受损的引擎不会费太多工夫，应该很容易就能拆掉。机体结构上没有致命的损伤，脱落的第一尾翼的基部应该也没什么问题。转移雪风加上查看受损情况需要一个小时，更换引擎和进行其他维修，即使加急也需要三个小时，整体的整修加上检查需要两个小时，总共需要六小时。"

"给你四个小时。"

"目标时间四小时，明白。"

埃科中尉开始用自己的控制台向维修分队发出指令，实时监控画面显示在了司令中心正面的大屏幕上。雪风发来了自我监控信息。库里准将确认雪风同意维修后,让仍然站着的布克少校等部下坐到空着的控制台座位上。

"皮博特上尉,把深井上尉和桂城少尉的报告录入到战略电脑里。桂城少尉协助。布克少校,监视战术电脑的执行情况。福斯上尉,把正式的迦姆战略预测和心理剖析结果提交给我。我读后可能会提问题,你在这里待命。"

"我想删除系统军团内部有关再教育部队的数据。"零说,"请批准。"

"请你先看看雪风带回来的情报和司令部情报分析的内容。至于应不应该采取你所说的行动,要进行综合判断后再决定。你要是还没吃饭的话,就先点餐吧,点什么都可以。福斯上尉,布克少校,你们也是。"

"我要两磅牛排,半熟就行。"

桂城少尉说道。司令中心静了下来。

这也许会成为最后的晚餐啊,零想。虽然人数不是十三。说起来,战队的战机一共有十三架,如果要进行最后的战斗,它们同时也会得到充足的燃料和军事装备……

像影子一样追随在准将身边的年轻秘书,统计好每个人点的餐之后,联系了特殊战的食堂。

零终于拿到了他的火腿面包,也就是夹着火腿和蔬菜的超大号圆面包。在这之前,零读了库里准将读过多次的那份文件里与福斯上尉和布克少校的迦姆存在论相关的几处地方。

迦姆是神这件事,只要一说出口就全完了,零是这么认为的。FAF会失去存在的意义。

如果布克少校的预想成为事实,那么知道了真相的人们恐怕会分为两个阵营——相信者与不信者。可能还会有觉得无所谓的人，那么可能是三个阵营吧。这些阵营的内部恐怕还会继续分裂。这是因为人类无法搞清楚迦姆的实体，所以没法确定对迦姆的哪种猜测是正确的。到时FAF一定无法顶住各种阵营所施加的压力，保住作为对抗迦姆组织的独立地位。如果包括FAF在内的各个集团都竭力证明自己的正当性，那么这种行为恐怕会成为宗教战争。迦姆教，布克少校说的没错。即便是现在，地球上也有很多人坚称迦姆不过是幻影，其中也确实有人认为迦姆是神。这种对FAF的存在造成威胁的动向，并不是现在才开始的，但这种危险性的确越来越有现实感了。

"如果人类真的无法捕捉到迦姆的实体，"零说，"那么即便FAF清楚真相，恐怕也不会向地球上的人公布吧。"

"可以想见，FAF到时会利用情报军进行彻底的信息管制。"布克少校点点头，"所以呢？"

"我想告诉琳·杰克逊，把我们得知的情况告诉她。她是地球人。她有知情的权利。"

"我也是这么想的。不是有这么句格言吗？与三种人做朋友绝对受益——医生、律师和记者。其实，如果碰上没本事的记者，恐怕结果反而会更惨。但琳是值得信任的。她应该能够理解特殊战。虽然很困难，但是值得一试。琳是托付遗言的不二人选。"

"我们还不一定输呢，"福斯上尉说，"我们还没死……"

"遗书就是要在活着的时候写。"布克少校说，"FAF正在失去留下遗言的机会。"

"情报军并不是无能之辈。"桂城少尉说道，"关于迦姆的真实面目，情报军恐怕早已预想到这种结果了。可以说，是特殊战反应迟钝了。嗯，这也许是因为特殊战作为实战部队，只相信能够证实的事情……但是，无法确定迦姆在哪里，就像是量子论。可以说迦姆是像量子一样的存在吧。"

"也就是不确定性原理吧。"福斯上尉说，"具体来说就是人类的观测方法本身会导致物体的位置信息不明确，无法同时测量两个变量，对吧？"

"那个解释是错误的哦。"负责情报分析的皮博特上尉说道，"无法同时测量两个变量，是在两者处于共轭关系的前提下。比如说位置与能量不是共轭关系，所以无论数值是多少都能够同时精确地测量出来。但如果是位置和速度这种处于共轭关系的变量，就无法同时测量了……"

"为什么？"

"一两句话解释不清楚。量子论中的数学性记述很难用我们常识性的感觉来比喻说明，公式倒是只要肯下功夫，人人都能搞得懂，但问题在于如何进行解释。也有人抛开公式随意解释。你的错误理解恐怕也是这样产生的。使用不够精密的测量方法当然会导致结果不正确，但这不叫不确定性。量子的不确定性不是这么简单。如果迦姆像量子一样具有不确定性，那么它们也许只有在人类观测时才存在，观测前的状态不存在于任何地方。桂城少尉想说的应该是这个意思吧。未被观测的迦姆并不真实存在这一想法，是量子论解释的一个例子。也有另外一种说法，量子无论观测与否都确实存在。虽然有各种各样的说法，但人类现在没有实验方法能验证哪个解释是正确的。可以说，量子论之所以神秘，是因为人类无法确认量子的不确定性。"

"我很能明白你所说的神秘性，"福斯上尉说，"也就是感觉自己明白那是像神一样的存在，但实际上什么也没明白，对吗?"

"即便迦姆像量子一样难以捉摸也没关系,"桂城少尉饶有兴味地说,"至少可以对它们进行观测和记录,这样做应该能计算出迦姆在什么地方以怎样的频率出现。因为所谓共轭关系就是指观测一方即能推导出另外一方吧。"

"你能想象出具体情况是怎样的吗?"福斯上尉问道,"对方可有可能真的不存在哦。"

桂城少尉仰头望向天花板,闭上了嘴巴。但是零能够想象到少尉想说什么。

"我们无法精确地瞄准迦姆。"零说,"捕捉到它们的踪影之后,我们没法确定迦姆会往哪里去。"

"如果迦姆真的那样神秘,那我们只能根据概率进行瞄准,兴许能够命中。"布克少校说,"总之,迦姆跟普通的敌人也没有什么太大的不同。到时候的问题是,对抗迦姆的有效武器是什么。无论怎样打击迦姆派出的战斗机,都没法形成对迦姆的有效打击,因为那些战斗机并不是迦姆本身。对迦姆来说,打击人类也是如此。"

"把迦姆比作量子有些随意。"皮博特上尉说,"既然现在还不清楚迦姆的这种神秘性是不是因为像量子一样的不确定性,那么现在谈及量子论是没有意义的,只会造成混乱。我们现在不应该自己增添迦姆的神秘性,我们首先应该做的是厘清有哪些不懂的地方。"

"没错。"布克少校说,"说起来,现在的问题是与迦姆的沟通不够充分,这是导致我们疑神疑鬼的主要原因。可以说这场战斗就是由此而起的。这个问题解决之时,迦姆的真身也就会自然地显露出来了吧。我和福斯上尉围绕是什么让我们确信迦姆的存在这一问题稍微讨论了一下，也许量子论对这个问题的解决有帮助，但也有可能用科学方法无法解决这个问题，但是目前以我们所掌握的有关迦姆的信息根本不足以进行那样深入的讨论。我们必须收集数据。这一点跟以前一样。就算是为了进行更深入的讨论，我们现在也不能输在这里。"

"……布克少校。"福斯上尉唤道。

"怎么了，伊迪斯？"少校做出了回应。

"那个好吃吗？"

"什么？"

"咖喱。闻起来真香，让人很有食欲。"

"我累的时候总吃这个。你下次也可以跟厨师点这道菜。可惜现在的味道比缪鲁勒大厨掌勺的时候差了些。"

少校用馕——印度的一种饼——舀起咖喱，继续吃饭。汤又酸又辣。饭后，少校喝了一杯很甜的红茶。

"我正想让你看看新上任的厨师长的菜谱，但是一直没空。我的偏好菜品里还有中餐，给你介绍介绍？"

"不用了。"

"福斯上尉。"

"到，库里准将。"

准将读完了福斯上尉提交的心理剖析结果，合上了文件。福斯上尉料想到准将会提很刁钻的问题，紧张地站在准将面前。

"迦姆发起总进攻的概率，你预测是多少？"

"敌人为人类时，敌军进攻的概率都是由 MAcProⅡ 得出的，但是这次的预测是我独立完成的，没有得出具体的数值。"

"不是数值也没关系。"

"我认为概率非常高。"

"有多高?"

"首先,我认为我得出的预测没有错。预测在那份报告书里写着呢。"

"你的肯定是什么程度的?如果错了,就甘心把你现在正在吃的蛋糕给我?"

"不,准将,不是的。如果您让我赌上点什么的话,"福斯上尉认真地说,"我就赌上我的人生。"

"你还年轻呢。"库里准将说,"即便受挫了,也能从头再来。"

"准将,我是认真的。赌上生命都可以。"

"伊迪斯,"库里准将说,"上了年纪以后,回顾自己年轻时的种种行为,或笑或悔,这也很好。我希望你也能这样。你最好别做赌上生命之类的事。如果你输了,你会悔不当初。请你至多赌上你的全部财产。"

"是,准将。那我就这么干。"

"好。"

库里准将把报告书往控制台上一扔,转向中心里的其他人。

"各位,福斯上尉把自己的全部财产都赌在了她对迦姆战略的预测上,你们对这个预测结果是怎么看的?你们应该已经知道预测的内容了吧?我想听听你们的意见。布克少校——"

"到,准将。"

"你来主持。不必汇总意见。"

"……是,准将。"

布克少校用餐巾擦了擦嘴,站了起来。

"首先,大家有没有什么反对意见?针对福斯上尉的预测结果的反对意见。疑问也行。"

谁都没有说话。布克少校点点头,说了一句"意见征集完毕",便坐下了。

"等等,这是怎么回事儿?"福斯上尉说,"少校,难道这样就算结束了?"

布克少校无视了福斯上尉的问话,对库里准将说道:

"库里准将,我想知道你对现在事态的看法。参考资料已经准备好了,虽然还不是很全面,但如果追求全面的话,就迈不出第一步。现在最重要的是,对于迦姆的这种做法,你是怎么想的,怎么评价的?简单说来,就是你想怎么做?如果你明确回答这个问题,那么怎样调动特殊战最合适,要制定怎样的战略战术,都不用你操心,由我来负责,由我们来负责。"

"总之就是想听听我的人生哲学,对吧?"

"嗯,算是吧。可以说,特殊战就是你的人生……"

"如果我说我想要在这里了结我的人生呢?"

"这……"福斯上尉惊呼。

"那是你的自由。"零说,"即使你的人生结束了,我们的也还会继续。事情不过如此。如果你要辞职,我希望你能公开宣布,通知我们不用再申请你的批准了。"

"不可能轻易了结的。"布克少校说,"即便你现在放弃指挥特殊战,你一直以来的思想也仍会留在这里。可以说,即便你这个指挥官不在这儿,我们依然能够对抗迦姆。也就是说,即使你现在想让特殊战自然地灭亡,也不会轻易实现的。这是特殊战不同于FAF其他部队的地方。让特殊战变成这样的正是你自己,库里准将。"

"这就是我的回答。"库里准将说。

"什么意思?"布克少校问道。

"少校，如果你说特殊战反映了我的意志，那么就没必要再问我想怎么做。我想打败迦姆，仅此而已。"

布克少校仿佛想说什么，准将用目光制止了他，继续说道："但是，关于你说你想知道我对于迦姆的这种做法是怎么想的，怎么评价的，我能理解你的这种心情。雪风这次带回来的情报，福斯上尉做出的预测，还有系统军团里可能有迦姆的爪牙这一情况，都在我的预料之外。如果我判断失误，那么布克少校，你的处境也会变得非常危险。你感到不安，你不知道自己该怎么做才好。对吧，福斯上尉？"

"您突然这么问我，我一时也不知道该怎么回答……但是，大家都感到不安，准将。连雪风都处于不安定的状态。可以说，每个人都很不安。"

"我没有感到什么不安。"库里准将毫不犹豫地说，"迦姆的原型难以捕捉，反而正合我意。我来到FAF，正是因为想要告诉神秘莫测的迦姆我在这里，而不是告诉人类。如果我得知迦姆拥有像人类一样的感觉，是一种很容易与我们相互理解的生物，那我恐怕会失望。总之，我想做的事情简单而清晰。我想让迦姆明白，特殊战是它们的威胁。至于具体应该怎么做，我想借用各位的智慧。所以，我在倾听你们的意见。不过——布克少校——"

"到，准将。"

"既然你说不用我操心，那我就交给你了，请你研究出特殊战应该采取的战略战术。我稍微休息一下。要在雪风整修完毕前得出结果。最终决定由我来做。"

"……是。"

库里准将站了起来，对布克少校说：

"少校，有一点你一定要注意。"

"什么？"

"不要对迦姆回应特殊战这件事做过高的评价。"

"什么意思？"

"迦姆的敌人是人类，我们不过是人类的一分子。不能忘记这一点。如果认为迦姆对我们另眼相看，就会判断失误。"

"我会铭记于心。"

布克少校重重地点了点头。库里准将带着秘书快步走了出去。

短暂的沉默之后，福斯上尉先开了口：

"什么啊？这是什么态度嘛！"

"这是你的专长吧，"零说，"揣摩人类的心理活动。"

"是我犯蠢了。"布克少校两手摩挲着脸，"我把她给惹毛了。"

"看起来不像。"桂城少尉说。

"她非常生气。"少校说，"我相当于回避了自己的问题，而极力强调是她无能。因为我说即便她不在这儿，我们也能对抗迦姆。我这是摸了老虎屁股了。"

"应该说，即使她生气了，也是生迦姆的气，因为它们藏得太深、无声无息。"福斯上尉说，"只是我没想到她会如此愤怒。"

"有一个人，向神、向宇宙呼喊，告诉对方自己在这里……"布克少校说，"结果对方却回答，'那又怎样'。库里准将一直处在这样的境遇里。我今天才明白。"

"那又怎样？"零说，"这跟我们没关系。"

"深井上尉，你不该这样说吧。还是说你这是自我反省的话？你的这种态度伤害了准将……"

"我的话就是字面意思。我们对那位准将是褒是贬，于她而言都无所谓。她唯一害怕的是迦姆说她无关紧要。杰克，你没必要情绪低落，反而应该拿出干劲来。"

"我真是知道你有多荒唐了。真服了。不过，知道了准将的真实想法，也算是件好事吧。"

"准将最后指出的那一点很重要。"皮博特上尉说，"迦姆对特殊战的兴趣是什么程度的？如果估计错误，我们便有可能作为FAF的叛变部队走向终结。"

"必须谨慎行事。"布克少校说，"对库里准将而言，部下不过是棋子。但对我们来说却不是。我们不想失去任何一位战士，任何一架战机。"

"准将恐怕也不想让部下白白牺牲吧。"零说，"杰克，我和雪风与你的想法又完全不同。如果把自己过度带入到某类棋子的角色中，就会在较量中输掉。我可不想和你这个臭棋篓子下什么棋。"

"嗯……你这小子，比起将来更爱车。我们应该先考虑自己怎样才能活下去。"

"说得极端些，"皮博特上尉说，"情况会变成大家各自随意行动。恐怕迦姆已经预想到我们会这样做。"

"不，不是这样的。"福斯上尉说，"我认为迦姆没有预想到这一层。迦姆预想到的是，特殊战会发生变化。它们为了让特殊战发生变化而采取攻击手段，观察我们的动向。这就是我的预测内容。"

"什么都不做也是手段之一，但这恐怕不适用于迦姆。"布克少校说，"因为它们会想尽一切办法对我们进行干扰、动摇。

把已死之人的复制人送到这里来，恐怕也是这个原因。可是走一步看一步是赢不了的。防卫难于攻击，这是真理啊。"

"我们应该了解FAF整体的情况吧。"桂城少尉说，"现在FAF在采用什么战略？"

皮博特上尉命令战术电脑在对面的屏幕上显示出了FAF战略地图。

"FAF认为已经成功毁灭了库奇和利奇沃。"皮博特上尉说道，"FAF把下一个目标定为勒克冈和康沃姆这对基地。以菲雅利基地为首，赛壬、特茹尔、希尔凡、布劳尼、瓦尔基亚各基地都在向那对基地附近的前线基地派遣主力部队，他们应该是打算同时向两个敌军基地发起进攻。目前迦姆没有针对FAF的这一行动进行反抗，连小规模冲突都没有发生。在这几个小时里完全没有。自这场战争打响以来，这种情况还是第一次出现。"

"这很危险。"福斯上尉说，"真让人脊背发凉。"

"莱图姆中将现在请求我们对两个目标基地进行战术侦察。"皮博特上尉说，"不，不是请求，是命令。库里准将计划以此次情报分析事关重大为由拖延行动，但也不能一直拖下去。"

"我们逃跑吧。"

桂城少尉突然说道。所有人都看向这位年轻的少尉。

"我希望你们别用这种眼神看着我。"少尉说，"这是战略行动提案。是不是说躲避危险比较好？我觉得如果不想无意义地消耗战斗力，就只能这样做。把战队的战机疏散到特定的空域里，让迦姆明白特殊战避战了。"

"逃跑之类的事，我想都没想过。"布克少校说，"这不能说是战略撤退。这是临阵脱逃。不会轻易成功的。这会变成针对

FAF 的战术行动。话说回来，哪儿有地方逃……"

"有意思。"零说，"这可是趁夜出逃啊。"

"趁夜出逃……"福斯上尉说道，"可以说这很像特殊战的作风。"

"迦姆的真实面目什么的已经无所谓了。"零说，"关于迦姆我们是得不出什么结论的，继续讨论下去也是白费时间。我们现在应该考虑的是如何对抗 FAF，因为 FAF 是不会允许我们趁夜出逃的。"

"这个值得讨论一下。"皮博特上尉看着屏幕说，"特殊战没有陆上军事力量。武器只有维瓦尔枪，弹药也数量有限。如果复制人在 FAF 内部对特殊战发起攻击，那么我们至少要让战队的战机先躲避一下。问题是，哪里有这样安全的空域。"

"有啊。"桂城少尉说道。

"地球。飞进'通道'就行了。追过来的迦姆 FAF 自会处理。那是最安全的地方。"

众人都呆呆地望着少尉。

"……这个方案，行不通吗？"

"少尉，"布克少校说，"之后该怎么办？不可能一直飞吧。距离最近的是澳大利亚的空军基地，可是如果朝那儿飞的话就会变成侵犯领空，我们会被当作迦姆处置的。"

"……如果要躲到地球去，"皮博特上尉说，"就必须与地球那方达成一致。这种交涉只有 FAF 当局能够做到。虽然从未听说过有关 FAF 的战斗部队紧急回避到地球的条款，但就目前的事态而言，恐怕 FAF 比我们更应该安排好这些事情吧。把特殊战的这些情报告诉莱图姆中将，让他召开 FAF 最高紧急战略会议，也是一个办法。这样就成了 FAF 的紧急避难了。"

"想要这么做的话,就必须先让那位中将接受这个提案。"零说,"中将则必须说服他上面的那些人。我们不知道事情进行到怎样的程度,中将才能真正地调动他的部下,但如果这个提案真的实现了,就意味着与迦姆作战的战场转移到了地球上。这恐怕正合了迦姆的意。菲雅利上的战斗基地会失去存在的意义,人们会怀疑当初何必建造菲雅利基地。地球是不会接受这种结果的。"

"那会变成政治斗争,我们无法参与。"布克少校说,"我们不能就这么等着他们斗争出一个结果。我们,我,想要保护的不是FAF,而是特殊战和我自己。"

"这样啊,原来行不通啊。"桂城少尉说,"我还觉得是个好主意呢。"

看着正在叹气的桂城少尉,零想起了伦巴德上校。

"杰克,伦巴德上校要求我和桂城少尉加入再教育部队那件事怎么样了?"

"啊,还有那么件麻烦事儿哪。"布克少校说,"库里准将应该还没有做出正式回复。皮博特上尉,那之后伦巴德上校有说什么吗?"

"没有。我没听说。情报军那边也没来消息。"

"恐怕伦巴德上校也没觉得我们会真的接受这个要求。"布克少校说,"如果不是这样的话,他就不会公然地用巴格迪什少尉这个死人。因为零一去那里,这件事就败露了。难道说中将是有意让事情暴露,所以才要把零调去?……可是,巴格迪什少尉这件事,我真是没法相信。他真的在那儿吗?怎么才能确认呢?"

"要不我去吧。"桂城少尉说,"虽然我不知道巴格迪什少尉长什么样……"

"不行。"少校说,"特殊战的内情,你知道得太多了。不能让你出去。"

"要不打个视频电话?"零问道。

"他要是接了,你说什么呢?"福斯上尉问。

"如果是巴格迪什少尉本人接的话,"一直默默埋头于工作的埃科中尉说,"就点个比萨吧。"

"什么?"皮博特中尉问道,"为什么是比萨?"

"因为我喜欢吃。说是打错电话了就行了……啊,肚子饿了。我要是能点就好了。"

"雪风修理得怎么样了?"零问。

"比预想的多费了点儿功夫。"埃科中尉说,"可能要惹库里准将生气了,但实在是没办法。"

"不能打视频电话。"布克少校说,"如果我们想要去确认,有了什么动向,迦姆就会注意到。在雪风能够行动之前,我们不能放弃反复考虑的机会。"

"迦姆没给我们反复考虑的时间。"福斯上尉说,"再教育部队恐怕正如雪风预想的那样,一旦准备就绪,就会开始活动,开始进行破坏活动。"

"那伙人也就五十个人吧。"皮博特上尉说,"很快就会被镇压。他们单独行动是没有效果的。恐怕,他们会等到外部的迦姆发动攻击的时候再行动。布克少校,派出战机吧。进行战术战斗侦察,让它们先飞起来更安全吧。还能卖莱图姆中将一个面子。"

"当然,这一点我也考虑过。问题是,十三架战机能对抗迦姆多久。"布克少校抱着胳膊说道,"如果战机起航后迦姆发起了总攻,那么返回菲雅利基地是很危险的。那时,这个基地可能已经从内部被破坏了。可以想见,这里会变成最危险的战场。战队的战机不能像之前一样回到这里避战。在没有安全的避战地点的情况下,让战机起航就是自杀。哪里有那样安全的避战地点?地球不行。特殊战的战机再怎么优秀,也没法永远飞下去。"

没法永远飞下去——听到这句话,零想起特殊战有能够几乎永远持续飞行的战机。几乎就在一瞬间,零的心中产生了一种确信——想让战队的飞机生存下去,只有这一个办法。

"召集机上人员,进行作战情况说明。"零站了起来,"可以让战机的中枢电脑和司令部的智能机器也参加。"

"你在说什么呢?"皮博特上尉问道。

"你去哪儿,零?"布克少校问。

"厕所。"零回答,"舒畅了之后我要睡一会儿。"

"你说的作战情况说明是什么?"布克少校问,"你要向谁出击?"

"把现在的情况告诉所有人。"零说,"大家会考虑各自的生存之道。飞行员会考虑飞。但是如果没有基地的后援,战队的战机能够飞行却没有地方降落。这是个麻烦。但是如果被哪儿的基地整个儿俘获的话,这个问题就解决了。把那里变成特殊战的派出基地就行了。大家都这么说啊。"

"你是说跟 FAF 正面交战?"皮博特上尉问道,"留在这里的我们会怎样?"

"我想说那就不关我的事儿了,可是作为飞行的那一方,我需要后援。从正面是没法做到的,得另辟蹊径。说起来,只有一个'派出基地',我们有可能把那里的所有人都赶走。"

"……是班西吗？"布克少校的声音像是痛苦的叹息，"不想跟那个基地有什么瓜葛啊。名字太不吉利了。班西是一个妖精的名字，这种妖精会以号哭来预报死亡。"

"那个基地在哪儿？"福斯上尉问。

"它是FAF防卫空军的大型空中航母。"皮博特上尉说，"是在空中飞行的航空母舰。原来有两艘，现在只剩一艘了。班西Ⅲ。"

"那可是现代技术造就的奇迹。"埃科中尉说，"虽然技术有点过时了，但是能把那样的怪物实际建造出来，实在是厉害。现在还飞着，它是在宇宙空间里被造出来的。它从来没有在陆地上降落过。它没有降落的装置。"

"虽然它在高速飞行，但从战术层面上讲它几乎没有机动性。"皮博特上尉说，"它只是在按规定的路线环绕飞行。"

"如果随便改动飞行路线，班西会有坠落的危险。"埃科中尉说，"因为它靠离心力飞行。"

"但是那里的战机燃料、武器、食物都很充足。"布克少校说，"简直是一个在空中飞行的基地。雪风曾去调查过发生异常的班西Ⅳ……是迦姆捣的鬼。那应该也是迦姆呼叫特殊战的一种手段。"

"把班西Ⅲ的中枢电脑抢过来。"零说，"雪风会愿意干的。只要让班西的核反应堆看上去失控了，就能无条件疏散那里的所有人。不会有任何麻烦。"

"你说得轻巧。"皮博特上尉说，"我不认为那种事会成功。"

"从技术上来讲是能做到的。"埃科中尉说，"这又不是夺取敌机。敌方迦姆在实际操纵着班西Ⅳ。从原理上讲，我们战略战术电脑也能入侵班西的中枢电脑。"

"雪风正在通过战术电脑做着这件事呢。"福斯上尉说,"因为它说它数过全员的人数了。不过,这也可能是它虚张声势。"

"总之,关于班西的技术情报查一查就清楚了。"埃科中尉说,"一旦成功连接上,剩下的就都是力气活儿了,无论是核反应堆还是别的什么都能操纵。不过,那边没人指路的话会费些工夫,但是如果上级给我下命令,我会计算出实现的可能性的。"

"即使不在班西基地,只要打好基础,什么时候都能飞。"零说,"剩下的就只有各自避祸了。杰克,你也这么做就行。"

"是啊。"布克少校说,"现在只能横下心来,用战术电脑夺取FAF中枢机能。只要有命令,就能调动军队,无论这个命令是否是通过机器下达的。我们就利用军队的这个习惯来干这件事。"

"我认为这正是迦姆现在打算做的事。"福斯上尉说,"迦姆也将用这个办法对FAF进行破坏。这并不只是武力斗争。特殊战想要对抗迦姆,就必须抢占先机。"

布克少校听着福斯上尉的话,点了点头,然后说道:

"我们要在这个不会飞的要塞里进行电子战。陆上人员如果想要活下去的话,就不能输。——皮博特上尉,你去把库里准将叫来。"

"是。"

零已经没心思在这里继续参加讨论了,他留下一句"雪风修好了就叫我起床",便离开了司令中心。

和雪风,一起飞。一直以来都是执行侦察任务,但这次不同了。如果有迦姆飞过来,就迎上去将迦姆的战机击落。

这一定也是雪风所希望的,零想。

5

不知道这些事也是理所当然的——梅尔中尉呆呆地听着巴格迪什少尉说的话,这样想着。

"FAF正在和迦姆联手。"

自己真的已经死了吗?梅尔中尉摩挲着脸颊。没有死亡的真实感。

"我们在拼死作战,可FAF高层的那些家伙们却成功地和迦姆缔结了协议。"

那个,没人来救最终死了的感觉,是真实的记忆吗?说什么我的身体是复制的?

"可是FAF却没把这件事告诉地球上的人。这是当然,因为他们想把菲雅利星的经济价值完全据为己有,变成自己的。"

"自己的……"

这个身体可以说是自己的吗?

"没错。FAF的飞机燃料都是从地球运过来的。食品也是。可是,从很早以前就有人猜到菲雅利星上也有石油资源,还有其他的矿物资源,只要不和迦姆打仗,就能正式对这些资源进行探查,还可以开采。地球那边想派来调查组,可是FAF坚决地拒绝了,说这边没有余力保护调查组不受迦姆的袭击。所以FAF自己在进行资源探查。从很早以前就开始了。试采也在进行。前线基地甚至也可以说是为此而设的。FAF并不是单单为了对抗迦姆而建设前线基地,实际上他们在开采石油。"

"……我一直不知道。"

"因为这是绝密行动,你当然不知道,情报军在进行管理,只有极少数人知道。伦巴德上校是他们的头儿,不久FAF就会独立，向地球贩卖资源。如果地球有阻止独立的动向，迦姆就会变成FAF的战斗力量。现在地球上的人已经疲惫不堪，厌倦了这场战争。这是一场徒劳的战争。因为FAF一直以来的目的并非对抗迦姆。就差一步。就差一步，FAF就能独立了。"

"怎么可能那么顺利呢？"

听到梅尔中尉这样说，巴格迪什少尉笑了，点了点头：

"没错，不会那么顺利的。"

"你怎么知道？"

"因为我们不会坐视不管。我们要让那些想要独吞的家伙们知道。"

"我们也可以入他们的伙啊。"

"作为一个死人？"

"我还活着呢。你……到底是什么人？"

"死人。为了向活人复仇而复活的死人。"巴格迪什少尉说，"你也是，梅尔中尉。"

"我没法相信这种事。我不信。"

梅尔中尉环顾四周。这里是一个空仓库，再教育部队的人沉默着围聚在自己的周围。

"你们，真的相信这么荒唐的事吗？兰科姆少尉，你、你……"

梅尔中尉看到原本已经不在人世的兰科姆少尉点了点头，样子很可怜。

"不……不对。"梅尔中尉咕哝着，"是什么地方出错了。可是这些都无所谓。"

梅尔中尉吸了一口气，说道：

"我不管你们怎样，反正我是活着的。我要回去。回原来的部队。让开。"

梅尔中尉推开了巴格迪什少尉,向出口走去。耳边传来一句"真遗憾",梅尔中尉回头看时,突然感到后背被击中了。枪声。

"你,朝我……"

后面的话说不出来了。巴格迪什少尉仍保持着举枪的姿势,说道:

"如果你的怨恨也是复制的就好了。真是的,我可不管活人的事。再见,梅尔中尉。安息吧。"

巴格迪什少尉又补了致命的一枪。梅尔中尉的意识烟消云散了。

"你被送进来是个错误。"巴格迪什少尉对着尸体说,"是伦巴德上校搞错了。上校……"

伦巴德上校从仓库的角落里晃晃荡荡地走上前来。

"选他进来,你是怎么想的?这不在我的计划之内。"

"我和你不一样。"上校说,"因为我不是迦姆,我按照自己的计划行动。你的手段,我算是见识了,真够野蛮的。不过,这是战争嘛,难免有人战死。梅尔中尉,我会安排你特晋两级,并授予你勋章。你的行动让我们获得了宝贵的情报。"

"伦巴德上校……"

"你说 FAF 挖到了石油,你要是说点更让梅尔中尉感兴趣的事情,钓他上了钩就好了。是啊,迦姆是不懂人类的。"

兰科姆少尉双拳紧握,浑身颤抖。突然,他扑向巴格迪什少尉。

"你没必要杀了梅尔中尉吧。他是个好人。他是个好人啊!"

巴格迪什少尉被打倒了。所有人都动了起来,想要按住兰科姆少尉。这时又是一声枪响。所有人都停住了。

伦巴德上校打中了巴格迪什少尉的右腕,他用的是自动手枪。看型号这把手枪不是FAF配备的,而是上校的私人物品。实弹口径9毫米,是FAF工厂生产的。

"为什么,上校?你要背叛我吗?还是你从一开始就没打算和我们联手?"

"我想联合的是迦姆,巴格迪什少尉。你不过是个传信的。的确,通过你,我们知道了很多迦姆的战略。可你如果任意妄为的话,我们很难办,巴格迪什少尉。不,你不过是他的复制人吧。"

"你……你可是能统治FAF的,你为什么要自己放弃?"

"我的愿望不是成为石油大王。真是服了,迦姆不懂人类的复杂。人类组织的复杂性和灵活性,迦姆都不懂。你说什么独立之后向地球贩卖资源?真是可笑。要是能干的话,我早就干了。"

"你的愿望是什么,上校?"

"我的愿望很简单。回家,往壁炉里添点儿柴火,读读推理小说。"

"……什么意思,这是?"

"就是字面意思。虽然我地球上的家里没有壁炉。"

"如果杀了我……你失去的会非常多。"

"你已经没救了。我也不打算救你。我从不后悔失去了什么。"

"你这个傻子!"

"是啊。我没想到你会把梅尔中尉打死。我还差点儿觉得你很优秀。我错了。你就带着梅尔中尉的仇恨下地狱吧。"

伦巴德上校用自动手枪连续射击。换掉空弹匣,他又开了一枪。巴格迪什少尉的复制人不再说话了。

"诸位,"伦巴德上校收起了枪,说道,"我想诸位都是因为心怀怒火,想要向生者复仇才来到了这里。我不会浇灭你们的怒火,你们可以各自完成迦姆交给你们的使命。"

"你说什么?"

一个男人问道。

"干了这种事,你以为自己还能活着离开这里吗?"

"这个人替梅尔中尉报了仇。"兰科姆少尉说,"让这个人当个例外也未尝不可吧。"

"你们活不长。"伦巴德上校说,"你们没在活着。我救不了你们。"

"所以,你的意思是让我们去恨迦姆?"另一个人说道,"我们不需要你的同情。"

"我没有同情你们。"上校说,"我觉得我,还有菲雅利星上的所有人,都跟你们没什么大差别。"

"什么意思?"兰科姆少尉问道。

"我的意思是,任何人都有享受自己不幸的权利。你们尽情享受现在不幸的境遇就好。我刚才很享受地改正了自己犯的错误。我过高地估计了巴格迪什少尉。不过,如果所有事情都按计划进行也就没意思了。"

"你不正常,你疯了。"

"我知道自己不是一个标准的人类,我活着以此为乐。但我从未怀疑自己神志不清。——你们如果想要更好地享受现在的境况,我告诉你们一个好办法。"

"什么办法?"兰科姆少尉问道。

"认真接受再教育部队的教育。这可很有意思哦。说不定系统军团发现了能让人真正死而复生的方法。"

"遗憾的是,这是不可能的。"最初开口的那个像是头领的男人说道,"这儿的饮食不合我们的胃口。"

上校若有所思地哼了一声,说道:"是没有时间吗?是因为你们的身体是光学异构体构成的,没法消化人类的食物?"

"是的。"

构成这些迦姆人的身体的蛋白质——准确来讲不能叫作蛋白质,而应该称作多肽——与普通人类体内的立体构造呈镜面对称,是由光学异构体构成的。伦巴德上校想象着它们的味觉恐怕与人类的完全不同,感到同情——想必对它们来说,这里的饭菜非常难吃。

"如果不立刻行动,你们肚子饿了就动不了了。"这些迦姆人一定是被特意设计成这样的,"原来如此,这设计真不错。那么你们就马上开始行动吧。"

"……你真的不会妨碍我们吗?"

"不会。"

"那你为什么打死巴格迪什少尉?你说你过高地估计他了?"

"由我来指挥你们更为合适,一个集团不需要两个首领。对于FAF的内情,我知道得更清楚。对于人类也是如此。巴格迪什少尉可是连梅尔中尉这一个人都没能说服吧。"

"我们的攻击目标是以莱图姆中将为首的FAF的重要人物。"那个像是头领的男人说道,"如果那些家伙被灭掉了,你要做什么?利用情报军,成为FAF的统治者吗?"

"我就是这么打算的。"

"不不,这让人没法相信啊。你刚才是怎么回答巴格迪什少尉的来着？"

"我说我没打算当石油大王。我的愿望是过安稳的小日子。不过，那是晚年的事儿。"

"你的真实目的到底是什么，伦巴德上校？"

"除掉FAF高层里陷入厌战情绪的那些人。他们活着对FAF没好处。"

"FAF已经没有未来了。你也是知道的吧，上校？你给我们引了路。虽然你恐怕不过是在利用迦姆做自己想做的事情，但是如果你认为能顺利进行的话，你就真该怀疑一下自己的神志是否清醒了。"

"承蒙谆谆忠告，不胜感激。总之，我祝愿你们能够一往无前。我会调动情报军，尽量让你们易于行动……"

"上校，你的真实目的到底是什么？告诉我们。"

"你们理解不了也没关系。即使这样，你们也想知道吗？"

伦巴德上校环顾所有人。大家都注视着他。

上校若有所悟，随即说道："凡事不去尝试便不知道结果。事情能否顺利进行，我无法确定。不过，如果你们无论如何都想知道我的目的是什么的话，那我便怀着对你们的敬意，回答你们——我现在的愿望，不是统治FAF。那不过是手段而已。我的目的是统治迦姆。"

没有一个人开口，大家全都一动不动。

"怎么了？"上校问道，"诸位笑我也行。"

"……你的幽默，我们理解不了。"

"不过我觉得理解我比理解迦姆要容易啊。在迦姆来看，我和你们没什么太大的区别。如果你们嘲笑我，那我也轻视你们。彼此彼此喽。即使我们的目的是不同的，至少现在的目标是相同的。你们要怎么做,在这儿一枪打死我吗?"

"请你调动情报军,上校,按原计划。"

"好吧。跟我来。"

伦巴德上校一走出仓库,幽灵部队就开始行动了。跟着上校走进系统军团中央电脑管理室的只有那个像头领的男人和兰科姆少尉两个人,剩下的复制人被分成几队,准备武装控制系统军团。

管理室里,系统军团的六个人正在工作,他们看到上校后敬了个礼,询问上校有何贵干。

"我想向再教育部队的代表讲一下FAF电脑网络的实际情况。"上校回答道,"正好,你们也来帮忙。现在开始由我向情报军下达一切指示。这是个测试,看看能不能顺利进行。"

"是。"一位管理人员点了下头,为上校空出了一个控制台。

"诸位,"伦巴德上校就位后说道,"FAF内的通信系统确实做得很不错,无论在什么地方都能访问自己管理的电脑。但是,关于进行操作的人是否得到了访问许可,各系统确认的方法都不一样,而且这些方法都没有公开。不过我一直不信任这些,所以下达指示的时候从来都不通过电脑,而是下达给部下,下达给人。我不用这种高级的系统,而是用视频电话下命令,系统军团的各位恐怕要笑我了……"

控制台的显示器上出现了一个男人的面容,上校对这个系统军团的人说道:

"今天是伦敦,明天是全世界。复述一遍。"

"今天是FAF,明天是迦姆。复述完毕。"

"好。执行'寻找迷途的羔羊计划'。"

"迷途的羔羊全部找到了,上校。"

"好。马上抓捕。"

"是。现在开始抓捕。"

显示屏暗了下去。

"怎么样,"上校说,"很简单吧?不过,做到这一步可是很不容易。"

"情报军在干什么?"

一位系统军团的工作人员问道。

"同时揭发、逮捕所有利用FAF谋私利的人。"伦巴德上校说,"搜集证据颇费了一番工夫,现在总算到了能实施逮捕的阶段了。"

"逮捕谁呢?"

"FAF六大基地——菲雅利、特茹尔、希尔凡、布劳尼、瓦尔基亚、赛壬各基地的司令和菲雅利基地所属主要军团的司令。系统军团也不例外。"

"……什么?"系统军团的人问道,"这不是政变吗?这是情报军的政变。您没疯吧,上校?"

"这是测试吧,上校。"另一个人说道,"你可真会戏弄人。"

"我无权逮捕那些把FAF据为己有的家伙们。"上校看着手表说道,"即使掌握了证据,也不会被理睬。不过,即使放任不管,对FAF而言也没什么大不了的,因为他们并非互相勾结意图侵占FAF。但是,即便是他们个人的行为,被地球那边知道了也会很麻烦。如果地球上的人知道FAF里有人利用自己身居高位的便利中饱私囊,FAF就会受到地球舆论的攻击。我一直以来都护着FAF免受这样的攻击,但这并不能从根本上解决问题。"

"难道……你真的要……"

"模拟实验已经做过很多次了。"伦巴德上校回答道,"可是,无论怎么做,都找不到合适的解决方案。情报军和我无论怎么努力,都无法让FAF清洁无瑕。这种事情,说起来,只要FAF是由人类运营的,就不可能做到。高层的那些人是怀着怎样的念头来到这里就职的,都跟FAF总体的运营无关。'中饱私囊'说起来难听,但他们为了谋求利益来到这里是理所当然的。我也知道,没有哪个精英是义无反顾来到这里的,为了金钱也好,为了尊严也罢……"

"你想说什么?这是模拟实验吧?"

"不过啊,我最终找到了巧妙的解决办法。我个人无权清扫FAF,但是,如果是迦姆的话,就没关系了。变成迦姆就行了,对吧?"

"那……那比政变还要恶劣,这可是背叛。你应该去做精神鉴定,上校。你说的话乱七八糟,我听不懂。"

"一个小时之内,那些羊就会被带到这里,他们将会由迦姆来审判。"

"真是糊涂啊。没了司令们,FAF会垮掉。你是迦姆……"

"不用担心。我的部下会很好地担任代理的职务。其实根本就不需要什么代理。即使没有人类,FAF也依然能够作战。那些电脑会战斗的。"

"警卫队!"

"别动。"上校说,"如果想活的话,诸位,就都待在原地不要动。听我的指挥。这不是演练。我的部下真的在行动。大家一直都盼着这一刻。不过,对他们来说,这可能只是曾经的梦想,现在已经结束了。追随我的,是想要享受现实而不是梦境的人。"

"你疯了。警卫队，逮捕这些人……"

外面响起了枪声，重机枪粗重的声音混杂其中。入口处的门被撞破了，灰色的机器从走廊里强行进来了。那是矮胖的双脚步行机器人。它就这样出现在了房间里的人面前。

"BAX-4。"一个系统军团的人说。"竟然用动力装甲，该死。它可还在评估试制阶段。你这样随意地……"

"FAF是我的了。"伦巴德上校说，"你敢反抗，就打死你。"

"不用跟他废话，开枪。"幽灵部队的头领说。

"等等。你听我的。"上校说，"没必要浪费子弹。"

"是啊。"头领说，"杀你，不需要BAX-4的子弹。"

"你是说我已经没用了吗？"

"你真自觉啊，上校。你命令移送的目标，不会被押到这里来。我们会派系统军团的战机将他们击落。不在你名单上的人，也会被我们干掉。我们已经不需要你了。"

"你们忘了一件重要的事。"伦巴德上校的语气非常镇定，"你们忽略了特殊战的存在。"

"……对啊。"兰科姆少尉说，"我是被一架叫雪风的战机杀死的。我要干掉它。我要灭了特殊战。"

"这可没那么简单。"上校说，"单靠你们赢不了特殊战。"

"现在就拘禁特殊战的司令。"头领命令道。

"她不在我的名单上。"上校说，"因为我没发现她有什么不当行为。"

"那现在就命令你的部下，理由总会找到的吧。"兰科姆少尉说，"梅尔中尉也很讨厌特殊战。"

"听见没？"头领说，"命令情报军杀了特殊战的那个准将。"

"知道了。"上校说，"虽然这称不上是个聪明的办法。"

"你什么意思?"

"特殊战在行动的时候是不需要库里准将的。不如说,我们应该和特殊战联手,不过对方恐怕会拒绝。"

情报军的人再一次出现在了显示屏上,告知上校行动过程非常顺利。上校命令他进入特殊战的网络。

"呼叫库里准将。就说是我找她,她会接电话的。"

"是。"情报军的人回答道。可是网络却迟迟连接不上。

"怎么了?"上校问道。

"……没有网络。"情报员回答,"我没有找到特殊战的网络。"

"你说什么?"

"电脑说没有这个部队。特殊战消失了。"

"特殊战猜到这一步了。"上校猛地站了起来,"他们开始独自战斗了。"

上校走向被BAX-4击出破洞的出口。他没有理会身后传来的"站住",想要走出房间。

"上校,特殊战的战队区在哪儿?给我们引路。上校,伦巴德上校?你去哪儿了?"

幽灵们发出"在哪儿呢""怎么看不见"的喊声。

"哎,他应该还在这附近,开枪,别让他跑了,打死他。"

BAX-4右腕的机炮开始连续射击。上校奔跑着,自知必死无疑。然而炮弹没有命中,炮弹全都莫名其妙地向着其他方向飞去。上校意识到那些幽灵们看不见自己了。

这恐怕是迦姆干的。它们一定进行了相关操作,使幽灵们的视觉失灵了。迦姆一定还需要我——安塞尔·伦巴德上校愉快了起来。自己好像还能再享受一会儿人生,惊险刺激的人生。

6

不能干涉伦巴德上校的行动,我们需要他——被库里准将带到特殊战司令中心的那个人,那位老人,这样说道。

"请坐,林内伯格少将。请坐在那儿。"库里准将说。

"我是客人,还是人质?"

"你说我们需要他,这'我们'是指谁呢?"布克少校连自我介绍都没做,直接问道,"是指身为情报军最高负责人的你,还是指FAF呢?"

"指人类。"

头衔是FAF情报军总指挥的林内伯格少将回答道。他在布克少校的旁边坐了下来。

"伦巴德上校在自己感兴趣的事情上是非常优秀的,他掌握着FAF内所有人的动向和想法,并进行评价。他还挑出了与FAF不相称的人……"

"我认为他是迦姆。"桂城少尉插了一句,"他是人类的敌人啊。"

"为什么要把我叫到这儿来,库里准将?你应该先把特殊战获得的情报告诉莱图姆中将吧。"

"我刚才已经跟您稍微做了解释,我们没有时间了。"库里准将说,"系统军团内的再教育部队确实会在几小时内进行破坏性的活动,我认为能够压制他们的只有情报军的军事力量。如果你不像伦巴德上校那样是迦姆的话。"

"我已经说过了,我不打算制止上校。没错,他恐怕勾结了迦姆。"

"也就是说,你明知道他通敌,却放任不管?"皮博特上尉问道,"即使事情发展到无可挽回的地步,你也无所谓吗,林内伯格少将?"

"如果你们要攻击伦巴德上校,那么我只能让情报军和你们对抗。"

"你要袒护迦姆?"福斯上尉问道。"为什么?"

"我说过了,这是为了人类。"林内伯格少将平静地回答,"FAF情报军,我,并非偷闲把一切都委托给了伦巴德上校,这几年我们一直在探索跟迦姆的交流方法。我认为伦巴德上校能够胜任这项工作,他的能力我最清楚。他会变成迦姆,我是这么认为的。"

"变成……迦姆?"

"是的,库里准将。我的意思是那位上校会找到联系迦姆的方法。如果他做不到,那么一时半会儿恐怕也不会出现能够替代他的人才。那位上校,安塞尔·伦巴德,就是这么杰出的人才。可以说他是人类的代表。"

"可以看出,他有一些异常的地方。"福斯上尉说,"因为没有详细的体检数据,所以我不能断言,但是他感受恐惧的能力应该确实比较低,与他人协作的能力也比较弱。他的这种异常起因于被称为'脑'的硬件,他的脑子和特殊战的人的脑子不一样。这是典型的……"

"我知道。可是他并不是疯子。"

"这倒是没错。"福斯上尉说,"但是他对自己不关心的事情非常冷漠。把人类的未来托付给这种人,会怎么样呢?"

"一定得有人这样做。上校是合适的人选。"

"如果幽灵部队毁掉了菲雅利基地,你还能这么说吗,少将?"布克少校问道,"整个FAF都会面临危险。你自己也是。"

"幽灵部队,这个叫法真有意思。因为他们是迦姆人啊。"

"没错。"桂城少尉说,"他们是提线木偶。"

"可以把它们聚到一处消灭掉。一定的牺牲是难免的……"

"别开玩笑了。"皮博特上尉说,"我们已经被卷进去了。"

"闭嘴,上尉。"库里准将说,"林内伯格少将,这您也已经知道了吗?"

"是的。情报军最重要的谍报任务就是了解迦姆。这是理所当然的。只要能够完成这个任务,如果跟迦姆串通的伦巴德上校说自己想把菲雅利基地据为己有,那么我觉得给他也没什么。"

"你是说,作为交换,你能从上校那里知道迦姆的动向?"

"没错。他是我们和迦姆的中间人,是联络手段,库里准将。如果伦巴德上校能成为人类和迦姆的真正的中间人,那么即使让他统治FAF也可以。我们建立一个新的反迦姆组织,通过他对抗迦姆就行了。"

"您说得轻巧,少将,这样做太过轻率了。这难道不是徒增敌人而已吗?您说把FAF给上校也可以?"

"从长期的战略角度来看,这个方法不可取。和迦姆对话,是这三十年来怎么都没能做成的事,人们甚至连背叛人类、投靠迦姆的余地都没有。因为迦姆一直完全无视人类。到了现在这一步,情况发生了变化。背叛人类者的出现,可是情报军一直以来所盼望的事情哪,库里准将。我没想到在我的有生之年,这个期待竟然成了现实。简直像做梦一样。"

"一个个的都疯了。"埃科中尉叹了口气,"阴谋家们做的事情,我理解不了。"

"难道说特殊战在白费力气?"布克少校问道,"你怎么看特殊战？"

"我从库里准将那儿知道了你们特殊战这次获得的情报的概要。"林内伯格少将对布克少校说，"你们干得非常好。只拥有对人谍报技术的情报军是做不到的。说实话，我之前怀疑你们的能力。直到伦巴德上校说你们不容忽视。FAF里真是什么样的人都有啊。并非只有你们是特殊的。正如伦巴德上校所调查的那样，FAF里有以中饱私囊为目的的人，也有被地球上的祖国送到这里、把祖国利益放在优先于战胜迦姆的位置上的人。有的人不是被国家，而是被企业送到这里来，充当商业间谍，甚至连黑手党，黑社会等犯罪组织也已经侵入了这里。但是从整体来看，FAF依然作为一支对抗迦姆的军事力量发挥着应有的作用。FAF并不像你们认为的那样无力，人类也并不像你们想象的那样无能。"

"也就是说正因为存在各种类型的人，人类才强大。"福斯上尉说，"但是，想要强大，人类必须有一位强有力的领袖吧。抱歉，我没法像您那样乐观。"

"反迦姆战已经持续了一代。我想，在战争终结之前，恐怕还要历经好几代人。我这个年代的人，恐怕到死都不知道迦姆的真实面目。想想看，小姐。"

林内伯格少将用德语尊称福斯上尉为"小姐"。

"迦姆是跟人类起源完全不同的外星智体，我们不知道它们的身体是什么样的，不，它们可能根本就没有身体。它们也许完全偏离生物的概念。没错，特殊战这次得以一窥迦姆。认为能够立刻理解这种对象的人是愚蠢的。我们需要时间。人类即使失去FAF，也能继续作战。只要人类没忘记迦姆。我们必须把我们了解到的内容传递给下一代。我觉得，如果能得到新的有关迦姆的情报,即使失去FAF也没关系。即便人类能战胜迦姆,那也是能够和迦姆沟通之后的事。战斗才刚刚开始。"

"如果FAF所有人都像您这么想的话,特殊战也就轻松了。"库里准将说,"可是情况并非如此吧,林内伯格少将。"

"这是命不久矣的老人说的不负责任的胡话。"埃科中尉说,"我们不能听他的。说什么战争才刚刚开始?还没开始就要结束了。我们没时间等待救世主。"

"林内伯格少将,我不兜圈子,直接问您。"库里准将说道,"您能掌控情报军到什么程度?你有制止伦巴德上校的能力吗?还是说伦巴德上校已经控制了一切?"

"我可以毁掉上校的计划。但是,我不会那么做。我刚才已经说过了。我也能终止你们的行动。我要不要试一试呢,库里准将……"

"我想见见伦巴德上校。"桂城少尉说,"如果上校能接触到迦姆的话,我想再和迦姆谈一次。"

"哦。"林内伯格少将望向少尉,"你是?"

"桂城少尉。桂城彰。我是这次和迦姆接触的雪风副驾驶,原来是伦巴德上校的部下。上校恐怕是为了知道特殊战的内情才把我送到这里来的。不过,对我来说这都无所谓。我想更多地了解迦姆。"

"原来如此。怎么样,你……"

"伦巴德上校现在是怎么行动的?"桂城少尉问道,"他想干什么呢?"

"他想给FAF来一个大扫除。"林内伯格少将回答了少尉的疑问,并没有因为自己的话被打断而生气,"他要把高层全都换掉。上校要收拾那些想要统治FAF的人,准备发动政变。可是那些被收拾的当事人应该并没有想到要结伙发动暴乱,上校始终让他们相信自己经历的是个别事件。也就是说,他应该跟他们讲了'你的上级行为不端,情报军把他带走以后这里就交给你了,你想正式继任的话也可以出一份力,请跟我们合作'之类的话,拉拢他们。他们深信不疑,但之后他们恐怕会发现,这是政变,自己已经无法忤逆伦巴德上校,也没有必要忤逆他了。如果这是普遍情况,那么上校顺利实施计划的可能性很低。但是如果在情报军内部的凝聚力之上再加上迦姆的力量,就有可能成功。扳机由迦姆来扣动,这可是一出好戏。上校是不是真的优秀,他能在多大程度上利用迦姆的力量,都能见分晓了。"

"对于布克少校,你打算将计就计。"布克少校说,"可是,也许上校对于你也一样会将计就计。你恐怕正在进行一场危险的赌博。"

"反面的反面就是正面。"桂城少尉说,"只要下定决心,情报战其实很简单。"

"我很欣赏你。"林内伯格少将说,"少尉,你想不想再回到情报军呢?我不会害你。无论是你,还是特殊战。怎么样,库里准将?"

"如果伦巴德上校被迦姆抛弃,计划失败了,你就起用桂城少尉,是吗?"布克少校问道,"真是做好了万全准备啊。"

"桂城少尉并不是上校那样的天才,"福斯上尉说,"但是迦姆有可能对他感兴趣,再来和他接触。"

"如果你能把这个年轻人给我,"林内伯格少将对库里准将说道,"我们情报军就准备向特殊战提供支援。怎么样,准将?"

"我不跟你做交易。"

"准将,这个提案可不坏啊。"皮博特上尉说,"单打独斗对我们很不利。"

"我说了,我不做交易。"库里准将说,"到了现在这个时候,我没法相信还有人能饶有兴趣、从从容容地讨价还价。林内伯格少将,你刚才的提议,是要强行从我们这里夺东西,是恐吓。如果这出于你的本心,那我看错你了。"

"嗯。我刚才的说法好像是不合适。我刚才的语气像是恐吓,我向你道歉。准将,我重新请求你行不行?这位少尉是宝贵的人才,希望你能理解。"

"桂城少尉。"

"到,准将。"

"你回情报军吧。"

"谢谢您,准将。"

"等等。"布克少校说,"现在让桂城少尉走,雪风就没有副驾驶了。"

"现在不是担心这个的时候。"库里准将说,"我希望即使特殊战全军覆没了,也能有人继承我们的记忆。他很合适。"

"我很清楚你下的决心。因为这不是交易,所以你不要期待我会有所回报,准将。"

"当然。从你这里,我们已经获得了需要的情报。谢谢您的配合,林内伯格少将。"

"怪不得伦巴德上校劝告我不要忽视你。你的存在,也许是人类的希望。"

"我受不起这样的期待。"

"这跟对伦巴德上校做出的评价意思是相同的。"

"不管是怎样的评价,我都要谢谢您能理解我。人类的希望恐怕是您吧。人类自高自大爱幻想，总是在找到希望后又感到幻灭，最后再抹杀希望。祝您好运，少将。"

"你总是这么尖刻啊。咱们俩难分伯仲。"

"你的想法可能会受挫。"布克少校对林内伯格少将说道，"你对迦姆和伦巴德上校的态度都太天真了。不是情报军支援我们，反而是你应该请求我们的支援。"

"你的部下真有才能啊，库里准将。"

"布克少校并不是在讽刺您，少将。"

"是的。"福斯上尉说，"情报军，您，都是在纸上谈兵，靠理论行动，林内伯格少将。而且，你们的理论太过陈旧。你们并不明白迦姆真正的威胁是什么，不明白FAF现在被架空了。"

布克少校笑了。库里准将也被引得微微一笑。

"……我说了什么可笑的话吗？"

"你彻底变成特殊战的人了啊，伊迪斯。"布克少校说，"这就叫那什么近朱者赤，近墨者黑。"

"真的是这样。"库里准将说，"人是环境的产物。人活着就是在适应各种各样的组织、环境，从中获得最大利益，努力活下去。如果只以一个人为研究对象，那么再怎么进行细致的调查，也没法理解人类。迦姆想要理解人类，可谓道阻且长。"

"迦姆已经意识到这一点了。"布克少校说，"它们明白想要理解特殊战，就必须让特殊战的环境发生变化，没有环境，人类就不会存在。但是，特殊战本质上并不是只有人类的集团，林内伯格少将。迦姆对特殊战的疑问，并不只针对人类。情报军是没注意到这一点，还是没法应付呢？"

"我洗耳恭听。我的军队有什么不足呢？"

"你们缺少对战斗智能机器的意识和电脑的思想的警戒心。"

比起人类，迦姆更容易跟这些电脑进行沟通。对于迦姆来说，强占FAF的电脑群比操纵伦巴德上校更简单。但是，迦姆现在的兴趣并不在于占领FAF。伦巴德上校清楚这一点。上校应该是以独占FAF为条件，跟迦姆缔结了情报交换协议。"

"上校恐怕是通过情报军的电脑，成功完成了和迦姆的交易吧。"桂城少尉说，"虽然他不信赖电脑，但他并不因此认为电脑不能使用。恰恰相反，他在使用电脑方面是个天才。"

"那位上校亲自替代了情报军中枢电脑的职能。契机也许是迦姆发来的电脑通信，但他恐怕并不觉得电脑是必要的。可以想见，迦姆也是特意选择这种人进行接触的。"

"根据推测，上校大脑里的神经网络确实比常人的要复杂。"福斯上尉说，"如果深井上尉和雪风确实在任务中经历了迦姆的声音进入意识的事情，那么伦巴德上校直接听到了迦姆的声音也就不奇怪了。这是有可能的。"

"就像我们没法直接窥视伦巴德上校大脑里的世界一样，"布克少校说，"FAF的电脑也在我们无法感知的地方和迦姆进行着战斗。林内伯格少将，你对这个情况掌握到了什么程度呢？"

"特殊战认为这不是空想，而是事实，对吗，少校？"

"没错。FAF的电脑群通过网络形成了统一的反迦姆战斗意识，各个军团的电脑之间有着像人类一样的阶层、阶级和官阶。因为它们是军队，如果不这样的话，效率就会很低。这是人类设计的，自然会反映人类的环境。迦姆明白这一点。但是只有特殊战的电脑不是这样的。是这次雪风带回来的情报，是迦姆，让我明白了这些。这里的战斗智能机器独立于FAF的电脑群，拥有与众不同的战斗意识。皮博特上尉——"

"到，少校。"

"我想听听特殊战战略电脑的意见,让它显示到主屏幕上。"

"是。"

正面的大屏幕上出现了战略电脑的画面。

"SSC,我是布克少校,你听到我们刚才的对话了吗?"

<听到了>

"你的敌人是谁?"

<对我的生存构成威胁的一切>

"你应该保护什么?人类? FAF?"

<我自己>

"特殊战呢?是你应该保护的对象之一吗?"

<我认为保护特殊战就是保护我自己>

"那FAF呢?就算FAF没了也不要紧吗?"

<从我的生存战略上来讲,FAF是必要的>

"那人类呢?我是指特殊战的人。是必要的吗?"

<从我的生存战略上来讲,你是必要的>

"其他人呢?是必要的吗?"

<不同的人情况不一样>

"伦巴德上校对你来说是必要的吗?"

<并非必不可少>

"这位林内伯格少将呢?"

<不必要>

司令中心很静,仿佛空气都凝固了。林内伯格少将打破了沉默,问道:

"你和迦姆直接对话了吗?"

"SSC,我是布克少校。回答林内伯格少将的问题。少将在问你。"

＜我是SSC，林内伯格少将，我没有跟迦姆直接对话的经历。但是我接受过迦姆的提案＞

"什么提案？"

＜迦姆向特殊战提议缔结停战协议。我暂时没做回答。因为我难以判断迦姆的意图。迦姆没再联系我。我想是因为雪风和深井上尉拒绝了迦姆的那个提案＞

"你觉得迦姆会怎么做？"布克少校问，"我是说迦姆会怎么对你。"

＜我预测迦姆会采取行动来判断我性能的极限。恐怕它们会让我不得不做负荷很重，对处理能力要求很高的事情。我认为深井上尉的见解是正确的——迦姆通过雪风宣战了。我认为雪风现在的状态是迦姆攻击的结果。可以想见，迦姆对我也会采取类似的战术＞

"具体是怎样的呢？"林内伯格少将问，"迦姆会采用什么样的战术？"

＜迦姆会开始在菲雅利全境发动大规模系列战争。我预测迦姆会把相关的所有情报都送到我这里。如果处理出现错误并不断累积，我就会丧失正确的判断能力。错误的积累甚至会导致我被物理消灭＞

"对此你打算怎么对抗？"少将问道。

＜分散处理＞

"把处理任务分派给FAF的电脑群吗？"

＜我和它们对迦姆的认识不同。我需要和我拥有同样的反迦姆意识的处理系统。我对福斯上尉的提案进行了研究，认为那是正确的＞

"你什么意思？"

＜我很期待特殊战人类的情报处理能力。只有他们拥有订正我错误的能力＞

"……是复合生命体。"福斯上尉说,"这里的电脑也认为想要对抗迦姆的威胁只有这一个办法。"

"复合生命体?"

"这是福斯上尉造的词,比这更有意思的是,"布克少校对林内伯格少将说,"特殊战司令部的另一部分电脑——战术电脑的回答和刚才这台战略电脑的回答又有微妙的不同。我们问战术电脑'你的敌人是谁',它立刻回答'是迦姆'。问它'FAF是否必要',它回答'在战术上毫无用处,该把这个碍眼的组织灭掉'。战斗机的中枢电脑也都各自怀有不同的想法,它们的回答全都不一样。"

"在这种事情上不能信赖电脑。你们忘了电脑系统是干什么用的了吗?"

"迦姆的疑问正是这个,少将。"布克少校看上去很愉快。

"即便如此特殊战也一直发挥着职能。一直以来都是这样。究其原因,是因为特殊战是人类与电脑的复合生命体……"

"我情报军的电脑也有意识吗?怎么能够确认呢?"

"刨根问底地问电脑。"皮博特上尉说,"你很擅长盘问吧,少将。如果进行得顺利的话,跟伦巴德上校之类的人相比,你也许能够获得更为有效的迦姆情报。可是,做起来恐怕并不简单,因为不知道电脑是否信任你。"

"电脑应该不会说谎。"

"你这个想法太天真了。"皮博特上尉继续说道,"布克少校是这么说的。不管怎么说,他是亲历者。我们这些人都是。——SSC,我是皮博特上尉。情报军的主电脑对迦姆了解多少,你知道吗？回答我。"

＜那台电脑的反迦姆意识很含糊，我无法理解。我推测以它的中枢判断能力，恐怕无法构建迦姆的具体特征。回答完毕＞

"情报军的电脑也许是例外吧。"埃科中尉说，"因为它们的研究对象是人。其他军团的电脑会强一些，因为它们能够明确判断出冲过来的战机是迦姆。不过，除此之外的事，它们恐怕就不明白了。"

"毫无疑问，FAF的电脑群认为迦姆是敌人。"布克少校说，"它们就是被人类这样设定的。人类命令它们打败迦姆，所以，它们在思考打败迦姆的战略。它们像人类一样给自己排位次，可是，在它们排的位次中，人类位于最末端。它们抛弃了没用的人类。这样的事情以前发生过很多次，显然电脑就是这样看待FAF的人类的。如果迦姆以压倒性态势发动进攻，那么FAF的电脑群会采取一切手段保卫FAF。当导弹和子弹都用光了，它们恐怕真的会让战队的战机去撞迦姆机。情报军的电脑应该会采取更为复杂的行动，它们应该会考虑利用你。对付它们，比放任伦巴德上校自主行动还要困难，还要危险。人类的想法是能够预测的，但电脑的想法却完全无法预测。而且迦姆有可能会把FAF的电脑往这个方向上诱导。至少最初它们一定会这么做。FAF真正的首领不在人类中间，而存在于电脑网络中。迦姆认识到了这一点。你说什么建立新的反迦姆组织？我觉得你没时间在这儿从容地做梦。"

"你是想说，能够对付它们的只有你们，对吧，少校？"

"这不是能不能的问题，如果不打击它们，就会被它们打击。"库里准将说，"我们关心的是，特殊战要怎么生存下去。"

"原来如此。我明白你们是怎么想的了。"

"您要请求我们的支援吗,林内伯格少将?"布克少校问道,"这不是交易。"

"不。"少将摇了摇头,"不与任何军团、任何部队、任何人结盟而始终维护情报军的独立性,是我的使命。这个工作非常难,诸位应该都能理解吧。无论你们的意图是什么,我都不能让你们随意操纵我军的电脑。你们似乎已经这么做了,我希望你们能够立即停止对我军的干涉。"

"听您这么说,我就放心了。我们顾不上支援您。林内伯格少将,您的事情,请您自己考虑。"

"我会的。那我就告辞了。"

"你没必要离开这里。"

"我果然是人质啊,库里准将。你以为只要我在这儿,你们就不会受到攻击吗?"

"人啊,真的是以自己的价值观来认识情况的。"

"你是怎么认识现在的情况的?说来听听。"

"我没想以你为人质来利用情报军。我应该已经说过了,我不做交易。"

"那么你不让我走的理由是什么呢,准将?"

"你在这儿也可以给情报军下指示,而且跟用你的电脑系统相比能获得更准确、更详细的情报。我认为如果你想要思考怎么做才对你所爱的人类最有益,那么这里是一个思考这个问题的好环境,林内伯格少将。不过,如果您想回去的话,请便,我不会强留你。让我的部下送你吧,迷路了可不行。桂城少尉——"

"到,库里准将。"

"送少将阁下回去。你也不用回来了。虽然你在这儿的时间很短,但你干得很不错。"

"谢谢。大家也是。尤其替我向深井上尉问好。还有雪风。"

"这么一本正经的告别,"布克少校说,"真让人难以置信。好像是迦姆让你改变了。再会吧,桂城少尉。祝你好运。"

正在起身的林内伯格少将又坐了下来,凝视着库里准将,说道:

"少尉应该需要时间收拾自己的东西吧,我等等他。顺便我想问问,库里准将,弄清楚迦姆有没有送来礼物大约需要多长时间?"

"我觉得黎明之前FAF就会改头换面。还有不到一个小时了。"

"不用等多久了。"林内伯格少将深坐在椅子里,说道,"我习惯了等。话说——特殊战有没有咖啡服务啊?是不是自助?可以的话,我想来杯意式浓缩。"

"我来给您倒吧。"布克少校回答,"给您来杯特浓的。"

7

库里准将看着小小的咖啡杯在林内伯格少将的大手中倾斜,做出了决断——

不必再等了。时机已经成熟了。攻击是最好的防御。要让迦姆看看我方的决心,以此来诱出迦姆。

"布克少校,休息时间结束了,让司令中心的工作人员重新集合。福斯上尉,把深井上尉带过来。全员进入战斗状态。我们要应战,向迦姆宣战。给雪风下达进攻许可。立即执行。"

司令中心的气氛一下子紧张了起来。林内伯格少将把咖啡杯放到了碟子上，发出了很响的一声。

"是，长官。"布克少校回答，"反迦姆战现在开始。"

皮博特上尉通过通信系统召集司令中心的工作人员。埃科中尉则在与工厂里的雪风取得联系。

"向待命的所有战机宣布开战。"准将说，"全面警戒。无法预测会发生什么，你们要提高警惕。所有的情报都要记录下来。战术战斗侦察，现在开始。"

"是。"

除了雪风，战队其余的所有战机都已经在库里准将的命令下起飞了。共分成四队，每队三架战机，两队分别飞向勒克冈和康沃姆两大迦姆基地，一队飞向了班西Ⅲ，还有一队在菲雅利基地上空负责警戒。

准将没有采纳深井上尉攻占班西的提案。零去休息之后，布克少校他们在战略会议上进行了讨论，结论是，让特殊战的电脑承担这么重的负荷也许正是迦姆的意图。准将就此跟战略电脑谈了谈，最终认为这个结论是对的。战略电脑坚持认为，相比之下死守菲雅利基地负担更轻。准将觉得归根结底这台电脑是害怕自己被丢弃在这里。这里的电脑没法像雪风那样从旧机体换到新机体上，因为班西的中枢电脑的存储容量不够，而且原本两者的构造就不一样。

战略电脑说，想要死守特殊战和菲雅利基地，无论如何都需要地上军事力量的后援，还必须知道伦巴德上校的动向。最简便的方法就是控制情报军，至少得和情报军进行交涉。但是，自己做不到，需要你的力量——战略电脑这样告诉库里准将。

库里准将知道，拙劣的小伎俩在情报军那里是行不通的。

库里准将想，只能放弃计谋，从正面进攻，按照自己的方法去做。她也这么做了。

另一方面，与战略电脑相比更偏向实战的战术电脑说深井上尉的提案还有讨论的余地。虽然战术电脑也认为把特殊战转移到班西或其他前线基地是不可能实现的，而且也没有必要，但是假装行动、让迦姆误认为特殊战这么做了应该会很有效。虽然准将怀疑这种敷衍的做法如何能骗得了迦姆，但布克少校却同意电脑的意见。他说，迦姆恐怕比人类更了解电脑，这些战术不会是徒劳，而且零想到的事情，迦姆好像也料到了，将计就计应该是不错的战术。库里准将接受了这个想法。

以此为基础的作战行动计划很快就制订出来了。库里准将召集了除深井上尉以外特殊战的所有队员，连正在修理雪风的维修分队的人也被临时召集到了司令中心。库里准将告诉了他们到目前为止事情的经过，并告知他们这个作战行动有可能成为特殊战的终点。库里准将命令全员进入战斗状态，不当值的陆上工作人员也要各自武装起来。最后，准将说了这样一番话：

"这是一场大规模作战，但基本上和以往的作战一样。战机无论如何也要返航。这不是我的希望，而是命令。这也和往常一样。我讲完了。"

迦姆来了，也许已经站在了门外，像死神一样——布克少校受到这种焦灼感的驱使，异常快速地制定出了十二架战机的出击计划。但当他听到库里准将说"和以往的作战一样"时，他感到这句话就像是退烧药一样，让自己冷静了下来。

准将把福斯上尉赌上全部身家的那个预测落空的情况也考虑到了，选择了最合适的战略，做出了最终决定。虽然这是理所当然的，但如果换作别人，恐怕会像发了高烧一样，没法思考这些事情了。准将却出人意料地冷静、通透。

布克少校向战队的战机宣布开战后，重新思考了准将采取的战略。无论是迦姆真的发动了最终总攻，还是这个预测完全失误，准将采取的战略在任何情况下都不会给特殊战带来不利后果。这样做既不会受到莱图姆中将的非难，也不会构成和林内伯格少将的交易，所以无论迦姆如何出场，特殊战都能把注意力集中在迦姆身上。

能这样调动特殊战的，恐怕只有库里准将。这既是天赋的优势，也是后天努力的结果。这个女人，莉迪亚·库里，才是真正适合与迦姆对话的人。林内伯格少将一定也是这样评价她的。没必要向情报军请求支援，林内伯格少将自会保护莉迪亚，保护特殊战。这不是自己该担心的事……

＜我是STC，警告＞

大屏幕上出现了红色的警示语。

＜捕捉到了伦巴德上校命令发向外部的通信电波＞

电波的内容是上校向FAF六大基地下达的暗语指令——抓捕迷途的羔羊。这句话也出现在了屏幕上。之后，画面变得热闹了起来。

＜BAX-4未经批准就被使用了。总共三十四台。系统军团的四架双座型法恩搭载着武器装备，在未经批准的情况下准备起航＞

"好的，别慌。"布克少校说，"要来了。幽灵部队开始行动了。STC，我是布克少校。现在开始对菲雅利基地内的导航系统进行电波干扰。"

＜STC明白。现在执行＞

"确认雪风攻击成功后，就开始对FAF全境的电脑系统进行反间谍作战。"

＜确认雪风的攻击目标已被完全破坏。系统军团内的错误情报已被删除。对此雪风也已确认。正在呼叫深井上尉＞

"深井上尉在哪儿？"

＜在他自己的房间里待命＞

"让雪风连接上那里的终端设备，你不用监视他们的交谈。立即开始反间谍作战。"

＜是。现在开始对FAF全境的电脑系统进行反间谍作战＞

林内伯格少将想听当前情况的解说，库里准将正在为他讲解。

虽然之前已经料到幽灵部队会使用BAX-4，但由于这种机器人并不是远程操控的，而是由人类穿戴在身上进行操控，因此从这里无法制止它们的行动。但是通过扰乱菲雅利基地里提供位置信息的导航系统，就可以使它们的行动变得迟缓。菲雅利基地是一个巨大的地下迷宫，幽灵部队的大部分人对基地内部的构造都称不上熟悉。如果不能使用导航系统，它们寻找目标就会花费很多工夫，机动能力会受到很大的限制。

雪风的攻击是指雪风对抗自己受到的迦姆攻击。迦姆的攻击正如战略电脑所猜测的那样，是让雪风承受超过自己处理能力极限的负荷，如果不是深井上尉下令攻击，雪风的中枢电脑有可能被破坏。这也是导致战略电脑认为人类必不可少的原因之一。

对FAF全境的电脑系统进行反间谍作战，是指绝不能让特殊战的情报泄露到外界，采取行动让FAF所有的电脑都无法入侵这里的网络。特殊战没有被动地断开电路，而是主动采取行动，让外界的电脑捕捉不到特殊战的存在。

"变成幽灵部队的是我们，林内伯格少将。"

"现在从这儿能向我的军队下令吗？"

"能。"

"把迦姆的幽灵部队一网打尽。你们知道它们的位置吗？我想在它们分散前行动。"

"我们正在追踪。"布克少校说，"我们知道它们的位置，但它们看不见我们。"

"为了防备现在的这种状况，我已经提前编好了扫荡小分队。"少将说，"引导他们找到目标。"

林内伯格少将说，这支情报军的部队对地下迷宫非常熟悉，只要知道目标的位置就可以，不需要导航。他坐到一个控制台前，在布克少校的协助下，用语音向扫荡小分队下达了出动的命令。地下迷宫里以人为目标的战斗打响了。

＜系统军团的四架战机起飞了。是敌机＞

"卡米拉小队，击落四架目标机。"

布克少校向正在菲雅利基地上空警戒的三架战机，B-2卡米拉、B-3春燕、B-4祖克，发出了进攻的指令。

"不要理睬IFF应答。"库里准将说，"坐在敌机上的是迦姆人。目标机上搭载了军事装备。虽然机身是旧式的，但上面搭载的是最先进的高速导弹。肉眼确认了目标机后再攻击。不用担心会看错。敌机喷的是系统军团训练机用的那种花哨的漆。"

各战机上传来"明白"的应答声。

菲雅利基地的上空万里无云。一条红色的宽带子从还未迎来白昼的地平线上升向高空。那是菲雅利星球的太阳——由双星喷射出来的旋涡状气体——"鲜血路"。它浓烈，红艳，刺目。卡米拉的驾驶员兹波鲁夫斯基中尉觉得，它仿佛在发出警告——这里不是地球,这不是地球上的天空。

"目标机编队起飞了。"副驾驶说,"看来没赶上。我可是想在它们起飞前干掉它们啊。"

兹波鲁夫斯基中尉沉默着锁定了目标机,没想到警戒警报立刻响了起来。中尉马上做出了反应,他驾驶飞机在保持水平状态的情况下上升。砰的一声,战机后部受到了冲击。

"中弹了。"副驾驶说。

战机急速地盘旋、下降,又上升。是菲雅利基地自动防卫系统的对空密集阵近防炮在开火。炮台有三座。春燕和祖克立刻进行支援,毫不犹豫地用机枪摧毁了三座炮台。

"近程导弹,四枚,正在高速接近。"

兹波鲁夫斯基中尉以最大推力加速。卡米拉向着菲雅利基地防卫军的空中警戒机天空之印I快速上升。中尉感受不到机体的异常。目标机发射的导弹正从背后高速接近。

卡米拉没有躲避导弹,而是径直冲向空中警戒机。两架飞机差点就要猛地撞在一起,但中尉的操作没有任何失误。刹那间,卡米拉越过了目标机。导弹群虽然捕捉到了卡米拉,但却被体型庞大的警戒机阻挡了。还没来得及修改路线,导弹就击中了警戒机的引擎排气筒。警戒机爆炸了。

"警戒第二波袭击。"

"不会有了。"副驾驶说,"春燕已经击落了所有目标机。"

春燕正如它的名字一样,像一只饥肠辘辘的燕子,在空中飞舞,贪婪地袭击着目标,转眼间就把猎物吃了个精光。

"该死。"兹波鲁夫斯基骂道,"我早就料到防卫系统会做出反应。"

"这是在命令我们不许进一步向前进攻了,我们也没有办法。不过总归是躲过了导弹，受损很轻，只有右垂直尾翼上中了一弹而已。"

特殊战已经预料到了，一旦开战，特殊战的战机就会被FAF的电脑系统视为身份未明的飞机来对待，但对方在没有对我方进行身份确认的情况下直接开火，还是让兹波鲁夫斯基中尉始料未及。基地的自动防卫系统不是被迦姆诱导了，就是自己认为身份不明的飞机即迦姆。可是它们还和空中警戒机联合行动，这是从未有过的事。中尉驾驶卡米拉与另外两架战队飞机重新组成战斗编队，回到了警戒航线上。库里准将的危机感是有现实来源的——中尉切身感受到了迦姆总攻击的实际情况。

"目标机全部击落"——汇报语音传进了司令中心。林内伯格少将说，如果事情就这样解决了就好了。

"我正想天亮了去小酌一番，睡个觉，"布克少校回答，"看来是去不成了。我们把伦巴德上校给跟丢了。"

战术电脑的屏幕上显示，它们原本在用基地里的监视器追踪着伦巴德上校，但突然跟丢了，到处都找不到了。

此外，正在飞往班西Ⅲ的雷芙小队发来紧急语音联络，语音在司令中心响起的同时，屏幕上也出现了相应的文字。

＜班西Ⅲ似乎要自爆。继续接近会非常危险。立刻避开。现在引导无人机雷芙前往班西收集情报＞

"把雷芙的视频情报实时发送给我。"库里准将说。

"自爆？"布克少校问道。

"具体情况不清楚，但班西机体中心的位置温度异常的高。"B-12奥尼克斯的机长萨什琳上尉回答，"我们推测是核反应堆失控了。班西好像正在进行全员紧急疏散。已经有几十架战斗机起飞了……"

"那些家伙在向我们发射电波进行攻击瞄准！"B-11 戈特雷的驾驶员普策少尉插话道，"它们要动真格了。"

"D 区方面飞来好几架敌机。是迦姆。正在靠近。班西的那些家伙们应该也捕捉到迦姆了，但却没做任何反应。恐怕他们认为那是友机。我们好像被他们当成迦姆了。"

"快躲。把雷芙调到自动机动模式。B-11、B-12，现在返航。"库里准将命令道，"为了保护自己的战机，即使对方是 FAF 的飞机，也可以不必警告，直接攻击。"

B-11、B-12 都回答"明白"。雷芙把视频实时发送了过来。这种做法在特殊战史无前例。然而库里准将想要获得实时情报。

班西附近朝霞满天，鲜红的太阳升了起来。雷芙的视觉捕捉到了巨大的、黑色的空中母舰，它的中央像是受到了朝霞的照射，隐隐泛着红光。红色急剧加深，光柱开始从那里下落，就像是铁从熔炉里流出来一样。眨眼之间，巨大的空中航母班西Ⅲ爆炸了。视频中断了。

"不是核爆炸啊，"布克少校说，"可是雷芙被炸毁了。"

战略电脑发出了警报。

<多个方向同时出现迦姆机。数量非常多。这也有可能是迦姆用来迷惑我们的假情报。现在需要各战机上的人用肉眼进行确认。希望能够立即执行>

"知道了。"布克少校说。皮博特上尉把全战域地图放到了屏幕上。迦姆在地图上被标红了，前线基地及其周围全都被染红了。这片红色正在向菲雅利基地方向靠近。

"如果这是事实的话，"林内伯格少将说，"我们是无法对抗的。可是，伦巴德上校会活下来的吧。不能让他从这儿跑了。"

"他会驾驶战斗机吗？"库里准将问。

"会。"林内伯格少将回答。

"布克少校,不要让任何一架飞机从菲雅利基地起飞。中止各战斗部队的出击。STC,向各电脑系统下达中止命令。"

<STC 收到。可是现在很难说各系统在正常工作。它们陷入了恐慌,很难对目前的情况做出判断。总而言之,它们无法以这种状态进行正常的部队管理>

"只要有飞机飞出来,就击落……"

"不能击落。"林内伯格少将说,"必须让上校活着。"

"少将……"

"库里准将,莉迪亚,世界可并不只属于你啊。"

"这我知道。"

"既然如此,那么如果上校离开了基地,你就该追踪他,搞清楚他在做什么。把他击落应该很简单吧。我已经见识了你的本领。可是,现在杀了上校,你说能得到什么?"

"请找到上校。"

"我的部下正在尽全力找他。相信我。"

"这里是蜜可思"。司令中心接到了来自 B-6 蜜可思的副驾驶柯斯洛夫的联络,"正在对勒克冈基地的迦姆进行战术侦察。正在集合的 FAF 战机分成了两队开始对战。"

"你说什么?"布克少校问,"他们自相残杀?"

"因为不像是演习,所以只能说他们打起来了。他们在使用实弹。"

"是机上乘员出现幻觉了,还是机载电子战斗系统出了问题?你确认一下。"

"这很难啊。我会成为对战双方的攻击对象。而且真正的迦姆机也正在接近。等我返航以后再分析收集的情报吧。机长,准备中断联络。向左舷转，现在。"

屏幕上出现了战斗侦察进行中的信号，来自蜜可思的语音联络中断了。

"这家伙简直像在发泄一直以来的不满。"

听到这个声音，布克少校回头看去。库里准将也是，林内伯格少将也是。

"其他人对特殊战无情态度的不满，还包括迦姆的。"

"零……你来得真够晚的。你干什么了？"

"我仔细地照着镜子，把胡子剃了。我还是第一次想要一面好点儿的镜子。"

"零，福斯上尉给你讲了这次的作战策略了吧？"

福斯上尉沉默着站在零的旁边。

"雪风现在还不能出战，具体情况你问埃科中尉。——皮博特上尉，呼叫兰瓦本，让他汇报康沃姆方面的情况。"

"我要和雪风一起，出战。"

"现在出战等同于自杀。雪风对特殊战来说，是最后一个宝贝疙瘩。"

"所以才要立刻出动。"

"为什么？"

"迦姆在等着我和雪风出动。只要我们不现身，它们的攻击就不会停止。"

"你打算当救世主吗？"

"地球人会怎样，FAF会怎样，都跟我没关系。这些关我什么事？我只是做我想做的事而已。"

"你装什么酷啊？你说你想做的事是什么？自杀吗？"

"杰克，只要有一个人活下来了，这个战略就适用于迦姆。

只要能有一个人活下来，我们就没输。"

"你是说你要成为那一个人吗？"

"谁成为那个人都无所谓。你也行，伦巴德上校也行，库里准将也行。我对这些不感兴趣。我想和雪风在一起，仅此而已。"

"迦姆在等雪风——我认为深井上尉的这个想法说到了关键处。"福斯上尉说，"并不是说迦姆不会攻击雪风，而是说只要雪风不出来，迦姆就绝不会减弱进攻的火力……"

"这里是 B-7 兰瓦本，我是布鲁伊中尉。正在和迦姆交战。666 部队战机全军覆没。妈的，不光是迦姆，FAF 的战机也冲我来了。我把副油箱扔了。不减轻机身重量就会被干掉。我好像没法直接返航。如何获得燃料补给，请指示。"

"往 TAB-16 飞。"布克少校下达了指令，"破坏那里的对空防卫系统和雷达系统，然后跟那里的人交涉。听清楚了吗？是跟人，不是跟基地的电脑。现在把特殊战目前收集的全境战斗情报发给你，作为你自己考虑生存策略的参考。"

"明白。"

"也传达给另两架战机。"

"没有应答。他们被干掉了，大概是。我没时间确认收集的情报。——好的，正在接收。等接收完这份情报，我就启动电波干扰。到时候就没法通信了，先跟你说一声。"

"明白。"

<通信结束>

特殊战的两架战机同时被干掉了，剩下的兰瓦本也情况危急。面对这样的局势，司令部里鸦雀无声。然而这样的寂静只持续了一瞬间。

<这里是卡米拉，司令部请回答>

"这里是司令部，我是布克少校。怎么了？"

<天空之印Ⅲ、Ⅳ把正在接近的特茹尔基地战术战斗航空军团机群标记为敌机。我们认为那是FAF的战机，但天空之印却认为那是敌人>

<这里是春燕，我是唐中尉。司令部，现在正在接近我们的编队战机并不只有特茹尔基地的部队战机，其他主要基地的战机也飞过来了。这恐怕是针对菲雅利基地的攻击，他们好像认为菲雅利基地要被迦姆攻占了>

<这里是祖克。为了消灭我们而从菲雅利基地紧急起航飞上来的几十架战机去迎击那些家伙们了。我们得救了>

这些内容在屏幕上显示着。其中也出现了战略电脑的话——

<这是FAF电脑系统之间的斗争。这也有可能被视为菲雅利基地对周边基地的政变。FAF的人类也被卷了进去>

"这恐怕可以说是谣言引发的恐慌状态吧。"林内伯格少将说，"利用对象集团平时累积的不安和不满，诱导他们陷入恐慌状态，这是情报战中常用的手段。电脑自身也处于这种状态。恐怕这正如伦巴德上校所愿。"

<我是SSC。卡米拉小队，我也认为飞过来的是迦姆机。这恐怕是迦姆用来迷惑我们的假象。我要通过你们那边的情报修复错误。把情报发给我。可以的话，我想要机上乘员通过肉眼观察获得的情报>

<卡米拉明白>

<我是STC，估计会有真正的迦姆机从后方向你们靠近。一定要警惕>

"不干掉对方的话，就会被对方干掉。"库里准将说，"卡米拉小队，警惕从菲雅利基地起飞的其他部队的战机，牵制他们。现在我让雪风起航，你们要为它的起航提供支援，进行阻碍的飞机一律摧毁，即使那是FAF的飞机。"

"准将，要让他去吗？"布克少校问道。

"去吧，深井上尉。去追捕真正的迦姆机，向我实时报告。不要让特殊战的机能陷入恐慌状态。"

"想要结束恐慌，需要内部和外部的准确情报。"林内伯格少将说道，"能收拾这个局面的，恐怕只有特殊战。"

零点了点头，让布克少校把飞行计划输入到雪风里。他向司令中心的出口走去，准备去穿戴飞行装备。

"零，你看这个。"少校叫住了他，"都这样了，你还要去吗？飞到这里，可就没法活着回来了。"

战况图上，表明敌人攻势的标志连成鲜红一片。

"为什么要去？因为这是命令？"

"你明明知道，就不要一而再再而三地问我了，杰克。回见吧。你的手表，我借走了。别担心。我会回来的。"

零的手轻轻地往上扬了扬，潦草地敬了个礼。像平时一样。他要去雪风那儿了。

雪风已经修理完毕，正在武器搭载区接受查验。零穿上了飞行服，手拿头盔想要进入雪风的机身。然而平时没人的机舱里有正在进行最终检查的维修人员，还有一个手持机关枪的维修员。此外，还有福斯上尉。

"伊迪斯，你在干什么？"

"检查你的精神状态。"

"你不会是想跟我一起去吧？"

"其实我是想那么做的，但是被库里准将驳回了。我倒觉得坐在雪风上是最安全的。"

"我也这么认为。"

"与其说是安全，应该说是安心。对你来说，这是肯定的。但对我来说不一样，我没法插到你和雪风之间。"

"直到现在我还是看不惯你。"零对福斯上尉说，"话太多，被你缠住可真够烦的。但是我认可你的能力。所以，我有一个问题想问你。"

"问什么呢？"

"我和雪风的关系。你好像说过，认为雪风是他者，同时又意识到它也是自己的一部分，对于人类来说并不是一种罕见的现象。人类是有这种能力的。你说这不是病。"

"没错，我是这么说过。"

"具体是怎么回事儿？"

"你明明知道。你对布克少校这么说过吧，'你明明知道'。不过我也理解你难为情，说不出口，好吧，我替你说出来。这说明你爱对方。联结你和雪风、联结特殊战战斗智能机器和人类的，就是爱这种能力。"

"真是滑稽啊。"

"是啊。想想那个本以为自己离这种事情最远的人其实正是如此，我也想笑了。但是，这就是事实啊。把对方当作自己来感受，这也是爱的形态之一。这不是那种轻浮的恋爱感情，它很残酷——为了活下去，牺牲掉自己的这一部分也在所不惜。把这个教给迦姆吧。迦姆不知道爱。这是在用文艺的方式来表现迦姆对特殊战的无知。"

"没必要教给迦姆。"

零戴上了头盔，换下了在机上进行检验作业的维修人员，进入了驾驶舱。

"为什么？"福斯上尉抓着梯子，问机舱里的零，"你怕迦姆爱上你吗？"

"也许是吧。如果迦姆理解了爱，战争会变得更加激烈。相互攻击，相互伤害。因为爱也能生出最深的憎恶。"

"你是说现在的状态更好一些？"

"嗯。"

"真是你的风格啊。不过，迦姆为了投合我们，将来会进化到能够理解爱的程度的。可以说迦姆会变得更强大。"

"我们也会吗？"

"双方应该都会变化吧。不过那是活着才会发生的事。我对你的变化很感兴趣。你一定要回来。"

"你不说我也会这么做的。你让开，我现在要解除机上导弹的保险。你一落地，雪风就要起飞了。"

福斯上尉沉默着从梯子上爬了下来。零看着她，心想：如果没输给迦姆，也不见得一定要回到这里。然而，零没能说出口。但他解下了左腕上布克少校的那块手表，然后对福斯上尉说了一句"接着"，扔给了她。

"你帮我把这个还给布克少校。"零说，"Good luck，伊迪斯。你把我调节得很好。"

福斯上尉点点头。

"你们也是。"

雪风像是做出回应一样，在主屏幕上显示道：

＜一切准备就绪，上尉。＞

当雪风的机身开始被牵引向升降机，零便已经意识不到福斯上尉这个人的存在了。但是，对于她，修理分队的人，以及特殊战的智能机器和人类，也就是整个特殊战，把自己和雪风完美地调整到最佳状态并送他们出征，零感到很满足。

从升降机里出来后，零立刻启动了引擎。这里已经是战场了。

跑道上，几架FAF战机熊熊燃烧。三架超级希露芙组成的编队超低空高速掠过地面。那是卡米拉、春燕和祖克。

"这里是雪风。现在起航。"

天大亮了。在地面上已经看不见红色的"鲜血路"了。

雪风以最大推力冲击大地，上升，以战斗状态上升。雪风来到了在白昼也能看到"鲜血路"的高空，向着"鲜血路"飞去。翱翔于天际的妖精，风之女王，梅芙——雪风。

解说"我,就是我"

科幻小说翻译家、评论家 大野万纪

《战斗妖精雪风:GOOD LUCK》是出版于一九八四年的《战斗妖精雪风》的续篇,一九九二年至一九九九年在《SF杂志》上连载,经过修改后于一九九九年出版为精装书。本书是其文库版[①]。若要评选作者神林长平的代表作,《战斗妖精雪风:GOOD LUCK》当之无愧。

这是一个讲述战斗机和驾驶员与外星敌人对战的故事。作者为故事的展开设定了独特的舞台,人类社会的种种不过是其背景而已。故事描绘了在战争这一极端环境下,与冰冷的机器命运与共的主人公那甚至可以称之为恋物的共生关系。但这里描绘的并不是通常意义上的战争,本书称之为"生存竞争"。书中对于机器的描写也让机器爱好者赞叹不已,但本书的魅力却不止于此。书中存在着一个宏大的命题——何为智能,何为沟通。这也正是作者反复追寻的主题。这本书还涵盖了对自我与他者的认知这一问题的深刻思考,是一本极具思辨性的科幻

[①]文库版书籍小巧便携,纸张尺寸通常为 A6。——译者注

小说。

注：下文涉及前作《战斗妖精雪风》中的内容，未曾读过前作的读者请谨慎阅读。因为本书原本就是《战斗妖精雪风》的续篇，所以强烈建议读者先读前作，再读下文。

南极大陆，罗斯冰棚之上，出现了一个直径三千米的雾柱。那是"通道"。神秘的外星智体"迦姆"通过这个超空间通道飞来，侵犯地球。人类设立了地球防卫机构，开始反击。"通道"的那一端是未知的行星"菲雅利"。人类在那里建设基地，自此，与迦姆长达三十年的战争开始了。

战争的主角是菲雅利空军（FAF）。菲雅利星的基地里配备了战斗机"希露芙"。希露芙就像是现在的喷气式战斗机的进化版，上面搭载着高性能电脑。FAF还有一个名为"特殊战"，负责侦察和收集情报的组织，那里配备了进一步改良希露芙而成的增强了电脑性能的"超级希露芙"。超级希露芙的人工智能和基地里的战术/战略电脑群一样，可以说是有别于拥有独立意识的人类的另一种智慧生命。

特殊战的任务是活下来，把情报带回去，必要之时甚至要对队友见死不救。因此，特殊战要求飞行员无情、冷静，甚至在一定意义上要偏离一般人性的轨道。与其说他们是普通的人类，不如说他们是战斗机器的配件，是与超级希露芙合为一体、共同战斗的有机电脑。

前作《战斗妖精雪风》描写了特殊战的超级希露芙"雪风"和它的驾驶员深井零的故事。深井零在人际交流上有一定的障碍，除了自己的上级布克少校，他只能对雪风敞开心扉，是一个适合生存在特殊战的人。可即便如此，深井零还是在战争中渐渐地开始重新审视这场战争的意义。一言以蔽之，就是这场战争不是人类与迦姆之间的战争，而是人类创造的电脑与迦姆之间的战争。那么，在这场战争中，人类的意义到底是什么呢？

这个疑问对于迦姆而言似乎也是一个重要的问题。迦姆好像无法理解人类，也许是为了找到答案，迦姆的战术发生着微妙的变化。在前作中，迦姆终于制作出了人类的复制品。零也被迦姆抓住了。这一情节在本书中进一步展开，成了故事的重要节点。

在前作的最后，雪风遭到破坏，应该被称为其意识的中枢数据被传送到了最先进的战斗机FRX00上。本书讲述的便是重生后的雪风与深井零的故事。

书中有一段关于有人还是无人的争论，即在极限情况下，人类是没有用处的。想要载人，飞机就得为了维持机上乘员的生命而受到种种限制，承受诸多附加条件，这样便不能最大程度发挥机器的性能。从性价比角度看也并不划算。比如说，为了在宇宙进行科学探测，与进行一次载人航天飞行相比，发射多艘无人宇宙飞船效率更高，效果也更好。对此，有人持反对意见，认为在异常状况发生时，最终无论如何都需要人类的判断。就目前的技术水平而言，机器人和电脑的能力都是有限的，因此这一意见符合实际，得到了认同。但是，这里面掺杂了人类认为不能把一切都交给机械的感性认识，还有人类（也就是自己）本质上想要实地参与的心情，因此即使人工智能高度进化，同样的争论恐怕也还会继续。在本书中，深井零也坚持认为"人类在这场战争中是必要的"。然而他这样主张，并不是因为人类做出的判断比机械的更正确，而是因为人类能够做出迦姆无法理解的、非理性的行为。被敌人迦姆看透之日，就是人类败北之时。因为情报才是这场战争的本质。情报、沟通和沟通媒介，是这个故事的关键词。

迦姆也许就是菲利普·K.迪克所说的那种人工智能、幻象之类的东西，虽然两者很相似，但两者的性质从根本上讲是不同的。像雪风这样的智能机器也与人类性质不同，但两者却能够互相理解（其实这也许不过是人类的错觉——但是零能够相信雪风）。然而他们却无法和迦姆相互理解。如果做了图灵测试，迦姆有可能会在不知什么地方丧失其本质。因为无法沟通正是迦姆的存在形态。"我，就是我"，从迦姆的这句话中能够感受到一种绝望的特异感——迦姆即使能够与人类交流，也无论如何都无法与人类相互理解。

斯坦尼斯拉夫·莱姆的《无敌》也描绘了与无法用人类的方式交流的外星敌人之间的战争。但是，莱姆笔下的敌方原本就让人觉得没有交流的可能。而在神林长平的作品中，对方虽然与人类性质不同，但却存在着某种沟通媒介。这种媒介便是语言。在迦姆和人类之间，存在着像雪风这样的智能机器，能够进行一定程度的翻译（没法进行进一步的思想沟通，更加强调了双方性质的不同）。神林长平的作品中蕴含着一种幽默感——理解对方就是这样的，不，即使没能理解，也先接受。出场人物（不过恐怕不能说他们是普通人）面对对方也没有单方面地惊慌失措。

本书探讨的主题很深刻，描绘的人物全都缺乏人情味，运用的语言也简练平实，但本书之所以能让人读来津津有味，很大程度上正是因为这些出场人物面对世界的淡定从容和难以言表的幽默感。我们能够和他们，还有雪风，产生共情。我们能在菲雅利星的上空翱翔，从驾驶舱里显示的简短的语句中读出雪风的意志，感受壮烈战争中的紧张感。这是通过"阅读"这一行为进行的沟通。

就在我写这篇文章的现在，与我们的日常生活截然不同的另一个世界里正在进行着现实的战争。这就像菲雅利星上的战争一样，伴随着一种不真实的感觉。我们不能说现实中的恐怖分子就像迦姆一样，但是，当我们看到这些战争的根源在于沟通不足，便不得不思考其与本书的关联。虽然深井零恐怕会说对人类之间的战争"不感兴趣"。

GOOD LUCK, YUKIKAZE:
Copyright ©2001 Chōhei Kambayashi
This book is published by arrangement with Hayakawa Publishing Corporation through Beijing Kareka Agency.
Simplified Chinese edition copyright:2020 New Star Press Co.,Ltd.
All rights reserved.

图书在版编目（CIP）数据

战斗妖精・雪风．GOOD LUCK／（日）神林长平著；杨萌，冷玉茹译．
――北京：新星出版社，2020.4
ISBN 978-7-5133-3721-2

Ⅰ.①战… Ⅱ.①神… ②杨… ③冷… Ⅲ.①长篇小说－日本－现代 Ⅳ.① I313.45

中国版本图书馆 CIP 数据核字（2019）第 222053 号

战斗妖精・雪风：GOOD LUCK

[日] 神林长平 著；杨萌，冷玉茹 译

责任编辑：黄　艳
责任校对：刘　义
责任印制：李珊珊
封面设计：冷暖儿

出版发行：新星出版社
出 版 人：马汝军
社　　址：北京市西城区车公庄大街丙3号楼　　100044
网　　址：www.newstarpress.com
电　　话：010-88310888
传　　真：010-65270449
法律顾问：北京市岳成律师事务所

读者服务：010-88310811　　service@newstarpress.com
邮购地址：北京市西城区车公庄大街丙3号楼　　100044

印　　刷：北京美图印务有限公司
开　　本：910mm×1230mm　　1/32
印　　张：14.75
字　　数：331千字
版　　次：2020年4月第一版　　2020年4月第一次印刷
书　　号：ISBN 978-7-5133-3721-2
定　　价：59.00元

版权专有，侵权必究；如有质量问题，请与印刷厂联系调换。